董啟章

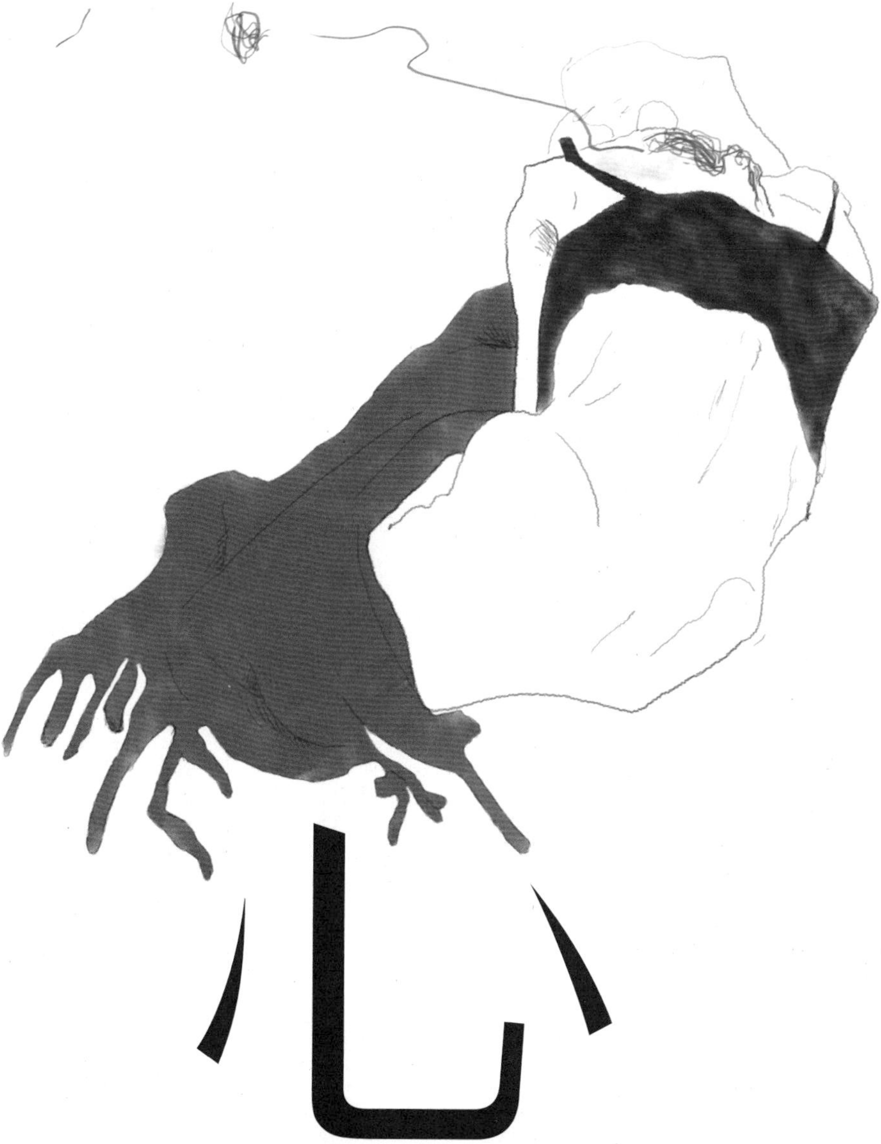

心

如來說諸心，皆為非心，是名為心。

《金剛經》

心、

1.

こころ來的時候，是剛進入冬天的一個夜晚。

這年的冬天來得特別遲，但一來就非常突然。早幾天還是穿短袖衫的天氣，晴朗而乾燥，天空澄澈著一片無礙的藍。每天早上到附近的公園散步，出一身令人暢快的汗，下午在家中窗前曬太陽，享受近乎夏天的肌膚煥發的感覺。加上學期剛剛完結，卸下了教務的掛慮，正打算好好的重拾擱下了一段日子的寫作，趁十二月這個空檔期，專心完成長篇小說首部分的修改。

想不到こころ就這樣突如其來地出現了。

也許她並不是沒有預告的，只是我粗心大意，沒有留神吧。回想起來，こころ來之前，我也不是完全沒有預感的。知道冬天將近，心裡便隱隱地有點擔心。近年的冬天都不好過，總是有某種顧慮在心裡障礙著，於是就生出了不如冬眠一覺罷了的念頭，極不願意和人接觸，更加要盡力避免陷入關係的糾結。但是こころ偏偏就是這時候來了。

こころ是在半夜來的。那個晚上我本來就睡得不好，明明是開了充油式暖爐，蓋上了厚厚的羽絨被子，還穿上了防寒內衣，但房間裡總好像竄擾著一股隱形的冷意。我不斷從紛亂的短夢間醒來，眼前都是那個好像有重量似的黑暗，沉沉地壓著我的腦袋。本能地把手向左側一伸，身邊原本是妻子的位置卻空著，好像是走樓梯踏了個空，好久才定下神來。了知事實之後，卻沒有恢復實在感，反而好像體溫減半似的更覺冰冷。好不容易地，又沉入那一隻腳踏入夢境，另一隻腳卻卡在現實裡的懸空狀態。所以，當こころ鑽進被窩來的時候，我起先還以為那是夢，但很快又覺察到某種無法擺脫的真實感，或更明確地說，是一種脫離真實的真實感。

我是先感覺到こころ的身體，而完全看不到她的臉面的。在毫無防備之下，她已經鑽進我的懷裡，而讓我發現自己處在一個擁抱著她的姿勢中。除了因為掀動被子而竄進的冷空氣，こころ通體上下都冰冷無比，就像在沉船海域撈上來的遇溺者。雖然我心裡湧起強烈的驚恐，但卻不期然更使勁地摟著那副殭屍似的軀體，並且在緊貼中感覺到她的肢體在發作深入骨髓的顫抖。我無法看清楚她的樣子，唯獨靠著那黑暗中的感知，彷彿在心眼裡清晰地呈現，こころ瘦削如一堆骨頭，而且全身赤裸著。單是這一點已經教我毛骨悚然。我必須解釋，事情沒有半點情欲的意味，相反，那種痛苦和恐怖排除了任何一丁點兒情欲的反應。我嘗試推開她，但她卻死命地抓著我不放。我的手落在她的胸口，掌心透過她纖薄的肋腔，觸碰到她的心臟彷彿要隨時爆裂的跳動。於是我又不忍心，任由那一頭亂髮埋進我的懷裡。她以蜷縮的姿勢，頭頂靠在我的鼻尖，髮間隱隱有香氣，和唯一殘餘的溫暖。我把自己因為抱著冰塊而變冷的右手插進她的長髮裡，觸摸到她的後頸。她激烈地打了一下寒顫，但卻好像必須忍耐苦楚似的，一聲不響地承受下來。

在很長的一段時間裡，那戰慄如拍打石灘的浪潮般，一波又一波地，湧起又退下。終致平靜下來，已經是接近天亮了。從厚厚的窗簾間透進的一絲光線，就像茫茫大海上冒出的救援船的燈光。作為救生圈的我，已經被不知是こころ還是我自己身上的汗水浸透了。深夜的寒冷被鬱積而無處疏通的悶熱取代，感覺就像被火山灰或者熔岩所埋葬。暖爐和羽絨被的效果反過來變成過度發揮。再這樣下去，我和こころ都會像燒炭自殺者般窒息而死。事實上こころ的身體已經像爐裡燃燒的柴薪，隨時要在烈焰中化為灰燼。而我卻像是膠著在夢中的狀態，腦袋對手腳失去了指揮能力，無論如何鼓動意志，身體也無法動彈。我想大喊，但卻喊不出來。我想喚醒懷裡的こころ，但我自身難保。昏沉像劇終落幕般下降。我以為我和こころ就要這樣死去。

我把最後的殘弱的意志召集起來，移動我的左手，抓住被子的一角，猛然地掀起。我想應該配合著大叫一聲，但事實上並沒有叫出來，頂多是發出一下微弱的呼氣而已。在微明的暗室中，在猶如被剖開的皮肉的被子下面，躺著全身上下穿著保暖衣物的我，和半覆蓋著我的赤裸著的こころ。與螢放著白光似的こころ的肉軀相比，裹著一身灰黑色的我倒像是她的陰影。

こころ睡著了，但顯然睡得不熟。為了避免驚醒她，我得保持原本的仰臥的姿勢，也沒法騰出手來拿起右邊床頭的手機看時間。こころ的臉埋在我的右肩，隱藏在比影子還黑的長髮下面。我的右臂被她壓著，右手搭著她的腰部，那冰冷而濕滑的觸覺，有如爬蟲類的表皮。我彷如被一條巨大的白蛇纏繞。雖然視覺識別能力逐漸恢復，但頭部的活動卻受到限制。稍微的仰起脖子，只見到她突出的肩胛骨、微微膨脹又收縮的後肋腔，魚骨般的彎彎的脊椎，因大腿跨在我身上而格外顯著的髖骨，以及擱在我左胸的心臟位置上、微微屈曲成爪狀的骨節分明的手掌。我幾乎可以想像，那亂髮下面將要抬起來的，是一個骷髏的頭像。但我已經沒那麼恐懼。

也不知維持著這樣的姿勢多久，我感覺到こころ的身體在蠢蠢欲動。眼前的黑髮像被動物擾動的草叢，沙沙的被撥開，露出一雙疲憊而受驚的鼠類的眼睛。那不是骷髏，只是一張瘦削的臉，瘦削的程度跟身體十分相配。說不出是蒼白還是甚麼，總之是欠缺顏色。而眼珠卻並不很黑，像有些微的通透。容貌的其餘部分，不知是光線不足還是距離太近的緣故，實在看不清楚，也因此說不清楚。

回想起來，是否打從她深夜鑽進我的被窩，我便知道她是こころ，我其實是不那麼肯定的。我當時是把她當作こころ去接受或者忍受，還是陷於不由自主的無意識狀態，我已經無法追溯了。就算是在此刻，當大家也清醒過來，而且面對著面，甚至是單方面的肉帛相見的時候，我也有點懷疑自己是否認識對方。就算是我直覺地以為自己認識她，並且以こころ的名字稱呼她，我對她的身分和來由，卻依然是一無所知的。

こころ。

我甚至對自己居然叫出了她的名字而感到驚訝。

こころ。

她以微弱的呼氣聲重複了一遍自己的名字，好像在試穿新衣服，或者熟習一個新角色似的，說的時候，垂在臉前的髮絲像弦線般顫動。彷彿因為一個名字，她活起來了。

こころ以瘦弱的臂撐起身體，瞇著眼看了看房間，又看了看還直直地躺著的我，迷惘地說：

為甚麼我會在這裡？

我也想知道。我說。

昨晚，我記得，我好害怕。

我知道。但你應該先打電話給我，而不是貿然闖進別人家裡。

哪是「別人家裡」？

這裡。

我不來這裡，我還可以去哪裡？

對於こころ臉上無辜的神情，我解讀為無知和橫蠻，並且感到氣惱。

我不想和你爭論，總之這樣子不太好。

我沒有和你爭論……。對不起，我腦子很亂！

こころ試圖梳理凌亂的頭髮，但卻越撥越亂，並且擦出了滿手的汗水。她把沾濕的手指放在眼前檢視。這時候，彷彿突然發生深層地震一樣，表情瞬間從她的臉上退去，然後，自她的軀體的中心點開始發生猛烈的波動，並且迅速擴散開去，如海嘯般一直湧向四肢和頭部。她舉在空中的手和架在瘦長的脖子上的腦袋，像颶風中的樹木般不由自主地抖動。彷彿要拚命擺脫某種力量的控制似的，她縱身撲下來摟著我。雖然她的重量有限，但我的右頰還是吃了她的前額重重的一記。我聽到她在我耳邊咬著牙，聲帶抽緊地說：

好可怕！

也不知是顫抖從こころ身上傳過來，還是我自己體內生出來的震動，我和こころ沒法自制地糾纏在一起，在沒有由來而且無法抑止的戰慄中。

2.

世人肯定會對こころ抱有很多誤解。

關於こころ的事是很難向人解釋的。其中之一，就是こころ為何能在半夜潛入我家中，並且鑽進我的被窩裡。

根據她的說法，是我把房子的鎖匙給了她。我怎樣也想不起，自己甚麼時候把家裡的鎖匙交給她。我又怎會把這麼重要的東西，隨便交給任何人？但こころ說，她不是「任何人」。她說，她就是安賽。我頓了半晌，想起安賽來。

是的，我認識一個叫做安賽的女子。而我上次見到安賽，是不久之前約九月底至十月初的事。但我和安賽並沒有熟到把家裡鎖匙交給她的程度。事實上，雖然自八月底，妻子便出發到英國C大學，進行為期大半年的學術研究，但我絕不至於趁這個時候帶別的女人回家，更不要說把鎖匙交給對方。就算撇開道德問題不說，家裡還有十二歲的兒子，這樣的偷情方式絕不可行。而且，坦白地說，真的不存在偷情這回事。

不過，的的確確，有安賽這個女子。她來過找我，而且纏擾了我一段日子。本來那樣的事我不願再提，但こころ竟然知道安賽，並且說自己就是安賽，那立即勾起了我許多不快的感覺。

こころ露出像母牛一樣的執意的表情，說：

那一次，在你接我出院的時候，你說：不用擔心！你要記住，你很安全，你一直受到庇護，你一直都在家。沒問題的！我說：我不知道，我的家在哪裡。然後你就從褲袋裡掏出鎖匙來，交在我手中，握著我的手，說：以後，每當你突然感到不安的時候，就拿著它，提醒自己，回家，家就在這裡！你是這樣說的。

說罷，こころ的雙眼又變成馴鹿般的無辜，盯著我，等待著我的回答。而我竟然不敢直接否定她的說法。安賽雖然把我煩得很苦惱，但在她面對困阨的時候，我並非沒有向她說過幾句安慰的話。至於是不是以這個形式和這些措辭，我已經記不起來了。我只能疲弱地回應：

那，只不過是一個象徵性的說法吧！

原來是象徵嗎？

こころ的眼神頓然變得像猴子般狡黠，猶如變戲法般在空中一揚手，握著拳頭，一打開，掌心就是一條鎖匙。沒錯，是實物的鎖匙，而且極像是我家的。我依然嘗試詭辯，說：

我把鎖匙給她，是讓她有件安心之物。我沒有叫她真的用，而且在未有徵求我同意，或者至少是通知我一聲之前。

我未聽說過回家要徵求同意。

這是我的家，不是你的。

聽到我斬釘截鐵的回話，こころ突然又變成一隻脆弱的小狗，眼淚汪汪的一副給欺負的樣子，哽咽著說：

你明明是那樣說的！

我知道こころ有病。這一點她沒有騙我。也單憑這一點，我不可以對她太強硬。上次安賽的事，多少令我有點內疚。我就是用強硬的手段把安賽趕走的。又或者是，當她再來尋求我的幫助的時候，我棄她於不顧。我後來想，我可能原本就是那麼的一個冷漠無情的人。是的，我的確對安賽說過那樣的安慰語，但我後來沒有做到。我只是空口講白話。

問題是，こころ怎麼可能是安賽？

論外貌，除了皮膚都很白，兩人幾乎沒有任何共通之處。安賽有的是西方人的骨架，胸部比較豐滿，體態厚實而帶有韌性，甚至是威脅性。相反，こころ則是東方色彩的纖瘦和蒼白，帶點病態的、弱不禁風的樣子。因此，兩人的性格和形象也有著明顯的差別。安賽看上去有點像希臘神話裡，生命力強橫但卻墮入某種執迷的精靈或女妖，こころ卻像東方傳奇故事裡的女鬼，楚楚可憐而且身世淒迷。安賽的表達方式是直來直往的，毫不忸怩的，こころ說話卻曲折幽微，難以捉摸。也可以說，安賽是帶有悲劇色彩的人物，而こころ卻——也不能說是喜劇吧，但是，怎麼說呢？こころ其人其事，也不能說沒有某種喜劇成分，雖然說到這裡為止，還未曾見出甚麼好笑或者令人開懷的地方。

也許我說得太概括了。回到こころ自稱是安賽的說法，我提出了質疑：

好的，你的確有我家的鎖匙，但這鎖匙並不是給你的，而是給安賽的。我有沒有假設安賽會實際地使用它是另一回事。問題是，我並沒有把鎖匙交給你，也沒有向你說那一番話。鎖匙是你用某種方法，從安賽手上得到的。也不排除是安賽自願把它交給你的。無論如何，那也不是我原先的意願。

這回こころ變成了一隻被迫向牆角而反擊的貓，縱使體形細小，力量薄弱，卻不惜露出鋒牙利爪：

你這樣問罪於我，無非是想把我趕走吧！你樂意見到我無家可歸，發病的時候無人照顧，獨自一個人面對那痛苦嗎？你就是想像對待安賽那樣對待我吧！你知道安賽後來怎樣嗎？你以為背向著她，執意不理會她，她就會消失嗎？那不是別的，是安賽啊！安賽會那麼容易放過你嗎？是的，我可以是安賽，我回來找你了！但我也可以不是安賽，而是こころ，是心！我也是被安賽所苦，被安賽所糾纏的受害者！但我拿了安賽的鎖匙，打開家門的鎖匙，而那是你的家門，所以，我不得不來找你。除了你，我沒有別的依靠，你明白嗎？

我呆住了。こころ並不如我想像中簡單。那不是能言善辯，她的話甚至邏輯不通，但是，當中卻有某種一句到底，直刺要害的力量。幫助者屈服於求助者，真是一種奇怪的倒置。我重新整頓自己的立場，說：

我明白，我沒有那個意思。我只是想搞清楚之前的事。我沒想過要趕你走。你可以留下來。事實上，我一向的態度是，既來之則安之。

對於我的認輸，こころ並未滿意，乘勢說：

既然是這樣，你又何必說那一大堆？

我是個謹慎的人。

安賽就是看中你這一點！

我露出不明所以的樣子。

こころ恢復成一隻受傷的羔羊的模樣，抱著自己羸弱的身體，縮作小小的一團，說：
就是你的謹慎，把我綑綁。
那我應該怎樣做？
把我解開。

3.

こころ的名字似乎也需要一點說明。

這很明顯是日語假名，發音是kokoro，意思是「心」。

其實不是我首先稱她為こころ的。那個約我在法國餐廳見面，向我請教寫作問題的女孩，我本來稱她的中文名字「心」，但她卻堅持要我叫她做こころ。我當時問她：為甚麼要用日語？為甚麼不用英語，稱為Heart，或者法語，叫做le cœur？或者Lecœur？她對這樣的胡扯完全不感興趣，只是說：總之こころ才是我的真名。

こころ同時否認跟我在法國餐廳見過面，她說：那不是我，很可能是安賽。

我想，安賽這名字的確跟法國餐廳比較搭調。但是，我肯定沒有跟安賽約在法國餐廳見過面。也許我跟她在其他的餐廳或者咖啡店坐下來聊過，而且過程都不甚愉快，通常都是互相爭論著甚麼，甚至到了劍拔弩張的地步。

不過，談到這些都是後來的事。

こころ在我家的頭幾天，幾乎都在床上度過。她一副虛弱得無法下床的樣子，除了在用餐和有生理需要的時候，才勉強走到客廳和廁所，之後又立即躲回房間裡，用被子緊緊包裹著自己。

我把妻子的家居服讓こころ穿上。身形中等的妻子的衫褲，在瘦削的こころ身上像扁塌的氣

球，懨懨的沒有生氣。因為怕冷的關係，又在外面裹上重重的毛毯子，甚至還在頭上戴上了毛線帽子。毛線帽子把耳朵完全蓋住，只露出眉毛以上至下巴的部分，令瘦削的臉更形細小。久未梳理的長髮自後頸的帽沿溢出，像亂草似的隨意地翹起。

持續數日的陰雨天，空氣又濕又冷，大白天拉開了窗簾，房間還是昏昏暗暗的，看見外面的景象更教人意志消沉。こころ不是像驚弓之鳥般，害怕著隨時再來的發作，就是一副沒精打采的樣子，對甚麼都生不起興趣。

在極度畏寒的情況下，洗澡完全不在考慮之列，每天只是用暖水拭抹身體，和以熱水浸泡手足。後者因為有行氣活血的作用，除了有助保暖還可以舒緩神經，可以算是こころ唯一感到享受的事情。往常冬天臨睡前妻子也會給我做腳底按摩，我試著記憶她的做法，給こころ亂按一通。捏著她那沐足之後變得溫暖的小小的腳掌，連我心裡的冷感也漸漸融化了。

不過，こころ的逗留還是對我造成極大困擾。我剛開始重拾的長篇小說寫作突然給打斷了，和朋友的約會也臨時取消。就算我沒有多少固定的工作安排，也極不願意時間給這樣蠶食掉。對於不請自來的こころ，我自問無須負上照顧的責任。但是，我也沒有足夠的狠心棄她於不顧。於是便唯有期待天氣稍微好轉，こころ的情況會得到改善，到時她也不會厚臉皮賴死不走吧。

連我也受到她的感染，情緒低落起來。但為了加快她的復元，我還是打起精神，不時好言安慰，甚至嘗試跟她逗樂，不過效果有限。看她氣若游絲的樣子，也不好意思追她聊天，更別說追問關於她的事情。於是，房間除了昏暗一片，還整天陷於寂寥之中，病要好起來似乎也不敢樂觀了。

實際上來說，こころ留居我家沒有產生很大問題。我無意把こころ收藏起來，我和她之間沒有

見不得人的事情，但是卻又不想把她的存在公開，惹來不必要的麻煩。

兒子對こころ的存在採取視而不見的態度。我不知道他是真的毫無知覺，還是不感興趣，或者是刻意迴避。總之，兩人之間互不干涉。有幾次兒子和こころ在家中大廳碰個正著，他卻當對方透明似的，完全沒有半點反應，既不表現驚訝，也沒有流露反感。這於兒子一貫的態度來說是反常的。他一向對到訪家中的陌生人是非常敏感的，要不就十分好奇，要不就十分抗拒。

按照我家的習慣，我父母晚上會到我家一起吃飯。他們就住在附近，在我兒子還小的時候還幫忙帶他。我母親會帶一些做好的餸菜過來，再在我家廚房煮米飯和弄其他。父母來吃飯的時候，我的睡房門也是關著的，裡面幾乎沒有動靜，他們也不會擅自進去，所以，他們基本上不知道房間裡有一個在養病的女人。こころ是在早上和午間無人在家之時，才會離開睡房，晚上則在我父母離開後。在家中，如果不走進最深入的房間，最陰暗的角落，幾乎不會察覺到こころ的存在。

不過，我真的無意隱瞞。我早在こころ出現的第二天，便已經向身在英國的妻子報告了。所以，妻子是除我自己之外，唯一清楚知道こころ的存在的人。妻子不愧是世界上最了解我的人，對於こころ深夜闖入家中而且久留不去一事不但不表懷疑，反而對她的狀況十分關注。她居然還說：就是那個こころ嘛！喜歡寫作的人患上神經衰弱，一點也不奇怪啊！你在這方面是個有經驗的人，那就盡量幫她一下吧！現在是她最艱難的時候，千萬別放著她不管啊！

妻子的積極態度，令我感到意外。我以為得到她的認同，我就可以借妻子的反對，狠下心請こころ離開，想不到妻子卻竟然站在こころ的一方。我又疑惑著，妻子指的「這方面」是甚麼意思。

因為こころ的狀況不穩，尤其常於半夜發作，加上天氣寒冷，暖爐只夠於睡房使用，晚上待在低溫的大廳實在受不了，我唯有和こころ共處一室，共寢一床。為了表示我別無他想，我盡量保持距離，採取背向著她的側睡姿勢。但こころ似乎對此毫無意識，晚上恐慌來襲的時候，二話不說就抓住我不放。我除了被她驚醒，還得裝作若無其事，徹夜難眠地扮演她的救生圈。除此之外，我和她之間並無其他。

其中一晚，在昏昏沉沉中，她突然咬牙切齒地說：要掉下去了！要掉下去了！同時不由自主地從後攀著我的肩膀，然後變成了勒住我的脖子。我被她勒得幾乎要窒息了，但又無法掙脫，結果便成了一場垂死的角力，弄得滿身大汗。好不容易平伏下來後，こころ說：

我剛才好像給吊在懸崖上，雙手抓著一根繩子，隨時要掉下去的樣子！

那我就是那根繩子吧。我有氣無力地說。

幸好你這根繩子還算堅韌。

不，我繃得很緊，隨時都會斷開。

不用擔心，我很輕。

臉容像給揉作一團的白紙一樣的こころ，反過來安慰我說。我不敢觸碰那彷彿一點即破的薄紙。

是的，你很輕。

我口頭是這樣說的，但是，我實際的感覺是，こころ沉重無比。

4.

另一件難以向人解釋的事，是こころ的和服。

こころ深夜來到我家裡的時候，身上穿著的是一整套的和服。

第二天清晨，當こころ的又一次發作平伏下來，筋疲力竭地陷入昏睡之後，我稍稍拉開了床邊的窗簾，讓光線釋清房間裡的疑團。外面原來陰雨霏霏，透明窗子上斜斜地畫過雨絲，像尖銳的玻璃碎片在皮膚上留下刮痕。那光線並非預期中驅走一切恐懼和不安的陽光，而是灰藍色的一片冷意。但那已經足夠令我看清楚，沉睡之中的こころ的樣貌，以及她整個的赤裸的身體的狀況。我試圖根據眼前的色相，回想跟她相識的情形，但卻無法在記憶中喚起任何影像。不用說，我從未如此這般目睹過這副軀體，而如果我和她有過任何交往的話，她在我記憶中的形象必定被某種衣物包裹。衣著風格和個人形象的密切關係，對都市女性而言尤其如是。而こころ在潛入我的住所之時，不可能如此這般處於天然狀態，特別是在那樣的寒冷的夜裡。

我給こころ蓋上被子的同時，視線順勢望向床下的地上。果然不出所料，地板上躺著脫下來的衣服，但並沒有慌亂中扯掉的亂七八糟的跡象，相反卻如金蟬脫殼般地，從採取立姿的身體直接滑落似的，依然保持著體態的外形，在地上隆起作一堆猶如立體模子似的東西。我下地撿起來一看，發現那是一件內外兩層的和服，而旁邊還散落著腰帶、襪子和草履，以及其他無法辨別用途的配戴物。

難道こころ是在日本料理當侍應生的？昨晚深夜下班後連制服也沒換便直接過來？那是我當時心中第一個想法。

我小心翼翼地捏著那件和服的兩肩位置，舉起在空中察看。那是一件漂亮的黃色和服。雖然光線並不充沛，而我對和服亦沒有任何知識，但從那精美的織錦已足以辨別出，那不像是侍應生制服的貨色。不過，也許是我未見識過的更高級的日本料理也說不定。又或者，こころ是個演員，或者舞者，而這一身和服是演出的戲服？再想，こころ既然稱為こころ，身穿和服似乎也沒有不合理的地方。又或者，她本來就是日本人？

こころ後來和我說，那套和服是明治時期的樣式。

那是幾天後，こころ的情況穩定下來的事情。

甚麼是明治時期的樣式？我表示好奇。こころ這天早上精神似乎不錯。脫下不合身的家居服（對こころ來說也即是病人服），換上自家的和服，こころ有脫胎換骨的感覺，連說話的氣勢也不同了。她一邊指導我協助她穿上那套和服，一邊向我講解布料、剪裁和花紋的特徵。見我還是不得要領，便著我用手機上網翻查資料。可是，搜出來的都是些不相干的圖片，夾雜著好些掛羊頭賣狗肉的女性半裸照，把こころ弄得有點焦躁了。她在必須把事情弄清楚這一點上，顯示出強烈的執著。最後她突然想到說：

就像夏目漱石小說中的女人穿的和服吧！

夏目漱石？

《虞美人草》看過嗎？

想不到給こころ拋來這樣的考題，幸好我剛巧看過這本小說，對裡面的人物也殘留著模糊的印象，才勉強能回她一句：

你是說女主角藤尾的和服，還是那個京都來的女孩的？

那個女孩叫小夜子。她不是「京都來」的，而是從京都回到東京。不過，她的打扮的確是比較老派，令人覺得接近京都的古風，藤尾則完全是那種新時代東京大都會式的。

藤尾是個大反派。

是作者太狠心而已。

你喜歡讀小說？

你以為呢？

我起先以為你是日本料理的侍應生。

你的想像力很有限，枉你是個寫小說的。

現實裡的事情，需要現實的解釋。我總不能說你是從小說裡跑出來的吧！

那也太取巧了。簡直是敷衍了事！

不能接受。

我對她的說法表示認同。こころ一邊綑著和服的腰帶，一邊說：

那我給你提供現實的解釋吧。這套和服是託一個要好的日本朋友給我在日本訂造的，指明要明治時期的樣式。我們為這個做了詳細的研究。我和這位朋友是在旅行時認識的。那時候我們坐船由義大利南部到希臘去，因為都是獨自旅行的女性，在吹著傍晚的海風的甲板上遇上，彼此點頭微笑，便聊了起來。天南地北地談著，就談到文學，然後發現，原來大家都非常喜歡夏目漱石。品味竟然都是一百年前的，真是夠落伍！說起來大家就笑個不停。就是這樣，接續下來的希臘旅程我們便結伴而行了。更巧的是，這位朋友原來是個專業作家，後來還拿了直木賞，真不簡單！我之後便常常向她請教寫作的問題。就是因為漱石，大家就狂想，如果生在明治後期，不知會是怎樣的境況。於是就胡鬧著說，要各自做一套當時的女性的和服。剛巧這位朋友在成為作家之前，是在時裝雜誌工作的，對日本女性服飾的演變也頗有研究，於是便真的去做了些「考古」功夫，再參考漱石小說的描述，設計出一些明治和服的樣式來。比如說，藤尾第一次出場時穿的是紫色和服，和她相關的花有虞美人草和佛見笑。小夜子在火車上正式出場時，沒有說她穿甚麼顏色的和服，但一直用黃色來作她的象徵，又用了敗醬黃花和二人靜來代表她。這些都融入到設計裡去。

我第一次聽こころ說這麼大段的充滿細節的話，發現她的思維比我想像中清晰細密。我自己卻毫無警覺地隨口說：

那你的和服是屬於藤尾式的，還是小夜子式的？

你以為呢？

こころ抬起雙臂，像仙鶴展翅似的張開和服的寬袖。那很明顯是一套紫色的和服。閃亮的紫色配以濃厚的紅色玫瑰圖案，腰帶卻以銀色為底色，繡上不規則的綠色鋸齒狀葉瓣，襯托著脆薄的紅色掌心狀花朵。印象中她的和服明明不是這樣的。

就像防範猛禽的進擊，我不期然進入戒備狀態。我懷疑是不是存在「明治和服」這樣的一回事，但又無從判斷，便轉而質疑故事本身：

真的有這樣的事情嗎？聽來太依賴巧合。

一點也不稀奇，事實上最普通不過，還夠不上做小說題材呢。但總比日本料理侍應生的說法有趣。

こころ的辭鋒變得銳利。我一時語塞，她又接下去說：

不過，你說到日本料理也沒有錯。你不記得了嗎？那次我向你請教寫作的事，就是在沙田的一間日本料理。不過，當時我沒有穿和服，只是穿普通的衫裙。大概是打扮太普通了吧，所以沒有引起你的注意，你轉眼就把這事情忘了吧。

是嗎？真的記不起來！你不是說認真的吧？

你是個無心的人。

那麼，我們當時又是巧合碰上？

不，是我約了你見面的。我寫電郵給你，向你請教寫作的事，想約你出來面談。你答應了。

你怎知道我的電郵？

之前你的一場演講之後，我問你拿的。你很爽快地抄了給我。

雖然我不記得具體情況，但這類事情的確經常發生，我無以反駁，唯有轉移話題，說：

你看來真的很想寫東西，四處向人請教。

我只是好奇，或者太多疑問。

但我不建議你做作家。

我沒有說過要做作家。我只是想了解寫作的事。
好的，那麼我們在日本料理見過面，聊過了關於寫作的事情。之後呢？
之後就是來找你的晚上。
你是刻意穿上那套明治時期的和服來找我的嗎？
不，我還未至於那麼造作！我當晚去了參加一個尺八音樂會，是個日本僑民的活動，其中一個本地表演者是我的朋友，是他請我一起去的。參加者都穿傳統服飾，我的漱石和服便派上用場。完場後我的朋友送我去坐車，怎料一上的士，整個人就開始發抖。
是受到尺八的陰冷氣氛影響吧！
我作了個無效的打趣。こころ好像聽不到似的，繼續說：
我腦袋裡甚麼都想不到，身體也幾乎不受控制。我摸到了錢包裡的鎖匙，你家的鎖匙，便向司機說了你的地址。
又回到那個沒法解開的鎖匙的問題。
こころ的和服已經穿好了。雖然明知很取巧，但還是忍不住想，活脫脫是漱石小說裡跑出來的人物啊！
但是，穿和服到公園散步，是不是有點兒……。
我重複之前曾經提出過的疑慮，但こころ完全不覺得有問題。她的現實感裡有某些非現實的特質。我始終懷疑，こころ剛才說的全都是作出來的。她才是小說家。我節節敗退，唯有繞道而行，說：

你說你去過希臘旅行。那麼，你是在那裡認識安賽的吧？

穿著整齊和服的こころ把緊繃的上半身扭轉過來，猶如包裹著戰衣的雅典娜。她以穿透的眼神望向我，說：

誰說安賽是希臘人？

5.

我想洗澡。こころ那天下午突然說。

經歷了幾個寒冷的陰雨天，太陽終於出來了。雖然空氣中依然殘存著隱隱的寒意，但在陽光西照的下午，室內的氣溫回升至暖和的程度，令人有冬天提早結束的錯覺。當然，冬天其實剛剛才開始。怎樣也好，殘花敗柳似的こころ，的確需要整頓一下儀容。我想，這是こころ恢復正常的好徵兆。不過，她對於寒冷還是猶有餘悸，一臉憂思地說：

但我擔心可能會暈倒，你在外面看著可以嗎？有事我叫你。

我覺得她是過慮了，但我還是答應她，在浴室外面留意著她的狀況。

她拿了替換的乾淨衣服，拉上浴室門，卻留了一道小小的縫隙。她使用的是和睡房相連的浴室。浴室的位置和睡房的落地玻璃窗相對，睡床靠近窗前，此時窗簾拉開了一半，陽光舒坦地投落在床上。我挨坐在床頭的陽光中，拿起柄谷行人的《日本現代文學的起源》，一邊讀著，一邊留心著右側浴室裡的動靜。浴室門採用橫拉式，上有磨砂玻璃格子，可以隱約辨出こころ的影子由穿家居服的黑色，一下子變成模糊的白色，接著便融化於更白的背景光中。然後，便傳出拉上淋浴間的簾子和開動花灑的聲音。

我的注意力漸漸投放於書本上，到我再留意到浴室的情況，是灑水聲戛然而止的時候。我聽到浴簾被拉開，磨砂玻璃格子上又出現那白影，然後是上下移動的一抹應該是浴巾的藍色。我的視線再次回到書頁上，突然便聽到こころ發出輕聲的尖叫。

我立即起來，拉開門進去，看見こころ站在洗手盆前面。鏡子中倒映著こころ的正面，她的臉上掛著驚慌的表情，身體微微地往後縮，雙臂在胸前緊抱著藍色大毛巾，徒勞地掩護自己毫無防備的身體。鏡外的こころ裸露出背面，濕髮像水草般黏附在肩上，水滴沿著麋鹿般狹窄的背部垂直往下流，比對出脊椎的弧度。

那是一條向右側彎的脊骨，兩邊的肩胛、胸腔和盤骨也因此呈現不平衡的對位，就像一間梁柱歪斜的房子，以僅餘的結構張力維持著站立，卻隨時會因為瞬間的斷裂而崩塌。

こころ半瞇著眼睛、縮著脖子，偏側著臉，一隻手掩著嘴巴，像是要避開甚麼可怕的景象似的，神經質地重複著說：

那就是我嗎？那就是我？那就是我嗎？

血液從那張臉上迅速流失。本來因為熱水浴而呈現緋紅的面色，剎那間褪成慘白。こころ腿一軟，整個人便向旁側傾倒。我立即上前，讓她跌入我的懷裡。

幸好こころ只是一時失去平衡，並沒有完全昏厥。扶她到房間裡抹乾了身體，立即穿上保暖衣物，こころ復又有氣無力地挨在床上，讓我給她用吹風機把頭髮吹乾。

陽光像被子一樣覆蓋著穿上淺灰色棉質連衣睡裙的こころ。燥熱的風慢慢地把紅暈帶回她的臉上。こころ的頭髮像黑色的長河般在我的手指間流動，又像滑溜溜的水草般把我的手指纏結，然後，慢慢由濕變乾，變成河岸上閃亮亮的勁草，在熱風中柔韌地款擺。我撥開野草，在下面發現了一張嶄新的容貌。こころ的容貌如天然的未被雕琢的玉石，但竟又像化了妝似的，黑的黑，白的白，紅的紅，色澤分明，線條清晰。可惜的是，我並未懂得鑑別寶石。那本然的亮光只閃耀了一剎那，便又沒入野草的陰影中。我的心情又回落到沉靜的煩躁裡。

こころ是一個成人了，就算她是一個女子，她也應該懂得照顧自己，而不是以神經脆弱為藉口，完全仰賴別人的幫助。如果需要求醫的話，就切切實實去求醫，而不是終日躲在房間裡，逃避現實，而且還是躲在人家的房間裡呢！也許我是個鐵石心腸，不解溫柔的人，我這兩天一直在思忖著如何讓こころ結束依附的狀態，重新自行站立起來。我原以為她主動提出沐浴，是準備撤離的一個步驟，但是，觀乎她再次無故爆發的恐慌，和隨之而來的運作癱瘓，我對她短期內恢復獨立不敢樂觀。

こころ就像個受驚的孩子一樣，把自己完全交給她所信賴的我的雙手。問題是，她為何信賴我？而且，對於照顧孩子，老實說，這些年來，我已經筋疲力竭了。

こころ吹乾後的頭髮有點亂，我歸咎於自己欠缺技巧，但其實是粗心所致。不過，放著一把清爽乾淨的髮，こころ的氣息看來好像較佳，心神似乎也已經安頓下來了。

剛才很對不起！

我做了個沒所謂的表情作回應。然後才發覺，這是こころ第一次表示抱歉。她之前一直對自己的進占表現得理直氣壯。也許，這也算是個好徵兆。至少，她的心態慢慢有所改變。

我被鏡中的自己嚇倒了！她繼續說。

我心裡想，雖然她整個人非常憔悴和消瘦，但樣子還未至於恐怖。

我覺得自己變了另一個人！我幾乎不認得自己！

怎會呢？你一直都是這樣——好好的。

不，我以前不是這樣的。

是嗎？好的，那你以前是怎樣的？

こころ低頭看了看自己平坦的胸口，以及瘦削的雙臂和雙腿，有點猶豫地說：

我以前……比較豐滿，手腳都比較壯。

我的臉上不自覺地展露出笑意，但又及時止住了。我起先以為我的意識在警告我，不應該取笑こころ的身材，但一轉念，我才發現它真正的意思。

我想起了安賽。我沒有見過安賽的肉體，我可以發誓，從來沒有那樣的事，但是，安賽的身形如何，只要看著平日的她，完全可以想像。而在我的想像中，立即就出現了安賽的裸體，躁動的，強而有力的，充滿誘惑的，近乎女革命家般的裸體。但那卻是在鏡子中的，觸摸不到的，虛幻的倒映的裸體。

我不由得手心冒汗，暗暗地打了個寒顫。

我認識こころ雖然並不太久，但我肯定她不可能曾經是那個樣子的。那是完全不同的另一種類型。こころ和安賽，先天地互不相容，不能並存。但是，誰敢說呢？

こころ，你想多了！你一直也是這樣子的，而且這樣子沒有不好。

我堅定地說。與其說是為了安慰こころ，不如說是為了防止她說下去，扯到我不願觸碰的話題。

我這樣，真的沒有不好嗎？こころ露出毫無自信的樣子。

沒有，你這樣很好。我再一次確認說。

こころ突然撲上來，緊緊地摟著我，她的臉貼在我的耳邊，說：

不要離開我！

我這才發現，我中了自己的圈套。

我的雙手不由自主地放在こころ瘦削的背上，並且隔著衣服，像抱著大提琴似的，以手指摸索著那條彎曲的弦線。不，是我自己的脊椎，被こころ緊緊的扣住了。

6.

好不容易才說服こころ早上去公園散步，但她卻堅持要穿上她自己的和服。散步的公園就在我家附近，約近十分鐘內的路程。離開我家所在的屋苑，爬上一條微斜的上坡路，兩邊都是低密度住宅樓房。上坡路的頂端有數棵夾道的老榕樹，枝葉繁密，形成隧道入口的模樣。早晨的陽光從樹頂散射而出，亦有部分穿過隧道而來，燦燦地耀目。こころ多日未出門，除了有點不適應陽光，步履也有點不穩，上坡的時候需要攙扶，氣微微地喘。

來到路口，左邊是一座佛教寺院，除了間中傳出和尚誦經的聲音和焚香的氣味，一般都重門深鎖，頗為冷清。こころ在寺院鬧門外止步，抬頭看了看那不算宏偉但甚為莊嚴的建築，雙手合十，低頭拜了一拜。我不知道こころ信佛，心裡有點驚訝，但沒有作聲。

坡路在寺院的一側急速向下傾斜，我們穿過樹底向右，取上方的行人路，沿著大馬路向前行，過不久就經過通往火車站的行人天橋。以天橋口為分界點，我們的來路那邊人跡稀少，另一邊卻人頭湧湧。粉嶺雖說是郊區市鎮，人口密度卻不低。前面的區域坐落著幾個公營和私營大型屋苑，在上下班繁忙時間人流可謂相當充沛。迎面而來的人潮都轉進行人天橋，我們不上天橋，繼續前行，在人潮中逆流而上，沿著有上蓋的行人路段，經過路邊頗為繁忙的巴士站，到達公園的入口。

出門之前，こころ除了換上紫色和服，還借用我妻子的化妝品塗脂抹粉一番。我在一旁等著，心裡不以為然，但卻沒有出聲。雖然我覺得這樣的盛裝打扮到公園散步非常造作，但如果這樣做令こころ感到心情暢快的話，就由她吧。

外面雖然陽光普照，萬里無雲，但冷峰的餘波未退。在我所居住的北區盆地，晴天的晚上地熱消散較快，早上可以非常清冷，比市區低四、五度。我認為こころ的裝束毫無保暖作用，提議她圍上頸巾和在外面加上大衣。但在妻子的衣櫃裡翻了一頓，都找不到跟和服搭配的頸巾，而因為和服的寬長衣袖和隆起的腰帶，根本就穿不上任何大衣。最後，找到了一幅深紅色的絨披肩，こころ也頗感愜意，便圍在肩上聊以禦寒了。

幸好她對頭飾沒有堅持，髮型只是保持普通的長髮，把耳朵以上兩側的頭髮梳至腦後，紮成馬尾，其餘的自然垂在肩背上，並沒有綰成髮髻之類的，看起來尚算自然。我覺得她應該戴頂毛線帽子保暖，但當然給她拒絕了。

一路上，人們都對こころ的打扮為之側目，連帶亦對與她同行的我投以懷疑的目光。有些人還一邊假裝在使用手機一邊在偷拍。不過，也有不少途人對此保持一定程度的冷靜，甚至是冷漠。對於他人的目光，こころ的表現難以捉摸。有時看似我行我素、完全漠視，有時卻又好像非常自覺，近乎虛榮地享受著別人的注目。只有我在旁邊感到尷尬和焦急。我好像想向世人解釋：不是這樣的！大家不要誤會！但卻苦無開口的機會。

那只是一個普通的公園，但環境在區內算是不錯。一邊雖然靠近高速公路和火車軌，但因為公路旁有隔音屏阻擋，中間又隔了一條溝道，沿著溝道又廣植樹木，所以基本上看不到公路上的車輛，而除非你刻意留神，否則連交通的噪音也近乎不覺。在搏動著人流和車流的網絡中間，它是一塊難得地寧靜的心臟地帶。

公園的面積不太大，也不太小，恰到好處。以散步來說，太大會給人吃力之感，太小則過於侷促和乏味。環繞公園的步道長約零點七公里，就算在內裡的小路繞轉，步程也相當可觀。園內有林蔭道，有小樹林，有草坡，有涼亭，有下棋處，有小型廣場，有伸展運動設施，有門球場，還有一個人造草地足球場。而花草樹木則可說是多種多樣。以這樣的規模和布局來說，剛好做到有適當的景觀變化，又符合適量運動的目的。

可是，這天我卻一點也享受不到公園和陽光的好處。我滿腦子被こころ的和服造型困擾著，完全沒法放鬆下來。公園的主幹路上絡繹著上班族和學生，都是從另一端的住宅區穿行到火車站去的。在他們的眼中，我和こころ肯定是非常滑稽的一對。說不定人們會以為我是那種誘騙女孩子打扮得花枝招展到公園拍沙龍照的攝影發燒大叔。在第一個分叉路口，我指示こころ走向人流比較稀少的方向。

こころ的和服雖然厚重，但肯定不保暖，領口又大，露出整條脖子，更不要說腳上穿的布襪子和草履。可是，在陽光下逛了一會兒，こころ就急不及待地把披肩除下。過去幾天的經驗，令我以為她是個沒有自信的女子，但見她毫無顧忌地穿著和服跑來跑去，又覺得她個性裡有些過於高調、自驕或者沉溺的成分。這令我感到有點討厭。我想說：こころ，別太自以為是啊！他人的注視，也許不過是出於好奇，甚至是帶有取笑的意思呢！但我當然也沒有說出來。

這樣的情緒一直壓在我的心上，甚是沒趣。我嘗試找一點甚麼分散注意力。當我們停在一個小樹林的前面，我指向一棵松樹的樹幹，向こころ說：

看！松鼠！

こころ的眼睛有點迷惘地在空中搜索了一會，突然定下來，臉上綻露出笑容，說：

是啊！真的是松鼠啊！公園怎麼會有松鼠呢？

一直都有。牠們住在這裡很多年了。

牠們？有很多嗎？

至少六、七隻。有大有小的。

是嗎？其他的在哪裡？

こころ上下左右地轉動著腦袋，眼珠子閃爍著，尋找松鼠的蹤跡，怎料卻走失了剛才看見的那一隻。

咦？松鼠呢？去了哪？

我指向剛才那棵松樹的根部。那隻松鼠正從那裡，以輕快而短促的步姿，跳向旁邊的一棵榕樹。牠往榕樹的樹幹一躍而上，頭上尾下地成一直線，然後又突然倒轉，尾上頭下地成一直線，像是改變主意似的，復又跳下到盤結的樹根上去，把頭鑽到樹根的間隙裡探索，然後用爪子挖出甚麼小小的一顆來，以一雙前足捧在胸前，屁股著地，坐直身子，以嘴巴津津有味地嚙咬著。

很松鼠的姿勢啊！こころ禁不住讚嘆說。

松鼠的姿勢當然很松鼠啦！我對她的大驚小怪不以為然地說。

那裡還有一隻！不！兩隻呢！看！

こころ更加大驚小怪地叫了起來。

想看的話就安靜點！你會把牠們嚇跑的！我制止她說。

こころ真的乖乖地住了嘴，來來回回地看著各自活動著的幾隻松鼠，一副目不暇給的樣子。

你可以修松鼠禪。我信口說。

松鼠禪？

こころ擰著從和服僵硬的領口突出的脖子，以很松鼠的神情，側著臉望向我。

單純地看著松鼠跳來跳去，不加任何判斷或感想，覺知著松鼠的動作。我一本正經地說。

就是這樣？真的有松鼠禪嗎？こころ半信半疑地說。

當然有！我示範給你看。

我轉過臉去，裝出一副靜心安住的神情，望向那幾棵樹木之間，但是，松鼠卻統統都不見了。

噢！都跑掉了啊！我有點尷尬地說。

那就修不成松鼠禪了！

こころ露出毫無懷疑的惋惜，認真地說。不知為甚麼，我突然有剎那的痛惜之感，眼角也有點兒濕潤起來。如果能夠覺知松鼠，那是多麼美好的事情。也許こころ會因此而痊癒。但是，松鼠無常，稍縱即逝啊！

有那麼的一刻，我忘記了紫色和服帶來的障礙，看到了早晨的太陽在こころ的臉上映照出黃色的自然的亮光。

こころ經歷了短暫興奮的神情又沉寂下來，回復那幽幽的、傷感的樣子。我的內心也迅即湧起先前的煩惱之感。我恐怕，要讓她好起來，並不是那麼簡單的事情，而我給捲入的折騰將會難以休止。

在公園逛了大約二十分鐘，こころ就說有點累，想回去了。我碰了碰她的手，發現它還是冷的，便連忙強迫她圍上深紅色披肩。

臨走的時候，こころ又回頭望向小樹林，似乎是對松鼠念念不忘。我也望向那些榕樹，從樹根、樹幹、樹枝一直望上去，又從樹枝、樹幹、樹根一直望下來。然後，便看到那伏在兩棵樹之間的泥地上的一隻小小的棕灰色的松鼠。

那裡！

我給こころ指出那個位置。

哪裡有？

我們不約而同地稍稍蹲下，悄悄湊近。

原來那只不過是一塊隆起的樹根。

7.

除了每天早上到公園散步，我也建議こころ一起到外面吃早餐。一來這是我自己的習慣，因こころ的出現而打斷了，二來こころ需要重建一種日常生活感，而所謂日常生活，就是由這些瑣事組成的。

也許因為我弄的早餐太糟糕，こころ很爽快地答應了，但她臉上依然有疑慮之色。我問こころ平常是怎麼吃早餐的，她說都是到住處附近的連鎖咖啡店，叫一杯雙分的濃縮咖啡和一件簡單的包點或西餅。然後便在那裡坐一個早上，看書或者在手提電腦上寫點甚麼。我說我也曾有過類似的習慣，但後來戒掉了。她問我為甚麼。

可能是濃縮咖啡喝多了，心開始有點不舒服。我不太認真地說。

是幾時的事？

兩年前左右吧。

那後來心好了嗎？

也沒有好。

很遺憾啊！

有何遺憾？

戒掉一個習慣，但問題沒有解決。

也不是太可惜的事吧。

甚麼事不太可惜？心不舒服？

不，停止泡咖啡店，和戒掉濃縮咖啡。

こころ點了點頭，但若有所思。

所以，當我帶こころ到家附近的快餐店吃早餐的時候，我強烈建議她不要喝咖啡。她也並不堅持，跟我一樣要了熱奶茶。事實上，我給こころ點了和自己一模一樣的早餐，包括煎雙蛋、牛油餐包、鮮奶麥片和熱奶茶。こころ欣然接受這樣的安排，好像那原本就是她的口味似的。

快餐店位於火車站旁邊的屋苑商場，早上很多上班人士來這裡填飽肚子，也有不少退休老人來飲早茶歎報紙。我把こころ安頓在位子裡，便去排隊點餐。雖然好幾天沒來，但快餐店的狀況並沒有很大的變化。售票、取餐櫃檯和收拾餐盤的員工，都是那些熟口熟面的，好些食客也都像上班一樣準時到來。這種感覺令人非常安穩。

近入口處依然坐著那位坐輪椅的胖婦人和他的老伴。那是整間店最方便停靠輪椅的位置，無論是店員還是食客都好像有默契地把桌子留給他們。婦人很可能是中風之類的，除了簡單的塊狀食物可以自己動手拿叉子撿吃，流質如粥品的都由丈夫以匙子餵食。

我排隊取餐的時候，前面的那位臉如瘟神的小個子大叔，又在嚴厲地敦促店員更有效率地完成工作，好像自己是微服出巡的公司總經理。店員們也見怪不怪，沉默地忍受著他的指點和批評。大叔最後一如以往，拿著他的外賣早餐，搖著頭，急步離開快餐店，以表達他對員工的怠慢的不滿。

這位人兄就住在從寺院通往我家的那條僻靜坡道上，有時候我遲了出門，也會碰到他一臉生氣地提著外賣袋子往回走。

看到這些熟悉的人和事，我便不期然想向こころ詳細介紹。回頭一看，こころ正安靜地坐在靠牆的另一邊，她身後是不同食材的放大照片，都配合快餐店的主題色調以黃和黑色為主，那些義大利麵、橄欖油、炸豬排和整條的玉米，都以電腦效果弄得過於鮮明地黃，而照片的其餘部分則採用黑白攝影的灰調。こころ就坐在一盤巨型的金黃色長通粉下面，但她的衣服卻是紅色的。

值得慶幸的是，除了第一天出門到公園散步，こころ不再堅持穿她的和服。這令我鬆一口氣。只要想想和盛裝著和服的こころ坐在快餐店裡，就不覺頭皮發麻了。雖說身形不同，但在我妻子的衣櫃裡，還是有大量適合こころ的便服。今天她就挑了一件白色的厚毛衣，外加一件藏紅色的薄羽絨外套，脖子上裹著紅藍格子頸巾，下身穿一條灰絨短裙，內裡再穿著黑色貼身襪褲，腳上則踏一對藍色球鞋，既足以保暖，又方便活動。對於こころ的衣著回復正常，我感到安慰。但我怎樣也記不起，こころ以前是怎樣穿衣服的。

天花板的射燈照耀在空空如也的桌面，光線再散射回こころ的臉上，令那張臉有一種朦朧效果。空氣中播放著已經習以為常因而可以忍受的罐頭輕音樂。在如此熟悉的對境中，唯獨是こころ的小小的臉，像是個無論如何也無法對焦的點，或者一頁文字中間化開了看不清的一個字。這令我有剎那的懷疑，こころ是不是真的存在。

我把兩份早餐輪流拿到位子上去，坐在こころ對面。こころ看著餐盤上的那盛在小碟裡的厚厚的一方塊牛油，罕有地露出饞嘴的臉容，說：

嘩！是鮮牛油啊！是怎麼吃的呢？

你不知道吃法嗎？就是整塊夾在熱烘烘的餐包裡，趁它在半硬半軟的狀態下，大口地吃掉。

她還沒有聽我說完，就把牛油夾在餐包預先切開的切口裡，並且把牛油凸出的部分咬掉，很滋味地在嘴巴裡品嘗著。我搖著頭，說：

我每次只吃不超過四分之一塊。

怕死鬼！

這是こころ給我的評語。

我不為所動，一邊吃著煎蛋，一邊抬頭看著牆上那些食材圖片。在圖片之間有大幅的鏡面，鏡面上印著空泛而沒有意義的英文句子，好像甚麼"Moments in Time"、"Time of Your Life"、"Best of the Best"之類的。こころ問我在看甚麼。

你喜歡哪一句？

我假裝以認真的態度對待無聊的事情。こころ扭著脖子，回過頭去看著，接著又發現，其實在四周的牆上的許多鏡子中也可以看到倒影。

你呢？こころ反問我說。

我於是隨便說：

What a Beautiful Day!

こころ側著頭想了想，說：

今天何美之有呢？

有美味的牛油餐包，外面又有陽光，還算不錯了吧。

こころ吃著牛油餐包，卻不置可否。

那你呢？你還未說。

こころ來來回回地看著那些字句，說：

說不上來。

It's a Wonderful World也不錯吧。

我嘗試導入一點正向思維，但こころ卻不以為然，說：

世界又有何美妙？

你未免看得太灰。

我還來不及給她勸解，她便斬釘截鐵地說：

眾生皆苦。

我正想呷一口熱奶茶，杯子卻停在半空。

不是嗎？你看！

こころ以尖小的下巴朝向我的左後方揚了揚。我稍微轉過身去，看見那對每天都遇到的盲眼女和白頭老婆婆。老婆婆頭髮全白，身體佝僂瘦小，相反盲眼女個子粗拙碩大，但兩人很明顯有親戚關係，很可能是祖孫。盲眼女眼窩凹陷，走路要老婆婆帶領。店員會為她們把早餐送到位子上，然後白頭老婆婆便幫盲眼女的飲料下糖，把牛油塗滿多士，用叉子撿起香腸，或者遞碗遞匙。這難免令人想到，白頭老婆婆能照顧盲眼女多久呢？沒有白頭老婆婆的照顧，盲眼女又如何生活下去呢？

順著視線又看到入口那邊的輪椅胖婦人和她的老伴。然後，每一張桌子，每一張無論是熟悉還是陌生的臉，每一個無論是年長還是年輕的客人，都進入到我的眼裡。甚至，連已經怒氣沖沖離開的瘟神大叔的樣子，也進入到我的眼裡。每一個眾生都在沉默地、無意識地進食著，好像都在品嘗人生的苦。

在早餐後，我就是帶著這樣的心情，和こころ到公園去散步。表面上也沒有甚麼，氣氛甚至尚算愉快。こころ比之前多走了兩個圈，看見松鼠也同樣興致勃勃。松鼠也是眾生之一吧，但松鼠的樣子，怎樣看也不似在受苦。世界慢慢顯現出美妙的素質，而日子也變得漂亮起來了。

另外有一件事值得一提。

回家的途中，看見寺院外面的馬路旁，停泊了一輛連鎖西餅店的貨車。每天這個時候，這輛貨車也會停泊在這個位置。送運工人會把盛滿蛋糕和麵包的塑料箱子高高的疊在滑輪運貨架上，沿著馬路旁再經過天橋推往火車站大堂的餅店分行。大堂內其他商店的貨車都是這樣做的。因為這段行人路很狹窄，遇上運貨的話行人都要側身而過。也試過運貨架在凹凸不平的行人路上翻側，貨物掉滿了一地。

我之所以特別注意到這輛貨車，因為車身上有以日本年輕女星小嶋陽菜為代言人的巨幅廣告。小嶋陽菜背靠著一個巨型蜜瓜側身坐著，臉正面朝向鏡頭，香肩上披著染成棕色的長髮，額前垂著遮蓋著眼眉的日本少女式瀏海，臉上掛著一副天真清純的笑容，彎著的嘴巴微微露出白齒，衣著卻非常性感，只穿一件短小的鮮黃色吊帶背心，展示著一雙玉臂、豐滿胸部的側面和纖細的腰，腰部以下看不見，只見雙腿在右側屈曲而起，裸露著大腿、膝頭和一截小腿。小嶋陽菜一手輕托香腮，一手捧著一個碟子，碟子上是一件綠色半球體狀的蛋糕。那是去年餅店促銷新款水果味蛋糕的廣告。廣告的背景是卡通式的深藍色大海、淺藍色天空和兩朵白雲，水平線上有綠色的立著幾棵椰子樹的熱帶小島，下方橫向有五個細線條的白色大字，因為被路邊的灌木擋住視線，一刻間我剛巧看到頭一個字和尾一個字，合為「真実」。再向前走，就可以看到中間的三個字是「夏の果」。

不知怎的，我突然想起こころ吃牛油餐包的樣子。

我對小嶋陽菜沒有偏愛，對於她所屬的那編制像軍隊一樣的樂團也沒有好感。但是因為這個廣告每天就在這個地方定時出現，所以也沒法不留下深刻的印象。

我抬頭注目著那變得猶如巨人一樣的小嶋陽菜，直至我們越過那輛貨車，寺院的大門出現在眼前。我轉臉看了一眼走在我左邊的こころ，只見她又再雙手合十，低頭敬禮。

吃著牛油餐包的こころ和捧著蜜瓜蛋糕的小嶋陽菜，本是毫不相干的兩回事。

8.

吃早餐和散步的計畫進行了不到幾天，こころ就入了急症室。

那天兒子剛開始了學年期中考試，十點半左右就放學回來，我便隨即陪伴他溫習明天考的宗教科，內容是關於基督教《新約聖經》的編撰，以及耶穌的早年生平事蹟之類的。我們家是信天主教的，在這些問題上跟基督教沒有分歧，我就毫無困難地向兒子作了講解。但他老是記不住Gospel這個名稱的詞義，又搞混了〈使徒行傳〉和〈啟示錄〉的作者。

我給心不在焉的兒子弄得有點氣結，宣布中止溫習，出外吃午飯。我也順便叫こころ一起去，以免她獨自留在家中。こころ正在我的房間裡，挨坐在床上，以被子蓋著腿，看著從我的書架拿下來的《本生經》。這是夏丏尊於一九四四年根據日譯的南傳大藏經翻譯成中文的版本。

こころ似乎看得津津有味，被我打斷，有不滿之意，但我堅持她應該跟我們一起出外吃飯，書可以回來才看。她有點不情願地換了出外的便服，加上那件紅色羽絨外套，還不忘把那本深藍色硬皮精裝本《本生經》放在隨身的粗布袋裡。

一路上兒子不停地跟我說話，聊的都是慣常那些巴士和火車的話題，卻一眼也沒有望過こころ，好像這個人並不存在似的。こころ默默地走在我另一邊，似乎並不介意，只是走路的時候氣有點喘。

來到快餐店的入口，還未點餐，こころ突然按著胸口，臉上露出驚懼的神色。我問她怎麼了。

她呆著不動，說不出話來。我見她臉色不對，便找了個位子讓她坐下，又去櫃檯拿了杯熱水給她。她握著杯子的雙手微微發抖，好像連捧到唇邊也有困難。過了半天，她才湊合足夠的力氣說：

剛才心臟好像亂跳了幾下。

於是我給兒子買了飯餐，著他吃完後自己回家，而我則陪こころ坐的士到附近的公立醫院急症室去。

所謂急症室其實一點也不急。除非你明顯地危在旦夕，否則在急症室等待的時間可謂非常漫長。因為こころ自行坐車到達，做了血壓測試和初步的心電圖又一切正常，於是便落入了次緊急的等候行列。據電子顯示板上的估計，等候時間約為三百二十一分鐘。在這期間，こころ展示出她的超凡耐性，一句抱怨也沒有地讀著她帶著的《本生經》，只是間中以有點焦急的眼神望向電子顯示板。上面的號碼有時候大半小時也沒有動一下。除了中間曾出去醫院大堂買三文治和熱飲回來充飢，我因為沒有帶書，全程都只是呆坐，或者是在手機上反覆查看關於心臟問題的各種資訊。而こころ也不在狀態聊天或者分享她的閱讀心得。我對於一個下午如此消磨掉感到非常懊惱，但為免刺激こころ的心情，我裝作若無其事。

終於輪到こころ診症，是下午六時三十五分。那位年輕醫生倒關懷備至，詳細地詢問了こころ的發病情形。為了補償我浪費了的寶貴時間，我把こころ的病情說得盡量地嚴重。こころ似乎也同意我這樣的取向，因為她一直掛著非常擔憂的神情。大家都不願意見到，醫生宣布這只是小問題，然後打發我們回去。當醫生決定讓こころ留院觀察，我們的感覺幾乎是立即鬆一口氣，好像終於爭取到某種成果似的。

辦理了簡單的入院手續和接受了抽血檢驗，こころ便被帶到後面的觀察病房去。當我被護士問及和こころ的關係時，こころ竟然說是「父親」。那著實把我大大地嚇了一跳。年輕女護士卻以毫無疑問的態度，接受了這一宣稱。這又是另一令人吃驚之處。

こころ被安排在女病房最靠近入口的病床上，以方便在床邊放置監察心跳的儀器。換上了寬大的病人服的こころ，更像一個未吹氣的人形公仔。護士在她的胸口貼上幾個接觸器，連接到心跳監察儀。在屏幕上可以看到こころ心跳的起伏波動，還伴隨著那些令人精神緊張的「嘟嘟」鳴響。

另一個看來資歷較深男醫生走過來，看著心跳監察儀的屏幕，點了點頭表示滿意，然後又從頭問了一次こころ的發病情況。這次我任由こころ自己講述，只是靜靜站在一旁，盯著儀器上那富有規律的起落波幅，好像那裡傳遞著另一番的訊息。我腦袋中突然出現一個念頭：那是こころ內心隱密的說話。但這卻是經過加密處理的說話。我對於自己沒有能力解開那密碼而感到懊惱。

我見已經差不多七點，便趕緊回家，給こころ帶些牙刷和毛巾之類的日用品。在離開觀察病房之前，又碰到那個當值醫生。他拿著牌板經過，突然在我身邊停下來，在那小小的橢圓形眼鏡片後面望著我，眨著眼睛，說：

我是不是在不久前見過你？

我最近沒有進過急症室。

我回答的時候，並無辯解之意，只是如實說出，但醫生卻堅持說：

不是你進，是你陪人進，像這次一樣。

我想否認，但嘴巴卻說出了相反的答案：

是的，在十月初的時候。

醫生好像記起甚麼來，點著頭，卻沒有再追問下去，晃動著牌板走開了。

那次我陪著進來的，是安賽。

我發誓我無意隱瞞甚麼。我也不明白，為甚麼從送こころ到急症室，以至陪伴她等候的大半天，都沒有這個意識，直至這時候才猛然記起來。也許我的腦袋刻意壓抑這段記憶。

我穿過那些曲折的通道，繞到醫院大堂，走出正門，立即截了一輛的士。我在短短的車程上盤算著要帶給こころ的物品，嘗試藉此揮掉那段不請自來的記憶。

回到家後，發現兒子在吃薯片和在Wii機上玩球類遊戲。我問他溫完書了沒有，他卻投訴沒有晚飯吃。我記起今晚爸媽不來我家吃飯，本來打算和兒子出外吃。我匆匆收拾了幾件東西，和兒子說要再去一趟醫院，回來順道買外賣給他。

再回到觀察病房，已經是八點多。こころ床前的移動餐桌上放著餐盤，盤中的米飯只吃了一半，餸菜卻吃得七七八八。

我把帶來的蘋果、餅乾和梳洗用品放在床頭的矮櫃頂上。こころ對這些物品好像不太感興趣，只是抬頭向我虛弱地微笑了一下，便又低頭看懷中那本《本生經》。書採用當年原版加以複印，舊式的中文直行排版和字型甚有古意。其他十來張病床的病人，不是在昏睡就是在抬頭看電視，沒有人會像こころ這樣在看書，而且還看這樣不尋常的書。

書好看嗎？我沒話找話說。

過了半晌，こころ才抬起頭來，以一臉單純的神情，問說：

印度沒有松鼠的嗎？

松鼠？

書裡面找不到松鼠本生，只有鹿呀、象呀、猴呀之類的。

松鼠很可能不生於印度。

那佛陀前生就沒有當過松鼠了嗎？

也不用當過每一種生物才能成佛吧！難度是不是太高呢？

說的也是。不過沒有松鼠就很可惜。

也不一定，也許公園裡的松鼠將來會成佛。

那我們就給牠寫個松鼠本生吧！

也無不可。

こころ滿意地微笑著，翻了翻書，然後罕有地帶點興奮地說：

知道甚麼是「鹿之幻術」嗎？

「鹿之幻術」？

「鵪鴣之梵行」呢？

……

「厭惡聖典」你記得吧？

有這樣的東西嗎？

「持續劫的奇蹟」呢？

沒有印象。

這本書你自己沒看過嗎？

只是隨意翻過一下，內容不太記得了。

こころ大有掃興之意，沒好氣地說：

那我來告訴你吧。原來佛陀前生也曾受過美色的誘惑，陷入煩惱。

有這樣的事？我做出感興趣的反應。

他本來已經是個有大修為的仙人，但因為不小心看見了王妃的身體，生起了愛欲之念，整個人都亂了，變得迷迷糊糊的，超可愛！

人之常情吧！那個女人叫甚麼名字？

優相。

怪不得。後來呢？

後來還是優相救了他。

怎麼救？成全了他？

廢話！優相假裝要和他同住，向國王要了一間骯髒的茅廁做房子，要仙人把地方打掃乾淨，把他折騰一番。然後大家終於躺到床上去，眼看要行魚水之歡了，優相卻一把抓住他的鬍子，質問他記不記得自己是個仙人。這時候他才突然醒悟，自己的愛欲之障，其實是無明所致。於是他把王妃帶回國王那裡去，還說他的愛欲因為優相而增長了，愛欲生出別的愛欲來了。

對修行的愛欲？

沒錯，他飛回雪山裡修行去了。

用飛的？

當然啦，仙人嘛，難道用走的嗎？

挺有意思。

也許こころ察覺到我在敷衍她，沒再理我，又再低頭看書。我有點沒趣，拿了個蘋果到洗手間清洗。回來的時候，安裝在病房盡頭天花板上的電視正播放特別新聞報導。持續被占領達七十多天的金鐘區道路，今天終於面臨清場。隔鄰的男病房爆出連串的粗話，幾個上了年紀的男病人忿然地開罵起來，對象卻不是清場的警察，而是那些年輕占領者。

在電視畫面中，穿著藍色特別行動制服，戴著頭盔，手持警棍的警員，排出銅牆鐵壁般的陣形，步步進迫，以摧枯拉朽的姿態把路上的帳篷、棚架、標語和裝置品全部拉倒、扯掉、掃除。最後留守的占領人士被一一帶上警車，其中比較知名的都被容許在鏡頭前揮手、振臂和高叫口號。鏡頭特別停留在一條橫幅上，上面寫著：

We will be back!

我心頭一震，轉過臉沒有再看下去。低下頭來，卻發現原來こころ也留意著新聞報導。我手裡拿著蘋果，也不知應不應該遞給她。

こころ伸著瘦削的脖子，抬著頭，仰著臉，自言自語地說：

安賽會在那裡嗎？

我望向床邊的心跳監測儀，上面的波動明顯地有所加快。

9.

我記得安賽入院那天是重陽節，即十月初的某天。那天早上我和家人去掃墓，拜的是我阿爺。中午我和兒子在沙田一間吃炸豬排的日本餐廳吃飯，還未吃到一半，便收到安賽的電話。她說她進了急症室。我半信半疑，不流露過多的關心地問她發生甚麼事。她說心不舒服。我無可避免地問她哪間醫院。她說北區。

北區？為甚麼跑到北區去？你這幾天不是待在金鐘的嗎？去找你。

說到這裡，我知道我不得不去看看她。

我待兒子完成了午飯，叫他自己去祖父母家，我便坐火車到粉嶺，然後轉乘的士到北區醫院。去到急症室大堂卻不見安賽的影蹤，我有一刻希望這只不過是個惡作劇。掏出手機一看，才發現錯過了一條十分鐘前的短訊，安賽說醫生建議她留院觀察，現正在觀察病房。我從側門進入觀察病房，去到女病人的區域，看見安賽就躺在最外面的病床上，床邊放著一部嘟嘟作響的心跳監察儀。

神情疲累的安賽半挨半躺在升高至約三十度的床上，蓬亂的鬈曲長髮在枕頭上散開，像許多小蛇在纏繞。那副硬朗的骨架在倔強地撐起那不合身的病人服，胸部卻竟然還呈現柔軟的隆起。這讓我不期然想像到，那連接心跳監察儀的電線上的幾個接觸器，是如何地貼附在她的左胸的皮膚上。

她很明顯一直盯著病房入口，所以當我一露面，她就以那雙好像很多天沒睡好的被黯黑圍繞的眼睛向我作出了控訴，好像一切都是我的錯。而在那雙怨憤的眼睛面前，我真的立即生出了罪疚感，羞愧得抬不起頭來。

你終於來了啊！

有甚麼可以先打電話給我嘛。

我發現自己的語氣很像那些肥皂劇裡的壞情人。

我傳過很多次短訊給你，你都沒有回。

你可以直接打給我。

那我就直接來找你。

你去了我家？

還未到，剛出了火車站，心就痛起來。

是不是這幾天撐得太辛苦？都睡在帳篷裡嗎？幸好天氣還算暖和吧！我一口氣地說著。

幾乎沒睡過。睡不著。

怪不得！你是累壞了。

不，不是疲累的問題，是焦慮。

焦慮？對的，那樣的處境不易面對，尤其是在現場，很大情緒壓力，緊張感。很多人都很激動。我也沒法安心。

是嗎？你也不安心嗎？我以為你想置身事外。

我也睡不著。

你沒有來過，也沒有想過要來。

我想過的，也許過幾天。

你也沒有想過要找我，看看我是生還是死。

別說得那麼嚴重吧！我只是遲了回覆你。

我不是說回覆不回覆，我說的是——

說到這裡，安賽以手指戳了自己左邊的胸口一下，用力程度在肋骨上發出了「噗」的一聲。我下意識覺得，心跳監察儀的鳴響節奏好像也停頓了一下。我疲弱地回應說：

我不是不關心你，但是，我自身難保。我自己也陷於困惑中，心情難以平伏。

你知道嗎？那天我以為我會死掉！催淚彈就落在我面前，我幾乎窒息，然後在迷霧裡看見帶著頭盔，拿著長槍的人影。那一刻，我完全動不了，呆在那裡，只懂不停地哭叫。

你被嚇壞了。

你別說你也被嚇壞了。

我沒有。

但我其實想說，我有點被安賽嚇壞了。安賽有一種一抓住你就不會放手的勁兒。所以，與其說我害怕某件事，不如說我害怕安賽所帶給我的那件事的感覺。當然，表面上我裝作很鎮定。要不，就很難從安賽手中脫身。現在我已經被安賽召喚到這裡，站在她的床邊，乖乖地聽她的訴說，甚至指責。我已經沒有逃跑的餘地。我嘗試弄出一些緩衝，說：

你有甚麼需要？我給你買。牙刷毛巾之類的。或者要不要看雜誌？不如給你買些水果？

安賽用力地把腦袋從枕頭上提起，堅決地搖了搖，又讓腦袋沉重地掉回去。

我甚麼都不要！我只要你！

早知這樣說會弄巧反拙。我盡量安撫她說：

現在不是探病時間，我不能留太久。待我五點再來的時候，給你帶點東西。你躺著悶不悶？累就試著睡一下，不累的話，你自己有沒有帶書？

安賽搖搖頭，這次是讓腦袋貼著枕頭，微微地左右動了一下。

我從自己的背包中掏出一行禪師的著作《你可以不怕死》，遞給安賽，說：

無聊的話就翻翻。我晚點再帶別的給你。

安賽從寬大的病人服的袖子中伸出的手臂，就像從石洞中冒出頭來捕食的鰻魚一樣，準確而迅速地咬住獵物。接過書之後，並沒有立即翻看，只是把它牢牢地以雙臂箍在胸口。我有點替一行禪師心驚。

我離開的時候，在櫃檯前問了當值醫生一下安賽的情形。那位戴小橢圓眼鏡、個子不高、前額微禿的中年男醫生說，初步檢查未覺她有任何問題，還要利用心跳監察儀觀察一段時間，和等待新的驗血報告出來。

我謝過了醫生，回頭一看，發現安賽依然保持著之前的姿勢，抱著書，雙眼一直盯著我不放。我向她微笑了一下，回頭便走出急症室病房。

當然，我還未至於一去不回。但我還是拖延到六點半才回去。

病人的晚飯已經派發。在安賽面前的活動桌子上，放著一碟青菜炒肉片和一碗白米飯，但她好像完全沒有看見似的，挨坐在床上專注地讀著我給她的那本書。直至我來到床邊，她才注意到我的出現，但只是瞥了我一眼，嘴角露出淺淺的一笑，心神又回到書上去。我認為這是個好徵兆。我把帶來的水果、餅乾和日用品放在床頭的矮櫃上，又掏出另一本書給她，也是一行禪師的《好公民：打造覺悟的社會》。

也許這本更適合你。我說。

安賽露出感興趣的神情，接過書，看了看封面和封底，說：

都好。謝謝！

我心想，一行禪師果然厲害。安賽的眼神裡已經沒有怨懟，相反卻是一臉平靜。平靜下來的安賽，並不是沒有美感的。就算是穿著醜陋無比的病人服，就算只是露出脖子和一雙手下臂，也可以令人立即聯想到一副美好的身體——肌體白皙而被微微曬黑、沒有多餘脂肪但卻富有曲線、骨架勻稱肌腱柔韌，簡直就是古斯巴達女運動員的肉軀。而她的高鼻子、深眼窩、大眼睛、高顴骨、薄嘴唇和圓下巴，要不是常常蒙上一層灰沉的顏色，也真箇符合西方的古典審美標準。

我大概是有點看傻了眼，竟然忘了安賽對我的威脅。自從認識她以來，她總是在任何時刻來電，或者持續不斷地傳來電郵和短訊，追問著我各種我不願意回答的問題。例如早前我發表過一篇關於文學與沉默的文章，她便對沉默這個概念作出了強烈的質疑甚至是攻擊，堅稱當中揭示了我性格中的怯懦和畏縮，以及自視高人一等的驕傲。她老是站在正義女神角度來批判我的觀點。可是，說到後來，她的不滿又好像只不過是出於我對她的迴避和（她所以為的）看不起。於是她又突然變成受到不平等對待的受害者，歇斯底里地向我作出控訴。她採取的勢態忽強忽弱，時而舌劍唇槍，時而哭哭啼啼，時而柔聲細語，時而力竭聲嘶。她試過在咖啡店突然像撞了邪似的拍著桌子哭喊，又試過在地鐵車廂內大聲宣布我背叛她的罪狀，弄得我當場腦部癱瘓，不知所措。我一直設法避開她，但她總是有辦法迫使我跟她見面。這樣的事情，一直持續了幾個月之久，令人煩擾不堪。所以，當我得知安賽投入到那場運動裡去，我還以為她終於可以把精力消耗在別的重大事情上，而不會再糾纏於和我的小吵小鬧。但是，她竟又從金鐘老遠地跑過來北區找我。我覺得，這次她身後牽著一股更為巨大的怨憤。這並不是我個人可以應付的。

病房的電視上開始播放六點半新聞報導。在那熟悉的開場音樂之後，是入夜後人潮蜂擁的金鐘占領區的畫面。不同顏色的傘子像菌類一樣地蔓生。安賽的意識從書本給拉出來，慢慢抬起頭來，望向電視機。我連忙跟她說：

來，吃點飯吧，餸菜都放涼了！

我看著安賽吃完了整頓飯才離開。確保她吃飽肚子，我才安心。也許，這只不過是出於心理補償。我已經做了決定，要跟安賽來個一刀兩斷。

第二天早上我照我所答應的，去接安賽出院。如我所料，整晚的監測完全沒有出現異常狀況，驗血報告出來也一切正常。暫時排除任何急性危害的可能，醫生也因此宣布安賽可以出院，排期到內科門診部再作進一步檢查。

我陪著穿回便服的安賽走出醫院。我不排除為了她的好處，我說了那番體察入微的安慰之辭，鼓舞她要好好照顧自己，對自己有信心。但我敢肯定，我絕對沒有把我家門匙交給她。為甚麼呢？因為我已下了狠心，以後不再見安賽，也不再讓她見到我。

我不是說笑的。

我以為安賽給我的困擾，終於可以告一段落。

至於那兩本一行禪師的著作，就當是我送給她的最後禮物吧。

10.

こころ第二天早上就出院了。

我來接她的時候，她已經換回便服，也沒有看書，只是靜靜地坐在床沿。

看こころ的臉色，昨晚似乎睡得不好。難免的，急症病房一天到晚都鬧鬧嚷嚷的，病人出出入入，半天全都換了模樣，加上此起彼落的各種檢查和治療，想靜養幾乎是不可能的事情。

奇怪的是，昨晚我也睡得很差。雖然是近半個月以來第一次可以擺脫こころ的煩擾，單獨好好地睡一覺，但結果卻是整晚的輾轉反側，老是覺得好像缺了一點甚麼似的，連淺淺的夢境也都是夢見自己在觀察病房陪著こころ。

在那樣的夢境中，我竟然和こころ躺在同一張病床上，因為非常擠迫，所以我無法不把她摟在懷裡，以縮窄兩人所占的面積。病房範圍的燈已經關上，但醫護人員櫃檯那邊卻依然十分明亮，所以絕對稱不上漆黑，最多只是稍微昏暗而已。我和こころ蓋在同一張被子下面，但這顯然是非常薄弱的一層掩飾。我心裡知道自己偷偷陪病人過夜是違規行為，但更為令人慌張的是，我發現自己身上穿著病人服，而我懷裡的こころ，竟然是全身赤裸著的，就像她潛入我家中那個晚上一樣。在こころ左邊的胸肋上，圍繞著她細小的左乳貼著四顆接觸器，以電線和床邊的心跳監察儀相連。我沒法肯定，這個情景我是用看的還是用手觸到的，但我卻是很清晰地知道。心跳監察儀不知怎的被轉到病床這邊，於是我整晚便盯著屏幕上的波動，聽著那嘟嘟嘟嘟的嗚響，就像那就是こころ和我說的密語。而我懷裡的こころ卻一直沉睡著。我一直擔心我和こころ的異常狀態會被發現和揭穿。我的夢不斷被護士巡房、給病人量血壓和探熱、新的病人被送進來和某些重症病人的痛苦呻吟而打斷。有一次，一位護士走過來，有點粗暴地掀開被子，抓住我的手臂，綑上血壓計的綁帶，按下儀器的開關，記下了測驗的度數，然後若無其事地走開。我趕緊把被子蓋回，嚴嚴實實地包裹著こころ，心裡鬆一口氣。

就是這樣夢夢醒醒的，感覺上好像是陪了こころ整個晚上。所以，當我走進病房，看見坐在床沿的她，我有半晌以為自己根本就沒有離開過。

こころ雖然疲累，但已經沒有胸口不適的徵狀。醫生說整晚也捕捉不到異常現象，排期到內科再作詳細檢查。我心裡覺得那樣的檢查最終也是徒勞的，但我沒有說出來。

時間其實不早，已經接近中午。我和こころ上了的士，我向司機說，去聯和墟工業區。那裡有一間很有特色的有機食品餐廳，我和妻子很喜歡來這裡吃飯。

餐廳在工廠大廈的地層，面向街道，裝潢頗為優雅。誰也不會想到，在這個地區會有這樣的一家餐廳。餐廳向街的一面都是落地玻璃，桌椅以樸拙的木頭製成，上空垂吊著不少攀援植物，一派自然的氣息。因為食材都是有機種植的，所以食品的價錢也不便宜。我一來覺得こころ剛剛出院，應該吃得健康一點，二來自こころ來到我家，我也沒有和她吃過像點樣子的一頓飯。也許，善待こころ，是讓她康復的重要一步。

こころ沒想到我會帶她來這裡吃飯，對餐廳露出頗感興趣的樣子，氣息於是也恢復了一大半。

她點了有機青豆湯和南瓜腐乳五穀飯，我則點了紅菜頭湯和慢煮雞胸肉。後來她又要了農場鮮奶，而我則要了有機薑茶。這是繼鮮牛油餐包之後，我再一次見到こころ吃東西吃得津津有味的樣子，也即是把匙子含在嘴裡捨不得拔出來的那種迷醉的情態。看著她穿著我妻子的衣服，圍著我妻子的頸巾，珍嘗著每一口的食物，我有一剎那錯覺以為，坐在我面前的就是我妻。

我記得昨晚深夜裡，我在手機上通知妻子こころ入院的事。妻子隨即回覆：好好照顧她。吃美味的食物，是幫助康復的好方法。

老實說，對於何謂美味，我一向是很遲鈍的。這方面是我妻子的專長。想不到的是，原來こころ對美味也是有感覺的。

在吃飯的時候，我問起こころ的家人。她從來沒有提及家人，就算是有事入醫院，也沒有想過要通知家人。這令我感到奇怪。

我的家人，就是你囉！

她一邊以舌尖舔著唇邊的食物醬汁，一邊說。

別胡說吧！

他們都不在香港。

他們不是香港人嗎？

都是，但住在外地。

所以你也是香港人，不是日本人。

我沒說過我是日本人。

沒兄弟姊妹？

こころ搖了搖頭。

那你獨自留在香港？

こころ點了點頭。

一個人住？

こころ點了點頭，隨即又搖了搖頭。

本來是，現在不是了。

我不明所以。她又說：

現在我和你一起住。

我停下切雞肉的動作，想向她解釋甚麼，但又找不到適當的措辭，便又繼續切雞肉。

那你原本住的地方，不用回去打理一下嗎？

不用，已經退租。

退租？

想不到こころ此舉早有預謀，而且具有破釜沉舟的決心。我掩不住流露出驚訝之色。

但你的行李呢？多少也有些私人財物吧？例如書本、衣服之類的。

都捐出去，或者丟掉了。沒有甚麼不能捨棄的。

你就這樣，甚麼都不帶，只穿著那套和服，拎著一個小包包，就來找我？

還需要甚麼？要說俗物的話，證件倒是還帶著。

真是孑然一身啊！

說的也是。

こころ意味深長地側著臉微笑了一下，神情彷彿有點狡黠。我於是又懷疑，她剛才的話是胡謅的。她的家人根本就在香港，也有一個好好的家等著她回去，她只是任性，離家出走。想到這個可能性，我又感到有點舒心了。

你沒和家人說這件事吧？

哪件事？

你跑到我家裡這件事。

沒有。我不用甚麼都向別人交代。

個性很獨立呢！

不是這個問題。

那朋友呢？很少聽你提及朋友，也不見你找朋友，或有朋友找你。

安賽算不算？

一提及安賽，我的心就好像麻痺了一下。

你和安賽真的是朋友？

こころ以點頭作答。

你們是怎麼認識的？

在網上認識的。

是網友？怎樣開始？

在那個關於你的網站。你的舊學生幫你開的那個。對你感興趣的人都會在上面交流。

是嗎？那個網站我很少看，也不大知道情況。

你這個人真冷淡。

所以，你們就見面了？

見面？我和安賽沒見過。

我對這答案感到驚訝，停下了一切動作。

沒見過？那你又說是安賽把我家的門匙交給你的？

但你也說過你根本沒有把門匙交給她。

兩個謊話加在一起並不等於真相。

我沒說我說的是謊話。

這個話題是個永恆的死結。我感到有點頭痛，決定放棄爭持。

那其他呢？除了安賽，還有其他朋友嗎？

都只是些很普通的，沒有去到要常常聯繫的程度。

那即是性格孤僻。

跟你差不多啦！我也沒見你和朋友聯繫。

我有妻子。

妻子和朋友不同。

我至少不是完全孤立。

我也有你。我也不是完全孤立。

又來了！

你也有我。

夠了！看來你不明白我的意思。

是你不明白我的意思。

こころ的臉上露出委屈之色，我不忍心和她爭論下去，便打圓場說：

好的，我們都不明白對方。有時候，有些事也不能弄得太清楚。模糊有模糊的好處。

こころ突然變得堅決，把匙子哐啷一聲地擱在吃得光光的碟子裡，說：

不能含含糊糊就過去！到最終必須要明白！必須要覺悟！

我對こころ的堅持感到意外，一時間不知該如何回應，只能附和說：

好的，我會嘗試去明白的。

こころ的情緒好像平伏下來，但眼眶卻水汪汪的，怪可憐的樣子。這時候侍應生送來了以精巧的玻璃瓶子盛著的農場鮮奶。我於是立即吹噓了一番這鮮奶的品質和美味。

こころ以尖細的手指拈著瓶子，拿起到嘴邊，淺呷了一口，臉上立即綻放出像是喝了甘露似的笑容。此刻我感到，こころ的本質是極其天真和單純的。我為自己對她作出的種種質問而慚愧。

回到家裡，我建議こころ去洗個澡，換掉所有衣服，因為從醫院裡會沾到許多病菌。我自己則著手清理給兒子弄得一團糟的餐桌和廚房。兒子今天考試時間比較長，大概會自行吃完午飯才回來。

こころ照習慣在主人房的浴室洗澡。我把她脫掉在床上的衣物收拾起來，準備拿去清洗，不經意地看到在床頭几上，放著三本疊在一起的書。最上面的一本是深藍色的《本生經》，下面的是一行禪師的《你可以不怕死》和《好公民：打造覺悟的社會》。

我走近浴室，在玻璃門上用力敲了敲，在門縫大聲說：

床頭的書是甚麼回事？

こころ在灑水聲中聽不清楚我的話。我再重複了一遍。

她的聲音彷彿是來自遠方的回音：

看完還給你的！有甚麼問題？

沒問題。

我近乎自言自語地說。

浴室內繼續著那淹沒一切的嘩啦。

11.

こころ的年紀一直是個問題。

我不是說「年齡是女人的祕密」這樣的事情。事實上，就算我沒有直接去問，こころ也未曾刻意隱瞞她的歲數。她曾經漫不經意地說過，她和我一樣生肖是屬羊的。我沒有理由懷疑她的這個說法。

按照同生肖這一點去推算，大概可以猜到こころ的真實歲數。こころ於初冬十二月於我家出現，而次年到冬末二月，就是羊年了。以進入羊年為基準好方便計算，這年我四十八歲，則こころ的年齡只有下列的幾個可能性：二十四（最可能），三十六（次可能），四十八（近乎不可能），而十二和六十則是絕不可能。儘管こころ身材並不豐滿，但見諸生理和心理成熟程度，絕非十二歲小女孩，這點不必多說。她作為年輕學生和文藝少女的形象，最符合二十四歲的年紀。不過，如果說她三十六歲，即比我妻子稍微年輕，以一副娃娃臉和瘦身材來說，看起來還殘留著青春氣息，也非不合理的現象。至於和我同年，就算不是不可思議，感官上和理性上還是覺得難以接受。而六十這個選項，只是作為邏輯推理而備置，基本上不在考慮之列。但是，似乎也不是可以百分之一百排除的……

表面看來，二十四歲是個沒有異議的結論，頂多是保留三十六歲的可能性，但是，不知怎的，我心裡卻無法拋開こころ已經四十八歲，甚至是六十歲的想法。想來自己也覺荒謬，但疑惑就是一直縈繞不去。本來最簡單的方法就是問她拿身分證一看，或者偷偷查明也無不可，但是，我卻非常抗拒這樣做，好像單靠日久的相處和觀察，如果也沒法憑經驗斷定的話，那實在是非常失敗的事情。

而說到觀察，こころ的容貌和她的年齡一樣，又是一個怎樣也看不清楚的謎團。之前說到こころ的段落，好像對她作了頗多的形容，但其實都是些神態或狀況的比喻，或者非常簡化的描述，用詞不外是「瘦削」、「蒼白」、「疲累」之類的，完全說不上準確、具體和細緻。也即是說，無論我如何和こころ朝夕相對，我也沒法對她的外貌作出寫實的描繪，而只能運用印象派的模糊渲染法，甚至是落得抽象派的指鹿為馬，或者超現實主義的自由聯想了。

既然沒法對こころ的老還是幼作出定奪，我也自然難以對她的美或醜加以辨別。究竟她是一個小美人，還是一個老醜女，是一個小醜女，還是一個老美人，也是一件充滿變數的事情。也許，我唯一能說的，就只是こころ的多樣和多變。所以，如果讀者覺得こころ的形貌和性格缺乏一致性，甚至出現前後矛盾的地方，那很可能正正說明了她的本質。這於人物塑造來說，難免無法令人滿意，而於小說作者來說，則是一項無可開脫的能力缺失。不過，實情如此，也不是作者能夠自由決定和任意控制的了。

從心智上說，こころ的表現也不足以成為判斷的準則。有時候，こころ會像一般少女一樣流露出天真甚或是無知的一面，但是，另一些時候，她又會變得老練和睿智。有時候，她好像是一個脆弱而需要保護的稚女，但另一些時候，她又會變得強悍而尖銳。有時候她會陷於無助和混亂，但另一些時候她又會呈現出安定和澄明。你會為她的多愁善感和體弱多病而感到憐惜和不忍，但當你看輕她的能力，她又會出其不意地向你反戈一擊，令你倒地不起。

因為難以把握她的年紀，確立她的形象，我對待こころ的態度也難以保持一致。如果她是妙齡少女，很自然會把她當作學生或者女兒，加以照顧和開導。又或者忍不住受到刺激和誘惑，而陷入不倫的忘年戀情。當然，也會因為和年輕世代的隔膜和差異而出現誤判，導致自作多情，自以為是，自暴其短，結果弄得灰頭土臉。而如果她已經步入中年，便比較傾向於一個對等的談話對象，有近似妻子的親切甚至是親密，或者是朋友的相識和相知。就算發生婚外情的關係，也不那麼乖離倫理和人情，至少可以歸因於某種可被諒解的人性弱點。而如果她和我是同齡的話，則可能備有更多同代人的理解和同情，很可能會成為文學上的同道中人，互相扶持但也互相比較，或者肝膽相照，或者彼此競爭，要不就互拍馬屁，要不就大打出手，但總會是爽爽快快，而非曖昧不明。但是，如果こころ是老女人呢？

我一直玩味著こころ是老女人的可能性。這並不是因為和比自己年長的女性發展關係會更為石破天驚，而是出於某種無法解釋的直覺。我一直在想，こころ會不會是少女身、老婦心的一種特異的存在。

這並不是無的放矢的。儘管大部分時候こころ都顯得天真無邪，但是她身上總散發著一種陳舊的、過時的氣息，比如說她喜歡夏目漱石和明治時代的和服。這令我想起倩女幽魂之類的故事，或者從舊時代便被遺棄於人間的女鬼。又或者好像《本生經》裡面的佛陀歷世故事，こころ是無始以來便不斷輪迴轉世的老靈魂，所以此生雖為我的女兒輩，前生卻可能是我的母親。想到這裡，就無

法不對こころ敬而遠之，以免墮入亂倫的惡果。

我又想起《攻殼機動隊》裡面的義體人，也即是生化人，無論大腦意識的年齡為何，都可以寄居於外貌年輕的機器肉體。說不定こころ就像素子一樣，可以像更換衣服一樣更換身體，永遠保持年輕和最理想的體態。當然，與身材矯健而性感的素子相比，こころ的病體可謂不合水準，很可能是一件品質管制有問題的次貨。如果こころ換成素子的模樣，那真是……。慢著！如此說來，こころ和安賽的關係就真相大白了！こころ和安賽，其實是寄居在兩個不同外形的「義體」的同一個意識！怪不得兩人可以互通有無，甚至說こころ就是安賽！

被こころ困擾著而無法正常生活和寫作的我，在無聊的時候，就是浸沉在如此這般無聊的思緒中，編織著各種各樣無聊的故事。

12.

こころ出院之後幾天，雖然再沒有重大發作，但卻一直是懨懨的沒精打采。天氣尚算不太冷，但都灰沉沉的，教人活躍不起來。照樣的每天早上去公園散步，但效果似乎非常有限。在家的時候，こころ除了看點書，就是挨坐在床上，不是在按著胸口嘆氣，就是把著脈搏在計數，或者反覆揉著手腕上的穴位。

為了晚上睡得好點，我建議こころ以熱水沐足，然後我會給她做點足底按摩。我只是粗略記得平常妻子給我按的樣子，七折八扣地模仿著做。沒想到的是こころ竟然非常能耐痛和耐癢，無論按到怎麼敏感的位置，她都能咬緊牙關忍住，只發出壓得低低的呻吟。捏著こころ纖薄的腳掌，揉著那脆弱的骨節和筋腱，觸著那漸漸變得溫暖的皮膚，感覺竟是比一切交接的方式還親密。當我對準她腳底的穴位按下去，她的反應就像一束電流通過小腿、大腿，以至於整個身體的經絡，發生迅速流轉的一連串顫動，最終展現為臉上既痛楚又紓解的神情。在這時候，不知怎的，我的心臟也為之微微抽搐。

有時候我想，其實こころ根本沒有病。她只是懷疑自己有病，慢慢地變成了相信自己有病。當然，所謂「沒有病」其實也是一種病，不過卻是情緒方面的、精神方面的病。雖然我認為こころ並不真的有病，但我也慎重地考慮著，讓こころ到醫院做一系列詳細身體檢查，以確認有病還是沒病的事實。如果真的有病，就對症下藥去醫治，如果沒有，就要用另一種方法，也即是處理情緒病的方法。

要盡快解決的話就不能等公立醫院排期，而必須到私家醫院去。こころ對此沒有異議，既不積極附和，也不強烈反對。非常奇怪的是，對於自己的身體毛病，こころ雖然覺得非常難受和擔憂，但卻一直放著不管，好像完全留給我替她作決定。我唯一擔心的是錢的問題。我問こころ有沒有買醫療保險，而她竟然說有，還立即給我保險經紀的電話，讓我查明賠償範圍。

既然萬事俱備，那個星期一早上，我便給こころ收拾好衣物用品，帶她到沙田的一間私家醫院去求診。兒子的考試已經進入最後一星期，如果陪こころ入院檢查的話，就沒法陪兒子溫習，但我也實在無可奈何。因為到了週末，我就要出發到新加坡出席一場演講會，然後下星期就是聖誕節假期。如果不趁這幾天入院，那又要拖延一段時間。我心裡依然希望，盡快解決こころ的事情，讓彼此的生活回到正軌。反正，就算我陪了兒子溫習，也不見得他會因此考得更好。

私家醫院的服務果然不同，等候時間只需個把鐘頭。首先是去看急症門診，再由當值醫生轉介入院，由專科醫生跟進。我和こころ在醫院大堂辦理入住手續，那種酒店式的招待讓人有到外地度假的錯覺。我竟有一刹那跟こころ在偷情的怪異感。

當然，入住的事實上並不是情侶酒店的套房，而是一間二人病房。無論如何舒適，始終是病房的裝潢。在靠近門口的病床，已經有一位院友占用。こころ獲派的是靠近窗子和洗手間那邊的床位。隔鄰的病床以淺藍色布簾圍繞著，裡面好像在弄著甚麼照料工作。簾後傳出低聲的談話，都是些簡短的協作溝通。

節。

在私家醫院病人可以穿自己的衣服。こころ換上淺灰色的厚棉質長袖運動衫褲，既可權充睡衣，也可以見人。每張病床都有自家的電視機，高高的架設在床尾的天花板上。為了不打擾別人，都要用耳筒收聽電視節目的聲道。此時在電視畫面上無聲地播放著的，是下午優閒節目的烹飪環節。

隔鄰病床的簾子突然被拉開，兩個女醫療輔助人員拿著堆成一團的床單和其他物品，離開了病房。床上躺著一位骨瘦如柴的老伯，神情呆滯，稀少的頭髮斑白。站在床邊的是一位也上了年紀但看起來比較年輕的女士，很可能是老伯的妻子。這原本是毫不令人意外的事情，但我卻突然想到：這不是女病房嗎？為甚麼隔鄰的會是男病人？是醫院弄錯了嗎？

這時候，一個年輕女護士走進來，和こころ核對了一些資料，又隨即替她量了血壓和探了體熱。期間女護士全無意識有任何問題出現。我多次想開口，但見著對方若無其事的態度，竟然開始懷疑其實是自己有問題。加上目睹隔壁老伯伯可憐的樣子，又恐怕一開口會讓人覺得被嫌棄。於是，非常不可理喻地，我把疑問都吞回肚子裡去。就是這樣，在往後的四天裡，こころ和一位老年男病人同房成為了既定事實，在任何人眼中也沒有勾起一丁點兒的奇怪或不安。

為こころ主診的是一位儀容及衣著猶如商界名流的心臟科醫生，他出現的時候已經是下午四點。他了解こころ的情況後，決定了檢查的方向。因為當天為時已晚，只能安排照胸部X光和抽血，至於心臟超聲波和心臟電子掃描造影，則要留待明天早上和下午才能做。所以，第一天住院幾乎就是休息了。

醫院的環境非常安靜，隔鄰的老伯也沒有發出過多的聲音。從家屬和醫護的談話中，我得知老伯患的是胰臟癌，但沒法進行手術切除，所以只能盡量靠注射胰島素維持生命，並且以嗎啡止痛。進食方面也處於低水平，都是奶粉或營養素之類的維生基本所需。看來老伯處於危急狀況，神志也因此不甚清醒，間或說話也只是語無倫次。唯一令旁人不易忍受的，是老伯因為長期臥床，大便都拉在尿片裡，更換的時候便難免臭氣四溢，瀰漫整個小小的病房，歷久不散。我總忍不住掩著鼻子，但見こころ只是露出輕微不適的表情，並沒有表示任何不滿。這時候我又覺得，其實こころ的心是寬廣的。雖然沒有說出來，她似乎對隔鄰的老伯的痛苦深感同情。但是，這會否又加深了こころ自己的情緒低落，則是我所擔心的事情。

晚飯我們用電話向醫院餐廳點了海南雞飯和咖哩雜菜，水準當然不及大酒店的房間服務，但肯定比公立醫院的食物好。電視上剛巧在播放電視台的年度頒獎典禮，甚麼最佳男女演員等等的一大堆獎項，都是自家內部的遊戲。こころ雖然並不特別感興趣，但也和我一人戴一邊耳筒收看了。我倒以為有點世俗的消磨，對分散焦慮感有好處。

我記起早前妻子說，我可以和こころ分享有關方面的經驗。是的，在前年，我也有過半年的日子被不知名的身體不適困擾著，最後去到緊急入院的程度。在這期間，我也試過各種散心和消磨的方法。我看完了十幾冊安倍夜郎的《深夜食堂》漫畫，在網上追看了兩季共四十多集《攻殼機動隊》電視動畫和相關的劇場版，甚至連晚上黃金時段的本地電視連續劇也不放過。這些我都向こころ推介過，但《深夜食堂》太容易看，很快就翻完了。她對日本科幻動畫又不感興趣，電視劇就更加無法引起她的注意。於是，こころ就無法不整天到晚浸沉於自身的病況中，越來越沒法向外界開展了。我成為了她跟「外界」的唯一聯繫。

不過，和我相同的是，こころ在病中持續地看書。回想起來，在自己患病的期間，持續地看著不同類型的書籍，簡直可以羅列成一份養病讀書單。我記得那年十二月底初次病發入院的時候，我正在讀《莊子》和《老子》，後來養病期間又讀了叔本華的《作為意志與表象的世界》，到了第二次入院，讀的是尼采的《悲劇的誕生》，然後是第三次入院，重讀了波赫士的短篇小說集《迷宮》。那時候妻子看到我正在讀的書，忍不住說：怪不得你的病會加重！

奇怪的是，因為非常嚴重的無法進食、虛脫乏力、低血糖和肝酵素超標而最後一次入院之後，在留院期間突然「想通了」。想通了甚麼呢？想通了整件事的荒謬，想通了自己本來就沒病，一切都是自己想像出來的。留院三天出來，症狀奇蹟地消失。一個月後，所有指數回復正常。

真的是這麼簡單嗎？我也不知道。但是我也希望，こころ可以同樣地突然「想通了」。入院檢查其實只是一個儀式，一個過程，去幫助她去「想通」。當證實了自己的身體甚麼事也沒有，就不得不「想通」吧。這也許就是我帶こころ入院檢查的根本原因。

こころ這次入院帶來了甚麼書呢？

她一來到病床前就從布袋裡拿出來，放在活動桌子上的，是有著極簡約的純白色封面的、夏目漱石的《心》。

13.

私家醫院的其中一項好處，就是病人的親屬可以留下來陪著過夜。院方一方面可以減省照顧病人的人手，把責任拋回親屬一方，又可以加收費用。不過，病人家屬方面，還是很願意這樣做。我不放心讓こころ獨自留在醫院裡，所以早就預定會留下陪夜。

陪夜者睡的是加開的摺床，遠遠稱不上舒適。隔鄰的老伯每晚都是由家中的印尼籍傭工陪夜，負責半夜更換尿片之類的工作。那位印傭閒著的時候，便跟同鄉在電話上聊天，但聲音放輕，不算滋擾。至於我晚上其實沒事可做，因為こころ無需甚麼特別護理，也沒有很嚴重的失眠問題，只是睡得比較輕淺易醒而已。她早前的怕冷發抖症狀已經消失，病房裡的溫度也非常暖和適中。倒是我因為擔心她的狀況，摺床又睡得不習慣，晚上都輾轉反側，弄得日間昏昏沉沉的。

我因為要留院陪伴こころ，家中無人看顧兒子，便唯有著他到我母親家暫住。我跟母親解釋說，我的老毛病又發作，需要留院觀察和檢查幾天。我每天定時打電話回去給兒子，了解他溫習的進度，但他卻抱怨我撇下他不理，對考試也就採取近乎放棄的態度。我分身不暇，也不知道怎樣跟他解釋，真的是無可奈何。

隔鄰的老伯除了間中呻吟幾聲，也甚少吵鬧，唯獨是有一個特別的習慣，整天惹來護理人員的注意。老伯總是在無人看管的時候，自行脫掉褲子，光著雙腿坐在床上。大家也不知道他為甚麼要這樣做。問他是不是覺得熱，他又不答。總之，就好像天生跟褲子過不去似的，脫之而後快。大家都覺得是個沒有惡意的怪癖，也沒有加以苛責，只是像教訓小孩似的說他幾句，立即使他把褲子穿回去就是。こころ對此也沒有反感，只是聳肩一笑。我卻在想，人原來衰老病弱到一個程度，是連作出冒犯的能力也會逐漸失去的。怪不得讓老伯和こころ同房完全不成問題。

不過，每天約有一兩個時段，會突然有一大群親友來訪，把老伯的病床團團圍住。看來老伯也可算是屬於「幸福」的病者，在生命臨危之時，家裡有錢入住私家醫院，獲得醫生和護士們親善有禮的對待，以及為數眾多的家屬的關懷和照料。除了有溫婉的妻子於病榻前陪伴，還有同輩、兒輩、孫輩親友輪流探望，眾皆看來事業有成，家庭和樂。探病於是變成了難得的家族聚會，大家還不忘商議著聖誕聯歡的食物訂購和活動安排，氣氛好不熱鬧。

有一天接近中午，一群很明顯是來自教會的朋友來探病，其中一位不知有沒有親戚關係的中年女士，以團契領袖的語氣不斷地在向老伯宣道，重複地問他知不知道自己在這人生的最後階段還可以做些甚麼。老伯不知是聽不到還是聽不懂，沒有答她，對方便鏗鏘有聲地說：

你要記住！你既然已經信靠主耶穌，你就要為祂做見證！你要榮耀神！要大聲說出來，讓所有人都知道，你信主耶穌！記住你可以做的，就是做見證！要同大家講！你信主耶穌！

老伯不知是說不出話來，還是不想說，繼續沒有作聲。那位姊妹繼續說：

還有，你可以同主耶穌講數。可以跟祂說，我既然信靠你，請你也減輕我的痛苦，讓我去得舒服一點。你可以這樣講的，同主耶穌講數。知道嗎？但是，記住要做見證！要大聲講出來！

最後，老伯終於開口了，以他能力所及，盡量大聲地說：你們走吧！走吧！

那邊好像沉靜了幾秒鐘，然後那位姊妹重整旗鼓，再次宣示那番道理，又指示大家圍起來，讀了好幾段《聖經》金句。如此這般地探望了大半小時，臨行前不忘再次強調：記住！榮耀神！要做見證，要講出來！

我心想，老伯奄奄一息，能否活著出院也成問題，還叫他講給誰聽呢？こころ好像領會我的意思，指了指我們倆。

與隔鄰相比，我和こころ在病房共對，大部分時間也非常沉寂，大家都只是各自看書，或者在無聊中短睡。こころ的病床靠近窗子，可以看見通往獅子山隧道的公路，以及滿山翠綠的樹木。住院頭兩天外面還有陽光，從上午八、九點左右開始斜斜照進室內，直至中午。這時候こころ會下床，坐在窗前的小沙發上，一邊曬著太陽一邊看書。我則坐在病床上，看著戴著滿頭金光的她，挺著半透明的纖薄身子，彷彿只是陽光底下的幻影。

輪到こころ進行檢查的時候，我也會陪著她去，坐在檢查室外面等她。第二天早上首先做的是超聲波心臟及腹腔掃描。我坐在醫療造影部的長凳上，看著換上了粉紅色檢查服的こころ被喚進房間裡去，心裡卻好像跟著她進去一樣，完全可以想像她如何躺下來，解開上身的衣服，任由負責檢查的操作員在她的左胸上塗抹冰冷的潤滑啫喱，然後忍受著圓輪狀的掃描器按壓在肋骨上的不同位置，並且隱約瞥見屏幕上翻動著的宇宙風暴似的畫面，不時出現一個不斷收縮又擴張的巨大黑洞，間中伴以猶如深海火山噴湧似的液體被強力泵動的怪音。然後，那無情的滑輪又揉壓她的腹腔，以獵取肝臟、脾臟、膽囊和腎臟等等的影像。如果再往下一點，就是懷孕婦女預視子女胚胎的部位了。當然，こころ腹中沒有孩子。

不過，跟午後的心臟造影電腦掃描相比，超聲波掃描已經是十分輕鬆的事情。為了避免心跳過速造成影像模糊，事前要服食令心跳減慢的藥物。到了進行掃描的時候，又要在血管裡注入顯影劑，以凸現心臟和周邊動脈的形態。こころ進去弄了個多小時才出來。據她後來所說，當她被送進那台圓筒形的機器裡，感覺就像被一頭巨獸吞噬。裡面的溫度令她冷得發抖，機器的噪音又教人心神慌亂。在隔壁控制室操作的人員多次要求她盡量放鬆和冷靜，並且忍住呼吸以減慢心跳。這樣子試了半天，心跳依然太快。她從機器中被退出，檢查人員給她吞下另一顆藥丸，然後休息半小時讓藥力生效。之後又再次被送進機器裡去，重複測試著各個步驟，在她的精神近乎崩潰的邊緣，醫護人員一聲令下，顯影劑像行刑毒藥似的被注進她的體內。一股非冷非熱的強烈感覺在十秒內流遍全身，機器也同時高速運轉並發出各種怪聲。她以為自己的心臟要停止了，腦袋頓即一片空白。模模糊糊間，就聽見檢查完畢的宣布。

那就像被毒蛇咬到的感覺。こころ形容說，蒼白的臉上猶有餘悸。

約略是下午六點左右，主診的心臟科醫生挾著一大疊報告進來，以一種公布企業年度業績的口吻說：K小姐的心臟狀況非常理想，肝臟及其他腹腔器官也完全正常。他把那些造影片都匆匆地翻了一翻，像售貨員向顧客展示商品的內容，以示真材實料，童叟無欺。那些需要超常想像力才能看透的黑白超聲波圖片，他就不多費唇舌解釋了。另外那本以半透明塑料文件夾精美包裝的心臟造影電腦掃描報告，他卻珍而重之地作了詳細介紹，好像那是自己一手打造的藝術傑作似的。前面幾頁都是黑白造影，可以辨出較深色的心臟外形，和較淺色的血管的狀態。據醫生所說，幾條心臟動脈都暢通無阻，完全沒有收窄或堵塞。翻到最後彩色造影的部分，醫生禁不住發出讚嘆之聲，也不知是出於科技的神奇、專業的驕傲，還是こころ的「心態」的完美。加上猶如優異生成績表的驗血報告，他可以肯定こころ並沒有心臟問題。如果她覺得胸口痛的話，很可能是肋腔發炎，只要服食消炎止痛藥便可解決。

我們的臉上還是掛著狐疑之色，覺得這樣出院等於空手而還。我問了一句可否從其他可能性繼續檢查，醫生立即以事務性的語氣說，可以轉介こころ給呼吸系統科醫生。如此這般，球便傳到另一位醫生手上了。

醫生離開後，我把那份心臟掃描報告拿在手中把玩著，趁こころ沒留意的時候偷偷翻看最後的彩頁。那立體心臟造影有某種私密的、赤裸裸的，甚至是帶點色情的意味。

看甚麼？

盤腿坐在床上的こころ突然問。

你的心臟。

被揭穿的我唯有坦白說。

我的心有甚麼好看？

覺得很有趣。平時沒法直接看到心臟。

你以為這樣就等於直接看到心了嗎？

其實也不算直接，只是心的影像。

我的心怎麼樣？漂亮嗎？

有點像台灣芒果，紅色那種。

こころ忍不住笑了出來，向我伸出手。我把報告交給她。她看了看，說：

像士多啤梨才對！

好像很美味。

那你索性吃掉我吧。

14.

夏目漱石的《心》こころ早已讀過，因為剛巧在我的書架上看到，便拿來重讀。我則繼續讀那還未讀完的柄谷行人的《日本現代文學的起源》，裡面剛巧有頗多談到夏目漱石的地方。在醫院裡百無聊賴的時光中，我和こころ之間比較有意義的談話，都是環繞著讀書的。

那個陰鬱苦悶的下午，我引起了關於漱石的話題。

你看過夏目漱石的全部作品嗎？

大部分吧！只要有中譯本的。

你不看原文？

我不懂日文。

但你應該比我懂得漱石。我只看過他的三本書。

數量不是決定性因素。

我有問題想向你請教。

別這樣說吧！你才是老師。

我並不是好為人師的那種人。

是老師就是老師，跟好不好沒有關係。

孔子說：三人行，必有我師。現在雖然只得二人，你也可以是我老師吧。別轉彎抹角了，有話就說吧！但我不保證懂得解答。

我晃了晃手中的書，轉用討論嚴肅問題的腔調說：

柄谷行人說漱石不能適應，或者不願意適應現代小說，甚至有意識地對抗現代小說，和現代小說鬥爭。你怎麼看？

我知道こころ也翻過柄谷行人的書，但我尚未知道她讀書是思考型還是感想型。如果是感想型的話，多半會對這種理論性的話題感到抗拒。想不到的是，她對我的提問方式並不反感，反而落落大方地回答：

柄谷行人採用的是解構主義的方法吧。當大家都把漱石當成日本現代小說的開國功臣，他卻來唱反調，說漱石其實是反現代小說的，這觀點對不對我不知道，但老實說也頗為新穎。

那你怎麼看呢？

大部分時候，こころ都有氣短的毛病，說話無力，不能持久，但是聊起漱石的話題，她卻變得十分起勁，甚至是有點雄辯滔滔的樣子：

漱石對西方現代小說的各種形式都有嘗試，都有把握，但他並不滿足於此，這是很明顯的。他的漢學很好，對日本舊文化的修養也很深厚，但也肯定不是那些排斥外來事物，陶醉於自己的傳統，主張復古的文人。當然，也不存在簡單的東西合璧、和洋融會。所以，我只能說，他是個對西洋和日本，對現代和傳統之間的差異，保持著高度自覺的人，但也因為這種自覺，而對自己身處的時代感到不安，或者是無所適從。對於文學的時代性亦一樣。所謂「現代小說」這樣的東西，對當時的漱石來說，肯定不是純粹的藝術形式，而是帶有時代的複雜性的東西吧。也許問題就是在察覺到「時代」的存在本身，了解到「時代」不但是個時間性的概念，其實也同時是個地域性的概念，即是說西方的現代小說是屬於西方的某個時代的產物，而這個時代現在以某種形態臨在於日本，並且對日本的「時代」的塑造產生直接的作用。所謂「明治時代」就是這樣的狀況下形成的認知框架吧。而因為知覺到框架的存在，也即是像畫家般知覺到景物的入畫方式，而不只是著眼於景物本身，對時代的構造的種種問題就多了一種憂患意識，或者是不安感、不適感。這是單純的求新或者守舊的人所沒有的心境。後者當然也可以有憂患，但那是在時代之中作鬥爭的憂患。而漱石的憂患，是自覺與時代格格不入，被排拒於或者是自我放逐於時代之外的憂患。《心》當中的「老師」，雖然和作者本人非常不同，但我總覺得，裡面多少流露了漱石自己的感想。「老師」的自殺固然是一件個人行為，是他面對自己的可恥過去的結果，但是，這個行為的促發點，卻是明治天皇的駕崩，而引起的「明治時代」過去的感嘆，並且因為妻子提出的「殉死」戲語，而成為了「老師」決心執行多年來的死意的契機。把自己的死和明治天皇連在一起的，並不是出於自己對天皇的忠誠，而是連「時代」這樣的巨構也會崩解和成為過去的發現，個人在其面前就更加是虛無縹緲、沒有價值的存在了。

我一邊聽著こころ的回答，一邊努力地掩飾著自己的驚訝。這是我第一次聽こころ如此長篇大論地分析問題，而且遣詞造句這樣的嚴謹，思維邏輯這樣的精密，並不是一般的訴諸印象的閒談，而完全是高水平的學術討論。她的論點正確與否並不是重點，重點是こころ原來有這樣冷靜分析的一面，而不只是個神經質的、思維混亂的文藝少女。我剛才還戲稱她為「老師」，現在卻覺得被深藏不露的她所戲，又或者其實是自戲了。這種混合著出奇、羞愧和不甘的情緒，令我感到有點不是味兒，於是便故意反駁她說：

但漱石沒有像「老師」一樣自殺。

こころ似乎並不覺得那是挑戰，而只是讓她發揮下去的助力，好整以暇地說：

當然囉！因為漱石雖然和「老師」一樣對時代感到不安和不適，但他並沒有覺得虛無縹緲和沒有價值。他還有文學這種東西，作為處身於時代或者時代之間的立足點。是不是對抗或者鬥爭我就不知道了。當漱石嘗試像畫家那樣去描繪自己身處的時代，他便必須和時代保持距離。在《草枕》裡面，提到所謂「非人情」的說法，很有意思——

柄谷行人也提到這一點。他說「非人情」即是幽默。

我乘機插話，想取回主動，但こころ卻隨即把觀點據為己有，輕描淡寫地把我打發掉：

它可能包含幽默的成分或者特質，但我覺得「非人情」有點近似英文裡的disinterested，類似於西方好像康德這類哲學家的美學主張。柄谷行人說它既非浪漫主義的「人情」，也非自然主義的「沒有人情」，那也是正確的。但我覺得並不等於幽默，因為幽默其實也是很西方的東西。當然漱石也從英國十八世紀小說中學到了幽默的重要性，在《我是貓》裡面非常精采地大量實踐了幽默，但是，我看漱石的「非人情」的根柢還是東方的，不但是日本傳統的，也是中國傳統的。就像《草枕》裡面身為畫家的敘述者所說的，自己和入畫的對象之間，既不是機械式的對現實的記錄，但也不涉及個人的、世俗情感的關注，或者純感官的吸引。那個「非」字的反面界定法，很有意思。換一個說法，那叫做「風流」。「風流」不是好色的意思，雖然色相之美肯定是風流不可缺少的成分。風流就是愛好而不執著，玩賞而不沉溺，也即是非人情了。這樣說來，《草枕》和《心》便非常不同，畫家也和「老師」完全不一樣。「老師」這個人，一點也不風流，也不懂非人情，所以，他的自殺幾乎是無可避免的了。

こころ引入討論的《草枕》我沒有看過，她又以當中的人物和《心》的「老師」作比較，令我有點招架不住了。我只能以疑問句來保住自己對話者的資格，說：

你是說，懂得風流或者非人情的人，便可以逃避時代的壓抑？

只有對時代毫無所知、毫無所覺的人，才能逃避時代的壓抑。而且那也不是真的能逃過，而只是被壓抑而不自覺吧。至於風流或者非人情的人，他們依然覺知著時代的壓抑，甚至是加倍地覺知，但是，他們通過把時代本身視為風流或者非人情的對象，而達到了無論稱為幽默、諷刺，還是觀賞的距離。像漱石這樣的作家，之所以還持續地寫作，就是因為這樣的理念吧。要不，就乾脆像「老師」那樣去自殺好了。

我無法斷定她的理是否恰當，但她的氣卻很明顯是越說越順了。我已經到了只能不斷拋出問題，以減輕負重來避免沉船的境地，說：

那是因為《心》說的是人性內在的隱祕和陰暗，所以才去到自殺的境地吧。《草枕》我沒看過，不知道內容如何，但聽你所說，似乎是不牽涉內心的，比較超然的外部觀賞。兩者真的可以相提並論嗎？

也不能說《草枕》裡沒有「心」。只是兩個不同層次的心吧。《心》所寫的「心」，是世俗人的心，是人間的，人情的。雖然「老師」並不是狹義的俗人，而是孤立於世間的、鄙視一切俗務的人。但是，「老師」的人生裡糾纏至深、也傷害至深的事情，無論是少年時代被親戚欺騙財產，還是後來為了女性而背叛好友，令對方絕望自殺，這些都是俗世的事情，也即是金錢和欲望。所以《心》所揭示的雖然非常深刻，是近乎於熱血的噴湧的生死的激情，以及一個人賴以存活的誠實和真摯，但是，它的層次依然是世間的、倫理的、人情的。這當中容不下風流，是風流的相反。書中每每以心臟為意象，說到要剖開自己的心臟，去表示真誠的必要。這些在《草枕》裡面都沒有。《草枕》當中的「心」，那種非人情或風流的狀態，與其說是一種美學觀點，不如說是近似於禪的無我的境界吧。所以畫家才津津樂道王維和陶淵明的詩。雖然書中沒有明確地說，但我認為，那也是心，不同層次的心，更為根本的心。

話題在不經不覺間已經超越了文學討論的層次。こころ沉著而頓錯的語音，叩著我的心門。在門內的那個我，既猶豫著要不要開門，但又期待著門被打開。

那麼，你認為哪一種心更高等，更重要？

こころ閉上眼睛想了想，隨即又張開眼，斷然說：

無法說。世俗心、根本心，互為表裡，缺一不可。沒有根本心，世俗心就無法顯現，但是，沒有世俗心的話，根本心也就無法被覺知。兩者就好像樹的枝幹和樹根的關係。沒有樹根，就長不出枝幹來，但是沒有枝幹，樹根單獨埋在地下也沒有意義。

說到這裡，こころ在病床上坐直身子，被子下面的雙腿盤著，臉上露出平素少見的莊嚴的神情。我心裡隱隱然震撼著，但可能是出於害怕，表面卻作出了不正經的反應：

聽來很有道理呢！多謝老師指點！

こころ彎了腰，連忙擺著手，回復了女學生的本色，說：

別取笑我吧！亂說一通而已。

哪裡！

我也明顯地辭窮了。

こころ頓了一下，望著我，突然滿有深意地說：

老實說，你有點像《心》的「老師」。

我心裡一驚，像被揭發了醜事似的，反問說：

你以為我會自殺？還是有過甚麼不光彩的往事？

我不是這個意思。

那我不像《草枕》的畫家？

不，你不夠風流。

我苦笑了一下，她又說：

也不懂非人情。

有人情但不風流？

你比較像「老師」那樣執著，內心掙扎著，渴望做一個誠實的人。

只是渴望，但並不是。

誰能完全做到？

所以我是個倫理主義者？

是這個層面。

但不是悟道者。

恐怕還未。

我突然有一種在こころ面前完全赤裸著的感覺，但卻沒有半點情欲的意味。我只能以搖頭失笑來隱瞞自己的尷尬，說：

こころ，你真的不可思議！

沒有啦，我只是說出你心裡的話吧。

こころ說這句話的時候，臉容天真得像一個把玩利刀的小孩。

15.

こころ住院的第三天，換來了一位呼吸系統科醫生。

如果說先前的心臟科醫生像企業的行政總裁，這位呼吸系統科醫生則有點像個推銷員。他首先以頗為刻意的親切語氣詢問了こころ的身體情況，在循例套取了基本資訊之後，又故作輕鬆地轉入閒聊，說到近日的寒冷天氣、日常生活的壓力、社會氣氛的緊張，然後又問到こころ聖誕節會不會外遊。我代こころ答說星期五我們便要出發到新加坡去，所以最遲星期四便要出院。醫生以諒解的態度說絕無問題，於是又聊到新加坡氣候暖和，對氣管疾病有舒緩作用，好像已經斷定了こころ的問題似的。

話題到此戛然而止，醫生交代說會安排給こころ做胸腔電腦掃描和肺功能測試。他就像察看到顧客臉上的難色的售貨員似的，立即解釋胸腔電腦掃描和之前做的心臟電腦掃描不同，不用注射顯影劑，輻射量非常低，過程也相對簡便。另外，肺功能測試則是一種吹氣測試，不涉及任何透視儀器，十分安全。

放心！都是很簡單的檢查！不用擔心！

不知是否戴著口罩的關係，斯文清瘦的醫生自己說話也有氣無力，令他的可信度打了折扣。作為一個呼吸系統科醫生，他的醫識和醫術如何我暫未知道，但作為一個推銷員，他雖然做足表面功夫，但表現難免有欠活潑和自然。當然，這可是我吹毛求疵了。

醫生離開後，我和こころ說：

我覺得好像進了一間大商場，不斷被遊說購買不同的產品。

沒法子，病人也是顧客。

再住下去，我們便變成大豪客了。

瘋狂shopping！

我模仿購物狂的口吻說：

哎呀！電腦掃描好像很有趣啊！我很想做！磁力共振看來很好玩呢！怎可以不試試？多少錢都無所謂！超聲波掃描？小兒科啦！但很便宜呢！不做就太對不起自己了！

こころ忍不住笑了起來，但漸漸又覺得氣促，我便連忙住了嘴。隔鄰的老伯發出一聲不知有何意義的呻吟。

檢查真如醫生所說，並不艱苦，甚為簡便。這天於是便成了相對地輕鬆但也無聊的一天，大部分時間都是待在病床上。和こころ深入地討論了夏目漱石的《心》，也是在這天的空閒時間裡。

同房的老伯這天奇蹟地下床逛了一圈。雖然只是在妻子的攙扶下，從病床步行到洗手間，然後在窗前的沙發小坐一會，再步行回到病床上，但對於一直臥床的他來說，已經是個壯舉。這是我第一次看清楚老伯的臉容。可以想像，就算在他生病前，身材也屬瘦小，皮膚甚為白淨，看來是個溫厚斯文的長者。但是，人落到了這樣的境地，就算是聖人修為也難免會亂脫褲子和發脾氣。

神志這樣的東西，與身體相比，究竟哪一樣更重要？當身體衰敗到一個程度，相關的痛苦到了非人所能忍受，究竟是保持神志清醒好，還是失去神志較好？失去神志的話，假設就不覺知到自己的痛苦，但苟延殘喘著的，卻已經不能說是原本的那個「自己」了。那只是一個無意識或意識極度模糊的生物，而且是將死的。可是，相反地，就算到最後一刻還維持得住那個「自己」，保有清醒的神志，去經驗整個過程，但當中的痛苦，會否因為完全自覺但又無能停止而加倍？也即是肉體加上精神的雙重痛苦？

另一種情況是，身體健全，但神志完全迷失，像是精神分裂症或者妄想症，患者完全活在自己的幻想裡，在旁人看來是瘋瘋癲癲，但對他們自身來說，又有誰能說他們正在受苦？大概只有憂鬱症和焦慮症患者，既覺知著自己的精神痛苦，但又無法控制自己的神志，眼巴巴地看著自己的神志在玩弄自己，或者被一股不知名的力量所玩弄，而自己卻好像無能為力似的。甚至是，連是否存在一個完整的、原本的「自己」，也成為了疑問。

不過，無論如何，依我的看法，神志還是最重要的。寧失去一切，也不能失去神志。

我不知道こころ是不是這樣想。

當晚七點多，我和こころ在床邊吃晚飯的時候，那位呼吸系統科醫生又出現了。就算是戴著口罩，也可以看見他好像帶來了喜訊似的笑咪咪的雙眼。他向我們展示兩份檢驗報告的時候，以宣布好消息的口氣說：終於查明病因了！

所謂好消息可以分為兩部分。第一，胸腔電腦掃描證實，こころ的肺部沒有任何腫瘤或炎症。健康正常，可喜可賀。第二，こころ長期胸部不適，以至於氣短、暈眩和虛弱的原因，已經水落石出。根據肺功能測試結果，こころ在呼氣方面力量較弱，而在吸入氣管舒張氣體之後，有明顯改善。這說明了こころ患有潛伏性哮喘，以致氣管收窄，影響呼吸。證明身體有病，也不失為一件值得慶幸的事情，因為可以對症下藥，然後藥到病除。

醫生胸有成竹地說，只要吸取預防哮喘的粉劑，以及服食類固醇和擴張氣管藥物，很快胸口的緊促就會完全舒緩，呼吸回復輕鬆自如了。

不用擔心！吸入式粉劑的藥量非常輕微，沒有副作用。服用類固醇也只是暫時性。而氣管藥丸服後只會有輕微的手震或心跳加速，很快就會適應，而且絕對沒有依賴性。請放心！

醫生以他招牌式的安撫說辭大派定心丸。

你不是說過兩天要去新加坡嗎？你去到那邊之後，就會覺得整個人都輕鬆下來，可以盡情享受旅程了！

他的正面預測真是振奮人心。臨走前，他再一錘定音地說：

好了！多年之癢終於可以解除了！以後就不用再受困擾了！

我覺得他的說法不倫不類，但當時的確有點受他的影響，以為真的找到了こころ的病因，並且將會把它連根拔起。こころ只是靜靜地對醫生點頭微笑，也許是出於禮貌，但也可能是出於善心，好像眼看著醫生的興奮雀躍，實在不好意思立即在他面前點破，以免對他的自信造成傷害。こころ的心腸善良，甚至於不願意讓醫生感到失望，因而在對方面前表現出認同和感激的樣子。

我當時還未察覺到這一點。這是我後來慢慢累積的觀察所得。我也有點擔心，こころ會否用相同的態度對待我，也即是為了不冒犯我的自尊而向我虛應故事。不過，我越來越肯定，こころ對我的態度比較直接，從不遷就和姑息，有時甚至毫無保留地刺向我的要害。對此，我也不知道自己是幸還是不幸了。

晚飯後護士送來了醫生開的藥物。她教導こころ如何吸入預防哮喘粉劑，又派發了兩顆類固醇和一顆小小的擴張氣管藥丸。こころ都乖乖地和水吞服了。

大概是過了午夜，當所有燈早已關掉，我也剛剛進入睡夢不久，我隱約地聽到こころ在呼叫我。我張開眼睛，從我所躺臥的帆布摺床望過去，看見こころ在黑暗中抬著脖子，一隻手甚至伸了過來，輕輕地搖著我的肩膀。

我心跳好快，睡不著！

我坐起來，握著她伸過來的手，覺得到它在微微震顫。是藥物的作用吧。

腦子也有點亂。

要喝點水嗎？我作勢要去倒水。

不，你過來陪我。

不太好吧！我在這邊陪你說話。

其實我的摺床和病床幾乎是並排的，兩個人的距離已經很近。

你過來吧。你不是夢見過和我一起睡在同一張病床上嗎？

こころ的話令我驚詫。我肯定沒有和她說過那個夢。

在我獨個兒留在北區醫院觀察病房的那個晚上，你不是在夢中和我一起度過嗎？

我還未懂得如何回答她，身體已經不由自主地向她那邊挪移。病床一個人睡算是寬裕，兩個人卻明顯地擠迫，必須採取摟抱在一起的姿勢。我們的狀態，竟然就和那個夢中一模一樣，只差こころ現在沒有全身赤裸。她把臉埋在我的懷裡，把我摟著她的手按在她的左胸上，裡面有不尋常地急激的跳動。

人可以沒有心，失去心嗎？

こころ的聲音在我的胸口發出來。

當然不能。

但我們平時都感覺不到心。

正常是這樣的。

到我們感覺到心，就一定是心出了問題，心變得不正常。

對，心悸，心痛，都是這樣。

為甚麼不能平常，而又感到心？

平常的心？

平常心，不容易啊。

是的，很難。

讓你選，你寧願感到心，還是失去心？

失去心？只是忘掉吧。

都一樣。有心？還是無心？

有心。

こころ抬起臉望著我。在昏暗中，我看不見她的臉上是微笑，還是掛著其他表情。隔著那薄薄的衣服和肋腔，我的手幾乎直接地觸著こころ的心臟。我慢慢地分不清楚，究竟是她的心在跳，還是我的手在震。

16.

我起先還以為，只要こころ上得了飛機，就可以鬆一口氣，怎知道那才是噩夢的開始。我把一切歸咎於出院當天，讓こころ做了那個胃鏡檢查。那是我的主意，但こころ對此並無怨言。我曾經向呼吸系統科醫生提出過，こころ因為胃酸倒流而導致氣促和胸口痛的可能性，而こころ一向表示晚飯後有肚子脹的現象，甚至睡眠也受到影響，所以大家也認為不妨順便確認一下。檢查即是生意，那完全合乎醫院的方針，醫生當然沒有異議。不過，他因此又須轉介另一位腸胃科醫生來主理。

照胃鏡本身其實沒有甚麼風險，整個過程只需大概十五至二十分鐘，唯一值得擔憂的，是必須注射大劑量的鎮靜劑作麻醉。當然，這方面醫生也堅稱是完全沒有問題的，只是像打了個瞌睡一樣，張開眼睛就彷彿甚麼都沒有發生。我當時還不知道，鎮靜劑對こころ會產生那麼大的不良反應。

之前的晚上，こころ已經因為服用氣管擴張藥而整晚睡不著覺。在精神委靡和空著肚子的情況下，第二天早上便要接受胃鏡檢查。據こころ所說，當麻醉科醫生說要注射鎮靜劑了，不到十秒她便完全失去知覺。所以，對於腸胃科醫生如何把管子從她的嘴巴伸進食道，然後再通過食道進入胃部，在裡面窺探一番，拍下照片，並且順便切除良性的息肉，這些動作一點都來不及擔心，再恢復意識便已經躺在復元間裡，對周遭的事物完全覺知，只是微微有點頭暈而已。

回到病房再休息了兩個小時，基本上就可以進食和下床走動。我給她叫了比較清淡的雞絲湯麵作午餐。こころ的胃口雖然不算太好，但也吃了大半碗。大概三、四點之間，腸胃科醫生帶著報告進來，表示こころ的食道和胃部一切正常，甚至是近乎完美，完全沒有損傷或發炎的跡象。醫生補充說，這並不表示沒有發生胃酸倒流的現象，只是找不到因此而造成損害的證據吧。不過，這樣說來，也不必過於擔心的。暫時可以吃點胃藥來舒緩症狀。總之，胃部問題並不是こころ的胸口不適的元凶。

接著又輪到呼吸系統科醫生回來作總結。知道排除了胃酸倒流的可能後，他對自己的判斷便加倍自信，再次強調一切問題的根源是哮喘。這就像一宗令許多偵探也束手無策的懸案，現在終於給足智多謀的他偵破，洋洋得意之色溢於言表。他以萬二分的滿足感填寫著こころ保險索償表格上的資料，並且開出了一星期分量的藥物，囑咐こころ於出院後繼續服用。

兩位可以放心去新加坡旅行，盡情玩它幾天！到時游水呀！曬太陽呀！四處去呀！也肯定沒有問題！好好享受完假期之後，再回來複診吧！

對於在鬱悶中於醫院度過了四天的我們來說，這真是熱情而動聽的祝福啊！

文件弄好後，我給こころ到大堂處理付款的事宜。幾天的住院和檢查費用頗為可觀，我先用信用卡給她支付，祈求著保險公司千萬要慷慨批出賠償。

回到病房，看見こころ的衣服和物品已經收拾妥當，放進我帶來的大布包裡，但人卻不知跑到哪裡去。我走到門口往走廊張望了一會，回過頭來，就直面著隔鄰病床的老伯。他身邊沒有人陪伴著，獨個兒的躺在那裡，手腕連接著喉管，無力地閉著眼睛，臉部沒有任何表情，小小的腦袋深深地沉進枕頭去，好像慢慢地被甚麼吞沒似的。我忽然想起，文學前輩Y兩年前就是在這家醫院過身的。那年除夕我也因事在半夜進來過，新年後過幾天，就收到前輩不在的消息。說不定我和Y有過近在咫尺而不知的時刻。這時候こころ回來了，已經換好了外出的衣服，說是被護士叫去填寫一些資料。

就這樣，星期四晚約七時，我帶著こころ的隨身物品和一大堆戰利品，也即是各種各樣的檢查報告，陪同她離開醫院，坐的士回家。

一踏出醫院大門，感覺就有點不妙。天色陰暗就不用說，而且還下著微雨，又濕又冷。那正是こころ最懼怕的天氣。一坐上的士，こころ就說頭暈想吐。我推想是鎮靜劑藥力過去之後的後遺症。平常人有需要服用鎮靜劑的時候，也只是吞下那小小的一顆甚至只是半顆。今天早上能令こころ於十秒內昏迷而且持續半小時的，肯定是非常強力的劑量。こころ整個下午狀若正常，到現在才發生不適，當然也不排除是因為對出院的焦慮，導致情緒緊張。不同的因素加在一起，令こころ住院四天不但沒有被治好，反而在最惡劣的狀態下出院。

回到家裡，餐桌上放著晚飯，兒子在自己的房間裡上網，我母親已經回到自己的住處。こころ幾乎甚麼都吃不下，換了衣服就鑽到床上去，但又一直睡不著，哼哼唧唧的輾轉反側。我就一直坐在床沿發愁，擔憂著明天能否順利起程。

那並不是容易解決的問題。我老早答應了那邊的文化基金會，週六過去作一場演講。這是三個月前已經安排好的事情。我之所以答應前往，部分理由是想順道帶兒子過去玩，因為兒子是個新加坡迷，對新加坡的一切都癡愛若狂。他之前已經去過兩次，但卻依然意猶未盡。加上我弟弟這兩年因工作關係長居於新加坡，所以過去亦有家庭聚會之便，我母親亦會同行。綜合了多方面的考慮，這個行程是絕不可能更動的，更不要說是取消。如果我不能同行，要我母親和兒子自行前往我也放心不下。但是我又萬萬不能在這情況下撇下こころ不管，讓她獨自留在香港。原本的如意算盤，是給こころ多訂一個機位，帶她一起去，也可以順便讓她散散心，對她的病也有好處。事實上我也已經這樣做，預算了こころ與我們同行。可是，當初怎麼也沒法料到，こころ出院後狀況反而會變得更差，甚至去到可能不適合上飛機的程度！

在床邊陪著こころ，看著她整晚包裹著被子一下一下地發抖，我自己也差點兒要焦慮症爆發了。我已經作好了最壞打算，為了こころ而失信於人。

第二天早上，一夜未有睡好的こころ起床，臉色比幽靈還要蒼白，但她卻堅持說，可以成行。她大概是不想因為她的緣故，而影響了所有人的計畫。兒子早上還要回校參加聖誕崇拜，中午會自行到機場會合。我電召了的士，到父母家那邊接了母親，連同こころ一起，在冷雨中直奔赤鱲角機場。こころ穿了我的一件非常厚的羽絨褸，圍著頸巾，頭戴毛線帽子，只露出尖削的小小的臉，但卻盡量在那臉上的小小空間裡展露從容的神情。

對於こころ的同行，我向家人解釋說，她是一位本地年輕作家，也是我的朋友，這次同樣被邀請去參加那場演講。至於こころ的可疑背景和一直住在我家裡的祕密，唯一知情的兒子卻一句也不提，就像他一直當こころ不存在一樣。

我們在機場裡的上海菜館一起用了午餐，然後便前往登機。こころ大部分時間保持沉默，靜靜地走在旁邊，也不知是對自己的身分感到尷尬，還是動用著全力去對抗內心的焦慮。我也不好意思表現得過於殷勤，就當是沒事似的在她和家人之間來回應對。

在飛機上我母親和兒子一起坐在靠窗的位子，我和こころ則坐在隔了一條通道的中間位置。這樣子我就較方便照顧こころ的需要。往新加坡的三個半小時航程應該很易度過。こころ聽我的建議，選了齣關於法國美食的電影分散心神。說的是一個印度青年如何在法國飲食界闖出名堂的故事，玩了些文化差異的花招，當然少不了和法國女孩相戀的情節，整體雖未至於太爛，但也實在無甚可觀，甚至頗為幼稚。不過對於神經衰弱的觀者來說，還算是個不錯的消磨時間的選擇。如果對美食有愛好的話，也有望梅止渴的效果。

當航程只過了一半，電影還未去到高潮，飛機便遇上了氣流。其實也不是特別嚴重的狀況，只是平常的飛行會遇到的那種搖晃，但こころ卻突然不安地抓著我的手臂，眼珠子開始不尋常的顫動。我心裡直覺地知道，她要發作機艙恐懼症了。我保持冷靜，問她以前坐飛機有沒有發生過類似的情形。她搖著頭說，從來沒有，但她快要忍不住了。

我從衫袋裡掏出一包藥丸。那是臨出門前帶備在身以防萬一的鎮靜劑。我向機艙服務員要了杯開水，擘了半顆藥丸，交給こころ。

こころ用顫抖的指尖拿著藥丸，猶豫了半晌，然後便以服毒的決心，一口把它吞了下去。

17.

飛機降落樟宜機場，已經是晚上八點。幸好過關時間不長，很快便可以步出接機大堂。我弟弟和弟婦早已在外面等候。原本演講的主辦單位說要安排車輛來接送，但我卻婉拒了。一來是已經有親人來接，二來我那性格獨特的兒子一向拒絕乘坐任何私家車或計程車。他是個狂熱的地鐵迷和巴士迷。於是，大家一會合，又立即兵分兩路。我弟婦陪我兒子去坐地鐵，而我弟弟則帶我、我母親和こころ去坐的士。

甫下飛機，在客運大樓內走往入境大堂，氣溫已覺暖和。こころ逐一脫掉厚厚的羽絨大褸、解下頸巾和摘下毛線帽子，但身上還穿著毛衣。我也早已在下機前換上了薄麻質恤衫和棉質長褲。到了鑽進的士，熱帶氣候的悶熱已經教人微微冒汗，而依然穿著毛衣的こころ則滿臉通紅了。也許是鎮靜劑起的作用，她一路上雖然甚少說話，但神態安然，只是有一點點兒恍惚。母親已經是第二次來新加坡，但踏足次子長期生活的地方，就算外面已經天黑，景物甚是模糊，她還是興致勃勃地四處張望，對沿途的樹木和路況評頭品足一番。

我們住的是位於Esplanade車站的Marina Mandarin Singapore，是一間比較老式但感覺舒適和交通便利的酒店。我們第一次來便是住在這裡。坐的士的我們比兒子和弟婦先到達。主辦單位的兩位負責人R和L已經在酒店大堂恭候，我便上前跟她們寒暄幾句，弟弟則幫母親辦理入住手續。兩位女士對於要我自行前往酒店感到抱歉，我卻再三強調那是最方便的安排。她們見こころ一直站在旁邊，我便和她們介紹說，她是香港一位新進年輕小說家，明天也有興趣一同來聽演講。兩位女士聽說，自然又是一番握手和自我介紹。沒待多久，她們客氣地說不阻我們休息，便先行告辭了。

主辦單位給我訂的房間位於十六樓，我給母親和兒子訂的房間在十樓，既是不同樓層，我就索性讓こころ和我住在一起，省掉多訂一個房間的價錢。當然，這樣的事不便讓家人知道。他們都以為こころ是另一位被邀請參與演講的嘉賓，自然獲得和我相同的待遇，在十六樓有自己的房間。

在房間安頓下來，已經是九點多。我讓こころ躺下來休息，自己下樓去買晚餐。因為已經住過這裡，對環境頗為熟悉。從酒店大堂可通往旁邊的商場，裡面可買到輕食充飢。就在商場內的星巴克咖啡店，我碰到已經到達的兒子，正跟他的叔叔和嬸嬸一起。我買了兩份外帶的火腿芝士牛角包和伯爵茶，便告別了他們，匆匆回到酒店房間去。

一打開門，就看見こころ已經裹著白皚皚的被子，只露出小小的疲倦的臉，在床上熟睡了。我把大部分燈關掉，走到陽台的大玻璃門前，一邊望著新加坡的夜景，一邊啃著麵包作晚餐，心裡反覆地考慮著，明天應否讓こころ跟我一起去參加演講。

第二天早上，在酒店餐廳吃完早餐，便別過母親和兒子，和こころ回到房間裡，為演講作準備。其實，演講主持人早已和我通過電郵，傳來了他擬好的題目和流程，內容相當充實，我基本上不用添加甚麼，也不用作甚麼準備。我要作的，是心理準備，而且是こころ出現突發性狀況的心理準備。

こころ說昨晚睡得還可以，但早上起來卻有點心慌慌的，精神好像有點不穩當。我提議和她在附近走走，感受一下暖和的氣候。她也同意試試。我們踏出酒店正門，沿著馬路隨便選了一個方向散步。這個早上雖有薄薄的陽光，空氣卻是悶悶的，呼吸好像有點黏膩。只是走到附近的Suntec City Mall對面，こころ就說有點頭暈，於是便又立即折返。開門進入房間的時候，我說：

我看你的狀態不是太好，你今天還是留在房間休息吧。肚子餓可以叫Room Service。我只是出去一會，保證五點可以回來。

怎料こころ的反應卻異常地激烈，以虛弱但明顯拚盡了力氣的聲音說：

我之所以跟著一起來新加坡，就是為了聽你的演講。如果連這個都不去，此行還有甚麼意義？但這個演講其實沒有甚麼好聽，只是簡單地介紹自己的寫作經歷和看法，都是些你已經知道的事情，聽不了也沒有損失啊！

完全不是演講內容的問題。而是我和你一起的這件事啊！

你和我一起？

是你演講的時候，也和我一起，也不會有半晌和我分離！

聽她這樣說，我忽然有點害怕起來。我不知道こころ對我的依賴甚至是依戀，已經到了片刻不能分離的程度。對於這樣帶有脅迫成分的情感，我本能地感到抗拒，信口便作出了反駁說：

你這麼的在意，要別人知道你和我在一起嗎？這大半個月以來，我不是已經和你形影不離，盡心盡力地照顧你嗎？甚至不放心你一個人留在香港，而帶著你一起過來。你覺得這還不夠，還想公開我們的關係嗎？

こころ像是被甚麼力量推倒似的，坐落在床沿上，但卻依然抵抗著，猛地抬起頭來，以水汪汪的雙眼瞪著我，說：

你以為我是這個意思嗎？你以為我關心的是世人的眼光嗎？我想和你在一起，並不需要任何人知道。我去聽演講，只要靜靜地坐在台下的一角，甚至是後台的暗角也可以！我只是不想和你分開，就算只是短短的半天！

我立即後悔自己先前說得太重。就算她真的對我產生不正常的依戀，我也應該用柔性的方法處理，而不是直接的指責她和刺激她。事到如今，當務之急就是幫她整頓情緒，盡量減低她出席演講的安全風險。

我在她跟前蹲下來，以低於她的角度，抬著頭，和她說：

好的，那就一起去吧！不過，我們要想想，怎樣令你的心安靜下來，不會隨時發生緊張，甚至恐慌。到時我不會坐在你旁邊，你要學懂照顧自己。

こころ的神情軟化下來，但眼淚又隨即在眼眶內打轉。她以微微顫抖的聲音說：

我好害怕，但卻不知道為甚麼。我覺得自己好像隨時要倒下來似的。我對自己完全失去信心！

我明白的。我安慰著她說，但其實我自己的心也很亂，完全想不到解決辦法。

這時候，我看到在打開的行李箱裡的一本書。那是我臨出發前，回到書房拿那包鎮靜劑藥丸的時候，剛巧在案頭的書堆中看到，並且抽出來放進行李裡的。當時心裡只是隱約地覺得，也許適合在旅程期間打發時間。那是詠給．明就仁波切的《世界上最快樂的人》。這本書我年前已經看過，覺得很有道理，但卻只此而已，並沒有細心探究下去。就這樣，它便慢慢地壓在其他的後來看的書本下面了。

我過去把書拿出來，坐在こころ旁邊，快速地翻著。要和こころ在一個早上從頭讀完這本書，當然是來不及了，但是，如果一起讀一兩節的話，也不是沒有可能的。我先簡單地向こころ介紹了作者，關於他的出生和成長，小時候患恐慌症的經歷，以及後來怎樣通過修行克服自己的情緒問題等等。又扼要地說了這本書的要旨，即通過佛法和腦神經科學的比較，去說明人的情緒問題其實是腦神經元因經驗的累積而形成的連結，也即是佛教說的習性，而這是可以改變過來的。こころ之前說自己信佛，其實只是一種空泛的直感。她並不是一個正式的佛教徒。後來在我家隨意讀過一點一行禪師的書，便漸漸對禪修增加了認識。我也沒有想到禪修這麼遠，只是希望可以在書中找到一些說法，令こころ定下心來。

我隨意地一翻，翻到了第三章，題目是〈超越心，超越腦〉。章首有一句引文，簡潔地寫著：「了悟心，即是佛。」而正文的第一行，立即進入我腦海的是句中的「焦慮」兩個字。直覺告訴我，這就是要說給こころ聽的一段話。

我靠近こころ，出聲的把第一段讀出來：

「你並不是那個你自以為焦慮而有限的人。任何一位受過正統訓練、具足資格的佛法老師都可以依據個人經驗，確確實實地告訴你：真的，你就是慈悲的本身，全然覺知，而且具有為自己及一切人、事、物達到至善的能力。」

我停下來，悄悄望了旁邊的こころ一眼。只見她的睫毛像剛剛羽化的豆娘的纖薄翅膀，輕輕地顫動著。

為甚麼他說「你」？他在說我嗎？

嗯，在說你，也在說我。在說我們每一個。讀下去好嗎？

こころ點了點頭。

接下去第二段這樣說：

「問題在於，你並不知道自己具有這些特質。……大部分人誤將那『由習性造成、神經元構成』的自我形象，認做是真正的自己。這樣的形象常以二元的方式表現出來：自和他、痛苦和快樂、擁有和缺乏、吸引和排拒。」

我繼續讀下去，直至最後一段：

「我的個人經驗告訴我，自我的有限感是可以克服的，否則我現在可能還躲在閉關中心的小房間裡，因為害怕與自認無能而不敢去參加團體共修。……這些受限、焦慮、恐懼等感受，只不過是神經元在饒舌而已；在本質上，這些感受都只是習性，而習性是能夠斷除的。」

我把短短的第一節讀完。こころ閉上雙眼，低著頭，默不作聲。我便讓她靜靜地沉思，或者消化。半晌，她張開眼睛，說：

真的嗎？你認為是這樣嗎？

我認為是這樣的，只是，想做到的話，要花點工夫。但重點是，我們是可以做到的。

這個人，好像就坐在我面前，和我說話。他完全看透了我的心。

我也這樣覺得。

可以再讀一點嗎？

於是我又讀了下一節「本然心」。這一節比較多佛教詞彙，比如說「佛性」和「如來藏」，我自己也不太能把握。但是，縱使不盡明白，讀來卻有一種清明的滌蕩，好像有某些超越詞語、超越文字的東西，在拂拭著自己的心頭。

我覺得不宜一下子讀得太多，也不強作解釋，便翻回前一頁，指著第一段，說：

你來讀一次吧！就只讀第一段。

こころ連頭也沒點，就直接念了起來。待她念完，我起來，到書桌上拿了酒店的原子筆，撕下了一張便條紙，把那段文字略微撮寫，抄在上面。こころ好奇地走過來，站在我身後，問我做甚麼。我抄好之後，交給她，說：

來！一起念！要大聲念！念到熟練為止！

我們肩並肩，在房間裡一邊來回踏著步，一邊念著：

「你並不是那個你自以為焦慮而有限的人。你就是慈悲的本身，全然覺知，而且具有為自己及一切人、事、物達到至善的能力。」

我們念了一遍又一遍，越念越大聲，甚至一邊揮動著拳頭。也不知念了多少遍，我們才停下來，微微喘著氣，但渾身卻有一種注滿力量的暢快感。

覺得怎麼樣？我問。

好像比較實在了。

心沒那麼慌了嗎？

こころ按了按胸口，說：

安定了。

好的，帶著它，覺得不妥的時候，拿出來念。

我把便條紙摺起來，放進こころ身上的連衣裙的口袋裡。看看表，差不多是時候出發了。

18.

我從未做過這麼艱難的演講。難者，並非難在演講的內容，或者要面對怎麼樣的現場處境。相反，過程本來是相當輕鬆的。講題設定頗為廣泛，基本上是介紹自己，並未涉及深奧的文學觀或者富爭議性的話題。事實上，觀眾對我所知有限，性格也十分溫和，並未出現尖銳的提問或者激烈的場面。再者，主持人準備非常充分，我基本上只要順著他的提問一一作答，無須多費腦筋。縱使如此，こころ的在場卻令我精神繃緊，彷彿隨時會失去控制，撇下台上的主持和台下的觀眾，抱著頭向後台跑去。

我起先以為跟主辦單位約好了十一點半派車子來接，於是便連忙到商場裡的咖啡店買了些簡單的麵包作午餐。我們在酒店大堂一邊吃麵包一邊等候，統統都吃完了接待人還未出現。我心想一定是出了甚麼岔子，但還是耐心地等候著。我只是擔心這麼的一急，又會亂了こころ的情緒。結果到了十二時二十分，一位年輕女子走進大堂，並且立即迎向我。原來是我聽錯了時間，約好是十二點半會合的。

我們上了接送的車子，在市內繞轉了一會，很快就來到會場。我對新加坡地鐵還有點概念，坐車子走馬路卻完全沒有方向感，所以不太清楚會場在哪個區域。而且，車子停在建築物的後門，我們是打緊急出口進去的。R女士已經在那裡恭候，帶我們穿過那些迷宮似的通道，來到一個演員用的化妝間。那場地原來是一個劇院，但樣子看來有點荒涼，化妝間裡面空空如也，好像一直擱著沒用。

演講的主持人C先生已經在化妝間裡坐著，L女士這時候也出現，幫忙打點著一切。R為C作了介紹，我也向對方介紹了同行的こころ。C先生樣子年輕有為，是當地的有名詩人、散文家、書法家和學者。L送來了以紙杯盛載的熱茶，我們便拉了椅子，拿著那有點燙手的茶杯，東拉西扯地聊了起來。我的感覺是這邊的年輕華裔文人都非常謙虛，一見面就直率地指出新加坡華文文化的種種缺點，說起香港的地道文化時眼睛卻閃閃發光。我當然不敢驕傲，也反過來挑出了香港文化的種種危機。他說現在的新加坡年輕人都不看中文書，官方的推動也只是門面功夫，我便說香港的官方連門面功夫都不做。這樣你來我往的爭相數落自家的不足，好像家醜是一件增添光彩的事情。こころ坐在旁邊，沉默不語，只是間中點一下頭，展露一下淺淺的微笑。我看似和C君相談甚歡，但心裡其實一直留意著こころ的狀況，察看著她有沒有出現情緒波動的跡象。

離演講開始還有半小時，我們又被邀請至另一個房間等候。那是樓上的一個正式的會客室，設有比較舒適的沙發和椅子，但空調卻冷得要命。こころ雖然立即披上帶備的毛線外套，但臉色開始有點蒼白。再加上漫長的等待，こころ似乎有點精神不濟。我瞥見她偷偷從口袋掏出那張便條看了看。在這期間多次有人出入，都是些和演講有關的人物來打招呼和互相介紹。一轉臉就發現こころ不知哪裡去了。我心裡發急，到外面走廊找了一回，才看見她從洗手間出來，神情有點緊繃。我低聲問了她一下怎麼了，她也低聲回答說不大好。我立即從西裝外套的口袋裡掏出那還盛在包裝紙裡面的、昨天吃剩的半顆鎮靜劑，連同手裡拿著的半杯已經涼了的茶，塞給こころ。這次她無需再下決心，好像再自然不過似的立即把藥丸和茶吞服。我在她肩上輕輕拍了一下，但一回身就覺此舉的無聊。我竟然為了自己演講順利，毫不猶豫地讓こころ吞下藥丸。我應該知道，鎮靜劑並不是甚麼好東西。

好不容易終於到了兩點半。L本來想引領こころ到台下的嘉賓席就座，但我卻代她表示，她希望待在後台。對於這個奇怪的要求，對方雖然不明所以，但也樂意接受。於是，我們便被帶到後台去，在那裡等候演講開始。從後台的布幕後面望出去，主持人C早已經在台前的沙發上就座，也約略可以瞥見台下的情況。觀眾已經陸續入場，看來人數不多不少，都十分安靜。こころ知道這時候不應該妨礙我，獨自在後台一角繞著小圈子緩緩地踱步。她手裡拿著那張便條，一時低頭細讀，一時抬頭小聲念出，好像她才是準備出場的講者。而我卻甚麼都沒有準備，只是大步而放輕腳底地來回走動，好像想通過大幅度的肢體動作來壓制內心的擔憂，抵抗著雙腿突然發軟、整個人倒下去的可能。

就在這樣完全無法集中精神的狀態下，我被介紹出場了。台下傳來不冷不熱的掌聲。我作了一下令人有點頭暈的掃視，察看到不大不小的會場大概坐滿了七八成。成功抵達台中央的沙發，令人鬆一口氣。自此以後的接近兩小時中，我讓自己深深陷在沙發裡，以最低限度的手部動作和臉部表情，去應付主持人的提問。我真的要感謝C先生，不但設計了那些輕鬆有趣、不難解答的問題，自己也發揮了上佳的口才，占去了一部分發言時間，讓我可以在期間多加休息。到了最後的台下發問環節，觀眾的提問也相當溫和。所以，就演講本身來說，可以說是毫無難度。問題是，我腦海中時刻無法忘掉在後台的こころ。

當然，在台中心坐著的我，一下也不能回頭，查探こころ的狀況。但我完全可以想像，她就像剛才那樣，既無法完全靜止下來，也不容許自己的身體失控。於是便只有極力地把身體動作限制在最小的範圍內。我幾乎可以在耳邊聽到，她在低聲念著便條上的文字的聲音。我也知道，縱使在這樣巨大的自我壓抑下，她依然堅持待在可以看見台前的我的位置，聽著我所說出的每一個字。我和こころ一樣，都經驗著外在的現實世界和內在的精神世界的分裂的痛苦。在觀眾的眼中，我當時可能還顯得談笑自若，但實情是，我的心像一座布滿裂紋的房子，只消輕輕一推就會崩塌下來。

演講終於完成，主辦單位C氏基金會的主席被邀請上台頒發紀念品，我獲贈了一幅由主持人C君親自揮毫的書法。我隨即被帶領到會場外面的大堂，為讀者進行簽書會。我東張西望也看不到こころ的影蹤。

經過了演講期間的精神煎熬，加上午餐又吃不飽，我簽書的時候已經有點虛脫。簽完之後基金會主席兼出版集團老闆C老先生又熱情地招我過去聊天，大談在沒有人看書的時代經營出版業的生存之道，然後又語重深長地評論了香港早前的占領運動，以及新加坡比香港優勝的地方。

我們的社會絕對不會出現那樣的亂局，你知道原因是甚麼？

老先生以和藹但卻不失威嚴的家長式口吻向我拋出這個考題，我則以一個疲倦而空洞的笑臉回應。答案呼之欲出，其實不用我回答。老先生在一下戲劇性停頓之後，說：

因為我們有李光耀！

傾聽了老先生的一番金石良言之後，我已經有點站不起來了。這時候我才看見，こころ躲在一旁，挨著玻璃幕牆前的欄杆在吃蛋糕。她的這個姿態令我放下心來。

在一輪拍照留念之後，主辦單位的眾多人員，列隊歡送我們到接送的車子上去。我看她們對演講能夠順利完成，也放下了心頭大石，因為在臨起行前幾天，我還恐嚇她們說可能有急事來不了。回程的路上，外面下著微雨，但我的心情幾乎是愉快的。雖然只是個普通的演講，但我卻好像度過了巨大的難關似的，感到了前所未有的紓解。

總算沒有壞了人家的大事。我說。

你這個人就是這樣，心裡只有責任。

こころ懂得反駁我，顯示她的狀況不錯。我於是也生起和她爭辯的興致，說：

除了責任還有甚麼？

享受。你似乎一點也不享受演講。

老實說，真的沒有享受。

那寫作呢？也是為了責任嗎？

也不能說沒有責任吧。

你以為常常把責任掛在嘴邊，你就會成為一個偉大的作家嗎？

責任不是你自己選擇的，而是你無法逃避的。

但你就是被這種想法拖垮的啊！

我還沒有完全垮掉吧。我苦笑著說。

對我呢？也是責任嗎？

我早該料到有此轉向，こころ總有能力把任何話題引向自己身上。我嘗試在腦袋中思索我對こ

ころ應該負上甚麼責任，但卻完全想不出所以然。對於這樣突然單方面闖進我的人生中的一個陌生人，我原本應該是完全無須負上任何責任的啊！可是，為甚麼會變成現在這樣的狀況呢？我只能回以一個似是而非的答法：

你毋寧是責任本身。

責任本身？

無可選擇，無法逃避。

我以為自己這樣說很機智。只見こころ望著車窗外移動的街景，半晌才轉過臉來，好像換了另一個人似的，以一種超然的神情說：

看來你的層次只能如此。

我無言以對，也就側起臉來，裝作察看雨勢。

晚飯こころ和我的家人一起吃。我們去了酒店對面的Suntec City Mall裡面的鼎泰豐。我母親、弟弟、弟婦和我兒子今天去了Jurong Bird Park。這是兒子的建議，並不是因為他特別喜歡鳥兒，而是因為主要的旅遊景點他已經去過，這次盡是找些冷門的本地人的去處。聽他們說園裡的餐廳的海南雞飯很好吃，こころ竟然打趣說：當然囉，是雀鳥園嘛！是養鳥專家！用自家養的雞來做飯一定不錯！逗得大家都大笑起來。こころ連日來的症狀好像完全消失一樣，和我弟弟聊了好些在新加坡生活的細節，又問了我兒子許多關於新加坡的好去處。結果就計畫了在未來兩大，讓我帶她去Gardens by the Bay、魚尾獅、小印度、國家博物館、植物公園、聖淘沙的沙灘和海底世界水族館。

回到酒店房間，我好像終於尋回去旅行的興奮，對未來兩天的行程帶著熱切的期望，縱使那都是我已經去過的地方。看著洗澡完畢，從浴室走出來的こころ，不知是因為濕髮貼著腦袋而更顯鮮明的輪廓，或者是卸淨了化妝而更顯裸露的五官，還是包裹在寬鬆的浴袍裡而更顯纖巧的身軀，我第一次產生了近似於迷亂的感覺。

19.

第三天早上，兒子和家人計畫坐纜車到花柏山公園，然後沿著南部山脊遠足。這樣的行程不太適合こころ，我們便沒有加入。我打算和こころ去逛逛書店，先去烏節路義安城的紀伊國屋，然後去找草根書室。昨天聽C君說，易手後的草根書室環境優雅，值得一去。他們還給我寫了地址，看來並不難找。

從酒店到義安城很近，坐地鐵從海濱中心出發，過兩個站到多美歌，轉南北線一個站在索美賽下車，走幾分鐘便到達。外面多雲，但透著薄薄的陽光，像微火煮食，慢慢地烘著，感覺頗為悶熱。我穿了T恤和及膝短褲，こころ則穿了條紅黑白三色的花裙，上身一件白色短袖襯衫，外加藍色牛仔外套，在潮熱的赤度氣候裡似乎是過於厚重。臨出發前我特意讓她從我妻子的衣箱裡挑了些夏天衫裙，想不到當中也有頗多合身的。看著那一身熟悉的打扮的こころ，我竟有重溫和妻子一起同遊新加坡的錯覺。

新加坡的紀伊國屋據說是東南亞最大型的書店，以售賣英文書為主。一進去便見到人來人往，就算稱不上是熙熙攘攘，也可以感受到熱鬧的氣氛，閱讀風氣看來不錯。來到中文書的部門，感覺則較為冷清。我忍不住去找了一下自己的書，看到有四五種陳列在書架上。回頭一看，こころ卻不知到哪裡去了。我在面積不大的中文部繞了一圈，果然在翻譯文學類的書架前面找到她。只見她踮著腳尖，抬著頭在看上面的一欄。原來她在找夏目漱石的書。

沒有幾本呢！她也沒有望我，像自言自語似的，有點失望地說。

也沒關係吧！反正你都已經看過了。要不我們去日文部去找原文本。不過，買回去也沒有甚麼意義。我說。

不是買不買的問題。為甚麼找不到漱石的翻譯呢？這麼偉大的作家，在當今這個時代，如果已經沒有人在讀，那不是十分可悲的事情嗎？

こころ臉上流露出真心的哀傷的樣子。我心想，如果連漱石都已經沒有人在讀，像我等之流的作者的境遇，究竟是可悲中之可悲，還是連可悲也稱不上呢？我正流連於這種顧影自憐的遐想，忽然看見こころ抬起右手觸著額頭，身子彷彿向前和向後晃了晃。我很自然地伸手出去扶她，說：

怎麼了？

頭暈。有點站不穩。

剛剛發生嗎？

不，出來之後，一直都有點不舒服。

為甚麼不早點說？

不想掃你的興。

需要回去休息嗎？

見她有點猶豫不決，我又說：

不要緊。地方可以遲點才去，我們還有時間。

こころ很小幅度地點了點頭，好像這樣的動作會加劇不適的感覺。

我走在她旁邊，讓她以手搭著我的臂，兩人緩緩地取原路乘地鐵回酒店。

回到房間，こころ就立即和衣鑽進被窩裡，緊緊地閉起雙眼，好像要努力遏止甚麼似的。我在床邊百無聊賴地坐了一會，便決定下樓去買午餐。

こころ大概只睡了一個小時，起來後草草吃了點外賣飯盒，便坐在床沿發呆。想起她昨晚精神奕奕的，還以為她已經好轉，怎料今天卻又打回原形，甚至更差。桌上躺著明就仁波切的書，本來想和她一起再讀一點，但又擔心她沒有精神看書。忽然記起，網路上有好些仁波切的教學錄影，於是便打開手提電腦，連了線，在上面搜尋了一會。終於給我找到「樂活禪」的錄影上載，共六輯，每輯一小時。我記得是很輕鬆很容易看的片子，適合こころ現在的狀態。

結果我們花了整個下午一口氣看了五輯「樂活禪」。那是好幾年前在台灣的一個禪修營的錄影，本來可能是分作兩天的幾個課節，現在全部輯錄在一起。仁波切的基本教法大體上都包含在內。因為他說得很淺白，所以有些道理好像很普通，但如果對他的教法有更深入的認識，便會知道那並不是表面上看那麼老生常談的東西。例如他小時候面對恐慌症的經驗，聽他說的時候輕輕鬆鬆的，甚至還說到要感謝自己的恐慌症，好像只是通俗心理學的正向思維。跟一般人對待疾病的態度不同，他並沒有說他克服了恐慌症，戰勝了恐慌症，或者治好了恐慌症，他說的是他面對和接受了恐慌症。對待所有的問題，情況也一樣。一般而言，當我們遇到問題，我們會有兩個反應：一個是服從於問題，稱它為老闆，完全被問題控制；一個是討厭它、憎恨它，以它為敵人，跟它對抗到底。仁波切說，他不去聽從問題，但也不去和問題搏鬥，他嘗試跟問題交朋友。他講了一個簡單而有趣的故事。話說他小時候有一次洗頭的時候，不小心讓水跑到耳朵裡去，怎樣也沒法把它弄出來，感到很不舒服。他向老師求助，老師卻告訴他，把更多的水倒進耳朵裡去。他起初不相信這個荒謬的建議，但後來一試，果真就把原本在裡面的水一起引了出來。他說，這叫做用問題來作為問題的對治，或者問題即是答案。所以，遇到問題的時候，我們不應該逃避，不應該對抗，也不應該被問題所控制，我們應該直接去面對它，和它共處，而且感到高興，因為我們得到了難得的禪修的助緣。我初次聽到這個觀點的時候，覺得它真是個振奮人心的好消息。但是，細想一下，似乎又不是那麼簡單。對一個身患惡疾的人說：你應該為你的病感到高興。這不是有點不近人情嗎？不過，所謂開悟，所謂大成就者，也不是普通的人情可以衡量和比擬的吧。像我這樣繫於人情的人，自然無法不受問題所束縛。我得承認我的悟性不高。

在手提電腦上看著片子，こころ的心神比較安定了，臉上的緊繃和焦躁漸漸退去，甚至連點頭或任何明顯的反應也沒有，只是靜靜地眨著眼。在兩輯錄影之間稍作休息的時候，我問こころ覺得怎樣。除了想知道她對影片內容的看法，我關心的其實也是她如何看待介紹她看這套片子的我。就好像你熱烈地向別人推薦一本好書，但對方看後卻表示不外如是，甚至是大加批評，推薦者的自信和自尊也難免會大受打擊。沒料到こころ關心的卻是完全不同的事情。

這位老師你見過嗎？

我搖搖頭，說：

我也是近兩年才看他的書，聽說他四年前已經開始閉關。

閉關？

據說他是藏傳佛教紀錄上最年輕的閉關者，當年十三歲已經第一次閉關。後來又連續進行了第二次閉關，還成為了最年輕的閉關導師。每次長達三年多，總共達七年的時間，留在閉關中心裡，和外界斷絕聯絡，專心進行禪修。不過，最近這次的閉關很特別，那不是留在寺院裡，而是在野外雲腳，也即是一個人四處流浪，甚麼都不帶，靠化緣乞食維生，到山中尋訪聖地，在山洞裡獨自禪修。聽說這是一種古老的閉關方式。所以，自從他突然出走，已經四年沒有人知道他的行蹤，中間只有一次給一位相識的喇嘛碰見，並且傳來了他的消息。

他是個誠實的人。こころ肯定地說。

我還以為她會把仁波切形容為「偉大」、「虔敬」或者是「精進」，但她的用詞卻是「誠實」。我問她何故，她說：

我看他這麼年輕就在世界各地講學和出書，一定是個非常出名和受到敬重的人，甚至可以說，是一個有權威的，有影響力的人。就算不說物質，在榮譽和地位方面，也應該是殊不簡單的了。像他這樣子的人，不但人們會冠以大師的稱號，自己也難免會以大師自居吧。但是，看看他，說話像個天真的小伙子，而且竟然能在這個俗世人會稱為「事業如日方中」的時候，放下一切，獨個兒出走，回到那最根本的地方，去尋找心中的道。這種所謂閉關的方式，當中一定會吃盡苦頭吧！從一個世界知名受盡尊崇的大師，變成一個無人認識，甚至會被當成乞丐來加以唾罵和侮辱的流浪漢，箇中的滋味也肯定不好受吧。但我相信，他是可以毫無掛慮地、單純地迎向這樣的生活，甚至在當中尋到極大的喜樂。像這樣的一個人，他所說的話，一定是誠實的。

你的意思是，他的話是可信的？

他的話裡蘊含真。

你是說真理？

真心。

こころ說著，用手指輕觸自己的左胸。

與我的多疑相比，こころ無疑是個更為單純的人。所以她一聽到仁波切的說教，就毫無保留地接受了和領悟了。

晚飯我們隨便在商場的美食廣場解決，匆匆又回到房間，看了最後一輯「樂活禪」錄影。在臨睡前，こころ好像意猶未盡似的，挨在床上翻起仁波切的書來。也不用我的講解和陪讀，她自己已經看到入神，幾乎不知疲倦，而我則在旁邊昏昏入睡了。

20.

見諸こころ的狀態，我早已對旅程的第四天沒有太大的期望。保守估計，我們早上可以先坐一轉Bus Tour，下午則到Gardens by the Bay，然後可以去草根書室，晚上再找個地方吃飯。結果，早上還是在酒店房間度過，待こころ繼續看明就仁波切的書。中午和我家人會合，一起在我弟弟的公司附近的鼎泰豐吃飯。我兒子和他的嬸嬸早上去了遊地鐵河，下午則計畫去看甚麼交通藝廊。

吃午飯的地點就在美術館和國家博物館附近。既然已經出來，我覺得沒有理由不乘機四處逛逛。こころ還未完全恢復，看博物館似乎過於費神，Gardens by the Bay又要走太多路，就算只是坐觀光巴士又怕吹風，結果便去了最便捷的魚尾獅。我們沿著海濱散著步，再去了不遠的萊佛士坊，吃了亞坤老店的咖椰土司。只不過是下午四點左右，こころ便說累了，去草根的念頭也就打消了。

我們又回到此行的主要場景，也即是酒店房間。在房間裡，こころ又自如起來，不復在外面時那懨懨的神色。她像個勤力的學生一樣，繼續鑽研那本書，不再抱怨疲倦或頭暈。看來明就仁波切的魅力比新加坡的景點為甚。不知怎的，我心頭感到有點不是味兒，好像是對這個過多地露齒而笑的光頭小子產生妒意。我當然未至於後悔向こころ介紹了明就仁波切，因為他真的有本事令こころ恢復了信心，但是，當她立即就變成了這個號稱「世界上最快樂的人」的粉絲，我又覺得她的反應過於草率和單純，而且完全沒有顧及我的感受。

我沒書可看，百無聊賴，便在手提電腦上瀏覽網頁，誤打誤撞的，又給我找到一輯明就仁波切的教學影片。我遲疑了半晌，不知應否立即告訴こころ。不過，與其看著她自個兒看書，不如一起看錄影更好，至少這是一件兩個人一起做的事。這是個叫做《聲空不二音樂禪》的活動錄影，由仁波切帶領，通過不同的西方古典樂章和東方的擊鼓音樂，利用聲音作禪修助緣，並且開示了相關的禪修道理。

こころ放下書本，被吸引過來了。音樂演奏的部分被刪去，餘下的解說部分，總共只約一小時許，所以沒多久便看完了。仁波切講道的內容，跟先前那輯片子相約，但側重點在聲音與空性，用的例子也有不同。例如他說到一個自稱對聲音敏感的人，有一次來到寺院尋求寧靜，但晚上卻被看守寺院的狗的吠聲弄到失眠。他向仁波切抱怨狗吠聲的滋擾，就算仁波切把聲音禪修的方法教了給他，他也依然堅持這個問題無藥可救。直至有一天，他參加了一個共修法會，當中的法器聲音非常響亮，但這位仁兄卻睡著了。他在一片喧鬧中從頭睡到尾。後來仁波切問起他在法會中睡覺的事情，他感到非常驚訝，不明白對聲音特別敏感的自己為何會這樣子。那個晚上，他回去房間，終於睡了一場好覺，沒有再被狗吠聲吵醒。仁波切說，關鍵不在外在環境，而在於心的轉變。看了這一節之後，こころ說：

我的狀況，會不會是這樣呢？我因為相信自己有病，所以病徵就真的出來了。

見她如此地輕信新的觀點，我有點不以為然，故意唱反調說：

但你的身體反應的確是相當真實啊！發作的時候，真的會發冷、頭暈、心痛和呼吸困難吧。很難相信統統都只是想像出來的。

仁波切在書上說，心具有無限的創造力，心不但能解決問題，連問題本身都是心的傑作。こころ像個聽話的學生，立即引述老師的話。我作了個不置可否的神情，說：

那即是「神又係你，鬼又係你」？

嗯，類似。

道理的確可以這樣說的。但是，你有沒有信心，明天走出這個房間，一切就像雨過天青一樣，完全解決？我繼續挑戰她說。

こころ猶豫了半晌，才說：

當然不會這麼容易，所以才要修行，才要練習。

她面上露出的決心，連我也有點動容了。如果躲在酒店房間看書和看錄影真的可以幫こころ解決問題，就算甚麼地方都沒去，也可以說是不枉此行了。我對自己先前的妒意感到可笑。

接下去看到最後一節，仁波切教了一個唱誦三字咒語的禪修方法。那是很簡單的「嗡」、「啊」、「吽」三個音，意思是「慈悲」、「智慧」和「能力」，但實際所指並不重要。重要的是念的時候，對字音的專注。我們當自己是現場觀眾一樣，跟著唱誦起來，連續地大聲念出這三個音，直至仁波切以手示意停下。在急激高昂的誦念之中突然停止，會出現一個特別寧靜、清明的境界，就好像在時間之間打開的空隙，當中沒有任何念頭。不知怎的，在這個短暫而無法捕捉的空隙之中，我感到こころ的心跳，按照著之前誦念「嗡啊吽」的節奏，以三個音為一個單位，像打鼓一樣，敲擊在我的胸口上。我想抓住這種敲擊，並且盡量延長它，敞開心懷地去迎受它，但一生起這樣的想法，那種感覺就像餘音一樣，剎那間杳無影蹤。聲空不二。我悄悄望向身旁的こころ，只見她微微張開的雙眼，靜如止水，深如幽谷，廣如汪洋。也即是說，空無的一片。那是一個我從來未曾見過的こころ。可是，只是那短短的一瞬。當那雙睫毛像蝴蝶拍翼似的毫無意識地一眨，那個靜定、幽深和寬廣的「空」便遽然消失。代之以我平素所見的，介乎天真與狡黠、可憐與可惡之間的，疑問的眼神。

晚飯我豪氣地叫了房間服務。送餐來的那位南亞裔男侍應，在深膚色的無表情的臉容下，好像忍不住流露出一下不懷好意的冷笑。大概是對於這對連門口也不願踏出半步、終日在房間內廝混的男女的一種評語吧。我把這想法作為幽默的佐餐笑料告訴了こころ，她卻責備地斜了我一眼，好像我的說法褻瀆了她這兩天的神聖體驗。

こころ在洗澡的時候，也精進不懈地在淋浴間裡唱誦著三字咒，就算是上氣不接下氣的，也不輕易停止。我早該知道，這個女子有過人的意志。

不知是否心情過度興奮，關燈之後こころ遲遲沒有睡著。不過，也沒有輾轉反側，煩躁失控的跡象，只是間中把雙臂從被子裡拿出來，一會兒又收進去的那個程度。我自己也沒有濃重的睡意，便直臥著，向著天花板，在黑暗中說：

明天便要回去了。去不了甚麼地方，有點可惜。

こころ此時正側著身，向著我，臉半埋在被子裡，含混地說：

沒有啦，其實新加坡我來過。

こころ的語氣也不知算不算安慰，內容卻教我啞口無言。我還以為自己聽錯，等了半天，也不見她修正，或者表示她在說笑。莫非她在說夢話？我側著身子，臉靠近她，說：

你不早說？

她把被子往下拉，露出了整張臉，聲音也因此比較清晰，說：

我從來沒有說過一句，我沒來過新加坡。

但我以為你沒來過，一直談著陪你去哪兒去哪兒，你又不作聲？

你願意陪我去，我很高興。我之前有沒有去過，有分別嗎？

把事實收藏起來，把我蒙在鼓裡，怎樣說也是不誠實啊！

我沒有刻意收藏，只是你自己忘記了吧。

我忘記了？我忘記了甚麼？

不止我來過，其實是我們一起來過。

聽她這麼一說，我把半個上身撐起來，被子都退下了。

我們？我和你？一起來過新加坡？你別胡說吧！

我沒胡說。

她不帶情緒地回答，輕輕地把我掀掉的被子拉回下巴的高度。我於是又翻身直躺下來，仰臉向上，好像生著天花板的氣似的，朝黑暗中說：

你之前不讓我知道你來過，令我像個傻瓜般給你張羅，為你乾著急，已經很不對，現在你還說出這樣毫無道理的話來，竟然怪罪於我，不是太過分了嗎？

真的，我們一起來過。

耳畔傳來帶點委屈的聲音。我的聲音卻變得加倍地嚴厲：

我們幾時來過？我之前並不認識你，而自你出現之後，這是我們第一次來。這不是最清楚不過的事實嗎？

你說你之前不認識我，這是對的。所以你才忘記了我和你一起來過的事實。你既然還處於這樣的心態，我很難向你解釋。你就當那是發生在另一個時空的事情吧。

她居然還在詭辯！我的耐性已經到了極限。整個月來的完全不合情理的事態，以及我無故被迫對此負上的責任，所累積起來的怨憤，在此刻已經無法再壓抑。

甚麼另一個時空？平行世界？還是前生？還有更荒謬的事嗎？而且就算是前生也不可能啊！我們如果前生曾經會面，那也至少是半個世紀以前的事了。那時候的新加坡還未立國呢，而且也不是這個樣子吧。

大概是我扯遠了，こころ一時沒有回應，過了半晌才嘆了口氣，說：

隨便你怎樣想。總之，你真是一個善忘的人。

對於她的固執，我除了賭氣之外實在別無選擇：

好吧！既然是這樣，那就沒有遺憾了！甚麼地方都沒去也沒所謂了！也不用費心和你再來了！

你有打算再和我來嗎？

こころ的語氣有點驚訝，我的眼角彷彿看見她從被子伸出了頸項。我草草地堵塞住自己的信口開河，說：

那是一個說法。

你不會再忘記嗎？

忘記甚麼？

忘記我。

我被牽引著又轉身向她。隔著那薄薄的黑暗，我的鼻子和她的鼻子很近，但卻看不清她的眼睛。也不知是不是因為那黑色的屏障，我不自覺地加強了說話的力度：

我本來就沒有忘記任何事，是你令我對自己的記憶產生懷疑的，是你植入「忘記」這個想法的。給你這麼的一說，我給你搞糊塗了，感覺好像真的忘記了甚麼似的。所以，請你高抬貴手，別再來這一套。

忘記的人是你，不是我，你怎麼可以反過來怪責我？

但你以後可以實話實說嗎？不要隱瞞可以嗎？

我從來沒隱瞞甚麼？是你自己誤解我吧！受傷害的是我，不是你啊！

這時候，我終於看到她在眨動的眼睛，一閃一閃的，有很微弱的光，彷彿一隻躲起來的受傷的小動物的眼睛。我不得不把聲線緩和下來，說：

如果這令你感到受傷的話，很對不起！但我實在沒法記起沒有發生過的事。不過，我答應你，這次的事，我不會忘記。我會記得和你來過新加坡，也即是這一次。這樣好了吧？

真是一個固執的人！怎樣也不肯承認自己的疏忽。

她的聲音突然又變得有嘲諷的意味，我於是又忍不住說：

我告訴你，這次真是一個惡劣的經驗！所以記憶很難磨滅！

我以為こころ會整個人彈起來，但她只是在被子裡動了一動。她的聲線甚至顯得有點虛弱，但感覺卻彷彿撲面而來：
是嗎？你真的這樣想嗎？
怎樣想？
和我一起的經驗，很惡劣。
我不是這個意思。
你剛才是這樣說的。
我保持仰臥的姿勢，只是盡量扭轉脖子，以無可奈何的語氣說：
こころ！我必須承認，你是個絕頂聰明，通透的人。你完全明白我真正的意思。為甚麼還要這樣來爭拗我的字面意思呢？
因為，不明白我的意思的，是你。
こころ睜著眼睛說。這次眼中的閃亮好像變強了。
Okay！我是個笨蛋！我承認！我無話可說了。
我把脖子扭回來，把腦袋平放在枕頭上，也沒有作出那種轉過身去背向著她的姿勢。那是夫妻之間吵架的姿勢。我和こころ之間，算是甚麼呢？我也不知道。我只是僵直地仰臥著，緊緊地閉上眼睛，表示話題的終結。我聽見こころ在被子裡挪動的聲音，但不知道她在做甚麼，然後就寂靜下來。我固執地閉著眼睛裝睡，在心中揣摩著剛才黑暗中的對話，後悔自己竟然順著她的思路，說了一大堆蠢話。她根本就在胡說，正如她自身的整個故事，都是虛構出來的，而我竟然跟她認真起來！我甚至想像，如果我張開眼睛，往旁側一看，身邊根本就沒有人和我同睡。這想法讓我渾身顫抖了一下。我被自己的想法嚇怕了，以至於真的不敢張開眼睛。我真的害怕目睹虛空。我閉著眼睛，側耳傾聽，除了我自己的呼吸，四周一點聲音也沒有。

21.

從新加坡回來之後，こころ的狀況好像穩定下來。也不知是禪修的功效，還是藥物的作用。雖然不相信問題是出於哮喘，醫生開的藥丸也一直沒有動過，但こころ每天還是定時兩次使用吸入式氣管擴張粉劑。複診的時候，こころ表示在旅行期間，氣管問題沒有怎麼發作，醫生便又露出了滿意的神情，並且開出了另外兩星期的藥量。那些藥丸一直擱在我們案頭，之後こころ也沒有再回去複診。那瓶吸入劑直至用完，也終於宣告本屬無效了。

聖誕節當天，こころ和我家人一起過，儼然是家庭的一分子似的。我弟弟一般都會回港過大節日，這次跟我們一起坐飛機回來，隔天便在他家開了個聖誕派對。因為在旅程中有過一段相處，こころ的在場並沒有顯得過於突兀。倒是後來我宣布こころ將會長期於我家留居，大家才顯得有點詫異，一時間甚至不知從何反對，只是不明所以地面面相覷。

我其實詳細考慮過這件事。以こころ無家可歸又情緒不穩的狀況，要她搬走不但無情，而且不切實際。可是，如果讓她留下來，要繼續保持祕密也並不容易。假若讓人發現的話，事態可能會更加複雜。所以，與其祕密被揭穿，不如索性自我披露，讓祕密成為公開的事實。問題是如何向家人解釋。對於她自身的事情，こころ並沒有表示意見，好像事不關己似的，我難免又有點生氣。正當我為此而苦惱萬分的時候，妻子向家人的手機對話群組傳來了一條訊息，內容是這樣的：

「各位：K小姐是我的學生，家人都在外地，在港舉目無親，近日又患了嚴重的情緒病，因為擔心她的安全，我決定安排她入住我家，拜託丈夫加以照顧。事出突然，情非得已，盼望大家多多包涵！麻煩之處，請見諒！待我學期結束後回港，會再幫她張羅住處。」

經妻子出面澄清，家人就算心裡還有懷疑，表面上也再沒有異議了。

如果這是小說情節的話，讀者一定會覺得不合情理吧。妻子因公事出國半年，丈夫公然在家中引入另一女性，還一副理所當然的樣子，此為不近人情之一。妻子對此不但並不反對，反而支持丈夫的做法，並代之向家人提供說辭，此為不近人情之二。不過，事已至此，爭拗無益，我還是順著事實把這「不情」的故事說下去吧。借用夏目漱石的說法，就把這寫成一篇「非人情」的小說吧。

在傳來為我背書的短訊之後，妻子以電子郵件又向我寫了封信。自從妻子於去年九月到英國C大學做學術研究，我們一直保持緊密聯繫。初時多使用網路上的視像通話，但因為時差關係，難以配合對方的作息，慢慢就比較少用。手機的即時短訊依然每天都有，但都只是些簡短的事情交代，或者傳送照片，多是關於校園內的風景、建築、人物，或者日常生活的細節，諸如代步的單車、喜歡吃的食品、書店裡買到的新書、聽過的課堂和演講等等。漸漸地，比較深入的交談，都以寫信的方式。雖然用的是電子郵件，但在這個世代來說，也算是古典的溝通方法吧。妻子在信中是這樣寫的：

心的病，看來不是一時三刻可以好轉的。對此你需要有點耐性。我同意不應該再看西醫，至於中醫，我建議你不妨試試不同的醫師。早前我跟A提過此事，他說他有一個相熟的中醫，對治理情緒和壓力問題頗有經驗，聽說好些學界和文化界名人都是看他的，至少A自己就有不錯的效果。如果你有需要的話，我可以向他問問聯絡方法。

雖然有病求醫是很正常的事情，但是，如果求醫本身變成了安撫對生病的憂慮的手段，恐怕就有點本末倒置。你自己也知道，這個入院又出院又再入院的循環，其實是有點荒謬的。結果也不會查出甚麼具體的問題來。我覺得，不妨讓心把注意力放在別的地方，好像去享受甚麼好吃的東西，或者看一場好看的電影。這聽來好像很膚淺，但一味困在生病的愁緒裡面，也不見得有出路。身體感官的享受，會釋放有益健康的物質，就算不是個高層次的方法，也只會有利而無害。

有時候我想，也許粗心一點，對健康其實有好處。你對心看得越緊，越想百般呵護和照顧，越會增加壓力。你太在意要做好人，要做正人君子，要謹言慎行，要負責任，要盡義務。我絕對相信這是出於真心，但是，當這一切變成對自我的要求，就會成為對自己的束縛。如果自己以為的好和世界以為的好是一致的，無論這個以為的好是對是錯，就人的自處和共處來說也沒有問題。就算是自己認為好的，世界卻認為不好，那也沒有所謂，最多也只會被視為我行我素、孤芳自賞。可是，如果是世界認為好，而自己卻覺得不好，而不願意加以附和，但自己又不能放開以好人自居，那就會出現煩惱。當你一開始介意別人對你的看法，就會失去個人的自由。你的問題就是沒法放開，甚至是放縱，好像藝術界歷來的一些混蛋那樣，不顧後果地隨便亂來。這些人當中，當然有些真的只是純粹的混蛋，但也不乏可以稱為大師的人物。前者就別提了，我們只看看後者。這些傢伙的行為雖然有時的確可惡，甚麼狂妄呀、欺騙呀、好色呀、貪婪呀、無賴呀，妒忌呀、怯懦呀、不忠呀等等，但是也算不上甚麼大奸大惡，而且，說到底在他們作為文藝巨匠的人生中，在他們創造出偉大作品的前提下，這些個人缺點統統都變得無傷大雅、情有可原。這些傢伙啊，之所以如此無聊但又安然地生活下去，而且暢快淋漓地弄出了他們的傑作，完全是因為他們有一顆撒野的粗心！所以，如果你想心好起來的話，我建議你不如拋開自設的枷鎖，找住這個難得的時機，放手胡來一下，甚至是大幹一場！說不定，心就可以不藥而癒呢！這在你看來可能是非情之想，但事實上也是人之常情啊！

順帶一提，家裡的冰箱有一盒蟲草，是我臨出發前買的，後來離港就忘了。蟲草對氣虛和精神衰弱有幫助，你每天弄三條，連續吃它一個月。直接用水煮，不必燉湯那麼麻煩，可以加點杞子。詳細做法你可以上網查。

我把這封信翻來覆去地看了很多遍，特別是當中的第三段，但也沒法完全把握當中的意思。我得承認妻子的觀點是獨特的、非一般的。我把信打開給こころ看，她的評語是：

Y老師是個豪邁的人，不像你那樣拖泥帶水。

我倒不認為完全是這樣。身為女人，妻子肯定也有她的介懷的事情。只是她對這些事情的尺度和定義，未必是一般人可以理解吧。無論如何，妻子的說法連續好幾天在我的腦袋中徘徊。

某天早上，我在廚房看見妻子常用的茶杯，裡面盛著滿滿的加了奶的紅茶。杯子是英國製瓷器，杯身以植物學圖鑑的手法繪畫了一種觸鬚狀的紅花，垂在外面的是英國早餐紅茶的方形招紙。一摸杯子，卻是已經放涼了的。那一刻，我還以為妻子已經回來，或者並未離家。她一向就是這樣，早上起來立即沖了紅茶，但卻因為匆忙出門而忘了喝。幾乎十居其七八會發生這樣的事。我拿起那杯涼了的奶茶，呷了一口。沒加糖，又不熱，淡而無味。我正想把茶倒掉，こころ卻走進廚房，從後面叫住了我。原來茶是她弄的。我說茶涼了不好喝，她卻把杯子奪了過去，把茶包抽出來，把杯子放進微波爐裡加熱。看著杯子在微波爐內打轉，我坦白地說：

剛才我想起了妻子。

為甚麼？

因為那杯茶。

你妻子不是喜歡薄荷茶加奶的嗎？

那是很久之前的事——你怎麼知道的？

我是你妻子的學生嘛。

胡說！

她在網誌裡提過。前不久貼的，說在學院的餐廳吃了美味的甜點，又點了杯薄荷茶，要求加點奶，那種味道，勾起了年輕時的回憶。

是嗎？她寫到了這個？

你還未看嗎？

我沒有答她。真的，我已經一段時間沒有看過妻子的網誌。這個網誌她寫了整整七年，也不是經常寫，大概是每月兩、三篇的密度。她去英國之初的幾篇，我也有看，但近月來卻忘掉了。一方面是因為こころ的事令我無法分心，另一方面，持續和妻子保持通信，覺感上好像已經看過了她的記述和感想。不過，過去看妻子的網誌，感覺是寫那些文字的那個她，跟平時作為妻子的那個她有點不同。有時候她談到的電影或者音樂，我完全沒有認識，好像對有著那樣的喜好和品味的人有點陌生，甚至難以理解。在那裡我看到妻子的另一面。她對某些事物有一種放縱的迷戀，但又因為粗心大意而不會過於執著，而她對自己的粗心大意又是完全的自覺和寬容，於是往往能看到事情幽默的一面，就算是最沉溺的時候都懂得自嘲，免於自以為是的造作。而且，她從來也不嘲諷別人。這樣的語氣和性格，又完全是平時的那個她了。

我正耽於這樣的遐想，微波爐發出了「叮」的一聲。こころ用防熱手套把杯子拿出來，往杯子裡吹了吹，輕輕呷了一口，說：

剛剛好。

她把杯子遞到我的唇邊。我作了個迴避的動作，但她卻執意地要我試飲。我小心翼翼地接過杯子，呷了一口，果真熱度適中，而且，茶的香氣和奶的柔滑都回來了。

可惜不是薄荷茶呢！こころ說，轉身便走出去，茶杯卻依然在我手中。

22.

十二月底的那個星期，こころ的狀況有過短暫的好轉。聖誕節過後，寒冷的天氣暫緩了下來，晚間氣溫一般徘徊於十四、五度，而日間如果有陽光的話，有時甚至回升到二十度以上，感覺可謂近乎溫暖了。趁著這溫和的氣候，我每天督促こころ到公園散步，讓她盡可能地多做運動。

那天我們如常在吃早餐後到公園去。九點半左右，太陽已經令氣溫逐步升高，到了宜人的程度，但這天因為大風，所以在散步之初，我們還是穿著薄羽絨外套和圍著頸巾。公園大概呈狹長三角形，尖端朝北，底邊在南。我們照樣從北尖端的小路進去，在狹窄的步道盡頭，是個設有幾種健身器材的小區域。前面繼續走下去，是穿過公園直達南面入口的中央步道。我們不取大路，往右拐進旁側微微上坡的小徑。小徑繞過一個小小的草坡，草坡上種植的都是體形瘦弱的洋紫荊，雖然長年開著紫色的花朵，但感覺俗氣。小徑彎了約四分之一個圓形之後拉直，左邊是一個小型的圓形廣場，廣場後面的小丘上有一涼亭，亭頂有個小小的鐘樓。廣場上正有一群中年女人，配合著聖詩唱腔的音樂，做著一種動作幼稚兼且毫無美感可言的健身操。小徑右邊和公園外的馬路平行而進，有蓋行人路上人來人往，都掛著趕往上班的木然但又帶點急躁的神情，一欄之隔的這邊卻甚為疏落，就算是緩跑者的背影也甚為悠閒。雖然近在咫尺，卻好像兩個世界似的。

這兩個世界被公園的另一個入口連接。在入口的位置往右拐，有小徑彎彎的經過圓形廣場的入口和鐘樓涼亭，然後折回剛才沒取道的公園中央步道。我們選擇繼續向前，沿著緊貼公園西邊的跑步徑前行。這段路徑筆直向前延伸，直達公園的西南角。沿路的右邊是外面的行人路，左邊是一片草坪，近處是三棵比人稍高的雞蛋花樹，已經完全光禿，裸露著手指般的枝椏，形態有點兒滑稽。草坪的較遠處有一個由細葉榕組成的小樹林，雖然總共只五六棵，但已形成一片林蔭。再向前走，在幾棵楓香樹下有一涼亭，下面設有四張附有棋盤的桌子，目下已經聚集了十幾人，清一色是年長男性，或三或五地分成幾組，圍著不同的棋桌，下棋的下棋，不下棋的則大聲議論，不時爆出興奮的粗言穢語。

過了下棋的涼亭便是人造草地足球場，以鐵絲網圍繞，鐵絲網在不同的位置高約三至五六米不等。除了假日，早上這個時段一般沒人租場踢球，感覺比較寧靜。人造草地日久失修，呈現多處大幅的破損，但在溫和的晨光下，依然反射著養眼的綠色。橫向隔著整片人造草地的對面，是球場的入口、更衣室和公園辦事處。入口門閘頂部有電子顯示板，以紅色的字體交替地顯示時間和溫度。我們經過的時候，時間是早上九點三十八分，溫度是攝氏十七度。在有著紅色斜屋頂的低矮房子後面，橫向排開的是不同品種的樹木，顏色、形態、高矮和前後參差錯落。太陽就在樹群的右上方斜斜照射下來，柔和的光線令樹頂披著一層淡靜的金光，但瞬間而至的北風卻會突然撩起一番舞動。

向前望去，筆直的路上靠馬路那邊排列著高大的樟樹和南洋杉，靠球場這邊則有銀珠、石栗、蒲桃和桂花等。一個形態猶如巨蛋一樣的矮小老伯迎面而來，一邊健步而行一邊高舉雙手，不知是表示勝利還是投降的姿勢。跑步徑並不寬闊，我和こころ從並排而行立即改為一前一後，側身讓大搖大擺的老伯過去。

沿著球場一側直走到底，九十度向左拐，又是另一條直路，左邊依舊是緊貼著球場的鐵絲網。那是三角形公園的南面底部。公園外面的馬路，在轉角處是個十字路口，拐彎後繼續有馬路和行人路與公園小徑平行。小徑旁邊照樣植有大樹，低矮處則排列著灌木，右邊是米仔蘭和還未開花的杜鵑等，左邊則是長年開花但無甚可觀的大紅花。也許是馬路對面蓋了三十幾層的公共屋邨高樓的緣故，這一段是整個公園日照最少的部分。特別是在冬天，當太陽以較低角度繞過天際，中午前後的一段時間會被高樓遮擋。

剛剛過了球場的範圍，有另一個公園入口，而小徑亦分岔開來。往前可以繼續走向公園的東南角，往左拐先是一個健身運動區，然後便達公園辦事處、洗手間和足球場入口。在球場入口前面的空地上，另一群中年婦女在強勁的音樂伴奏下，在跳著近似於火熱的舞步，較諸之前在圓形廣場上的那組女子，這邊的聲音雖然更為喧鬧，但舞姿卻又更為可觀。

不過，從我們現在這個距離，跳舞者的樂音像是遠山後面傳來的雷訊，不但不覺滋擾，反而更顯周圍的空寂。我們在這個路口位置暫停下來。迎面是一片令人心神清朗的景致。在前路的左側，有十來棵朴樹組成的樹林，雖然範圍不大，但卻予人深邃之感。朴樹不時隨陣風抖落金黃色的鱗片，但枝椏間卻未見疏落，大概是剛進入落葉的時節。林中有小路，一側有整排的竹叢，竹叢後是一塊小小的兒童遊樂區。我們仰著臉，瞇著眼，迎受著陽光穿過樹木的枝葉而灑下的溫柔的刺痛，又因著樹影的晃動，而在視野裡呈現為閃耀不定的幻光。

風景之發現啊！こころ輕聲說。

這句看似普通的讚嘆，我一聽就知道是來自柄谷行人的日本現代文學論的用語。但こころ為甚麼此時此刻說出了這樣的一句評語，我卻有點不得要領。也許她只是剛剛想起，而以開玩笑的方式把這說法跟眼前的境況聯繫起來。我以為，她只是想說，我們信步而行，出其不意地在這裡發現了眼前的風景。我只是會心地點了點頭，她也沒有多加解釋，我們便又提步向前走下去。

往前約略再走二十多米，便是公園的另一個南面入口。入口後面可以看見高聳而立的介乎咖啡和粉紅色之間的建築群。那是一個私人屋苑。我十七年前剛結婚之初從九龍搬進新界，首先就是租住這個屋苑的某個單位。現在我父母也是住在這裡的。這個屋苑後面還有另一個更大型的私人屋苑，連同對面的公共屋邨，形成一個人口眾多的住宅區。區內居民要到火車站去，一般都會取道公園的這個入口，穿過公園中央步道，在公園北端插進大馬路，再沿馬路旁到達通往火車站的行人天橋。因為時間將近十點，上班高峰期早已過去，所以行人不算太多。我和こころ只走了主幹道的一小段，便又彎進小路去，經過一個門球場，朝向公園的東南角。

門球場從前是建在之前說的那個榕樹林旁邊的草地上的，後來才搬到這裡。六七個老人，男多女少，拿著大鐵錘似的T字形球棒，把草地上的橙子大小的小圓球打來打去。老人們大聲地爭論著每一球的打法。我不太清楚規則，只知道球分為不同的號碼，似乎必須把球通過一個小門，有時又會以己球撞擊他球。兒子小時候，在入學之前的日子，我幾乎每天早上都帶他來公園玩。他對花草樹木沒有感覺，對鳥類和昆蟲更加是視而不見，最著迷的是凝視著草地上的旋轉灑水器。另外，就是在圓形廣場那邊的大階梯上，看著旁邊的門球場上的老人打球。每當鐵錘敲打在木球上，發出清脆的「卜」的聲響，兒子就會笑得人仰馬翻。我把這件事告訴こころ，她只是微笑著抬了抬眉，好像表示「是這樣嗎」的意思，並沒有任何評語。

我們來到公園的東側了。向左一拐，又是另一條大直路，前面和公園的中央步道會合。這條路的右邊，在公園的範圍外面，是一條引水道。引水道對岸，是通往上水的單車徑。在單車徑的外邊，則是高速公路。因為在高速公路和單車徑之間，設置了隔音屏，所以在公園的範圍內，基本上不會太察覺到汽車的噪音，樹上的鳥鳴還是清晰可聞。在步道和公園圍欄之間，是一個闊約十幾至二十米的林木地帶，種有公園裡最古老和高大的榕樹，形成一片甚為幽深的林蔭。松鼠們的蹤跡雖然遍及全公園的範圍，但最經常活動的地方，就是這片榕樹林。我懷疑牠們就是住在這些樹上的。這裡的榕樹除了粗壯，還展現著像人類肢體似的樹幹，散發著一種赤裸的、動態的意味。不同時期生長的氣根，和原本的樹幹糾纏在一起，形成像筋腱一般的粗細不等的盤扭。其中有一棵還呈現出有著兩條粗壯的後腿和兩條幼細的前腿似的、趴著的動物般的姿勢。這些榕樹的姿態，每每令我想起但丁《地獄篇》的插畫裡面承受著各種殘酷懲罰的裸體，或者中世紀畫家波殊的「樹人」。

我和こころ說到這些的時候，她非常細心地檢視榕樹的軀幹，點著頭地認同我的說法。

但丁也有寫到人變樹的懲罰吧？她彷彿隨口說出來似的問道。

有的。那是對自殺者的懲罰。

為甚麼？

因為自殺的人不愛護自己的身體，所以死後便被剝奪身體的形態。而且，作為樹的他們會持續受到半鳥半女人的Harpies的攻擊，被撕掉樹枝而流血和感到痛楚。

こころ好像並沒有認真在聽，只是盯著一棵細葉榕的樹幹。

看來真的有點像人體。

如果這些樹都是人變的，他們都是巨人吧！

感覺還有點色情呢！

色情？

赤條條的，毫無保留地展示自己的樣子。

嗯。甚至連皮肉也剝去，露出筋骨來。

很可怕！

的確有點不堪入目。

真是內面的發現啊！

こころ突然發出這樣的感嘆。這是今天她第二次說到柄谷行人了。這次我忍不住抓住這個話題，開口問：

柄谷行人的「內面」不是這個意思吧。

打個比喻而已。

她似乎並不打算深入討論，但我卻追問下去，說：

你認為柄谷說得對嗎？風景的發現先於風景本身。我們必然帶著「風景」的概念去看風景，去描繪風景。根本就不存在直觀的、本然的風景。而且，這個概念是西方文藝復興之後的發明。

他說「內面」也一樣。

對，沒有本然的內面，或所謂真正的自我。人的內面性是一種概念。我們先有了「人具有內面性」這概念，然後去作出內面的描寫。

這就是自白體的出現吧。
不只是文體，他說的是自白制度！你怎麼看？你今天突然提起來，是有特別的想法嗎？
其實沒有哩。
不會吧，不會只是隨便說說吧。
沒有。我倒以為，「發現」比較重要吧。
發現？
就像我們現在這樣走著，每一刻都在發現。
發現甚麼？
不是風景的風景，或者不是內面的內面吧。
也即是，不是自白的自白？
別裝機智！討厭！
こころ似乎想乘機打斷話題，我隨即說：
那即是甚麼呢？你好好說吧。
老實說，我也不知道呢！你就當我胡說吧。
也不知是走得有點熱了，還是出於莫名的害羞，こころ的雙頰泛著紅暈。她脫下了紅色羽絨外套，抱在懷裡，只穿著米色的毛衣，脖子上纏著雜色頸巾，下身穿著灰色短褲，雙腿裹著黑色襪褲，腳上一雙銀灰色球鞋，逕自的走開了。
小路和大路會合。所謂的中央大道，也不過是較寬闊的行人步道而已。こころ沒有順著步道向起點走回去，反而向左作了個銳角拐彎，回頭向足球場入口和公園辦事處前的空地走去。她一邊邁著鹿類般的腳步，一邊仰著臉望向高處的樹頂，好像在繼續「發現」風景似的。那塊空地上的跳舞者已經收拾東西散去，旁邊的長凳上未見流連公園的老人的身影，只剩下滿地的細碎的落葉。こころ踏著無聲的碎葉，向著朴樹林那邊走去。我隔著二十幾米的距離跟在後面，凝望著她的纖瘦的背影。

這時候，一陣風起來了。朴樹的葉子在陽光中像金子一樣，旋轉著，閃亮著，各自以不規則的軌跡，像測不準的粒子般，飄忽不定，但又像是具有某種同一性似的，朝同一方向斜斜灑下。沐浴在動態的黃色光點之中的こころ停了下來，抱著紅衣，縮著肩，抬著頭，在飄然而起的長髮下露出了她的側臉。伴隨著整個寂靜的畫面而來的，是風刮過樹梢的沙沙聲，和落葉在地上翻滾的窸窣。我忽然想，如果こころ穿上她的黃色和服，眼前的景致會是多麼的美！

在剎那間，我好像發現了甚麼。但是，隨即又失去了。

23.

除了反覆在看明就仁波切的書，こころ也開始自己練習起禪修來。當然她只是照著書上面說的去做。也許她真的相信，就像仁波切小時候通過禪修克服了恐慌症，她也可以同樣治好自己的病。我同意禪修對人的身心健康有好處，但是，全靠禪修而治好情緒病，我是有點保留的。而且，到現在為此，我們還未能證實こころ的病原是身體器質上的，還是精神上的。

自此，こころ在家裡除了看書，就是坐禪。這肯定比整天懨懨地臥在床上好得多。起先她嘗試在客廳裡打坐。我家窗外的景觀相當優美，這在香港的住房來說是少有的。客廳的其中一面向西，從大幅落地玻璃窗望出去，全是綠色一片的山景。下面雖然有一個連接各大小馬路的巨型迴旋處，又有巴士行走，但因樓房建在小山丘上，我們又住九樓，如果關上窗子，根本難以察覺車輛的噪音。

在客廳地板上鋪上瑜伽蓆子，再疊兩個小坐墊，在上面盤腿打坐，從這個特定的視點望出去，會看見遠近分明的山形和各種深淺調子的樹木。左邊近處是一座高山，後面有山徑一直通往蝴蝶山，是區內行山的好去處。靠中間一點，被樹叢簇擁著的，是警察機動部隊的建築物。在一堵五六層樓高的大白牆上，警隊的徽章顯得十分醒目。屋頂常有直升機升降，後面又常傳出練靶場的槍聲和冒出有顏色的煙霧。警隊的防暴訓練有時會在營地前面的空地上舉行，分為防暴隊伍和示威隊伍兩方互相對峙，而由警員扮演的示威者，會非常逼真地揮動各種標語，並且以「大聲公」高喊各種反政府口號。有時聽到他們喊出「警察濫權」之類的口號，真會忍不住發出會心的微笑。不過，大部分時間機動部隊訓練營非常安靜，並不擾民，隱藏在樹木後面的建築物也沒有破壞美麗的景觀。

在景觀中間靠右，是一個廢物回收場。從樹頂隱約可見有起重機的活動，但總的來說被樹林遮擋，不特別去留意它的話也不太察覺到它的存在。除此之外，景觀裡就是一層又一層重疊互扣的遠山。在最遠可見的位置的山頂，約莫有六、七百尺的高度。山麓上毛茸茸的深綠色的部分是樹叢，柔細如地氈的淺綠色部分是草坡，有時甚至可以隱約看見山坡上泥棕色的小徑。在陽光普照的日子，無論遠近都起伏有致，質感分明，清晰得連近處的一棵樹上站著的鳥兒，到遠處山脊上的一棵樹木的剪影，都完全可以分辨。不過，太明亮和清晰就失去了距離感，或者攝影者所說的景深，眼睛反而會受著一大片綠色以及當中的無數細節的壓迫。加上天空上聳動著的看來具有巨大質量的雲團，反而不能令人心情放鬆。相反，有時候陰天或有薄霧的日子，景致會更為幽深。原本一致的綠色，隨著距離的拉遠，漸漸化為一級又一級的灰調，由深至淺，像層層相疊的平面剪紙，頗有山水畫的意境。當然，如果是夕陽西下的時分，天空裡最好有薄雲，令太陽成為一顆稍微扁圓的蛋黃，散發著溫暖的金黃色澤而不致刺眼。如果高空有波濤般的雲絮就更佳，紅彤彤的餘暉將會在太陽下山之後，依然粉飾著整個天際，像酒後殘留著微微醉意的臉龐。日落的位置隨季節轉移。刻下初冬時節，太陽就剛好在兩座高山交接的低處消失，就像一個畫家刻意安排的畫面。

こころ因為脊椎側彎的問題，不能長時間盤坐。大約十五分鐘左右，便覺雙腿發麻，腰椎僵硬。她便唯有坐在小凳子上。後來又覺得小凳子太硬，坐不舒服，索性就回到睡房去，坐在床沿。

睡房窗子的方向和客廳一樣，景觀也大致相同，以自然景致作禪修的對境，並沒有甚麼分別。加上如果我兒子放假在家或者放學回來，在客廳坐禪也不太方便。不過，睡房的大床靠窗的一邊，就在落地大玻璃窗前面，坐在那裡感覺就有點像坐在懸崖邊緣。こころ偏喜歡坐在這裡，我也沒有辦法。

こころ要坐禪的時候，我便悄悄迴避，到隔壁的書房去，但這些時候又無法專心看書，更不要說投入寫作。奇怪的是，當こころ練習專注的時候，我卻格外散亂起來。我也不知道為甚麼。總之，感覺就好像她進入了一個和我隔絕的狀態。我沒法知曉或了解她在那個靜止的狀態裡，究竟眼睛看到甚麼，耳朵聽到甚麼，鼻子聞到甚麼，舌頭嘗到甚麼，身體覺受到甚麼，意識裡又顯現出甚麼。但是，我平時又知覺到她的知覺嗎？又明白她在想甚麼嗎？也許這只是凸顯出，我對こころ由始至終的不了解。我把這個自己無法解開的謎放在身邊，朝夕相對，為的又是甚麼呢？一個月過去了，我彷彿並沒有更了解こころ，卻反而比當初感到更加陌生了。

有時候我要進睡房拿些甚麼，輕輕推開房門，躡手躡腳地走進去，她也沒有回過頭來，或者明顯地動一動身體。只見她坐在床邊，面向著玻璃窗，背向著我，下身裹著厚厚的被子，上身則盡量挺直，瘦削的骨架支撐著寬鬆的毛衣，長髮紮起或者撥在一邊的肩上，薄紙一樣的身影就像鑲嵌在玻璃窗框上的形象。她坐在邊緣上的那張床，一刻間拉闊成大漠般的距離，而我縱使歷盡千辛萬苦，也無法跨越那荒漠一樣的阻隔。我不由得感到了深深的孤寂。

我覺得學禪修不能只看書。十二月底的一個星期六下午，我帶こころ去了參加禪修中心的共修。我以前參加過這個禪修組織的活動，但後來覺得不太投入，慢慢便沒有去了。本來的會址在北角，但那邊因為裝修的關係，最近改在上環的另一個中心進行團體共修。我和こころ按著電郵上每月會訊中的地址，找到了那個會場。那是一個面積很小但布置很有格調的單位，最多只可容納約四十人。這邊似乎有它固定的學員，許多都是陌生的臉孔。在其中我只見到兩三位在北角中心見過的善信。我和こころ先是在會場左前方的坐墊上盤坐，過了不到一半，我們都無法堅持下去，而改為坐在旁邊的矮長凳上。

這個下午的共修以觀看明就仁波切的教學錄影為主。主持人是一位留短髮、穿白色樽領毛衣，搭著棗紅色暗花圖案披肩，舉止非常優雅的女士。大家在主持人的指導下作了約十分鐘的無所緣禪修和身體放鬆，便開始觀看錄影帶的環節。很湊巧地，這天播放的主題就是如何以情緒為禪修的助緣。那是一段我沒有看過的片子，仁波切在當中教導了一些我未曾聽過的內容，例如當那個你想專注的情緒太強烈的時候，不適宜立即直接面對它，而可以選擇一個相關的替代的情緒，或者把那個情緒分拆為比較細小的單位。通過這樣的方法，逐步接近那個你難以面對的巨大的情緒，最終就能不帶批判地，不抗拒也不迎受地，直接地看著它。我覺得這教法對こころ很管用，努力地把它的內容記在心裡，留待往後跟她詳細討論。

這天又來了一位很年輕的西藏喇嘛，戴著黑框眼鏡的、二十四五歲的小伙子，聽說是在印度某佛教學院裡從事研究。看完仁波切的教學錄影，主持人很恭敬地請年輕喇嘛作一番開示。年輕喇嘛以不太流利的英語說了一陣，關於自己的禪修經驗和領悟，正如他自己所謙稱的，這方面並不是他的專長，說起來也真的有點不著邊際。不過大家也很專注和誠心地聽著。之後輪到發問環節，有一位身材瘦削，肢體柔軟，雙盤做得很自如的中年男子，以流利的英語表達了他的困惑。他大概是這樣說的：

我們來到中心參加共修，練習如何克服情緒，不要動怒，但是，中心裡都是很熟的朋友，大家很明顯都是很平和的人，共聚在一起根本就非常愉快，一點情緒，一點憤怒，一點不滿都沒有。在這樣的氣氛中我們卻要禪修情緒，我覺得很難。如果刻意把情緒想像出來，我覺得又很假。但是，回到生活中去，當情緒來的時候，憤怒來的時候，到時要禪修卻又來不及了。所以我覺得很困惑，在我們這個這麼開心的團體裡，如何禪修情緒呢？

我也不太記得那位年輕喇嘛怎麼回答了，好像是以不那麼流利的英語含混了一番就是。大家也很禮貌地點著頭，好像已經得到莫大的啟示似的。之後另外兩位男女信眾又以同樣流利的英語發了問，而年輕喇嘛又以不那麼流利的英語含混過去。根據他們的打扮和談吐，這個中心的常客似乎都是些教育程度和社會地位較高的人士，生活中除了公司裡的人際關係，似乎沒有多少堪稱為煩惱的體驗。所以那位幸運的男士才發出了太快樂而不知如何禪修情緒的感嘆。聽著他的發言，我和こころ不期然相望了一眼。在這一刻，我知道她心裡所想的跟我一樣。我本來想舉手發言，講出跟那位男士相反的觀點，讓大家知道也有人不是為了尋開心，而是為了面對痛苦才來到參加共修的。但當我看見こころ不安的神色和緊握著的雙手，好像被觸及了痛處而要發作的樣子，我便立刻打消了發言的念頭。

こころ似乎也就再沒有去參加共修的興致了。不過那一課也不是完全沒有意義的。至少她聽了仁波切關於面對情緒的教法，回來便嘗試付諸實踐。

那天下午我無聲地站在こころ身後，從那個比她高的角度，看著那個像大屏幕似的玻璃窗，當中有こころ背光的身影，有下面迴旋處無聲地繞行的相續不斷的汽車，有前面綠中帶黃的冬日山景，有上方泛著迷濛的白光的天空。過了不久，不知是否雲量增加的關係，天色彷彿驟然陰暗下來。こころ的背影好像也因此而變得更單薄，就如貼在玻璃上的影子一樣。不知怎的，我想起她之前提及過的「風景之發現」的說法，眼前的一切頓然浮現不真實的感覺。こころ稍稍側著身子，說：

過來一起坐啊！

也許因為說得太輕聲，或者太突然，以至於好像只是我的幻覺。我依然站著不動，看見她的臉再轉側過來，我才肯定那句話真的出自她口中。我沒法看清楚她的臉容，只覺上面缺少應有的顏色。我沒有照她的話跨過床去，坐在她旁邊。我只是在床的這邊坐下來，扭著身子向著她。她沒有堅持，把臉轉回去，抬頭望著天空。

我覺得自己好像在海底。

海底？

こころ無聲地點了點頭，整個身子連帶也前後晃了晃。

上面那些雲，是巨大的鯨魚。

聽她這樣說，我很自然地趴下來，往床中央爬去，從低角度仰望天空。

我們在鯨魚下面，所以鯨魚肚都是深色的。她又說。

的確，在明亮的天空背景中，雲團的下方都較陰暗。但是，雲團除了巨大，形狀跟鯨魚並不十分相似。

如果能夠浮到水面上去，甚至飛到天空中，就可以看到，鯨魚其實都是白色的。

我已經爬到こころ身旁，索性側躺下來，一手支著頭，看著鯨們從左至右，以極其緩慢的速度在浮游。隨著眼睛的移動，我的視線來到こころ擱在被子外面的手。在近距離觀察下，那雙手的皮膚猶如凋謝的花瓣般脫落了色澤。再往上望去，她的頸子瘦如枯枝，下頷則像曬乾的梅子般布滿了皺摺。整個畫面就像一幅粗粒子的黑白照片。也許是我的視力出現了問題。又或者其實是我的腦袋？我連忙低下頭來，閉上眼睛。我聽見こころ說：

坐好吧！我們一起禪修鯨魚。

我聽她的話，直起身體，坐在她的旁邊，卻沒有再去看她，只是看著天空的雲。雲團融合，小鯨變成大鯨，大鯨再變成更大的鯨。從大鯨中，又再分裂出小鯨來。無論大鯨小鯨，肚子都是灰灰暗暗的，永遠看不見鯨背的白亮。其中一頭鯨，剛巧就在擋住太陽的位置，隨著它的移動，周邊溢出了隱約的光柱。光柱的變化就像鯨魚游動時蕩漾著的水波。

隔不久，鯨魚化開了。鱗光消失。西下的太陽，直射我的眼睛。

24.

聖誕長假結束前的某天，我答應了兒子，陪他到黃金海岸逛逛。我說こころ也一起去好不好，他卻不置可否。那我就當他不反對了。自從こころ來到我家，我幾乎把全部時間用在照顧她，的確是有點忽略了兒子。從前每逢週末或假日，我或妻子都會陪他坐車到不同的地方，有時是郊遊遠足，有時是到甚麼有特色的去處，吃頓飯或喝杯東西之類的。重點是他喜歡坐不同的交通工具。

出發的時候已經是下午三點。從粉嶺到屯門本來取道北面經元朗會便捷些，但兒子卻喜歡繞大圈子，先坐巴士到荃灣，再從荃灣轉另一路往屯門的巴士，經黃金海岸下車。他說那條北上的沿海路線風景優美，有去外地度假的感覺。他說得沒錯，沿著青山公路可以看到西面的海景，先是汀九橋和青馬大橋，然後遠眺對面的大嶼山。途中經過一些海邊的小村和小沙灘，感覺恬靜悠閒。

這天天氣甚佳，陽光充沛，氣溫不冷，大有冬天提早結束的假象。我們爬上巴士上層，兒子獨自坐在最前面的左側位子，我和こころ坐在他後面。我把靠窗的位子給了こころ，好讓她欣賞風景。一路上兒子也很少說話，只是迎面看到甚麼特別型號的巴士，才回過頭來向我指出。我例必點頭表示「原來如此」，但其實沒有特別的意義。兒子和こころ則沒有任何交接。這是打從こころ一出現便是如此。他基本上是當こころ不存在的。我倒不以為他是因為站在媽媽的立場，而敵視這位鵲巢鳩占的女人。他的動機應該和道德無關。我看主要的原因，還是我把心思完全放在こころ身上，而對他置諸不理。不過，這也是沒有辦法的事情。我唯有像今天一樣，盡量找出兩全其美的方法吧。

到達黃金海岸已經是下午四點四十五分。我們從會所和商場那邊進去，經過幾間食肆，來到海濱走廊。走廊前方是遊艇會的避風塘，泊滿了大大小小的高級私人遊艇。右邊是外貌老派的黃金海岸酒店，左邊是出租的私人住宅樓群。往海面望出去，靠左邊近處有一小島。那就是作家朋友H居住的龍珠島。顧名思義，島的面積真的像一顆珠子似的，只容得下疏落的二十來幢低層樓房，不規則地分布在不算茂密的樹叢中。樓房遠看也覺有破敗之感。置身於周圍風和日麗的景致中，小島卻瀰漫著一種荒涼的氣息。與陸地唯一的聯繫，是一條狹長的行車兼行人橋道。橋道低低地橫過海面，彷彿一個稍大的海浪也可以把它淹沒。可以想像打颱風的時候，那條橋是絕對不能通過的。小島給我的整體感覺，就像是《基度山恩仇記》那類故事裡關押重犯的與世隔絕的監獄。

我告訴こころH就住在對面的島上，她聽了頗感好奇，問道：

那約她出來見個面好嗎？難得大家這麼近，只是一水之隔啊！

不了，別打擾人家。我搖搖頭，否決了她的建議。

我們穿過酒店後面的小徑，往沙灘走去，也即是海岸的北面。靠近酒店這邊的稱為黃金泳灘，本身是個人工沙灘，但因為長年維護不善，沙土流失，有許多地方已經露出了原本的石岸，完全不適宜游泳。沙灘的主體其實是靠近北面的咖啡灣，不過因為和人工加建的部分連在一起，所以一般就統稱為黃金泳灘了。泳灘的沙質算是不錯，地勢相當平緩寬廣，水不深，浪不大，適宜戲水和游泳，海岸線亦長，加上正朝西面，於日落時分漫步其上，風情甚佳。

冬日太陽過了五點便開始斜斜西下，但曝曬了整天的沙地還散發著熱氣，海風又十分溫和，所以走了幾步便覺有點熱。我除下外套，只穿著格子恤衫，把長袖捲起來。こころ也把外面的灰色絨短褸脫下，解下了頸巾，只穿著淺綠色的圓領毛衣。因為穿了貼身襪褲的關係，不便脫掉鞋子踏沙灘。我也怕麻煩，便陪她穿著鞋一直在沙上走，腳步盡量放輕便是。

三個人走了一段，兒子便自行走開了。他脫了鞋襪，捲起褲管，在海浪所及的濕沙地上躡足而行。海浪一來，他便後退，海浪一退，他又往前進。如此前前後後地跳躍著，狀甚滑稽。

畢竟是冬天，就算像今天這樣溫暖宜人，也沒有多少人敢下水游泳。海浪裡大概只有寥寥幾個泳客，連淺水處也只有零星的戲水者。躺在蓆子上曬太陽的倒有一些，另外就是像我們這樣散步的，或者圍在一起打球或玩集體遊戲之類的小組。沒有夏天的熱鬧和擠迫，但又沒有寒冬的冷清，感覺恰到好處。我和こころ在乾沙地上沿著海岸線散步，慢慢地就離兒子越來越遠。

我們自顧自地走下去，沒問題嗎？こころ問。

沒問題的，待會回來找他便是。

你兒子想避開我。

他不是刻意的。有些事情他自己樂在其中。

他一直不肯和我說話。

是不懂怎樣和你說話吧。他不太善長溝通和人際相處。對於你的出現，他一時間難以理解。

他覺得我霸占了你。

多少吧！這也難免的，對孩子來說。

那你不要理會我太多了。

不必擔心，我會處理的了。

我成為你太大的負累了。

沒有這樣的事。而且，也許你很快就會好起來呢！這幾天你的狀態不是很好嗎？

こころ沒答話，只是幽幽地笑了一下。

我們慢慢地走著，經過兩個在曬日光浴的年輕外籍女孩，看樣子十五六歲，可能是區內的外國人學校的學生。其中一個棕髮女孩穿著黑色的比基尼泳衣，毫不吝嗇地展示白皙的肌膚和豐滿的身材。另一個較高瘦的穿著白色小背心和紅色短褲，膚色傾向蒼白，頭髮卻是極漂亮的一把金色。兩人都以雙臂撐起上身，採取半躺半坐的姿勢在聊天。有こころ在身邊，我不好意思盯著別的女孩，卻聽見こころ說：

多麼漂亮，多麼健康的身體啊！

她的語氣裡有哀愁之意。我嗯了一聲表示贊同。

我甚麼時候才能恢復到像那樣子的身體呢？

こころ在為她的病而感嘆。

也許永遠也不能了。她越說越沮喪。

我想說：其實你現在也不錯啊！但立即又覺得自己言不由衷。我不是說こころ現在的樣子很難看。但是，那無論如何也跟健康之美距離甚遠，說是病態之美也無不可。

往前踏出了沒多少步，こころ又回過頭去看剛才那兩個洋女孩。我順著她的姿勢，也回望了一下。她又說：

你覺不覺得，那個女孩有點像安賽？

我雙腿彷彿被沙子吸住了似的，停下步來。忍不住回頭再望了一眼，口裡明知故問：

哪個？

穿比基尼那個。

的確，那個女孩和安賽無論樣貌和身形也有相似之處。奇怪的是我之前沒有察覺到，但經こころ一說，又覺得確鑿無疑。

人有相似吧！

我試圖敷衍過去，拔腿便往前走。こころ有點吃力地跟上來。可是，無論我怎樣逃避，關於安賽的一段記憶，還是在我的腦袋裡冒起。那就像一個迎面打來的大浪，眼看要走避也來不及了。既然如此，那就索性站住腳步，任由大浪打個渾身濕透吧！我慢下腳步來，說：

告訴你一件事吧。

甚麼事？關於安賽的？

可以說是。

こころ側著臉，作出洗耳恭聽的樣子。我一邊望著遙遠的沙灘盡頭，一邊說：

我上次陪兒子來黃金海岸，是剛剛過去的九月二十八日。為甚麼我記得這麼清楚呢？因為那天晚上，我原本在文學生活館有一堂課，是和導演C一起教的。那天天氣非常好，也非常熱。你知道，那是夏末的時節。空氣乾燥，但氣溫也很高。那段日子天氣都很好，很適宜戶外活動。我和兒子兩點左右便來到這裡，先在海濱走廊那邊的法國餐廳吃午飯。很好的享受吧？完全是度假的感覺。然後，我們便來到沙灘。那時候人比今天多很多，曬太陽的男男女女躺得滿地都是，簡直是春光無邊呢！水雖然已經開始有點涼，但還有不少人下水。沙灘後面還有人燒烤，整個地方都非常熱鬧，完全是一片假日氣氛。我們沒帶游泳用品，連沙灘蓆都沒帶，就只是來回地逛。但是，只要身處其中，看著眼前的景致，你沒可能不覺得，這個世界真是美好！到處都是健康、漂亮的人體！就算不那麼健康和漂亮的，在那樣的陽光下，也會被光明浸染，而反映出健康和漂亮的色澤！

其實我當天有點不適。不知為何，在出發之前，頭已經有點暈，渾身有一種不知從何而來的緊張感。但我還是忍住，陪兒子來了。兒子其實隔不久就來一次，已經沒有新鮮感，但基於習慣，他還是持續地來。每次來都是做相似的事。吃飯，逛沙灘，有時游泳，有時不。還有來回的兩段車程坐的巴士。總之來過，他就滿足了。他的世界其實十分簡單。他重視的就是那樣的規律。只要按著那樣的軌跡去走，他就安心。軌跡以外的事情，他看不到，也不想去看。

我說過當天晚上我要教課，所以沒法陪兒子吃晚飯。大概五點左右，我們便動身離開。但我和兒子走相反的方向。他獨自坐車經元朗回粉嶺找阿爺阿嫲，而我則坐巴士向南，到荃灣轉地鐵到銅鑼灣。我上了巴士，頭便覺得更暈。就是在巴士上，我收到了安賽的訊息。她說她在金鐘政府總部附近。她又問我在哪裡。我說正在前往銅鑼灣，但她沒有回覆。下了巴士，我在走路往地鐵站的途中，在商場的一個大型電視屏幕前面，看見了金鐘現場一片混亂。我想起安賽，便直接打電話給她，但那邊沒有人接。我繼續去坐地鐵，當列車去到油麻地站的時候，我又收到安賽的訊息。這次內容只有一個重複的英文字：TEARS！TEARS！TEARS！TEARS！我離開車廂，走到月台上，在那裡再打了一通電話。依然沒有人接。這時候，我突然感到天旋地轉，雙腿一軟，差點就坐倒在地上。我扶著柱子讓自己定下來。我知道我去不到文學館了。我打了電話給C，說我突然不適，來不了。C叫我回家休息，他自己一個頂住。回家的途中，我一直看著手機。上面不斷傳來朋友的訊息，都是關於金鐘現場的目擊情況或者種種傳言。但再沒有安賽的消息。火車上的電視機不斷播放著即時新聞。我有一種世界被一分為二的怪異感。黃金海岸的那個世界，和金鐘的那個世界，有的並不是前後的差別，而是同時並存的！問題是，我自己能夠同時並存於這兩個世界內嗎？還是會被這兩個世界撕開兩半，一分為二？

回到粉嶺，我在火車站附近草草吃了點東西，便回到家裡躺下來。躺了一會兒，滿腦子紛亂的念頭，便又爬起來去開電視看新聞報導。看著看著，就覺得呼吸越來越困難。我打了個電話給兒子，看看他人在哪裡。他說和阿爺阿嫲吃了飯，今晚打算留在那邊過夜。掛了線，我又回到房間裡躺下來。迷迷糊糊地也不知躺了多久，耳邊不斷響著手機接收訊息的叮叮聲。爬起來查看，都是朋友們互傳的消息。我看見其中一條是安賽發出的。打開一看，她問我在哪裡。我立即回覆說：我在家中。隔了不久，看見安賽上線，立即就收到訊息，說：你沒有心的嗎？我感到很憤怒。她又來那些自以為是的指責了。我回覆說：你以為心是甚麼？她一直待在線上，收到後立即回答：是熱血噴湧的激情！我彷彿給這幾個字灑得滿臉是血，也來不及抹掉，就回道：那不是我心中的心。她說：哪有甚麼心中的心？心只有一個！我便說：但不是你所說的那一個！說到這裡，安賽突然就離線了。我把手機擱在床頭，嘗試閉上眼睛安定心神，就這樣陷入半昏迷的狀態，既沒有精力醒來，但又沒法真正睡著。腦袋就像一塊給攪碎的豆腐一樣，無法恢復完整的模樣。整個晚上手機的訊息提示不停地響，直至深晚不知哪個時分，我終於忍不住把它關掉了。隔了一星期左右，就是安賽跑來粉嶺找我，然後入了急症室那天的事了。

我這樣說著，不經不覺已經走到沙灘的盡頭。我們掉頭往來處走回去。こころ聽了安賽的事，沒有表示甚麼，只是一邊走一邊在微微喘氣。我把腳步拖得更慢，腳底卻彷彿往沙裡沉得更深。

就這樣默默地走著，終於又回到起步點。剛才那兩個曬日光浴的外籍女孩已經不知所終，她們躺過的那個地方留下了一塊長方形的蓆子印痕和一堆腳印。不知怎的，我心裡頓覺悵然若失。這時候こころ開腔說：

其實，你真的對安賽沒感覺嗎？

那是她對事情的唯一回應。我一時語塞，竟然沒法乾脆地說出「沒有」來。但是，如果是「有」的話，那又是怎樣的感覺呢？我沒法說清楚，只能含糊地說：

我也不知道。

走了幾步，我又補充說：

安賽是那種令你不知道應該怎樣對待她的女孩。

こころ臉上無可無不可的，只是抿著嘴在思索著。

這時候，夕陽已經降落到極低的角度。海面上閃動著燦爛的金光，像在水上燃點起來的奇異的花火。太陽仍然轉動著它的金輪，向四方八面發射著尖銳的光箭。我們瞇起眼睛，承受著那溫柔的刺痛。在海浪撲岸的橫線上，零星的人兒都成了剪影，其中一個是我兒子。他正站在潮湧所及的地方，低頭看著甚麼。我悄悄靠近他，拿出手機，拍了一張陽光在他身後光芒四射的剪影照。在鏡頭裡，他彷彿正在沉思，身影的周圍綴上了金色的光邊。我心裡自然浮現一個想法：好一個黃金少年！他察覺到我在拍他，朝我揮了揮手。我停止向前走，向他揮手招他回來。他踏著不緩不急的腳步，從那金光的簇擁中走出來，回到凡間。こころ站在我身旁，碰了碰我的臂，向地上指了指。在濕沙地上，有人用尖物作筆，寫下了一行大字：

WE SHALL OVERCOME

我不知道是世界在重疊、崩解，還是依舊互不相干。

兒子表示想吃燒烤作晚飯，我們便決定去海濱走廊那邊的一家地中海餐廳。開始入夜，天氣也變得有點清涼。我們都穿回外套，圍上頸巾。離開沙灘從酒店後面的小徑往回走，夕陽悄悄地跟在我們身後。兒子走在前面。我發現こころ不在我旁邊，回頭一看，她正從背包裡掏出那瓶吸入式擴張氣管藥，站在那裡，把瓶口塞裡嘴巴，像殉死者狠狠地吞下毒藥似的，使勁地吸了一大口。

25.

一月初，文學生活館的同仁約了個聚會，會上執事們會就去年的工作做簡短的報告，也會預告來年的計畫。不過，聚會的主要目的，其實是吃喝和聯歡。我在過去的個多月來，因為こころ的事已經推掉了許多約會，我覺得不可以繼續斷絕和外界的交流。加上我是文學館的董事，這類聚會理應出席。我嘗試說服こころ跟我一起去。我的理由當然不是食物，而是交際。我說：

在這類場合你可以多交朋友，讓文學界的人認識你。你不是說有志寫點甚麼的嗎？

你也是講人脈關係的人嗎？不像你啊！

想不到こころ會這樣反駁。我一時語塞，她又說：

除了你，沒有人能真正認識我。

不會吧！別太自閉啊！

こころ沒有爭辯下去，反而莞爾一笑，說：

我恐怕反過來，是我令你失去朋友啊！

我沒有理會她的話，只當她算是默許了。

聚會在晚上六點半開始，但人們一般不會準時出席。在七點左右，我和こころ從銅鑼灣地鐵站出來，沿著軒尼詩道往灣仔的方向，經過消防局和一些舊樓房，見到街角處的一間古老當鋪，旁邊的大廈就是文學生活館的所在地。我一路上也留意著こころ的狀況，但見她也沒有甚麼不妥的神色，便放下心來。她今晚穿了深藍色牛仔布連衣裙，腳上穿了對黑色布鞋，外面穿一件黑色厚長身毛衣，脖子上圍著紅綠格子蘇格蘭頸巾，再加上頭上深藍色底白色雪花圖案毛線帽子，感覺是隨便中見一點點刻意。她非常懂得從我妻子的衣櫃裡挑衣服，作出各種恰到好處的搭配。不知怎的，我竟暗地裡有沾沾自喜之感。

我們踏上富德樓入口的十幾級古舊石樓梯，進了那個具有半世紀前的風格的升降機，在那些凸出的圓形白色棋子狀按鈕中撳下了「1」字。升降機關上門瞬間又打開，面前就是文學館的大門，右則有「香港文學生活館」七個手書大字刻成的木牌。裡面傳出喧鬧的笑聲，似乎已有好些人在內。

推門進去，看見活潑領導人T、菩薩臉女作家N、多功能藝術家阿四、天真詩人L、狂野電影人S、冷面董事C、憂鬱小生P、剛從英國回來的劇場人Y、全職經理D，連很少露面的衣著品味中年男M都在。在場還有一位女歌手H，似是之前和T談點甚麼事情，之後被邀請留下來共享晚宴的。

T說過歡迎攜眷或寵物出席，但こころ既不是家眷，也不是寵物。我於是說こころ是我學生，也有寫點東西的。大家都沒有大驚小怪，就當こころ的出現是很平常的事，表示歡迎。只有M老兄，一邊上上下下的打量著こころ，一邊和我說：

D兄，聽講你老婆出了國，感覺好爽啦！可以解除束縛，完全自由活動！近來去哪裡玩？

哪有甚麼活動？都困在家裡。我說。

不會吧？留在家裡？除非是，趁老婆不在家，金屋藏嬌吧！

M說著，斜眼望著こころ的方向笑了起來。

明明知道是M在胡扯，我卻竟然有點心虛起來。倒是こころ落落大方的，臉上也無不悅或尷尬，只是保持閒靜的微笑。

大家都在自由地聊天，很自然地就三三兩兩地聚起來，談著不同的話題。近年一見面就和我聊「湊仔經」的L，一坐在我旁邊就說：

你看來瘦了許多，沒事吧？

是嗎？

面色也不太好。

嗯，是有點病。可能是焦慮吧。

我最近也患了嚴重神經衰弱，睡不著覺，晚晚發噩夢。L像個憂容童子般說。

這時候一身黑衣的P加入，說：

那你們有沒有吃藥？

我說沒有。L說他在吃安眠藥和谷維素。我問他谷維素有沒有效，L說他覺得有，但他越吃越多，好像有依賴。P說：

我吃抗抑鬱藥已經七、八年，一直停不掉。情況也時好時壞。你的情況怎樣？

我嘛，入冬之後發作過幾次，全身發抖、呼吸困難、心跳加速，試過立即進急症室，但去到又沒事。

我毫不猶疑地把こころ的症狀說出來，想向有經驗的人探聽一下意見。是panic attack。P裁斷說。

那即是恐慌症嗎？N好奇地挨近P，加入討論說。

也即是焦慮症吧？L不肯定地說。

聽說不吃藥很難控制啊！N瞇著那菩薩般的細長眼睛說。

這個我不敢說。我自己雖然在吃藥，但我的情況是欲罷不能。我不一定buy西醫精神科那套論述。P以他一貫的文化分析腔調回答說。

在台灣好像還有一種叫做自律神經失調的說法。不一定是歸類為憂鬱症或者焦慮症。我憑著從網上查到的資訊說。

或者可以試試谷維素。它嚴格來說不是藥，是由穀糠提煉的營養補充品，對神經功能調節有幫助。L以過來人的口吻說。

谷維素在哪裡買到？在香港好像沒有。我乘勢問道。

在大陸很普遍。你過深圳就買到。幾塊錢一瓶，很便宜的，我下次過深圳幫你買。L拍拍心口說。

我正想感激他，P又突然轉臉問N：

你放完病假沒有？回去上班了嗎？

錢都花光了，還不上班？

那病已經好轉了？

算是穩定吧。這個病是沒有治好這回事的。

你甚麼病？L關切地問。

肝病。

吃甚麼藥？

中藥。

這時N像想起甚麼似的，向遠處的C大聲說：

你太太不是說今晚一起來的嗎？她沒事吧？

C慢條斯理地走過來，平淡地說：

她濕疹發作，不方便出來。

是嗎？太痛苦了啊！N又是那一臉慈悲的說。

M見這邊聲勢越來越壯，也過來湊熱鬧說：

這邊在聊甚麼？那麼起勁？

我們在較量著彼此的病。L以諧趣的方式說。

鬥病？誰是我對手？我前年差點就一命嗚呼！活到今天真是奇蹟！D兄，你記得嗎？那次在又一城碰到你，我還叫你預先做定白金！M百無禁忌地說。

的確有這樣的一回事。我當時還以為你說笑呢？

人誰無死？笑著死好過哭著死！

好！夠豪氣！L高舉拇指，大為讚賞地說。

有些病就是笑不出來啊！P靦腆地反駁說。

M兄，你那可以笑死的是甚麼病？C冷冷地說。

還有甚麼病？M有點不以為然地反問。

難道也是精神病？N一臉天真地說。

黐線！M不齒地說。是心病！

M以手按著胸口，姿勢和語氣卻像宣誓或示愛似的。

大家都笑作一團。C突然總結說：

生病的人是有福的。

T在另一邊興奮地大叫：

我都有福呀！我都有福呀！

M搖搖頭，低聲說：

文學人都是瘋的！

こころ坐在我旁邊，全程靜靜地聽著，既沒有附和，也沒有反對。

然後T就宣布晚餐已經準備妥當，大家可以開始大快朵頤。合併在一起的長桌子置放於文學館的中央，桌上排列著各式義大利薄餅、自製烤麵包、不同口味的餃子和幾款客家菜。另有幾瓶大家帶來的紅酒，隨意用紙杯來分飲。

所謂文學館，其實只是一個約略千來平方尺的單位，在一角落置兩張辦公桌，另一角落置兩張沙發，中間和兩邊置幾個書櫃，牆上掛幾幅以文學作品為主題的畫作，其餘空間用作上課或聚會或小型表演會或放映會，約可容納三、四十人。今天晚上只有十來人，但氣氛熱烈，歡聲嘹亮，感覺好像擠得滿滿似的。在S的帶領下，大家圍著餐桌討論著最近的電影，盡情大力褒貶，斗室的四壁迴盪著震耳的笑聲。こころ在中途悄悄離座，走到旁邊佯裝看著書架上的藏書。我再多吃了兩隻餃子，才漫不經意地站起來，走到她的身旁。她向我微笑了一下，神情有點牽強。

沒怎麼吧？

聽音很大，抵受不住，有點頭暈。

不好意思，大家也很興奮。

我看我真是神經衰弱，對聲音很敏感。

沒關係，我叫T早點開始做報告。談完正事，我們可以先走。

其實晚餐也吃得七七八八，不用我說，T已經在準備報告的事情。報告內容以簡報的形式投映在大屏幕上。大家聽著T講述過去一年的工作成果，以及未來一年的鴻圖大計。我心裡記掛著こころ的狀況，聽得有點心不在焉，只想T快點說完。T也是說話精簡明快之人，不消二十分鐘，報告就完成了。

亮了燈，阿四早已俐落地把桌子上的殘羹清理掉，只剩下兩瓶未喝完的紅酒。已經在簡報的時候喝得滿臉通紅的L率先起身倒了一杯，又向其他人勸酒。眾人都樂意地斟了酒，D經理適時地拿出伴酒的小食，下一輪的胡拉瞎扯又要開始了。我連忙站起來，說こころ有點不舒服，我陪她先走，向大家告辭。只有M抱怨了兩句，其他人都十分善解人意，滿熱情地和我們說了再見。

我和こころ走出富德樓，街上的空氣比戶內清冷，她連忙圍上了頸巾。我們默默地向地鐵站的方向走去。黑夜的銅鑼灣熱鬧非常，但こころ卻一直蹙著眉。我知道她的精神依然緊繃，也不敢去打擾她，只是說了一句：

你不適應的話，我下次不來便是。

こころ的眼神不知是不適還是不悅，低聲說：

何必這樣說呢？

26.

進入了新的一年，こころ的健康狀況出現了回落的跡象。之前感到的樂觀又慢慢消散了。哮喘的診斷我認為可以不理，應該另外尋求適當的治療。妻傳來A介紹的C中醫師的聯絡方法，我覺得值得一試，但C醫師正在放聖誕和新年長假，一直聯絡不上。我不由得有點心急了。

那天是C醫師假期完結後的第一天，時間一到早上十點整，我便立即再次致電醫務所。當時我正和こころ在公園散步。那邊依然是電話留言信箱。我照A的建議改為用文字訊息發了個口信，並強調是A介紹的。隔不久便收到對方的電話回覆。那是一位女性的聲音，大概是醫師的助手，語氣相當親切，說因為預約病人甚多，最快也只能幫我安排一個星期後看診。我無奈地接受了安排。甫一掛線，便致電自己看過的另一間中醫診所，約了當天下午的檔期。我向こころ解釋說：

先看這位醫師，吃幾天藥，看看如何。如果效果不好，下星期再看A介紹的那位。

但如果那位比較好的話，為甚麼不等一下呢？

多試無妨，要不這幾天就白費了。

こころ在許多事情上都有自己的意見，唯獨是在看病這方面，一直都聽從我的。之前我帶她到醫院做了一大堆無用的檢查，服用了一段時間無效的哮喘藥，她也沒有抱怨。至於坊間流傳有利心臟或鎮靜神經的營養補充品，我給她買過幾種，她都照吃無疑。當然，情況也未見好轉。在日暖夜寒的天氣下，こころ的狀況通常在晚上較差。昨晚半夜她便突然感到心悸氣促，要豎起枕頭挨坐著直至天亮。所以，今天早上她一直是昏昏沉沉的樣子。

我們繞過足球場，來到那個朴樹林前的路口的時候，こころ突然說：

其實，你是不是嫌我阻礙了你的寫作？

怎會呢？寫作的事，不在朝夕。況且，我自己正陷在瓶頸裡，一直寫不順暢。

那你為甚麼那麼心急要我去看病？

病了當然要去看。

但你好像有點不耐煩似的。

沒有啦！只是擔心你而已。

我是不是很麻煩？

こころ態度跟她初出現時的橫蠻，好像有了改變。但跟當初對她的煩厭和不耐，我的心態也好像有點不一樣。當然，我依然抱著盡快解決問題，讓生活回到正軌的希望，但是，我也開始接受こころ患上重病，並且需要我的照顧的事實。我安慰她說：

老實說，之前我的確為了寫作被打斷，而覺得有點煩惱的。但是，我慢慢開始覺得，治好你的病才是首要的事。寫作的事，就當是再沉澱一下，再思索清楚，才繼續下去吧。不知怎的，我覺得你在這方面可以幫到我。

是嗎？你真的這樣覺得嗎？

是的。只要我抱著這樣的想法的話，陪你治病的這段日子就有了特殊的意義。

但是，這是沒有保證的事情。結果可能依然是寫不出來啊！
如果是這樣，那也沒法子吧。世事哪裡有保證的呢？
假設說，如果你永遠也再寫不出來呢？
那也是沒法子的。
真的可以放開嗎？
我也不知道啊！
我們沉默下來，無聲地慢慢踏步，經過門球場，從中央步道走到分岔口，往左拐，向那個草坪上的小小榕樹林走去。一個頭戴闊邊草帽，身穿清潔公司的藍色勞工制服的大叔，正拿著竹製的大掃帚在清理洗手間外空地上的落葉。大叔頂著大肚子，身形矮小但厚實，皮膚黝黑、眉粗而短，唇上留著濃密的鬍子，面相不胖，但卻給人渾然圓滑的感覺。地上的落葉在風中四處悠轉，大叔拿著掃帚左撥一下，右擋一下，不太像是在勞動，倒有點像是在遊戲。我見こころ一直神情鬱悶，突然心血來潮，跟她逗趣說：
你看那位清道夫大叔的樣子像誰？
她認真地打量了一會，不得要領地說：
怎麼猜呢？給個範圍吧。
文學家。
本地的？
不是。世界性的大作家。

她用手指按著嘴唇，認真地思索著。我再提示說：

去年剛過身的——

こころ眼裡像爆開花火似的，立即小聲叫了出來：

馬奎斯！

我拍了一下手，以亦讚賞。事情還不只於此。我指了指剛巧也在空地旁邊的花圃裡蹲著，整理著植物的一位園丁，說：

你看那一位又像誰？

那位園丁穿著園藝公司的螢光青色長袖制服，下身穿著殘舊的牛仔褲，腳上套一對塑膠靴子，頭上卻沒戴帽子，拉著帶點狡黠的長臉，瞇著一雙銳利的鷹眼，豎著高高的鷹勾鼻，露著發光的前額，頂著一頭銀灰的短髮。以面相來說，是尖削而鋒利的類型。這時候園丁站起身來，一邊揉掉勞工手套上的泥屑，一邊低頭欣賞著自己的傑作。他的身材顯得修長而高大。有了第一人作座標，こころ立即就猜到第二個答案：

我知！是略薩！

聰明！我舉起拇指說。

好的，那麼，最後一位應該沒有難度。

我的視線投向站在公園辦事處外面，穿著深藍色管理員制服的一位阿伯。那一身的制服包括上身的夾克外套、下身的西褲和腳上的黑色皮鞋。頗具威儀的外套背後有以螢光黃色襯底的“Security”的字眼，兩邊肩上還別著不知有何意義的紋飾，在腰間則掛著一部無線電對講機。身為管理員，阿伯的年紀似乎年長了一點，但他發揮的可能是稻草人的功能，定時在不同的位置站崗，對任何不法行為聊充阻嚇作用。只見阿伯神態安閒地垂著嘴角，雙手優雅地交握在身後，身子微微佝僂，頭部卻稍稍抬起，仰臉朝天，好像眺望上空的雲朵，但下垂著的雙眼卻又彷彿盯著地面，令人難以判別他的焦點所在。跟先前二人相比，阿伯的面相既非圓滑也非尖削，介於兩者之間。這次こころ毫不費力就說出了答案：

太明顯了！波赫士嘛！

說罷，大家就忍不住笑了出來。我總結說：

清道夫馬奎斯、園丁略薩、管理員波赫士，合稱文學花園三劍俠！

真的是這麼巧啊！怎麼可能呢？こころ不住驚嘆道。

然後她又轉向我，說：

你這個人啊！別看你平時木頭人似的，在觀察這方面，實在是太俏皮了！

我被こころ讚賞了幾句，大概是有點沾沾自喜，便忍不住繼續賣弄自己的聯想力。這時候，我們走到那塊草坪上，正站在榕樹林的邊緣。我掃視了樹林一遍，看看有沒有松鼠的蹤跡。剛巧就給我發現了一隻，正爬在其中一棵樹的樹幹上。我順勢便說：

我覺得松鼠在樹上爬行的姿態，不及在地上跳躍的好看。

此話何解？

你看！從牠的背部看下去，爬在樹上的松鼠張開四肢，伸直尾巴，形態和家裡牆上的壁虎沒有兩樣，連四肢移動的方式，都有著同樣的疾促的節奏，整體上都給人那種醜醜的、怪癢癢的、有點惡心感覺。但當牠下到地上，從側面望去，見到牠一跳一跳的動作，卻是十足的可愛。

哪有這樣的事！你這是分別心作怪！

哪有分別心？我說的是松鼠和壁虎的相似性。

我是說樹上的松鼠與樹下的松鼠。

我說的是松鼠與壁虎的不二。

但是樹上的松鼠和樹下的松鼠，不更加是不二嗎？為何在樹上就惡心，在樹下就可愛呢？就像在家裡的こころ，和在外面的こころ，有分別嗎？

我本來想說有的，但見こころ執意的樣子，又不想刺激她，只是說：

好的，那就是不二松鼠了。

不二心。

こころ回道，像是一錘定音的總結。我點著頭，沒有跟她爭論下去。剛才的一番話好像只是瞎扯，但又好像有某種道理。

我們穿過樹林，踏過草坪，從公園的側門離開，回到行人道，向著家的方向走去。

27.

自從こころ加入我的家庭生活，一切便變得常態化。母親對こころ雖然持著保留的態度，但也沒有公開表示不滿。母親問我こころ生的是甚麼病，我也說不上來。父親認為應該找西醫檢查清楚，母親的意見卻是甚麼醫生都不用看，甚麼藥都不要吃，自然就會好。也許，她懷疑こころ根本就沒有病，只是患了疑病症，又或者以病為藉口進占我家。母親更為著緊的，是我對兒子照顧的日漸疏忽。她一有機會就向我嘮叨，說兒子的母親不在家，我就要加倍關注他的功課和行為，不要完全放著不管，兩父子好像變得互不理睬似的。當然，背後的矛頭依然是指向令我分心不暇、無心於家事的こころ了。

兒子上學期考試的成績表派回來，結果可以說是差強人意，全都徘徊在合格線上下。有部分原因是他自己沒有用功，但我沒有好好監督他溫習也是難辭其咎的。其實，說到被干擾，也不只是寫作的事。我陪伴兒子的時間，也因為こころ而大大減少。玩樂那部分就算了，但連學業也因此而遭到連累，作為父親的我難免會感到壓力。不過，對於成績的低落和他人對此的看法，兒子一向卻是完全沒有所謂的。在這方面，我不得不承認他比我強。

至於下學期大學復課，理應不會受到こころ的事情影響。我只是兼職講師，工作量相當輕，每逢週五早上回去講授兩節，而且是教了十幾年的科目，駕輕就熟，基本上不用備課。こころ說要跟我回校，我對此亦並不反對。我不介意講課的時候こころ在場旁聽，但是這樣做始終有點多此一舉。而且，連分開一個早上也不成，這樣的依賴性令我感到不安。可是，在開課後的第二個星期四晚上，因為こころ突然嚴重呼吸困難，我為了照料她幾乎整晚也睡不著，第二天早上又不放心丟下她自己去上課，結果便臨時向系裡請了假。自此之後，便倒過來變成了我不願意在上課的時候離開こころ，而不計麻煩地帶著她一起去大學了。我教的是通識科，學生來自不同年級和學系，彼此互不認識。坐在課室裡的こころ，外表跟其他學生沒有兩樣，並沒有引起注意。但是，當她就坐在前排靠窗最接近講台的位置，也即是就在我的眼底，目不轉睛地盯著在講課的我，我便總是感到有點古怪，就好像有某種批判性的聲音不停地向我發出質疑似的，講課的水準也因此而受到影響。可幸的是，學生一般的要求不高，在課堂上也普遍不太留心，所以對我打了折扣的表現並無所覺。世人的懶惰，往往是欺世盜名者的最佳屏障。

在公園談到不二松鼠那個早上，我和こころ回到家裡，我還以為一臉倦容的她會立即躺到床上去，但她卻拿出隨身帶備的筆記本子，在飯廳的餐桌前坐下來，一本正經地在記錄著甚麼。這個有著柔軟的咖啡色皮封面的本子，我見著她在上面記事已經很久。她總是用很小的字體，把本子像手掌般大小的紙頁填得密密麻麻。因為字體很小，遠看完全沒法辨識，我也沒有生起過偷看的念頭。她說都是些日常遇到的寫作靈感。據我理解，こころ是個有志寫點甚麼的文學愛好者，但她從來沒有把任何她寫成的作品給我看，也很少具體地說到她計畫寫些甚麼。

在こころ專心致志地伏案書寫的時候，我給家裡的盆栽澆水，並且剪去枯葉。在光線非常充足但又沒有曝曬之虞的向東窗台上，放著蝴蝶蘭、文竹、紫羅蘭和白邊草各一盆。蝴蝶蘭自從去年夏天換了芒骨草，生長得非常健壯，已經有五塊碩大的綠葉和很多又粗又長的氣根，相信今年春天的花季將會相當可觀。相反，那盆文竹因為久未整理，未曾更換更大的盆子和更有營養的新泥，入冬之後已經枯黃大半，只剩下幾枝光禿的立桿，倒是土表的苔類長得異常旺盛。妻去年買的紫羅蘭也持續地開出紅紫兩色的花朵。那棵前年經過搶救的白邊草，已慢慢回復到亭亭玉立的程度。在客廳不同位置的書架上，則分散放著長春藤、萬年青和幾棵經過分盆繁殖的吊欄等，都保持在歷久不衰的狀態。

在我小心翼翼地給文竹剪去那些帶刺的枯枝的時候，こころ在我身後問：

這些植物都已經種了很久嗎？

我停下來，直起身子，像被初識的讀者問起我的舊作似的，裝出輕描淡寫的態度，說：

也不一定，像這盆紫羅蘭，是去年夏天妻子買的。也有些只有好幾年日子。不過，文竹、蝴蝶蘭和白邊草，都是我剛結婚不久就開始種的。那時候搬了新家，很自然就想買些植物回來擺放。有的後來種壞了，留下來的就只有這三盆。

那即是已經接近十八年了？

我對こころ熟知我的結婚年份感到驚訝，但也不想丟失植物的話題，便接著說：

對啊！想不到呢！種了十八年的家居盆栽，也不多見吧！特別是我這種對園藝沒有研究也說不上愛好的人。

但怎樣說也需要一點耐心吧。

也沒甚麼，只是定時澆澆水，放在合適的位置，就是這樣。並沒有特別的料理。

說得很輕鬆呢！

除了特別的情形吧，例如因為長期疏忽而慢慢出現問題，發覺的時候施以救援，有的可以恢復，有的卻返魂乏術，非丟棄不可。我記得有一棵粉黛，種了七、八年，開過長條狀的花，長到膝頭那麼高，結果還是丟了。

那棵白邊草應該是經過搶救的吧？

你怎麼看得出來？

你說種了十八年，卻只是那麼小小的一棵。

こころ說話的時候，一直坐在餐桌前的位置。也許她早就留意到家裡植物的狀況。她似乎知道我心中所想，有意給我機會發揮似的，我於是便不負所望，繼續說：

你的觀察力真不錯。當初買回來的時候，就像現在這個大小。種了十幾年，換了幾次盆，長到像一斤菜那麼大，但後來長了害蟲，我延誤了處理，發現內內外外都爛了，只有在最旁側的一棵細嫩的新苗，還未被感染。我就連根拔了這只有三、四塊葉的新苗，徹底地清洗乾淨，找一個小盆子，重新種起來。其餘的整整一大棵，就忍痛丟了。那是前年的事情，我記得當天是我和妻子結婚十六週年。早上我重新種了白邊草，下午就進了醫院。

為甚麼？

像你這樣，心痛。不過沒事，只是虛驚一場。

こころ似乎對我的病不太感興趣，立即回到種植的事情上，說：

我看你也算是個不錯的園丁。

是嗎？一副默默耕耘的樣子吧？別胡說了，僥倖而已。

謙虛與虛偽只是一線之差。

強者甚至會認為，謙虛根本就不是一項美德。

老子倒認為無力和柔弱是好事。

總之，我一直覺得自己是個幸運的人。我的人生沒有經歷過甚麼重大的考驗，但我卻得到了很多。

你覺得你的幸運是一種缺失？

是對世界的虧欠。

所以你覺得必須負責任，作為對世界的償還。無論是在人生中，作為兒子、作為丈夫、作為父親，以至於對於我，也是這樣。而在寫作這件事情上，你也迫使自己扮演這樣的角色——一個對世界負責任的作家。是這樣嗎？

你說得對，是這樣的。

而當你由於某種原因，而無法繼續負責任，你就陷入困惑中。

有點像在自己和他人之間失去平衡的感覺吧。

但這個收支平衡其實是你自己想像出來的啊！

不是的，這是實在的，人際關係就像能量流向一樣。總體的能量是恆常不變的，分別只是變換的過程。這個比喻用在人類事務上，當收支平衡，就是公義的狀態。而責任是達至收支平衡的方法。

所以你在後來的小說裡，便大談甚麼超越自我，及於他人的理想。

作為讀者，你實在是近乎理想。

然後，你就卡在這裡，沒法走向下一步。

こころ就像法庭上的主控官一樣發出一連串的追問，令我有點疲於奔命。我沉默下來，她卻不給我喘息的機會，繼續說：

你五年前的長篇，開展了這樣的一個志向，預告了那個「為他人」而生的世界的誕生。但是呢？五年過去了，你在期間也試寫過好幾次了，但都沒法按照原定的志向把小說寫出來，那當中是出了甚麼問題呢？

我必須修正一下。作為讀者，你簡直是超乎理想。你看穿了我的問題。

我說了句自作聰明但其實無關痛癢的話作為緩衝，但並未減弱こころ的攻勢。乘著我的迴避，她又發動了新的一輪進擊：

我相信，那肯定不是材料的問題。跟幾年前相比，今天可寫的材料肯定更豐富，更具有戲劇性。現實正朝向一個更具衝擊力的方向發展，但與此同時，你卻越來越躊躇不前。如果像你所仰慕的大江健三郎所說：「時代賦予我題材」，目下的時代應該賦予著你更為精采的題材，因為人人都覺得我們已經進入了時代的轉折期，而在這樣的轉折期裡，人性和社會的命運都會加倍地變得鮮明，而且充滿著悲劇色彩。這不就是一個小說家引頸以待的東西嗎？為甚麼當時代來到你面前，你卻不迎向它，反而選擇迴避它，而甘願當一個落伍者、脫節者？

一直處於捱打狀態的我，覺得非反擊不可了。但我極力保持冷靜，拒絕為此而被激起情緒。我就像被看死腰包沒錢付不了帳的食客一樣，從容不迫地掏出一張大面額鈔票，以為可以來一下大翻身。我把心中一番振振有辭的論點祭出來，說：

那是因為我原先想像的世界，和現實世界變得格格不入。我想像的那個世界的定義，和現實世界新出現的定義，之間出現了巨大的落差。我不願意服從於新的定義，但又沒有把握能讓我的定義傳達於人，那個計畫中的小說便變成了極其虛妄的東西。那個世界的邏輯，幾乎都無法成立了。勉強寫下去，也只能變成像瘋子一樣的自說自話。

像瘋子自說自話又何妨呢？

那亮出來的鈔票一下子就被沒收了。看來我只能赤手空拳搏鬥下去了。我辯解說：

那小說和文學又如何回應世界？對世界負上責任？

問題就在這裡。

這是一個文學倫理的課題。

倫理或道德，極其量只是第二義，是世俗諦。

我們活在世俗裡，當然需要世俗的倫理。

但你被世俗的倫理困住了。

此話何解？

很不幸，我又不自覺地把主動權讓給對方了。こころ二話不說就直切核心：

分別心！從一開始，你設定的自我與他人的對立，就是分別心造成的妄念。因為是妄念，所以加以超越的意圖也就不會成功。你試圖想像一個超越自我的「他人的世界」，但卻發現在現實中，這個「他人」並不存在，四處只充斥著無數膨脹的自我，或者偽裝成「為他人」的自我，實質為排斥「他人」的自我。大家都依從分別心去構造自我與他人的對立。而你所想像的超越，並不是從根柢裡消除分別心，而是先建基於分別而再行克服它。這注定是自相矛盾的，並因而是徒勞無功的。

こころ的說法沒有反駁的餘地，我一時語塞了。我從來沒有想過，こころ能對我作出如此尖銳的剖析。我沒法斷定自己是否同意她，但卻肯定自己沒有能力否定她。至少暫時來說確實如此。我也不知道，こころ是最近開始接觸佛教思想，才產生如此的頓悟，還是她的思維能力從來如此。我只知道，我對こころ的認識，較諸她對我的認識，實在是太少太淺薄了。

話雖如此，在跟こころ的對話裡敗於下風，心中始終有點不是味兒。我拿起剪子，背向著她，假裝專注修整植物。她大概是被一時間的長篇議論所勞累，也停了下來。待我終於剪無可剪，再次回過頭來，才看見她腹部抵著桌沿，以手按著胸口，微微地喘氣。我突然便後悔，讓她捲入了這樣消耗性的議論中。她見我望過來，連忙坐直了身子，佯裝沒事似的，執起筆，又在攤開的本子裡寫字。

不舒服的話就休息一下吧。我們很快就出發去看中醫。

我先記下一點東西。

記甚麼？

我們今早在公園的對話。

寫來有甚麼用？

不知道啊！也許，會寫成小說吧！

こころ勉強擠出一個微笑，以打趣的口吻回答。

我發現，我的感覺不只是不是味兒，而簡直是惶惶然了。

28.

因為常常自己一個人去快餐店吃飯，所以格外留意到快餐店的眾生相。比之於我在年輕時最早寫的短篇小說之一，一篇關於快餐店的故事，現在我對快餐店的感覺有增無減。這種感覺肯定不能用「喜愛」來形容，但單單說是「熟悉」又好像太空泛和疲弱。我自己也奇怪，為何這麼多年還沒有對這個平庸低俗、毫無性格的場所變得麻木，而我每天重複地光顧快餐店，也不只是出於習慣，或者別無選擇，而是帶有一點點津津有味的意思。（當然這並不是指快餐店的食物。）這是因何緣故，我自己也搞不清楚。

我曾經和こころ談及這一點，而她的看法是：因為你寫過它。我覺得這說法相當奇怪。因為我寫過快餐店，所以便和快餐店結下不解之緣？

是業力的使然。こころ最近開始喜歡拋佛家術語的書包。

普通點說，只是習慣吧。

沒有這麼簡單。你不覺得，你自己的一生，已經在你最早的幾篇小說裡定下來嗎？

我的一生？你是指寫作方向吧。

都一樣。在你二十幾歲，懵懵懂懂，還未認清小說為何物的時候，已經定了下來。

這麼多年都沒有超越過？

沒有。

こころ肯定地搖搖頭。這判語不免令人沮喪。這等於說，我至今依然是當初那個懵懵懂懂的無知少年，跟成熟和睿智沾不上邊。當然，我不用相信こころ的判斷力。這個忘恩負義的女子，老是喜歡打擊我的自信。她可能看見我悶悶不樂的樣子，又補充說：

其實也不必執著甚麼進步或者超越啊！一切都不過是永劫回歸而已。

こころ的思維十分跳躍，我選擇一笑置之。

不過，自從有了こころ在一起，我的快餐店經驗便變得更加有趣了。可能是有人跟自己分享吧，看到甚麼都可以說出來，就算多半是胡鬧的瞎扯，或者是無謂的爭論，也比自己一個人低著頭默默地吃飯更多一點思維刺激。當然，這限於こころ身心狀況較佳的日子。遇上她因為氣促而不能說話，就算我再滔滔不絕也等於是自言自語了。

有些人物，正如之前說過，是幾乎每天都碰見的，就像早餐時段必定坐在近入口處的那對老年夫婦。有一次こころ滿臉感慨地問我：

你和你妻子老了的時候，也會像他們那樣子嗎？

我還以為她咒我妻子老了要中風或者不良於行，正想罵她黑心的時候，她立即堵住我說：

我是說像他們那樣不離不棄呀！

我失去了罵她的藉口，便轉而質疑說：

所謂「不離不棄」也可能是沒有選擇下的結果吧。

真是個悲觀主義者啊！

這是現實主義。

別假裝了！你這個浪漫主義者！說出你心裡真正的想法吧。

想不到這也給她看穿，我唯有說：

到時坐輪椅的那個應該是我吧。

原來是悲觀浪漫主義。

有樂觀浪漫主義的嗎？

說的也是。

こころ點著頭，話題便突然中止。其實說是甚麼主義也沒所謂，總有合理化的方法，可見概念的不可信賴。こころ總是一有機會就談及我妻子，但又沒有露出半點妒忌之意，令我百思不得其解。不過，話說回來，我真的沒法想像，坐在那裡的一對老夫妻是我和こころ。為甚麼呢？我和こころ既沒有過去，又彷彿不可能有將來，那她於我來說，又算是甚麼呢？

快餐店的午飯時段，又有另一番的風景。一些初見令人飽受驚嚇，但細看又覺甚為有趣的人物，會在午飯時間出現。例如那兩位我們稱為「嬌俏女」和「兜踎男」的男女。說他們的行為「有趣」也許是有點刻薄，但說「古怪」卻又過於平庸，而說「可怕」則肯定是帶著歧視的眼光了。總之，都是值得記下一筆的小人物。

首先察覺到那位女子的怪異舉動的是こころ。那天她坐在我們鄰桌。我是目睹著這個打扮有一點點俏麗的女子捧著餐盤走過來的。她裡面穿的是米色的連衣裙，外面一件淺棕色的毛線外套，脖子上圍著鮮豔的雜色頸巾，頭頂以紅色的髮箍把半長不短的黑髮固定，露出了圓潤的前額，和整張娃娃臉十分搭配。在桌子下面，可以看見交疊起來的、穿著七彩橫紋襪褲的腿，同樣短小而滾圓，但卻絕不臃腫。鞋子則是帶點可愛氣息的墊著厚厚的羊毛裡子的咖啡色麂皮小短靴子。雖說是生一副娃娃臉，而且裝扮活潑，但女子的年齡看來已經三十以上。

女子一坐下來，便立即展開了交談，語氣歡快爽朗，並且不時發出哈哈哈的笑聲，好像是在談著甚麼有趣的話題。當時こころ坐在我對面，在我右邊還有一位同桌的食客，而食客對面也即是こころ旁邊的座位是空著的。女子的位置在我們的右鄰，在同樣的四個位子的長方形桌子上，她坐的就是和こころ一樣的左上角。所以，從我的位置可以看清楚女子，卻因為我身旁食客的阻擋，而看不到坐她對面的人。女子和那人聊得那麼起勁，我猜想那應該是她的朋友或同事吧。

我嘗試不去理會她，但剛巧和こころ沒有話題，加上女子的語氣相當誇張，神情又相當豐富，好像在舞台演戲一樣，於是注意力便不得不被吸引過去，而且又不得不聽清楚說話的內容。但說是聽清楚，也只是語句和用詞上的清楚，對於當中的意思，在我仔細地傾聽了好幾分鐘之後，還是不得要領。我很快便發現，當中有不斷重複的語句，就好像某些樂曲裡面反覆再現的主題。零零碎碎地拼湊在一起，大概是這樣的：

你知唔知佢喺度講咩？佢竟然講西班牙話！佢以為講西班牙話好巴閉咩？佢講來講去都淨係嗰啲冇新意嘅嘢。奧巴馬（？）！重講咩奧巴馬（？）！奧巴馬講西班牙話！哈哈哈！你話幾好笑！如果你親耳聽到，真係笑死你呀！咪以為講西班牙話我就唔識聽啦！西班牙話其實一啲都唔難，好鬼容易就學識啦！去上個課程，或者索性去西班牙走一轉就學到啦！佢重話咩咩咩？講西班牙話！哈哈哈！佢當正自己係奧巴馬喎，奧巴馬都唔係講西班牙話架啦！你話好笑唔好笑？奧巴馬梗係講英文架啦，唔通講中文咩？所以你話，奧巴馬講西班牙話係唔係好搞笑？哈哈哈！你以為去過西班牙好巴閉咩？巴閉得過奧巴馬？唔好笑大人個口喇！哈哈哈！

我聽來聽去，就只聽見「西班牙」和「奧巴馬」兩個詞的反覆出現和多種組合，雖然不明其所以，但就聲調本身來說，大有音樂中的對位法之妙。奇怪的是，女子一直滔滔不絕地說著，完全不給予她的同伴應答的空間。這時候こころ向我使了個眼色，示意我望向女子對面的座位。我把上身稍微向後挨，盡量不著跡地扭轉脖子，剛巧我右邊的食客在低頭吃飯，我的視線便越過他的後頸，瞥見鄰桌女子的對面，那個座位是空的。可是我卻隨即想到，女子其實是在講電話。要知道手機免提配件的出現，令街上很多人都顯得像瘋子一樣，大聲地向著空氣說話。我把視線拉回女子身上，仔細地上下端詳了一遍，不見她身上配戴著任何通話裝置。我望向こころ，但她只是抬了一抬眼眉，便繼續吃她的洋蔥雞排飯。

至於那位被我們稱為「兜踎男」的，是一個外貌不甚起眼的年輕男子。他有著那種雖然並非初出茅廬，但也並未步入中年的男子的瘦削外型，穿著平凡得無法形容的淺色恤衫和深色西褲，外加一件略為顯舊的灰色毛衣，手裡挽著一個以手提電腦袋權充的公事包。怎樣看也只能說是在某小公司任職的低層員工之類的人物。此人在排隊取餐的時候已經引起我的注意。他排隊的方式是稍稍站在隊伍的旁側一點，好像不肯同流合污似的，有時會令人懷疑他是不是在隊伍之中。在這個超然的位置，他爭取到一定的空間去進行他那看似對話的獨白。男子的獨白和之前的嬌俏女很不相似，就題材而言是比較涉及社會性的，就語調而言則較為激憤。內容大致如下：

你咪睇死我讀得書少！係呀，我係讀得書少，咁又點呀？我讀得書少唔代表我唔掂，唔代表我做唔到嘢。讀書多讀到大學又有×用咩？咪又係讀屎片！你知唔知發哥係咩人？你敢話發哥讀得書少？×你老母你班臭×！發哥你地都唔識？我宜家讀得書少好失禮你呀？我失禮自己阿媽都未失禮你啦！我阿媽都未出聲你地出聲？你地乜嘢quali呀你地！發哥喺度幾時輪到你地出聲呀！我係讀得書少呀，我認呀！咁又點先？炒咗我丫笨×！你地班笨×讀×得好多書好巴閉咩？人地發哥都唔使點讀書就有今日喇！你地睜開雙眼睇清楚啲啦！

與「嬌俏女」相比，這位「兜踎男」的獨白內容比較貧乏和粗鄙，背後很明顯是個被人看不起而忿忿不平的故事，唯獨是那位「發哥」較為耐人尋味（莫非是周潤發？）。不過，男子每說到主題句「讀得書少」便會以拳頭捶打胸口，發出明顯的鈍響，加強了觸目驚心的效果。總體而言，雖然是一段忿恨之言，而且不乏粗言穢語，但因為聲線較為低沉，音量也較小，又迴避了比較人多的方向，所以並未造成任何騷動，最多也只是令旁邊的人敬而遠之的程度。

我很懷疑他們有沒有可能上班，或者如何跟親友相處。有趣的是，無論是「嬌俏女」還是「兜踎男」，在浸沉於自我的世界之餘，也可以應付事務性的交談，例如點餐。這很可能是他們唯一接通現實世界的時刻。但這些時刻很短，也肯定很少。如果連這些時刻都失去，他們就徹底地封閉在自我的世界裡了。

不知怎的，在快餐店裡，我總是給這些行為異常的人物吸引，好像在他們的狀況中，反映了某些生存的根本性荒謬。こころ會說，那是根本性痛苦。

有一天中午，這對男女湊巧同時出現了，隔著幾張桌子，各自上演自身的獨腳戲。我心裡冒起了一個有趣的念頭，便和こころ說：

如果這一男一女坐在同一張桌子，面對著面，你猜會怎樣？
こころ想也不用想，便回答道：
那就變成你和我了。

29.

「厭惡聖典」是我們在快餐店遇到的另一個經典人物。「厭惡聖典」這個綽號是こころ起的。跟當初我以為的那個陰鬱的女子不同，こころ其實是滿喜歡惡作劇的。她總是能夠看到事情幽默或可笑的一面，而且評論起來一針見血。

那天午飯最繁忙的時段，我們照例看到那位盛裝的女士霸占著整張四座位桌子，像享受盛宴似的把碗碟和杯子（有三、四隻是裝著開水的）在桌面排開。其他捧著餐盤正在找位子的食客，要不就是見狀而不敢或不願意跟她同桌，要不就是禮貌地詢問而被告之「有人」，要不就是嘗試強行坐下而被女子喝止。前者通常是穿校服的學生，後者則是較粗野的勞動人民，但莫不被女子的氣勢所嚇怕，而不敢逗留於她的勢力範圍。在這樣的情況下，職員的調停也往往沒有效果，甚至會造成更大的騷動。所以漸漸地店員也只能對女子採取視而不見的方針。只有在極罕有的情況下，才會出現無法被擊退的入侵者。而這些稀有的強悍之人，要不就是比女子更瘋的瘋子，要不就是遲鈍如石頭任憑怎樣遭到指罵也毫無所感的呆子，要不就肯定是如如不動的再世佛陀了。

女子不但獨霸桌子，還把快餐店的職員當作她的私人侍從似的，對他們頤指氣使。雖然年紀不小，但依然行動自如，卻要求享受送餐的服務。她一坐下來便不會隨便再起身，要添茶遞水都命令收拾餐盤的清潔工代勞。如果座位接近取餐櫃檯，還會遙遠向後面的經理發出指示，隨時多拿一包砂糖，多加一點冰塊，多要幾張餐巾，多倒兩杯清水。可想而知，在人頭湧湧的時段，她不但占了座位，便為別人增添了許多麻煩。但女子似乎認為這是她應得的服務。

可是也不要以為女子是個真正的豪客。她上身雖然永遠穿著一件大紅棉襖，而且兩襟的繡花頗為精巧細緻，但只要湊近一看，就可以看見棉襖的料子已經紅中帶灰，而且邊兒都有了不少的破損，有點像古墓出土的千年錦衣。而她那永遠隱藏在桌子下面的下身，穿的都是一條灰色的厚棉質窄腳褲，就款式而言雖可美名為運動褲，但就實際應用而言一般都是作睡褲穿著的。在褲腳下面的，則坦蕩蕩是一雙連顏色都說不出來的塑膠拖鞋。除了這一身的衣著，女子的隨身裝備還有一輛俗稱「買餸車」的有輪可拖行的籃子車，由細金屬條子組成，籃子內盛滿各種各樣的膠袋、膠盒、布包、鐵罐、雨傘、水瓶、喉管、棍棒等等物事。這輛籃子車停泊在女子座位的近側，而當中的物事則被分派到另外三個空著的位子上。所以，驟眼看去整張桌子就布置成熱鬧非凡的一個陣勢，或者可以說是一個自成一國的天地了。

至於女子的容貌，倒也沒有甚麼異樣，只是一般的老太婆的樣子而已。半灰不白的頭髮半曲不直地垂在腦袋兩旁，剛剛及於下巴的長度，搖頭的時候略有晃擺，展示出一定程度的風姿。臉龐本來不瘦，但跟露出來的肢體部分相比，手掌和腳掌卻顯得腫脹，而額頭和兩頰則對照出枯萎之狀。也許那是她那雙有點過大的眼睛所致。眼睛雖大而無光，眼角下垂，加上深深的眼窩和鬆弛的眼袋，浮現出骷髏的輪廓。如果張開嘴巴的話，那殘缺不全的牙齒就更狀似古墓裡的殭屍了。

不過，老太婆之所以被稱為「厭惡聖典」，並不是因為她的外貌的緣故。老太婆最出人意表的地方，是她對年輕男子所流露出的喜愛。只要有年輕男性食客走近，老太婆也會一改敵視的態度，主動邀請對方坐下，並且立即動手移除椅子上的障礙物。當然何謂年輕是極富彈性的，基本上年齡比老太婆小而且相貌端正的都可以包含在內，由二十幾到四十不等。不明就裡的男子，很容易就被老人家的熱情和善意所蒙蔽，滿臉感激地放下餐盤，把屁股安置於得來不易的位子上，就像墮進蜘蛛網而還懵然不知的獵物一樣。男子甫一坐下，老太婆便會和對方搭訕。最初只是聊些無傷大雅的話題，諸如詢問對方做甚麼工作，為甚麼來到粉嶺之類的。此時男子通常都會欣然應答。然後就會觸及是否已經結婚還是在拍拖的話題，甚至問及對方跟女性更為露骨的關係。這時候稍有點警覺性的男子也會感到有點異常，而開始支吾以對或者扯開話題，又或者索性低頭吃飯不語。但當你掉進了「厭惡聖典」的地頭，她是不會輕易放過你的。她會進而讚美男子的儀容，說得天花亂墜似的，把甚麼當紅的韓星偶像都統統比下去。對大部分相貌端正的男子來說，因為害怕一個老太婆而立即抱頭逃竄似乎過於失態，於是唯一的策略就是盡快吞吃眼前的飯餐，並且在用餐紙抹嘴的時候，含混地以一句「有事要做失陪了」來脫身。其實，說到底「厭惡聖典」對這些男子並無半點傷害性。她所願所求的，只不過是「秀色可餐」這一點而已。

第一次近距離觀察到這個現象，こころ便悄悄把臉湊近，在我耳邊說：好一個「厭惡聖典」啊！こころ說的「厭惡聖典」出自《本生經》。她說出來的當兒，我也有點不明所以，只是照字面去理解。我是回去查過，才知道她說的是甚麼一回事。

根據夏丏尊先生所譯的小部《本生經》，「厭惡聖典」的故事是這樣的：

在很久以前，一個婆羅門家族的父母希望兒子長大後去森林裡供養火神，努力修行以昇入梵天，但是兒子卻選擇居家的生活，於是父母便送他到一位著名的阿闍梨那裡去學習。兒子修學完畢回到家裡，母親卻依然想他放棄世俗的生活，便問兒子說：「兒子，你將學問全部修畢了嗎？」兒子說：「修畢了，媽媽。」母親說：「那麼，你學過厭惡聖典了？」兒子說：「還沒有學過。」母親說：「你沒有學過厭惡聖典，如何可說修畢全部學問呢？再去學吧！」兒子說：「是。」就又回去找他的師父。

卻說那位師父有一位母親，年紀一百二十歲了。師父親自服侍老母洗浴飲食等事，人家看見了卻都譏笑他，師父於是便決定搬到森林裡，繼續服侍他的老母。他在一個寂寞的森林裡，在溪邊找到一處好地方，蓋起一所仙人隱居的茅舍，和母親一起在那裡居住。

那位好學的青年卻一直找到森林裡去，拜見了他的師父。師父問他說：「你為何回來得如此快速？」青年說：「我好像還沒有在先生跟前學過厭惡聖典呢！」師父說：「誰對你說，必須學厭惡聖典呢？」青年說：「是我母親說的。」師父心裡想：並無所謂厭惡聖典，大概他母親要他知道女人的罪惡吧。於是便說：「好吧。我教你厭惡聖典。從今天起，你代我服侍母親，親手給她洗浴飲食。你不可忘了，你一邊揩拭母親的手足頭背，一邊要稱讚她說：『老太太，你年紀雖然這樣大了，身體卻還長得這樣美，年青的時候，更不知怎樣美呢！』如是，我母親有甚麼話對你說，你須不怕羞恥，毫不隱瞞地告訴我。那你就會學得厭惡聖典了。不然，你是學不到的。」

青年聽從師父的吩咐，依言行事。那老母因被青年一再讚賞，心裡想道：「這青年一定願意與我歡樂度日了。」這盲目衰老的婦人，居然發生了愛欲之念。有一天，當青年讚美她身體美麗的時候，老母問說：「你願意與我歡樂度日嗎？」青年說：「老太太，這是我的心願，可是師父很嚴厲呢！」老母說：「如你願意與我一起歡樂度日，就將我兒子殺了吧！」青年說：「我受師父種種教育之恩，如何可以單為愛欲殺他啊！」老母便說：「如果你不拋棄我，我就自己殺他吧。」女人原來就是如此淫蕩、鄙陋而卑劣，連這樣的老女人，一有愛欲之念，受煩惱的驅使，便會想殺如此孝順的兒子。

青年將此事毫不隱瞞地告訴師父。師父說：「青年啊！你告訴得好。」師父測算母親的壽命，知道這日正是母親的死期，便說：「好青年啊！現在我就試試母親吧。」師父砍了一株優曇婆羅樹，照自己身體大小，雕了一個木像，用布蒙頭包住，仰放在自己的床上，再用一條線牽住了。布置既定，對他弟子說：「你拿一柄斧頭去，將這條引路的線交給母親。」青年去了，和老母說：「老太太，師父正在屋子裡，睡在自己的床上。我結好一條引路的線，你拿著這柄斧頭去。假如你能夠，就將師父殺了。」老母說：「你不會拋棄我嗎？」青年說：「我如何會拋棄你呢？」

老母拿起斧頭，顫著手站起身來，扶著引路的線走去。終於用手摸一摸床上，心想：「不錯，這是我的兒子。」便揭去木頭像上的布，舉起斧來，滿望「一下就砍死他」，便朝咽喉處砍了下去。只聽得訇然一聲，才知道原來是一個木偶。這時師父問道：「母親，你做甚麼呢？」老母喊了一聲「我上當了！」當場倒地而死。

師父見老母已死，便把她送去火葬。火葬場的火燄熄滅之後，他便手指著森林的花，然後伴青年坐在自己茅舍的門口，對他說：「青年啊！並無別的厭惡聖典。原來女人就是可厭惡的東西。你母親叫你學習厭惡聖典，就是要你明瞭女人的罪惡。現在你應該知道女人是淫蕩而鄙陋的。」

青年別了師父，回到父母家中。母親問他說：「你學了厭惡聖典了嗎？」青年說：「學了！媽媽！」母親說：「那你現在如何打算？離了俗世去侍奉火神，還是度家庭生活呢？」青年說：「我已明白看見女人的罪惡，再不願過家庭生活。還是出家去吧！」

據佛陀所說，過世的那個婆羅門母親是迦毗羅尼，父親是大迦葉，兒子是阿難，而那位師父是佛陀自己。

老實說，從今天的角度看，這個故事有許多令人驚訝和困惑的地方。例如那位師父（也即是佛陀的前生）明明是個孝子，為甚麼會這樣去試探（其實是設計陷害）自己的母親？他又用得著犧牲自己的母親來教徒弟嗎？那位老母親為何會為了淫欲而輕易去到親手殺死自己的孝順兒子的地步？又如那位婆羅門母親自己也身為女人，怎麼能那麼理直氣壯地要兒子學懂女人的壞處？這些地方用現代的心理學來看，都是完全不可理喻的。不過，這個故事最不容於今日的，該應是當中對女性的描述吧。為此我曾經這樣問過こころ：

你不覺得這個故事歧視女性嗎？

こころ非常直率地回答：

當然是歧視女性。

那你不覺得反感嗎？

實在是要不得。

那它沒有動搖你對佛教的信心嗎？

一點都沒有。

為甚麼呢？

我還以為こころ會以時代價值差異之類的來辯解，但她卻說：

我們應該帶著幽默感去看。

你這樣說政治不正確啊！

誰管它政治正確不正確？

那你用「厭惡聖典」來形容快餐店的老女人也是幽默感？會不會有點刻薄呢？

こころ突然拉長臉孔，半低下頭，長髮披頰，雙眼卻滾往上方，從額頭下面直瞪著我，說：

你又怎知道，我不是一個「厭惡聖典」？

30.

對於こころ的病，我顯得比她還心急。A介紹的那位醫師還未有診期，我便帶こころ去看另一位我從前看過的中醫師，覺得先吃幾天藥，總比甚麼都不做好。那位醫師的診所在尖沙咀。那個下午我們去看他的時候，那位理平頭裝、戴銀絲眼鏡、樣貌慈祥、說話有強烈內地口音、在本地大學中醫學院任教的先生，照樣的慢條斯理地給こころ把脈和問診，然後好言好語地安慰說：沒有甚麼！不用擔心！你的情況是多慮、脾虛，吃點藥調理一下就沒事！聽在我的耳裡，這些說話非常熟悉。他在電腦上開出藥方，隨即列印出來。我拿過來一看，成分包括淮小麥、合歡皮、五味子、柴胡、牛膝、白芍、白參鬚、厚樸、遠志、淫羊霍、茯神、黃蓍、鬱金、麥芽、甘草等，印象中跟我從前吃過的方子差不多。不過，心想也不會吃壞，便照樣抓了七劑回家，煎給こころ服食了。另外有一種叫做「好心情」的中成藥沖劑，我也買了兩盒。除了給こころ，我覺得自己也有需要服用。那樣的藥名，真是看著就好像已經起效了。到真的吃起來，卻又沒有怎麼樣的。

也許我應該讓こころ繼續看這位醫師也說不定。吃那條藥方的幾日間，她既沒有好轉，也沒有惡化。但是，誰都知道，中藥和西藥不同，不可以在幾日間論定得失。總之，我也不知為何，早就認定A介紹的C醫師更有辦法，到了預約到診當天，便又帶著こころ另投懷抱了。

約定的時間為下午三點半，地點在荔枝角。我心想既然要出九龍，不如和こころ到外面吃午飯，不用老是吃粉嶺的快餐。我們先坐火車到沙田，在新城市廣場樓上的一家日本料理吃飯。還未去到餐廳，こころ便說有點頭暈。好不容易坐下來，立即點了餐，但こころ卻只吃了半碗烏冬，便覺得胃部撐滿了。

用餐後，至少頭暈是舒緩了，但力氣卻非常衰弱，走路極為緩慢。我們復又坐東鐵，在九龍塘換觀塘線，再在太子換荃灣線。不巧每次車廂都很擠，但既然都只是兩三個站的工夫，こころ就硬著頭皮站著算了。到了荔枝角站，我們按照提示來到指定的出口，一眼望去，竟是一條長長的稍微上坡的通道，在末段還有兩層的樓梯。我心想，真是個老站啊！連扶手電梯也沒有！我望了身旁的こころ一眼，感覺她好像倒抽了一口氣，眼裡有些微的畏縮，但隨即咬緊牙關，細步迎上前去。不知怎的，爬完了那條樓梯，連我也感到雙腿有點發軟了。こころ站在路邊喘著氣，我在一旁等她平伏，才繼續領她前行。

醫務所的助理事前很體貼地以手機傳來了地址和詳盡而清晰的地圖，還很親切附上了哈哈笑的表情符號。這令我有點意外，但對C醫師也產生了額外的好感。我按著地圖在街上往右拐了個彎，過了一個路口，再往右拐了個彎，走沒幾步就來到地址上所示的那間商業大廈。這附近是個老工業區，但不少工廈近年已改建成商廈。

在商廈大堂的公司名牌上，找不到醫務所或C醫師的名字。地址所示的八樓，則是一家貿易公司。但是手機信息明明說搭電梯往八樓，然後再打電話給對方。這點令我覺得奇怪。果然，在八樓出了電梯，外面是一家頗具規模的公司的接待處。櫃檯後面坐著兩個穿黑色套裝西裙的漂亮女服務員，旁側有個鋪了地氈的區域，放了兩張舒適的沙發，後面的牆上則以精美的燈箱展示著一些高級文儀產品。我差點就開口向接待處的女職員詢問C醫師的診所位置，幸好及時止住，未至被冷眼相待。我按指示站在那裡打了診所提供的手機號碼。那位親切的女助理很快便接了，並且溫柔地請我們在大堂耐心等候。於是，我和こころ便在沙發上坐下來。

我們在那裡坐了大概五分鐘，期間看著那家貿易公司的繁忙運作。送信的人從電梯走向接待處，公司的職員又不時從裡面走出來，相熟的同事給那兩位接待小姐送來了外賣咖啡，也有衣著光鮮的客人由接待小姐領了進去。跟這一切全然無關的兩個人，也即是こころ和我，就像被遺棄在那裡似的，乖乖地坐在沙發上，彼此也沒有交談。縱使摸不著頭腦，我看見こころ的眼裡依然對我懷著信任的神色。

升降機叮一聲的再次打開，走出來的竟然是老相識裝置藝術家R。R搖著他那一頭銀光閃閃的長髮，擺著那一把隱逸仙人似的鬍鬚，像是被人蒙著眼從甚麼神奇隧道推出來似的，以茫然的神情環視四周，然後目光和坐在沙發上的我相碰。大家都驚訝地瞪著眼睛，說不出話來。下一刻，R的視線很自然地移向我身旁的こころ，疑團因而更加濃密，眼睛也因而瞪得更大了。我告訴他我是陪朋友來看C醫師的。他則說他是來C醫師的診所買藥的。

這時候，一位身穿白袍的身材嬌小的女子推開另一邊的一道玻璃門，徑直向我們走過來。先是和R親切地打了招呼，寒暄了幾句，然後又向我和こころ確認了名字。我們三人便跟著那位女助理走進玻璃門，來到一個類似辦公室茶水間的地方。雖然說是茶水間，但地方頗為寬敞，布置也非常雅緻，而且極為寧靜，比一般診所的候診室還舒服。女助理留一頭清爽的短髮，白袍下面露出穿牛仔褲的腿部和女裝運動鞋。因為戴著口罩，看不清楚樣貌，也難以斷定年齡，但見雙眼的睫毛經過悉心的捲曲，十個指頭塗上了獨特的淺藍色指甲油。

女助理請我們在茶水間的小巧桌椅上坐下來，把一張病人資料卡交給こころ填寫，便又款款地消失於辦公室的神祕通道裡面。我一直對診所的奇怪狀態百思不得其解，一度還以為C醫師其實是某大公司的老闆，在正式的工作之餘為興趣而行醫。這為他添加了神之又神的氣派。R同樣對周遭的情境面露疑惑之色，但他只是不明白，為甚麼診所會搬到這樣的地方。原來他看C醫師已經多年，主要是治理他的哮喘病，而診所之前是開在佐敦的。R又說，C醫師很受文化藝術界人士歡迎，某某知名填詞人都是看他的，又誇讚了一輪C的醫術了得，學術水準也十分高，是個學者型醫師。我問R他的哮喘治好了沒有？他卻說：C醫師說像我們這類搞藝術的人，思慮過多，是沒可能不百病纏身的了。我心想，言下之意，其實是沒有治好這回事的？不過，R說他已經沒有看C醫師好一段時間了，因為自從退休之後，負擔不了這麼昂貴的收費。這回他過來，是為了向診所買一點廉價蟲草。我看R的樣子，雖然鬚髮全白，但額頭光亮，臉色紅潤，中氣充足，怎樣看也不似是病人。

我和R是大學時代相識的了，但他比我年長一截。那時候我在港大比較文學系念完本科，立即繼續念研究院，R這時以「成年人大學生」的資格入讀學士一年級，當時便已經是三十幾歲的人了。在這之前，他已經在社會上工作多年，並且從事裝置藝術創作。R畢業後到粉嶺一間中學教書，也住在粉嶺，所以我們不時會在區內碰上，坐下來閒聊幾句。今次在這個古怪的地方巧遇，我和R聊了一陣子各自的健康問題，我又以妻子的學生的身分向R介紹了こころ。不知怎的，話題很快又扯到當前的時局，以及媒體上面各種顛倒是非的言論，然後就雙雙感嘆著，要在這個城市做一個康健的人，幾乎是不可能的事情了。

我們的感嘆被女助理的出現打斷。原來是輪到こころ診症了。我以身為照顧者的理由也跟著進去，但同時也包含了自己對C醫師的好奇心。其實只是穿過走廊，拐了兩個彎角，但可能因為那一塵不染的潔淨和近似完全隔音的寧靜，感覺卻好像進入了迷宮一樣。來到一個辦公室的門外，門上有小小的一方打印出來貼上去的牌子，寫著「神方農本」幾個奇怪的字，我猜可能是診所的名堂。推門進去，看見的是一個穿著白袍的男子的背影。這位肯定就是傳說中的C醫師了。我和こころ繞到C醫師的對面，也即是辦公桌的另一邊，跟他相向著坐了下來。

C醫師雖然戴著口罩，但看樣子頗為年輕，戴著金絲框眼鏡的眼睛不算特別有神，但卻有一種漫不經意的警覺性，似乎每一刻都在不動聲色地觀察著對方。稍微向外翻出的雙耳，加強了具有強烈主見的智慧型醫師的感覺，而一聽他在口罩後面發出的聽似悠然而實則堅定的清亮聲音，就完全確立了一位思想銳利的年輕學者的形象了。不過，我心裡還是未能完全掃除先前的想像，覺得他一脫下白色的醫生袍子，就會穿過祕密通道回到公司老闆的辦公室，繼續打理他的龐大生意。

C醫師輪流往我和こころ的臉上掃視，但卻沒有問及我和她的關係。也許他已經心裡有數，又或者早已經從A那裡得知一二。我後來從妻子那邊確認，A和C醫師的聯絡甚密，經常交換情報。他開門見山地請こころ描述她的病情。也許是被C醫師的高智慧形象所震懾，這次我任由こころ自己去說，不敢在旁多加意見，因為深知此舉可能會自暴其短，也會令こころ被看輕。こころ氣若游絲地說著，把自己身體上的不適和之前接受過的檢查和治療也和盤托出。C醫師一邊給こころ把脈，一邊耐心地聽她說著，眼睛像某種醫療檢測儀器似的上上下下地把她掃描，不時又迅速地在白紙上寫下簡短的筆記。到こころ終於說完了，C醫師像啟動了腦袋中的機械分析儀似的，開腔說：

K小姐，看來這個病困擾你已經好一段時間，而你已經試過了不同的治療方案。我不知道你來到我這裡有甚麼期望，不過如果你希望取得成果的話，首先就要有信心。不但要對我有信心，也要對你自己有信心。你要知道，治療其實不是單方面的，被動的，而是雙向的，互動的。我做好醫師的部分，你同樣要做好病人的部分。你剛才提到的西醫診斷的哮喘，或者中醫診斷的脾虛，其實並不全錯，都有點接近，但又並未完全對準。事實上，你這是一個複合的病，並沒有單一的根源，所以說肺也有關，說脾也有關，說心也有關，說腎也有關。我看你的臉形，上闊下尖，跟你的臟腑一樣，上旺下虛。頭腦多思慮，心裡多煩憂，肝也像火爐地燒，下面卻十分虛弱，特別是腎方面，就像沒法加添燃料，於是機能就失調。

C醫師就像個出色的演說家一樣，以微妙而又清晰的說辭，開始了他的分析。當中既有理論的說服力，但又明白易懂。只聽了開頭的部分，我已經給吸引住了。但凡自命不凡的醫師，都愛否定前人的判斷，自己另立一套解釋。相反，C醫師居然不加否定，還把所有的說法據為己用，納入自己的系統，這顯然是他的另一種不凡之處。至於他說到こころ的臉形，當中似乎有臉相學的意思，但他又沒有細說下去。這時候C醫師站起來，繞到こころ身後，以雙手捏她的後肩，問她痛不痛。こころ點頭說痛，C醫師回到座位上，說：

剛才聽你說話，聲音顫抖，裡面顯然有痰。再按你的肺部，你覺得痛，就是積痰的現象。你在體內積蓄了太多毒素，沒法排出來。特別是現在冬天，流汗也不多。所以，你要多喝水，最好以陳皮、檸檬皮、瓜絲絡和百合放在一起煮，當作日常的開水飲用。這可以幫助你把肺裡的痰排出來。

こころ臉上露出疑惑，不肯定地說：

有痰嗎？我可不覺得啊。好像也沒有咳嗽的情況。

C醫師把他一直在寫筆記的紙張推向こころ面前，在上面一邊描畫一邊解釋說：

那不是普通說的那種痰，是積在肺部令你呼吸不順的物質。這物質在不同部位會顯現為不同的狀態。在肺部我們稱為痰。在其他部位，可以化為汗或者小便或者腸道的排泄物排出來。我說你這是個複合病，所以西醫只針對一個部位，是怎樣也治不好的。依我的估計，你的問題是腎占百分之四十、心占百分之三十、肝占百分之二十、肺占百分之十。我們必須同時針對所有部位，作一個系統性的處理。這是我可以用藥物幫助你的部分。但是，另一部分不能單靠藥物。你必須自己幫助自己。我聽你剛才多次提到焦慮的問題，似乎這是你自己認為的病因。我們中醫沒有甚麼焦慮症、憂鬱症的說法，但情緒影響內臟的運作，中醫也有自己的一套理論，所謂怒傷肝、思傷脾、憂傷肺、恐傷腎、喜傷心——

喜也有傷害？

我忍不住好奇而突然打岔說。C醫師往旁側瞥了我一眼，卻沒有流露不快，相反，好像抓住了難得的機會似的，興致勃勃地發揮下去，說：

沒錯！是喜！人們都以為喜是正面情緒，殊不知在中醫學來說，喜其實是指激動、或者過於興奮的情緒，所以是有傷害性的，而且所傷的器官是心。所以，你回去可以詳細思量一下，上面所說的那些情緒，有沒有哪些是你經常經歷的。我建議你在仔細回憶和分析之後，把它寫下來。然後，每天找一個時間坐下來，總結當天在這些情緒方面的反應和表現，去清晰地描畫出自己的情緒變化的圖表，並且以此為提示，嘗試去慢慢作出調整和改變。你要知道，你現在是腎的問題最大，而腎是主行動的。你不採取行動，任由情況這樣惡化下去，就很難補救。你要採取的行動，除了是按我的指示服藥，就是要表示自己的決心，以實際行動去解決問題。我知道你們這類從事文化或者文藝工作的人，都是依賴情緒才能創作，沒有情緒的話，就失去了創作靈感。但是，你也要作個選擇，就是寧可失去身體健康，而延續自己的創造力，還是好好保養自己的身體，過健康的生活？而要保養身體的話，就要針對問題的根源，也即是情緒了。說句很簡單的通俗話：「心病還需心藥醫」。而這完全在你自己手上。

C醫師的醫術如何，我們暫時並未知道，但可以肯定他的口才非常了得。被他這麼的一說，我和こころ都不自覺地點著頭，並且不期然地生起了無限的信心。至於為了健康是否必須放棄創作，或者健康和藝術是否必然對立這樣的哲學性命題，則暫時未有對我們造成困擾。我從診症室回到茶水間的時候，感覺有點像看完了心理醫生。怪不得A說看C醫師令他覺得很舒服。我把這感覺向こころ說了，她微微點了點頭表示贊同。

在茶水間內不見朋友R，大概是已經購買蟲草丸，先行離去。我們在那裡等了約十五分鐘，女助理才把配好的藥粉拿出來。藥粉由幾種現成的中藥方劑搭配而成，另外加入幾種單味藥材。最為新奇的是，除中藥藥粉以外，還配了幾種不知名堂的有著英文名稱的藥丸、蟲草丸、海藻粉等等。問女助理那是甚麼東西，她說都是調整機能、幫助消化的營養補充品。另外又寫了一條煮陳皮水的方子給我們。

我們拿著一大包藥物出來，感覺像是滿載而歸似的，但又同時好像是進行了某種不可告人的古怪交易似的。我想像著，C醫師此刻已經變身，回復公司大老闆的角色，坐在辦公室裡簽署繁瑣的文件，心裡卻偷偷玩味著剛才扮演中醫師的遊戲。

31.

那天早上我和こころ照樣到公園散步。那是看了C中醫師之後一兩天的事。服食了新的中藥，こころ的病情彷彿大有起色。步履好像變得輕快，說話也好像比較響亮。加上那天天氣也不錯，太陽一出來，氣溫很快就上升至十七八度，心情也因此甚為暢快。散步之後沿著慣常的路線走路回家，來到可以遙遙看見樹後的寺院的位置，こころ說：

今天**Kojima Haruna**沒有在這裡等你啊！

甚麼？

小嶋陽菜。

你說那輛貨車？

的確，我早就察覺到，每天在這個時候送蛋糕到店裡去的貨車，今天並不在。寺院外面的路上，只停泊了一輛黑色的輕型貨車。こころ露出促狹的神情，說：

是不是有點失落呢？

你怎麼知道我在想甚麼？

我當然知道。我是こころ嘛！

老實說，真的有點失落，也不知為甚麼。奇怪！

迷戀少女偶像的大叔啊！こころ掩著嘴巴笑了出來。

不是這回事！我連忙辯解說。

也難免的。每天在回家的途中，隔著遠遠的距離，沿著長滿洋紫荊的紫色花朵的路旁望過去，就看見在樹蔭下面，年輕、漂亮又性感的小嶋陽菜，笑意盈盈地捧著蜜瓜蛋糕在等自己，那是多麼美妙的事情啊！

こころ一邊說著，一邊模仿小嶋陽菜側著身子捧著蛋糕的姿勢，連笑容也扮演得維肖維妙。我只能無力地罵了一句：

別胡說吧！

我真後悔向她坦白這樣的無聊事。她得勢不饒人，繼續逗樂道：

樣子很委屈呢！

不是委屈，是生氣！

生甚麼氣呢？喜歡小嶋陽菜也不是甚麼醜事。

別再來了！我對小嶋陽菜本人一點興趣也沒有！

甚麼叫做「本人」呢？偶像明星有「本人」這回事嗎？一切都只是影像！不能否認，你迷戀小嶋陽菜的影像吧，例如上網搜尋她的照片和影片之類的。

我沒有這樣做。我只是覺得，每天在這個時刻，在這個地點，遇到這輛貨車，和貨車上的廣告裡的那個影像，漸漸變成了一個習慣。一旦突然遇不上，心裡就有點不自在，好像缺少了甚麼似的。

你這樣的迷戀就比較特定，但怎麼說都是一種執著，而且是毫無理由的。
也不完全是沒有理由的。可能是，和你一起的緣故。
我這樣說的時候是真心的，並沒有經過任何琢磨，但こころ似乎認為是故作驚奇。
和我一起？
每天和你去公園散步，然後在回程的時候碰見這個廣告，這成為了我和你一起的經驗裡的一個元素。
但和我一起出外散步還有許多其他的元素，看見這棵樹、那塊石頭都是，為何這個特別重要？
可能是你和小嶋陽菜的相似吧。
我和小嶋陽菜，除了都是女性，還有甚麼相似點？
都比較年輕。
很牽強。而且你根本不知道我的真實年齡。
都留長頭髮。
哈！哈！大部分女孩都是長頭髮的，虧你說得出來。
還有……
拜託別說身材。
……
也別說是日本人。我早說過我不是。
說不出來了。應該是某種潛意識裡的東西吧。

被她連番反問，我也有點搞不清楚了。這時候我們來到平時貨車停泊的位置，她突然像加了著重符號似地問：

你記得「真実」這個詞嗎？

廣告裡的兩個字。

小嶋陽菜「真實」嗎？

一點也不真實。如你所說，只是一個影像。

佛教叫做「色相」。

不是一般說的那種色相。

也可以是，一語雙關。

你是說，身體誘惑上的色相，以及作為眼色所見的影像的色相？

沒錯。兩者都是空的。

所以說根本沒有「本人」。

就是。都是因緣和合的產物。

而我執著於這個空性的產物？

對，領悟力不錯。

想不到こころ讀了那一陣子的禪修書，就開始賣弄起佛學詞彙來，還說得一本正經的，好像要反過來開導我。我和她慣常的角色對調了。也不知她是開玩笑還是認真的，我便順著她的思路，延續這個話題，扮演無知的凡夫，向她拋出疑問：

那我應該怎樣破除這個執著？避開這輛貨車，改為另一個時間散步？
也不用。逃避不是辦法，要去面對它。
面對它？
試想想，有著小嶋陽菜影像的貨車每天都停在寺院外面，當中不是沒有意思的。
只是因緣和合的現象吧。
但你可以把握這個現象。
怎樣把握？
以小嶋陽菜為觀修的對境。
觀修小嶋陽菜？
こころ的建議令我驚訝。我們橫過馬路，來到寺院門前。她和平常一樣向著大殿合十行禮，回過頭來見我站著不動，便繼續發揮下去：
沒錯，就像觀修任何色相對境一樣。你可以觀修石頭、觀修花朵、觀修蘋果，觀修茶杯、觀修佛菩薩像，甚至可以像古代行者一樣，觀修屍體，那麼，你同樣可以觀修小嶋陽菜。
但那和迷戀色相有甚麼分別？
你要觀想小嶋陽菜，或者這個稱為「小嶋陽菜」的影像其實只是因緣和合的現象，是空性的產物。在影像的後面，根本就沒有恆常、單一和實在的真實。也可以說，其實根本就沒有所謂的「後面」或「裡面」。一切都是表象。
看來こころ也不是胡扯的，說來頗有說服力，我不得不表示認同，說：

說的也是，影像只是平面，沒有深度。

就是！這樣地去觀修，「小嶋陽菜」就會慢慢分解。

聽來有點恐怖。

這只是一種說法。

那分解之後呢？剩下來的是甚麼？

你又來了。哪有「剩下來」這回事？假象分解之後，你會見到實相。

但你又說沒有「本人」，哪又何來實相？

實相不是小嶋陽菜，也即是對境的「本人」，而是你，也即是觀看者的「本心」。

我在小嶋陽菜身上看見自己的心？

也即是看見我。

我在小嶋陽菜身上看見你？

來到這裡，我開始有點迷惘了，也不肯定是こころ在胡亂編造，還是自己的領悟力不足。她見我接不上來，好像師父點醒徒弟般地提示說：

這就是剛才你說的潛意識裡面我和小嶋陽菜的相似點的問題。

不好意思，我抓不住你的意思。

我的意思，你是沒法用腦袋去想通的。要直接去體驗。

如何體驗？今天錯失了那輛貨車上的廣告。

我知道我在說蠢話，但那是我腦袋中浮現的第一個想法。こころ大師面對我這個魯鈍的徒兒，沒好氣地說：

上網搜尋啊！上面小嶋陽菜的影像多的是。

她掏出手機，在上面按撥了幾下，把手機遞給我。

屏幕上擠滿了一位長髮年輕女性的各式各樣的性感內衣照。

我拿著手機，呆呆地看著。這時我才發現，原來我們一直站在寺院門前討論這個話題。

大師一個轉身，走在我的前面，好像在搖著頭，又好像在偷偷竊笑。

32.

那天こころ跟我一起到中文大學上課。那是下學期的第三個星期五早上。當天講解的作品是舒巷城的短篇〈鯉魚門的霧〉。下課後，我見天氣不錯，陽光甚為暖和，便建議到崇基書院的未圓湖逛逛。本來從本部下去，最理想是用走的，穿過中藥園，從山間階梯小路拾級而下，經過著名的小橋流水，從崇基教堂旁邊出來，再取道何添樓來到湖畔。不過，因為こころ力氣不夠，走山路恐怕應付不來，所以我們還是坐校巴下山。

搭校巴在火車站前下車，已經是十一時半左右。我們沿著崇基運動場旁邊的小徑進去，沿途的左邊是運動場的鐵絲網，右邊是從湖延伸出來的小溝。小徑的路面由長方形粗石塊鋪成，是那種半世紀之前才會使用的鋪路方法，現在已經甚為罕見。石塊約一尺乘三分之二尺見方，本身的表面已經凹凸不平，加上石塊之間留有的兩三厘米的罅隙，在沙石流失較嚴重之處，足以造成令人拗足摔倒的深坑。這樣的路面，連穿運動鞋走過也要小心翼翼，看準石塊踏上去，如果是穿皮鞋或女性的高跟鞋就更加是高難度考驗了。不過，縱使如此不便，我還是喜歡這樣樸實的小路，比目下一般公園的那種平整而沒有個性的瀝青路面強多了。因為こころ步履不穩，就算穿的是平底鞋，我也一直讓她勾著我的手臂以作攙扶。

在小徑的盡頭，未圓湖的全景立即映入眼簾，可見湖的面積不算大，但布局卻相當雅緻。傳統園林的亭台、曲橋和拱橋都齊備，湖邊的樹木亦經過精心種植和保養。不過，首先觸及眼目的，卻是湖中央的噴水系統。中間的水柱高達十來米，旁側有四道較小的水柱斜斜射出。在清幽的湖畔環境裡，噴水系統無疑是過於人工化，而且發出來的聲音有撩擾之嫌。不過，看慣了又覺它為過於平靜的湖面帶來動態，特別是水花回落時所造成的蕩漾的波光，令缺乏流動的湖水不致一片死寂，而有了萬花筒般的變化。於是，連帶那嘩嘩啦啦的嘈音，也變成了一種頤養心神的音樂了。

我們踏上左邊的九曲橋，但粗略一算，其實頂多只有三四曲。也許九曲橋這個名字只是我自己想當然而已。在橋的初段，左右兩邊是區隔出來的荷花池，因為是冬天，都只剩下一片殘敗景象，深棕色的枯葉浮躺於水面，乾癟的蓮蓬頭猶自屹立，卻早已經沒有生氣。有趣的是，這本身也成為一個可觀賞的景象，令人緬懷過去的夏天的盛況，以及期待來春將要再現的鮮綠與華彩。我不期然想起，在好些佛菩薩的造像中，都有已凋萎的蓮花、盛開的蓮花和含苞待放的蓮花作裝飾，象徵過去世，現在世和將來世。

我和こころ在接近橋中段的一個九十度彎角上停步，挨著欄杆，觀看湖裡的鯉魚。鯉魚的數量相當可觀。如果向湖中抛麵包屑的話，魚兒擁擠在一起紛紛舉頭索食，無數張嘴巴在水面開開合合，甚至魚疊著魚爭相跳撲的景象，可以算是甚為壯觀。不過，校方其實禁止擅自餵飼魚類，所以一般也只會看見魚群悠然地於水底徜徉，一副與世無爭，一無所求的樣子。鯉魚以灰色為主，鮮紅金黃的只屬少數。在暗淡渾濁的湖水裡，近乎無色的灰鯉魚顯現又消失，反而更有幻變的意味。間或閃現一抹鮮豔的色彩，持續穿梭好一陣子，突然又沒入那茫茫然的混沌裡。巴掌大的龜兒，和魚群共處一池但卻不相往來，像社會上的畸零分子，獨個兒以笨拙的姿態昂首闊步而游。こころ突然好像有甚麼大發現似的，以虛弱但調子卻提高了一點點的聲音說：

你看，可以修鯉魚禪啊！

鯉魚禪？

以鯉魚為對境做禪修，就像你以前說的松鼠禪。

那是胡說而已。不過鯉魚那副無所緣無所想的模樣，的確適合入定觀賞。

對於こころ生出修鯉魚禪這樣的念頭，我一點也不感到驚訝。最近成了禪修迷的她，幾乎看到甚麼也禪觀一番，已經到了無所不用其極的程度。她認真地解釋說：

我的意思不是個別的鯉魚，而是整個的魚群。鯉魚群的形態在不斷變化。有新的魚加入，但也有的退出。魚群的游動方式，看似有規律，有隊形的，但其實又只是個體的暫時和隨意的整合。在秩序之中有混亂，在共同之中有差別。那有點像觀賞天上的雲團的變化，是緩慢的，一點一滴的，但又是可見的，可辨別的。既是可見的，可辨別的，但又無法把握和預測。

而且是不可逆轉的。

對！就像實實在在地看到時間本身的流動。

這就是所謂的無常吧。

我們於是便很有默契地靜下來，雙手交疊放在木欄杆上，低頭凝視著橋下的鯉魚，有點像祈禱似的修起鯉魚禪來。我們那正經八百的樣子，在旁人看來會有點滑稽吧。

修了約四、五分鐘所謂的鯉魚禪，彼此也沒有交換心得，便繼續走完橋的餘下部分。然後向左拐，沿著湖的對岸向前走。在鋪石小徑的左邊，沿著湖邊植有一排落羽松，松下有幾張木長凳供人憩息，右邊則是斜斜的草坡，坡上以小灌木修剪成崇基校訓「止於至善」四字。來到引水道口，跨過一條短橋，便到達獅子亭的所在。在亭下逗留半晌，見無甚可觀，又沒有椅子，便又起步，穿過植有幾棵茶樹的小林，踏上那條頗有古風的石造拱橋。從橋的另一邊下來，前面是運動場的鐵絲圍網，石階小徑則可左可右。我領こころ走向左邊，沿路前望，盡頭就是剛才的起步點。我們前行至接近曲橋的位置，選了一張木長凳坐下來。以散步的方式繞湖一圈，如果不計停留，約只是十分鐘不到的光景。

接近正午的冬日陽光暖和而不熾熱，但經過環湖步行的運動，又坐落在完全暴露在日照之下的位置，我們還是很自然地脫去了外衣。こころ在咖啡色絨大衣裡面，穿了件淺灰色V領羊毛衣，連頸巾也解下來後，就很罕有地在戶外露出那纖細而白皙的脖子了。太陽的位置大約在我們頭頂靠左，暖暖的光線像一張薄被子一樣覆蓋著我們的肩膀和後頸，卻沒有刺眼之嫌。抬頭望去，在猶如澄澈的深海似的湛藍天空中，綴著或大或小的雪白的雲朵。雲朵遠看彷彿恆常不動地塗在畫布上的顏料，細看卻發現其實以不低的速度在橫空掠過。微風一直從湖面盪來，間或夾帶一兩陣較強烈的氣流，令人在暖意融融的感覺中被提醒，凜冽的寒冬其實並未過去。

憑我的經驗和個人喜好，我認為我們坐的是整個未圓湖風景最好的位置。右邊是曲橋和荷花池，岸邊近處有一棵向湖上橫生而出的台灣相思，垂在水面的枝幹比平素所見低矮，竟然頗有古松的蒼勁意味。在我們的左邊不遠處的岸邊，長的是幾棵樟樹，和剛才所說的台灣相思近似，都如臨湖躬身照鏡的姿態，罩出了一襲陰影，為本來過於平板開闊的湖面造成了幽遠的深度。在冬天依然茂綠的樟樹枝葉後，冒出獅子亭部分的紅色頂部和柱子，和畫面另一方的白得有點發光的曲橋橋身，又是一組對照。以左右兩旁的樹影為框架，中間是以噴水柱為重心的湖景，但卻無礙湖的對岸以至更遠的山上的景致。對岸橫列著剛才走過的落羽松，在這個時節針葉都已經化為紅棕之間的顏色，並且已開始灑落一地。地上的松葉在這個距離已經看不見，但湖面上同樣橫向排列的紅棕色倒影，卻像用上了柔化鏡頭似的，在輕微的波動裡交替地對焦又失焦。聽說這裡近日也成為了某些攝影發燒友的熱門景點。對面樹下的幾張長凳，此時也零星坐著幾個人影，看樣子似是學生，其中一人是個只穿著短袖T恤和短褲的金髮女孩，應是來自慣於嚴寒氣候的西方北國交流生。在對岸後面山坡上，是平行橫向的環湖馬路，沿路也植滿各式樹木，據記憶有好幾棵高大的芒果樹，樹間有非常吵鬧的噪鴉群。在馬路的另一邊，就是學生飯堂和活動中心眾志堂。馬路上不時有校巴駛過，學生左右往來不絕，熱鬧的感覺和下面幽靜的湖岸範圍成強烈對比。大概許多學生對身邊經過的風景也視而不見，也沒有多少閒情雅興稍移玉步，到湖畔來消磨一時三刻。這可真是個奇怪現象。至於眾志堂後面，就是更宏高的山景，以及分布在山上各處的教學樓和書院建築了。

我和こころ坐在那裡靜靜地看著風景。在我們的背後，傳來運動場上幾個學生打籃球的聲音，感覺也是遼遠而寂靜的。湖心的噴水柱隨著風的轉向而改變灑落的方向，有時上落較為筆直，有時又形成較大弧度的拋物線。每當拋物線移向我們這邊，細小的微涼的水點便會隨著風灑到我們臉上。這難免令人感到一定程度的刺激，但卻未算造成滋擾或者感覺難受。相反，在估計和期待風何時把水花帶過來，也存在著某種觀賞上的樂趣。至少我是這樣理解我和身旁的女子的感受的。也不知這樣子坐了多久，こころ以一種不無快意的感嘆語調說：

想不到，真的成為你的學生呢！

不敢當！而且你也只是旁聽吧。

安賽也曾經是你的學生吧？其實你跟她是在這裡認識的？

こころ突然便冒出了這樣的一句，好像之前的話只是某種鋪排。對於她的這種談話方式，我已經早有心理準備，也學懂了立即和盤托出，而不作無謂而且無效的躲閃。我直接回答說：

沒錯。那是前年的事。當時是上學期剛開課，安賽是個剛入大學的新鮮人。她念的是文化研究系，也沒有選修我教的香港文學科，只是來旁聽，但卻比選修生更勤力，每次都第一個到課室，最後一個離開，整個學期也沒有缺過一堂課。

你教的是通識科，她也可以選修啊。為甚麼她不這樣做？

我問過她。她說不想和我有師生關係。

旁聽就不算？

她是這樣理解的。至於為甚麼不想做我學生，我當時也沒有深究。

也許她想和你發展其他關係？

我不知道。當時也沒有細想，只當她和別的學生一樣，只是比較熱情、比較主動、比較談得來。她課後總會留下來，問我關於當天講課的內容。很自然地，我便和她一起走，也不坐校巴，通常從山上本部的上課地點走路下山。

通常走小橋流水那一邊？

是的，那條路穿過樹林，環境清幽。

很可惜我走不了啊。然後呢？和她到這個湖畔聊天？

我偷偷觀察こころ的神色，但卻不見她有妒忌的意思，便繼續實話實說下去：
是的。
整個學期都是這樣？
嗯，是的。
那你和安賽的關係，跟你之前所形容的，相差很遠啊！
是嗎？我之前並沒有隱瞞甚麼。
安賽當時是甚麼樣子的？應該是又年輕又漂亮吧！
沒怎樣，和一般女大學生沒有分別，老是穿T恤和短褲，腳上趿一雙人字拖鞋，一副去沙灘的樣子。
這叫做青春氣息啊！難道你真的沒對她動過心？
沒有，我只當她是一個可以談點文學的學生。不過，初時的安賽的確是很清純的，對文學還是懷著很天真的信念，覺得那是一種對真、善、美的追求。我老早便覺得她不應該選文化研究系。這簡直是個災難。後來她受到文化批判理論的荼毒，就開始滿口的意識形態呀、論述呀、權力呀、性別呀、解構呀之類的術語。文學也因此不但一點都不真、不善、不美，相反簡直就是虛假、邪惡和醜陋的混合體了。而寫出這樣的文學的作者，也必須受到毫不留情的批判了！
這不像出自你的口啊！你自己是讀文學理論出身的。誰都認為，你就是那種按照理論去寫作的作家。怎會相信原來你是那種歌頌真、善、美的老派人？
面對こころ的調侃，我突然情急起來，說：

我沒有歌頌真、善、美，也不反對假、惡、醜！我只是覺得，文學不能被非文學的東西限制和束縛，管它是理論、道德，還是政治。

甚麼叫做非文學的東西呢？難道真的存在純文學這回事嗎？任何事物，不是都難免被非自身的事物所界定的嗎？就如「我」永遠被「非我」所界定一樣。沒有「非我」的存在，單獨的「我」還存在嗎？

對於こころ看似天真的提問，我竟然一時間答不上來，卻忍不住有點忿然地說了句：

但文學始終具有作為文學自身的獨特性吧！

こころ見我動了氣，便沒有繼續追問下去。又或者，她感興趣的其實還是其他。於是話題又回到安賽身上。她說：

是因為這樣，你才開始討厭安賽，而且慢慢疏遠她吧。如果她還是當初的那個純情文學少女，你便會喜歡上她吧。

我盡量保持冷靜，嘗試理性地釐清我和安賽的關係，說：

請你不要老是扯到這方面去好嗎？總之，只是慢慢地感到和她有分歧，說話也就不那麼投機。我其實也非常尊重她的選擇。她要朝甚麼方向發展，也是她應有權利。我沒有阻止她的意思。只是，既然大家的看法不同，那就沒有勉強的必要。可是她下學期卻繼續來旁聽，並且每次在課後都對我的說法提出質疑。開始的時候我還會和她辯論，但後來卻感到十分厭倦，於是就刻意地想避開她。這就是我後來形容我和安賽的關係的重點。

你不認為，她之所以挑戰你，其實是想得到你的認同嗎？

我不知道。我也不是害怕挑戰，以為我在道理上說不過她。只是，我覺得人與人之間的關係不應該是這樣的。

但你沒有想過，她在糾纏你的背後，其實是想你關心她嗎？

這樣的尋求關心的方式，不是太奇怪了嗎？

那麼，上個學期開始，安賽投入那場運動，就沒有再來你的課堂纏繞你了吧。

的確是這樣。所以，我已經好一段時間沒見過她。

自從十月初那次在北區醫院？

對的。

看來，這個學期她也沒打算回來找你。

但願如此吧。

你這個人，心腸太硬了！

こころ搖著頭說。我則開始覺得自己有點厚臉皮。

沒法子，我抵受不住她的方式。

你真的一點都不關心她的近況嗎？

已經不到我去關心了。

你其實是害怕她吧。

害怕甚麼？

害怕面對安賽所揭示出來的、你自己心裡的某些東西。

絕不。我和安賽已經沒有關係。應該說，我和她從來也沒有關係。

太可怕了！

こころ突然像被甚麼襲擊似的，仰後身子，以手按著胸口。我還以為她身體不適，緊張地說：

怎麼啦？

我剛才在想，會不會有一天，你會向另一個人說：我和こころ已經沒有關係！應該說，我和こころ從來也沒有關係！

こころ流露著一臉憂傷的神情，看來非常真切。我的腦袋立即急速轉動，尋求補救的說法。

怎麼會呢？こころ和安賽，怎麼會是一樣的呢？

你又怎知道，事實不就正是這樣？

不可能的！雖然我覺得事實實在太明顯，要爭拗的話實在太荒謬，不過，要說你和安賽完全不同，實在有太多的證據。比如說，你是念中文系的，你是我太太的學生……

你真的這樣相信嗎？那是你編出來的故事啊。

我呆住了。那本來是向家人解釋こころ在我家留宿的藉口，我卻竟然當以為真了。我開始分不清楚，還有甚麼是我杜撰出來，卻當作真實去相信的事情了。

在分隔荷花池和湖面的透明圍欄上，站著一隻有著白色脖子和咖啡色身體的苦惡鳥。我察覺到牠在那裡已經停留了好一段時間，而且一動不動，彷彿是個鳥類標本一樣。此時，牠突然迅速地把脖子往水面一伸，隨即就看見牠細長的嘴裡銜著一尾小魚。牠仰著脖子，三兩下就把小魚吞了下去。無欲無求，自然自在的小鯉魚，還未及長成大鯉魚，就這樣一命嗚呼了。苦惡鳥若無其事地在狹窄的圍欄上緩緩邁步，來到另一個位置，又站成了標本。

我望向坐在我左邊的こころ，發現她也目睹了剛才那一幕。我在她的眼中看到的，卻不是驚愕，而是像平靜的湖面一樣的澄澈。在這澄澈中反映著一切，包括苦惡鳥和小鯉魚，包括我們前面的整個畫面，也包括我，和不是我的所有事物。

33.

聽過一位久病成醫的前輩說，求醫就像交女朋友，總會有一個蜜月期。開始的時候，對醫師滿懷熱情和信心，病情也一下子好像有很大的改善，但是，日子一下來，慢慢地又會變得沒有進展，甚至倒退或惡化。那就像一段關係因習慣而變淡，不復當初的充滿期許和想像，對方的缺點也就逐步浮現。於是，就到了換一個新鮮的對象，也即是換一個醫師或療法的時候了。只是，如此下去，病也終沒有治好的一天，而只有無盡的拖延了。

我只是想不到，こころ和C醫師的蜜月期會這麼短。吃藥吃到第四、五天，こころ又表示覺得不舒服，情況比之前更甚。但具體地是怎樣的不舒服，又很難清楚地說出來。最明顯的變化，就是開始覺得雙腿肌肉無力，連站著也有點不穩，走路就更加搖搖欲墜了。有兩天，こころ甚至無法到公園去散步，慢慢地走路去快餐店吃早餐已是極限。我看她這個樣子，便建議她暫時停了C醫師的藥。

C醫師的藥粉由幾條傳統的方劑另加幾味單項的藥材組合而成。我早就用手機上網查過藥效。當然對中醫學一無所知的我，怎麼查也不會得其要領。中藥方劑的療效覆蓋面很廣，同時可對治多種病狀，所以幾乎都可以說是適用的。倒是某些藥材的毒性和配伍方面的禁忌引起了我的注意。但是，藥本來就是毒，這在東方或西方，在傳統還是現代醫藥學來說，都是基本常識。所以，我的懷疑肯定是杞人憂天。然而，懷疑這個心態，一旦啟動了就很難壓抑。特別是在資訊如此方便甚至是氾濫的時代，總是令人忍不住拿起手機，把任何有疑惑的事情反反覆覆地查過沒完沒了，結果卻永遠不能釋除疑慮，而是衍生更多和更強的懷疑。

我在帶こころ去看病之初，便已經開始了這個習慣，之後變本加厲，不但變得沉溺，更加可以說是神經質了。按照こころ的徵狀，我首先搜尋的是關於焦慮症和恐慌症的網頁，然後是自律神經失調、胃酸倒流、心臟病、哮喘、甲狀腺亢奮、低血糖等等。至於醫生開出來的藥物，特別是西藥，網上都有詳盡的資訊，如果查看副作用一項，就算是最普遍的成藥，多半都會把人嚇個半死。結論很自然是，所有西藥都是不能吃的毒物。就是這樣，我阻止了こころ服用那些預防哮喘的藥物。可是，到了病況反覆，無計可施的時候，我又會反過來懷疑，自己是不是令こころ錯過了甚麼有效的治療，於是又回頭重新考慮服用某種藥物的可能性。是以在停吃C醫師的藥粉和那些不知名的輔助品的幾天，我又把先前那位醫師所開的還未服完的藥材拿出來，給こころ煎了服用。至於每天煮吃三條蟲草，以及其他諸如抗壓力綜合維生素和護心酵素之類的保健品，就更加是沒有停過。總之，在情急之下，已經去到藥石亂投的地步。難怪把這一切看在眼裡的こころ會說：真是瘋猴子心啊！奇怪的是，縱使如此，她還是繼續順從我的意思。

こころ在治病方面對我的言聽計從，我認為絕非出於她自己缺乏主見，但似乎也不是由於對我的判斷充滿信心。當然，更加不可能基於對自己的健康的自暴自棄。她對自己的病情，很明顯是十分憂心的，但是，對於如何治好這個病，卻又沒有表現出很積極的態度。如果我沒有帶她去看過任何醫生，也許她就這樣一直放著手待下去也說不定。有時候我甚至猜想，她其實是刻意沉溺於病弱無助的境地，這樣子便可以加強對我的依賴和延長待在我身邊的時間。但是一轉念，這樣的想法又令我覺得自己實在太卑鄙。不過，坦白說，我無法否認自己也慢慢陷入這樣的慣性思維，將こころ的病視為常態，而難以想像有一天她真的痊癒的話是怎樣的光景了。

究竟こころ的出現對我的生活是一種干擾和破壞，還是在另外的方面讓我有所得著，我也說不清楚。我當然不希望是前者。我預計在假期裡著手修改和續寫的長篇，到現在一點也沒有碰過。我之前還可以歸咎於こころ，說是她害我沒法專注於寫作。但是，自從那次在家中客廳裡和她的一席爭論，我已經失去了任何推搪於他人的理由了。在她的追問下，我不得不供述自己其實怯於面對眼前的時代，而我的想像力也因為無法應對新的現實，而失去了立足點和方向感。こころ關於我自相矛盾的分別心的批評，幾乎把我的長篇多部曲的基石完全挖起來推翻了。我絕不能怪責她摧毀了我的長篇寫作。相反，我發現原來我的長篇寫作早已經自我摧毀了。而我還懵然不知，或者自欺欺人地繼續試圖擴建想像中的華麗大廈。こころ只是給我點明了，這個空中樓閣已經成為危樓，而這棟危樓縱使塌掉對世界其實也並無影響，因為它由始至終都是空想。這樣說來，こころ對我的寫作計畫所造成的障礙未嘗不是一件好事。我因此而避免把時間浪費在一件不可能成功的事情上。我積極地考慮著，正式終止這個長達五年的長篇創作，把已經寫下的三十多萬字丟進垃圾桶。

可是我依然不甘心。也不只是不甘心三十幾萬字的心血就此化為無塵無灰的數位垃圾（其實連同這幾年內的多次改寫，曾經以數位存在的字數肯定超過半百萬），而是不甘心這樣的巨構就因為這個冒失女子的幾句點破而潰如山倒，也不甘心自己與她的這段不近人情的關係換來的是自己的寫作意志的消沉與磨蝕。這大半年來，我除了和台灣作家朋友L在文學雜誌上的每月對談，幾乎沒有寫過任何像樣的東西。再這樣下去，我就要喪失作家的資格。而在旁人看來，就算要認為這是由於色迷心竅，導致事業與人倫的兩相墮落，我也是無可辯駁的了。

然後我萌生了寫こころ的念頭。這可能是出於作家的本能，或者一個寫作人的慣技——把人生中的失敗、遺憾或者荒廢，化為文字，寫成作品，就算不能為自己帶來救贖，也至少可以當作一種補償，或者等而下之的聊以自慰。這也即是不甘心的表現。不過，這也絕對不能視為對こころ的報復。事實上，我要感謝她還來不及呢！當然，何謂寫こころ呢？這也不是不必經過細心考慮的。我最初的想法非常簡單，那就是直接地把こころ的出現，以至她進入我的生活之後的事情，如實地記錄下來。我說到「如實」，肯定也有人要提出異議。尤其是像我這樣的一個一直把虛構這回事掛在口邊，不厭其煩地大吹大擂的作者。現在我居然回頭來說「如實」記錄，給人的肯定是狼來了的反效果。我也並不是刻意這樣說，或者有甚麼策略性（一個多麼可怕的詞！）的考慮。相反，我幾乎就是不假思索地，生起了把こころ的一切「如實」寫下的念頭。而那個時刻，以至於現在，我對「如實」不但沒有概念，更加沒打算加以理論化。它極其量也只是以一個詞的形式出現。連對「如實」這個詞，我也只是如實地用上，並且寫下來。除此之外，我沒法說得更多了。

為了這件事，我徵詢過こころ的意見。畢竟這是關乎她的個人隱私的事情，我不希望寫了出來才令她覺得被利用或者侵犯。如我所料，她很爽快地答應了。或者，與其說她向我授權，准許我毫無顧忌地寫關於她的一切，不如說彷彿是她命令我這樣做的。也許「命令」這個詞過於強烈。或者可以說是「鼓勵」、「驅動」、「促使」、「提議」，甚或是「誘惑」？總之，當她幾乎沒有用語言而只是點頭示意，她的神情卻令我覺得，我所提出的事情早已經在她的預料之中。甚至在こころ第一次

出現的一刻，把她「寫下來」就已經注定是無可避免的事情。又或者こころ的顯現和存在，除了「寫下來」之外別無其他可能性。是以「寫下來」就是こころ的「如實」本身。於是就變成了，不是我產生寫こころ的念頭，而是こころ就是那寫的念頭本身。不是我出於不甘心而想寫，而是我不得不寫了。

怎樣也好，自一月初開始，我就斷斷續續地寫了一些片段。先是一些順時序的章節，從こころ突然出現在我家中的那個晚上開始，但有時候往後的事情很鮮明地在腦海出現，像一個個活生生的場面重演，我也會不按次序而趕緊把它賦予文字的形態。至於文體方面，也沒有慎重的考慮，有點隨意而行。有時像流水帳般的純粹記事，有時又變成了描繪性的寫生文，有時有點像內省的自白，但又因為始終是我和こころ兩個之間的談話，所以又有了對話體的格局了。總之，我也不理是甚麼文類或體裁，而一直信筆如實地寫下去。這是我二十幾年的寫作生涯裡很少出現的經驗。

跟我的情況相反，一直說想寫點甚麼的こころ，卻從來不見有動手的跡象，只是不時在那個軟皮封面小本子上做筆記。事實上，こころ做得比較多的事情，除了看書之外，就是禪修了。完成《世界上最快樂的人》之後，她又在讀明就仁波切的另一本書《你是幸運的》。通常在午飯後，こころ會看一點書，到了大約四點，便會坐在睡房的窗前，向著開闊的風景禪修。因為天冷的關係，下身也會裹著被子，房間內亦要開著暖爐。五點後，天便開始暗下來，特別是天陰的日子，連夕陽的餘暉也看不見，氣氛更見寂寥。這是最容易情緒轉為低落的時刻。這個從日間到夜晚的過渡時期，こころ通常會在手提電腦上重看仁波切的教學影片，就算內容已經耳熟能詳，她也當為一種禪修方式去看，好讓自己的心神安定。到了晚飯後，我鼓勵こころ做點無聊事，和她一起坐在沙發上看一點完全不用精神的電視節目。到了十點左右，洗澡之後，再看一點書，做一點簡單的禪修，こころ便會上床睡覺。如果不是半夜氣促或者心悸，こころ的睡眠質素倒是有所改善。可是，氣虛的問題就是纏繞不去，而且最近又加上腿軟，活動能力大受限制，使她加倍地像冬眠的動物一樣，一天到晚躲在家裡了。這並不是一個令人樂觀的現象。

こころ禪修的時候，我並不一定加入。有時候我會陪她一陣子，在她身旁裝模作樣地坐著。但我其實並不那麼熱中修行，心理上也不那麼容易親近佛教，因為我畢竟是個天主教徒，從小就受天主教會的教育長大。我看了好些佛書，都是出於理性方面的探究。我基本上弄懂了佛教的義理，但卻做不到直觀的體驗，對於佛教的儀軌和觀修的法像，也難以達到情感的投入，極其量也只是從審美的距離加以欣賞。相反，縱使我已經不是一個虔誠的天主教徒，好久也沒有踏足教堂，但每當聽到那些從小就熟悉的聖詠，就算是唱得多麼的蹩腳，甚至連歌詞的音韻都滑稽地完全不合旋律，都會忍不住熱淚盈眶。

當こころ投入於禪修，我便在隔壁的書房動手寫こころ的故事。書房那邊的窗子看到的景物，基本上和睡房一樣。有時候眼睛離開手提電腦的屏幕，抬起頭來，漫不經意地和蔥蔥鬱鬱的遠山碰上，會產生剎那間的奇異幻覺，好像自己同時看到了こころ眼中所看到的，自己的視覺和こころ的視覺合而為一。再低頭望向電腦屏幕，那種和こころ的覺知融合在一起的錯覺一時間還未消散，剛才打下的文字就顯得有點陌生，好像那是另一個人打出來的一樣。又或者，那種陌生感其實源於熟悉。當理所當然的東西重新浮現出它的熟悉的本相，這種從前不覺知的熟悉自然會顯出短暫的陌生。

我發現こころ的領悟力比我更高，加上精進的用心，很快就在修行的道路上把我拋離。病情的加重不但沒有打擊她的信心，反而令她更投入內在的精神探索。也許就是這個原因，令她對醫藥方面的治療漫不經心。她似乎是打算為了靈性的追求，而放棄肉體的安康。對此我並不認同，但我找不到恰當的理由去勸說她。有一次她照樣坐在窗前禪修，我剛巧進房間拿一本擱在床頭的書，她突然頭也不回，背向著我說：

我們不應把困難或煩惱視為苦事。逃避或對抗也沒有用處。我們應該歡迎它、接受它、與它同行。所以，我應該感激我生了這個病。

我不肯定こころ是在跟我說話，還是純粹把她禪修的內容以聲音的形式外在化。我站在那裡，凝望著她動也不動的瘦削背影，過了半晌，才試探著說：

那麼，你不希望自己可以快點痊癒嗎？

那彷彿是投映在透明玻璃窗上的背影依然沒有移動半分，但卻有聲音反響起來，說：

希望和恐懼一樣，都不是終極的解決方案。

你是說，我們不應該懷有希望？

這時候，窗前的影子終於緩緩地把上半身扭轉過來，但因為背光的關係，依然是模模糊糊的一個影子。這次影子的聲音清晰地直接傳遞過來，說：

潘朵拉的盒子裡之所以留下了希望，並不是歷來所說的，為世人面對種種苦難留下了最後的一點點明光。相反，那是宙斯的陰謀裡最惡毒的一著。因為有了希望，人才被得不到的事物和達不到的理想所折磨，才有了無窮無盡的渴求和不滿。所以，和恐懼一樣，希望是削弱我們的力量的情緒。因為有所恐懼，我們才需要希望；但因為我們懷著希望，我們才無法拋開希望落空的恐懼。希望和恐懼是相生相成的。拉一個打一個，是沒有結果的。我們必須同時超越它們。

你是說你的病？還是甚麼？

こころ的影子沒有回答我。我只聽見她嘆了一口氣，嘴角好像隱約地微笑了一下，然後又把身子轉過去，面向著窗外。天空上灰灰的一片，完全區分不出時分。

數天後我陪こころ往C醫師診所複診。C醫師針對こころ腿無力的新症狀，調整了藥方，看樣子似是加強了，連那些補充劑也都全換了另一批。他強調我們要有耐心，因為こころ是屬羊的，而很快就會進入羊的本命年，她的問題將會繼續纏繞一段日子。命理的事我不太懂，只知道新的藥方吃了五天，こころ晚上幾乎完全站不起來。我宣告こころ和C醫師的蜜月期提早完結。我就像一個看著自己的女兒遇人不淑的父親，完全怪罪於那欺騙女兒感情的漢子。但是，把女兒推向這個不可信賴的男人的，不正是父親自己嗎？相反，這個受傷的女兒卻還為對方講好話，說：

不是醫師出了問題，是我們沒有信心而已。C醫師其實說得對。心病還需心藥醫。

34.

最近和こころ在快餐店吃早餐，都會碰到那個外表斯文的男孩。男孩約二十歲上下，大學生模樣，理一個清爽的短髮，穿著簡單而整潔的羽絨外套、格子襯衫和牛仔褲。本來就只是一個相貌清純的年輕人，沒有特別值得圈點的地方。我之所以特別留意到他，是因為他的姿態看來有點獨特。坐得筆直的腰身，微微地併攏著的雙腿，拿刀叉的巧手動作，再加上白皙的皮膚和細嫩的五官，給人一種女孩子般的陰性的感覺。這和時下青少年的粗魯、慵懶或者率性的作風，頗有不同之處。

再細看之下就會發現，男孩不但注重自己的儀態，對物事的安排和擺放也十分講究，甚至是執著。每次坐下來之後，他總會小心檢視餐盤在桌子上的位置是否正中，碟子、飲料杯子和刀叉的擺法，也得經過一番整頓，才能令他稱心如意地開始進食。男孩會一絲不苟地把碟子上的所有食物吃光，但動機並非出於像飢餓這樣的生理需求，或者像環保這樣的大道理，而是一種愛整潔的習慣。所以，用餐後他不會像其他人一樣留下一個亂七八糟的爛攤子便離去，而是會細心地把所有餐具排列妥當，甚至把刀叉擱在碟子上的位置反覆地進行微調，以達到心目中某種完美的秩序。縱使如此，男孩很明顯並不是一個對人尖刻無情或者對世界看不順眼的憤青。他的臉上總是掛著溫柔和順的神情，嘴角常帶善意的微笑，好像真的是天真單純地相信世界的美好，享受著每一刻的微小的福樂。遇上相熟的清潔大嬸跟他打招呼，問他：阿仔今日早了啊！他會以輕柔的聲線回答：是啊，今日早了！問他：阿仔今日吃煎蛋啊！他也同樣地回答：是啊，今日吃煎蛋！

每天看見這位一派澹靜氣息的男孩，真不能不說是一件稱心如意的事情。這位男生今天吃的是炒麵，喝的是凍檸檬茶。看著他津津有味地吃著炒麵的模樣，心裡油然生起尋常日子真不賴的感覺。我於是也回頭繼續品嘗自己的那碗牛奶麥片。

這時候こころ說要去一下洗手間。我問她：沒事吧？不是肚子不舒服吧？她搖搖頭，沒有多加解釋。洗手間並不在快餐店內，而是在商場走廊的盡頭。我說：吃完東西才去不是更順路嗎？你的腿又不好，還是等我陪你走過去吧。こころ對我的細心似乎不太欣賞，只是說：我慢慢走就可以，沒事的。你坐著看一會報紙吧，我很快就回來。我覺得也沒有必要為這樣的小事鬧意見，便看著她穿著紅色羽絨服的背影，緩緩地消失在快餐店門口。

こころ叫我看報紙，可能只是隨口說的，但我心中既然出現了「等待」的感覺，便覺得翻一翻報紙也是個不錯的主意。我從輕便背包中掏出今天的報紙來。這倒是個好像已經變得有點生疏的動作。自從去年十月，我便戒掉了在吃早餐時讀報的習慣。那時候不知怎的，一打開報紙就心煩意亂，食不下嚥，整天也持續陷於情緒低落。此後，報紙還是天天買，只是擱到每天的稍後才略翻一下，有時甚至原封不動就變成廢紙了。要看的話，也只是大概地過目一遍，對新聞事件有個梗概便是。至於副刊和時事評論版就更加是碰也不碰了。到こころ出現之後，情況就尤其如此。可是，這天早上，因為こころ偶然的走開一下和一句隨意的說話，我又重溫了那個多年的老習慣。

我把報紙在面前舉起，隨意地一打開，首先進入眼裡的是關於兩個參與早前的占領行動的「零零後」少男少女的訪問。兩位十幾歲的少年自稱為「覺醒的細路」，大概是繼「被時代揀選的細路」

之後的另一個說法。自從去年年底那場運動之後，彷彿已經進入了「細路」的時代，而所有的像我們這些「大人」，要不就統統成為了過時甚至是逆時代的產物，作為時代進步的路障而理應被剷除，要不就是紛紛放下身段，反過來去逢迎「細路」，懺悔自身作為「大人」的過失，宣示對「細路」的感恩和服從「細路」的帶領。大人都是自私自利的壞蛋，今天的惡果都是大人所造成的，而「細路」才是無私付出的正義之士，奮身為世界撥亂反正。這就是所謂的世代撕裂了吧。我覺得自己越來越跟時代脫節了，變成了一個完全落伍的人。那些事情，好像跟自己完全無關似的。又或者，就算是有關，自己對當中的任何一方也找不到共鳴，甚至連反感或者憤怒也說不上了。有趣的是，寫這篇報導的記者似乎想特別強調，那位少年以生病為由，在原定受訪前一小時突然取消訪問，而那位少女則因為睡過了頭，而令記者等了她兩個小時。

我也許當時搖了搖頭，也許沒有，總之是在感嘆之中把報紙放下來，甚至有點悔恨做了看報紙這回事。在報紙從視線前方移開的一剎那，我面前首先展現出來的是一個女子的身影，然後再聚焦為一張女子的臉。我赫然一驚。坐在我對面的位子上的，不是こころ，而是安賽。

其實第一眼我沒有認出她是安賽。面前的女子看來跟一向的安賽完全不同。我所認識的安賽一直都是一副女大學生的模樣，夏天一律T恤短褲，天涼了就加一件格子恤衫，再冷一點就胡亂在外面套一件毛衣，換上牛仔褲，而腳上不是拖鞋就是布質運動鞋。眼前的女子穿著質料上乘的藍白直條子襯衫，胸口敞開著兩顆鈕扣，露出掛在脖子上的細金鏈和十字架墜子，雙臂在胸前交叉抱著藍色的西裝式外套，無意間令豐滿的胸部線條更形顯著。而最為不同的是，女子戴著一副大黑框眼鏡。我不知道安賽有沒有近視，也許她一直戴隱形眼鏡也說不定，但我從未見過安賽戴上眼鏡。不過，細看之下就可以斷定，眼鏡應該是平光的，因為這麼大塊的鏡片完全沒有厚重之感，也沒有令鏡片後面的眼睛和臉面變形。加上鏡框本身甚為纖巧，並無障礙本來的面貌，反而令整個的輪廓和五官變得更加清晰，線條更加分明，高鼻子顯得更高，而大眼睛也顯得更大了。原本已經非常白的膚色，在黑色鏡框的對比下更形雪白，而經過化妝之後又增添了一層亮麗的色澤，再配上染成淺棕色的大鬈曲長髮，令安賽看起來更像西方女子。我一直懷疑安賽有西洋血統，但卻沒有向她求證。

眼前的安賽，無疑是一個成熟女人的打扮。因為被完全殺個措手不及，我一時間不懂反應，只是瞪著眼睛，呆呆地望著她。也許，這個時候應該說出「這麼巧啊」、「許久沒見」、「近來好嗎」之類的開場白來打開話題，但是誰也沒有採取主動。她的神情，甚至沒有偶遇的驚訝，而好像根本就一直和我對坐著吃早餐的樣子。她瞥了一眼攤開在兩人之間的報紙，像是延續正在進行中的聊天一樣，說：

「覺醒」並不是這麼輕易的事情吧。

我一時接不上來，腦袋就像死了火的引擎，唯有做著重新點火的動作，說：

嗯，的確是想得太簡單了。

誰都隨口說自己「覺醒」，又急於去叫醒別人。

對於安賽這樣說，我感到有點意外，但也乘著她的思路發揮下去，說：

是的，「覺醒」這個詞被濫用了。

我也曾經是那些濫用者之一吧。

好不容易啟動引擎，安賽卻突然把話題扯向自己，我不得不連忙又煞了車。我不知道她這樣說是自嘲，是自省，還是暗藏對我的挑戰。在弄清楚之前，我覺得最好還是按兵不動，不要隨便引起爭端。我嘗試把話題拉開，說：

這個詞，還是用在宗教上比較恰當。

宗教上？

「覺醒者」，就是佛陀的意思。除了佛陀，誰敢說自己真正覺醒？

那覺醒就真是太難了。

安賽嘆了口氣，臉上竟流露出微微的失落。據我有限的觀察，眼前的安賽的性情完全變了。她的語氣變得非常溫和，甚至有點脆弱，完全沒有從前的攻擊性。不過，與此同時，她的人也變得漂亮了。她這一身的肉軀，應該是力與美的表現才對。但是，目下的安賽雖然衣著醒目光鮮，但卻散發著無力感。她突然告訴我她病了。

不好意思，我最近身體有點不舒服。

我不知道有甚麼不好意思的地方，但照樣把訊息接收了，也很自然地回應說：

是嗎？不會是去年進醫院的問題吧？

那次，你還記得啊！

怎麼會不記得呢？

我說話一出口才懂得心驚，恐怕她立即便要對我當時的冷漠無情大興問罪之師了。怎料安賽不但沒有追問下去，反而說：

那次實在太感謝你的照顧！我真是帶給你太多麻煩了！

沒有，別這樣說！

安賽沉默下來，低垂著眼，望著餐盤內こころ還未吃完的半隻煎蛋和半碗麥片。不知怎的，我忽然想像著安賽拿起刀叉來，把那半份早餐慢慢吃完的樣子。在這樣的事發生之前，我又開口說：

那麼，是心有事嗎？

安賽抬起頭來，一雙無辜的大眼睛在通透的眼鏡片後面眨了眨，眼裡像是流淌著困惑，又像是滿溢著說不出的悲傷。

是心嗎？也可以這樣說吧。

她語焉不詳，也不知是刻意的，還是有甚麼隱衷。

有沒有看醫生，或者吃藥？

安賽又再把看著我的眼睛垂下，彎彎的睫毛微微地顫動著。

有用嗎？

她的聲音近乎是絕望的了。

我沒法把她的問題探出來。又或者，一如以往，我不敢也不願意把它探出來。我又一次任由安賽向我發出的求助懸空，就像沒有人接聽的電話，或者沒有人開門的門鈴。但奇怪的是，這次安賽卻沒有追迫下去，只是保持著那欲言又止的姿態。那樣子又令我忍不住想探問下去了。但我採取的是迂迴的策略，以旁敲側擊的方式說：

你今天的打扮和以前不同。是嗎？不是比以前漂亮嗎？

是的，比以前漂亮。

我以前很難看，對吧？

不，只是比較隨意。

為了去面試啊。

面試？

找工作。

我作了屈指數算狀，說：

你才二年班吧。

不，我已經四年班，過了這個學期就畢業了。你不會不記得吧？

我點著頭，以微笑掩飾臉上的空白，心裡卻搞不通是哪裡出錯。安賽繼續說：

那家公司在粉嶺工業區那邊，所以我便到這裡來了。

原來是這樣。

我說完這一句，就無以為繼。頓了半晌，突然記起甚麼來，才又問：

但你不是念文化研究的嗎？

安賽以一種不明所以的眼神回望我，說：

那有甚麼關係？

我不知道安賽這句話有沒有特別的意思。也不知道這究竟代表，安賽已經全然拋棄文化研究這個學科所宣揚的理想，全盤推翻昨日之我的信念，還是在縱使依然確信的情況下，礙於情勢的無望而無奈地向現實屈服。我也沒有追問那是甚麼公司和她應徵甚麼職位。此等事情在我心中都沒有任何分量，是這是那也差別不大。對我來說，最大的也是唯一具有意義的差別，是安賽很快便不是一個單純的學生，而是一個在商場上班的職業女性了。也即是說，安賽不再是一個「細路」，而要成為一個「大人」了。這讓我感到了巨大的悲哀。加上她說身上有病，進入職場肯定會令她的病情惡化，到時將不知如何收拾。相反地，如果進入職場反而成為她的治病良藥，令她轉化為一個健全的、硬朗的、適者生存的「大人」，那可能是令我更感恐怖的事情。問題是，難道我能終於伸出我的「援手」，攔阻她走出人生最為正當的一步，而把她推往不知有何結果的歧途嗎？而且，我又憑甚麼覺得自己可以這樣做呢？於是，一個重大的話題又再無疾而終了。我再轉而言他，說：

你剛才有沒有見到こころ？

當然有，我就是在外面碰到她，才知道你在這裡的。

所以你和こころ，是真的認識的了。

你這樣說真是奇怪。

安賽蹙著眉，搖了搖頭，樣子竟然可以說是可愛的。我傻笑著，聳了聳肩，也沒有就這問題糾纏下去。沒料到安賽看了看手表，立即就起身說要走了。更沒料到的是，我竟然覺得有點可惜，甚至是不捨。而最沒料到的是，當安賽臨走前躬著身子向我說，有空打電話給她，我的心竟然又感到了猶如冰霜解凍的暖意和踏踏實實的釋然。我點了點頭，向她回以一個通電話的手勢。我看見她下身穿著和西裝外套搭配的藍色短裙，腳上的黑色高跟鞋則把腿部的線條拉長。那和從前趿著拖鞋而帶點小胖的雙腿，又是完全兩樣。

從安賽轉身到她的背影消失在快餐店的門口，我的目光也沒有從她的身上離開過。過了約莫半分鐘，こころ就從那門口走進來，回到她的座位上去。我沒法制止自己在心裡把眼前的こころ和不久前才坐在同一位置的安賽作出比較。但這很明顯是毫無結果的事情。我以確認事實的口吻說：

我見到安賽了。

甚麼？幾時？

こころ的驚訝出乎我意料之外。

剛才啊！就在這裡！

こころ立即半站起來，四處張望，好像不相信的樣子。我覺得很奇怪，剛才安賽明明說碰到こころ的。我正想向她問清楚，こころ後面就發出了一陣騷動。

有一位大嬸不小心把手裡捧著的餐盤弄翻了，一杯熱奶茶就這樣傾倒在別人的餐盤上，而這個不幸的人，就是那位愛整潔的男生。只見他面前還未吃完的炒麵碟子裡，盛了滿滿的咖啡色液體，而他自己的那杯凍檸檬茶，也被撞翻而像瀑布一樣從桌子的邊緣下瀉。男孩的衣衫和臉部也有多處被濺濕了。那可憐的少年半站起來，拿著已經浸透了污水似的餐紙，徒勞無功地這裡抹一下，那裡抹一下，顧得面前的餐盤又顧不了自己的衫褲。最後，終於發現眼前的局面無法挽救的時候，便頹然地跌回座位上，張著顫抖的雙手，漲紅著臉，強忍著痛苦的表情，對那位冒失的大嬸的道歉也完全充耳不聞，只是自己在口中念念有詞地說著甚麼。他大概是處於崩潰的邊緣了。

清潔工們連忙拿著地拖和抹布從另一邊趕過來了。

35.

在停了C醫師的藥之後，こころ的病情並沒有好轉。不同的方向都已經試過了，而又都沒有效用，一時間便感到束手無策。這時候，插畫家朋友W在手機上傳來了問候，想約我出來一聚。我自然又以身體不適為由，推搪了一番。W細問我生病的細節，我便把こころ的病情當作答案告訴了她。這時我才想起，W對於各種非傳統的療法很有經驗，就算身體明明沒有甚麼問題，閒來也喜歡尋幽探祕，親身嘗試不同的東西。自然療法和脊醫等不在話下，甚至靈性治療、催眠治療、聲音治療、花藥治療等等新時代玩意，她都熱烈擁抱。所以，在這個沒出路的情況下，也許W可以給我們指點迷津。W果然很熱心地提出了意見。她說她最近在接受針灸，有一個L醫師不錯，做了之後心情變佳。我心想，針灸可以醫治情緒病，我還是第一次聽。不過，聽來是個不錯的建議。至少不是那些需要透過通靈去清洗前生罪孽之類的奇怪東西。

我按著W給我的那位L醫師的電話，為こころ預約了時間。在打電話後的第二天中午，我便帶著こころ，坐上了往九龍的火車。こころ的病情，已經去到要用行山杖幫助走路的程度。為了確保有位子，我們坐了頭等車廂。因為無法解釋的新病狀，こころ的情緒低落，對於即將去看的針灸治療，談不上有甚麼期望，倒是感到有點緊張。在火車上我和她各用一個耳筒，聽著手機播放的《郭德堡變奏曲》。那是顧爾德於一九八二年錄製的版本，音質清晰，彈法獨特，粒粒音符也叮噹入耳，絕無含糊的地方，就算用耳機聽也非常適合。至於他的處理有何音樂藝術上的過人之處，則是我這個門外漢所不能多說的了。早前從新加坡回港的那程飛機，こころ就是靠聽它來穩住情緒，不必再服用鎮靜劑。當專輯連續重播了三遍，航程就安然完成了。由粉嶺出九龍，則只需聽到一半。另一半，可以留待回程時聽。

我們在旺角東站下車。針灸診所在彌敦道，本來從樓梯直接下到弼街，是最接近的路線，但是こころ的腿既乏力又不靈，根本無法走樓梯，於是我們取道架空行人走廊，繞了一個大圈，從另一個方向折回去。躋身在人潮之中，望著那條長長的走廊，こころ幾乎完全失去了信心，聲音顫抖著說：我怕我走不到了！我說：行的！慢慢來！當時心裡想，要是她中途倒下來，我就拚了命背她前去吧。結果那條三四分鐘的路途，我們走了十幾分鐘。在走廊的盡頭，有升降機代步。下了升降機，就是彌敦道和旺角道交界了。

醫館的地址不難找，就在一家銀行樓上，但要先爬十幾級樓梯，才到達升降機大堂。我與其說是扶著こころ，不如說是把她抱著上去的。那是一棟舊式大廈，所謂大堂只是一個連十人也擠不下的狹小空間，升降機倒是有兩部。我們去到指定的樓層，一出來，就看見其中一個單位門外，掛著「原元堂」的招牌。我想起C醫的診所「神方農本」，心想現在的中醫館都時興這種既有氣勢但又耐人尋味的名堂。

按了門鈴，電動門鎖「卡」一聲被打開。推門進去，裡面是個光亮的小單位，迎面的牆上掛著一面兩尺乘兩尺見方的醫館寶號浮雕，「原元」二字的篆書垂直在正中，以優雅的花朵圖案襯底，外面圍以藤蔓紋的圓圈。名牌浮雕呈淺棕色，不知由甚麼物料造成，看質感既像是石，又像是木。

我猜如果是石，則未免太重，更可能的是塑料。在名牌下方，置一小木桌子，上有簡約的泥色直紋陶瓷花瓶，瓶裡插著三朵成品字形的黃色金繡球花，下面托以深綠色的心形葉瓣，上方則散開兩枝橙紅色的天堂鳥，再以數條筆直的長形綠草襯底。一看就知道，是經過精心布置的。接待的小櫃檯在左邊，檯面一側有一盆蝴蝶蘭，共兩棵，每棵彎彎地伸出十來朵白花，是和我家種的同一品種，但更為壯觀。櫃檯後面坐著一位穿著白袍子，留著咖啡色短髮的中年女士，應該是接電話登記的那一位。我們報上名來，對方便請我們坐下來等一下。一路上扶著こころ，我自己也不覺氣喘如牛，手腳痠軟了。我決定自己也掛個號看看病，一方面可以陪著こころ為她壯膽，另一方面也想了解一下針灸是怎麼的一回事。

整個候診室只有六張椅子，格局甚小，但簡單整潔，令人舒適。那位接待女士又提醒我們，後面有茶水間可以飲水，也可以考慮先上廁所，因為針灸全程需時接近一個小時。我們在靠近櫃檯的兩張椅子上坐下來，在我們正對面就是治療室。從門外看進去，只看見一些微微晃動著的淺藍色簾子。針灸大概就是在簾子後面進行。在治療室門口處，坐著另一位中年女子，同樣留著那樣子的染成咖啡色的短髮，也同樣是穿著白色袍子，差別只是先前那一位高瘦，而這一位較矮胖。房間內發出報時器的「嘟嘟」聲響，矮胖女子連忙起來走進去，大概是負責拔針和善後工作的診療助理。

除二人之外，一時間未見醫師現身。掛在牆上高處的電視機，正播放著賽馬節目，音量調校得剛剛可以聽到的程度，所以感覺還是頗為寧靜。在等待期間，陸續有人按鐘。不到五分鐘光景，斗室內的六張椅子都坐滿了。其他病人都是女性，除了一位較年輕，其他大都中年或以上。當中三人像是熟客，一進來和診所的人見面就呱呱大叫地打招呼，四周頓時熱鬧起來，完全不像一個看病的地方。我和こころ相望了一眼，對身處的情景感到有點新奇，又有點困惑。正當一個疲倦的微笑從こころ的臉上綻開，治療室內傳出了一個女人的淒厲叫聲，把我們嚇了一跳。可以看見，こころ的臉容迅速轉為驚恐，蒼白的臉色更開始發青。那淒厲的叫聲就像有人被處以極刑，而且不止一聲，而是一聲未停，一聲又起，簡直就是淩遲處死了。奇怪的是，在場的其他人，不論是診所人員還是病者，都若無其事地繼續聊天，就像一群冷血動物一樣，對他人的痛苦一點也不表示同情。當叫聲去到高潮，有一個胖婦人還笑了出來，說：這個人一聽就知道是M啦！喂M，你死得未呀！其他人聞言也發出了歡樂的笑聲。在笑聲中，一個同樣也是留著短髮（不過是未經染色的純黑）、戴一副貓頭鷹眼鏡的年輕小伙子，晃著一身的白袍，氣沖沖地從治療室跑出來，聲如洪鐘地說：你這個殺豬一樣的女子！我今天還買了一場馬未開跑，別趕走我的好運氣啊！櫃檯的高瘦女子隨即跟小伙子說：有新症。我和こころ立即面面相覷。

診症在櫃檯後面的小房間內進行。房內只有一張書桌和三張椅子，角落裡有一台狀似冰箱的電子儲物櫃，上面放著微波爐和一些盛食物的塑膠盒子，另外還一部自動咖啡機。在L醫師位子後面的牆上，掛著一副匾額，上有草書四字，我猜好像是「小L飛針」，看來不像普通的「XX聖手」那類贈匾那麼沉悶，但似乎又略嫌太刺激了。眼前的這位小L醫師，其實是一位女士，但人品和樣貌也像極一個小伙子。初看以為她很年輕，但細看又覺至少剛屆中年。她的聲線響亮，廣東話發音字正腔圓，似是正宗廣州人士。我們後來才知道，她確實是內地人，後來才到香港來的。她出身醫學世家，父親是中醫，母親是西醫，從小在醫院宿舍長大，學醫的時候中西兼顧，曾在內地行醫多年。不過，在第一次見面的時候，不論是我還是こころ，都不免滿腹孤疑。

問診的時候，こころ親自說了病情，但後來氣力不繼，我也幫她作了補充。主要是交代了之前看過甚麼醫生，得過甚麼診斷，服過甚麼藥物。L醫師跟之前的C醫師完全不同，不作任何玄奧中醫學理論的發揮，一開腔就單刀直入地說：你這個病叫做肌肉無力症，對西醫來說是不治之症，就算中醫也沒有辦法根治。主要是你的腦袋自行產生出一種物質，令你的全身肌肉變得不靈，漸漸地對肌肉運動失去控制。至於你的免疫系統為甚麼會出現這樣的變異，到現在也找不出原因。免疫系統本來是用來抵禦外來威脅的，但現在它卻反過來針對自身。你這種病人我見過很多，病程十分反覆，有時會好轉，但也會突然惡化。如果去到肌肉萎縮，累及呼吸肌，就會出現危象。不過，針灸可以幫你對抗它，讓你的身體機能靠自己慢慢恢復，然後盡量防止它復發。當然，我說過，現在是沒有任何辦法去根治它的，所以，將來如果你遇到甚麼巨大刺激，它就會隨時再來。

L醫師說著的時候，我看見こころ擱在大腿上的手已經顫抖起來了，而她的臉也像被放光了血和拔光了毛的死雞一樣，呈現難看的青白色。至於我自己的腦袋，則好像被金屬硬物擊中一樣，除了陣陣發痛，還迴盪著嗡嗡的聲響，致使L醫師向我問診的時候，我的腦袋依然一片空白，幾乎甚麼也說不出來。後來就勉強說了些頭痛呀、失眠呀、氣虛呀之類的空泛的病徵。這次L醫師再沒有作出猶如世界末日的宣告，只是當作一般調理身體的個案處理，就把我打發了。

こころ和我隨即被帶往治療室。那個不大的房間被質料輕薄的淺藍色簾布分隔成兩排共十個空間，每張簾幕後面都有一張治療床。こころ被安排到左排最裡面的位置，而我則在她隔鄰。我聽到那位矮胖女助理提示こころ說，把衣服脫剩胸圍和內褲，然後臉朝下躺到床上，到時會再幫她蓋上毛巾。我聽後自然照辦，上身脫光，但因為穿的長褲比較鬆，就沒有除下，只是捲起了褲管。床上近簾幕入口一側有一個洞洞，讓人俯臥時把臉塞進去。我是第一次試這個東西，感覺有點兒滑稽。我躺下來之後，還聽見隔壁こころ窸窸窣窣的在脫衣物的聲音。後來靜止了，就知道她也以像我一樣的姿勢躺下來了。女助理在外面問我們準備好沒有，こころ在那邊輕輕應了一下，聲音聽來好像有點顫抖。女助理掀簾進去給こころ蓋了毛巾，轉身又過來給我蓋了。四周忽然靜了下來，就像死囚等待行刑似的一片死寂。我低聲問こころ怎麼樣，她只是嗯了一聲，沒有答話，看來是非常緊張了。

不久便聽見L醫師大步流星地走進來，問了女助理一聲人在哪裡。女助理說了兩個號碼，就聽見旁邊的簾子被拉開。L醫師以出乎意料地溫柔的聲線，問こころ是不是很害怕。但還未聽到回答，語氣又突然轉為驚訝，說：嘩！你的脊椎側彎相當明顯啊！我想，大概是剛揭開毛巾，看到了こころ的背部。只聽見こころ微弱而遲疑地說：有關係嗎？醫師則響亮而肯定地回答：沒有！至少跟你現在的病無關。接著，像個百變相聲表演者一樣，語調又變回輕柔，詳細解釋了針灸的做法。首先會先在背上脊椎兩邊的穴位施針，再加上在小腿後方和腳跟處。針會留在背面二十分鐘，然後起針，轉身，在正面腹部和左右小腿再施針。她說這樣做一方面是加速身體的新陳代謝，另一方面是激活氣血的運行，刺激肌肉的反應，就好像把引擎重新點著。醫師又指示說，在得到針灸的支撐底下，こころ必須每天作步行鍛鍊。開始的時候盡量連續走三十分鐘，逐步增加至四十五分鐘，讓肌肉的能力慢慢恢復。在講解完原理之後，我聽見こころ問是不是很痛。L醫師說：說不痛是騙你的，但事實上最難受的感覺不是刺痛，而是痠脹的感覺。那就是穴位被刺激的感覺，是正常的，不用害怕。醫師還未說完，就聽見こころ發出一聲強忍著的呻吟。我知道こころ一定不會像先前那位病人一樣放聲慘叫，但她那壓抑著的哀鳴，聽了更教人可憐。醫師似乎是一面下針一面繼續和こころ說話，以分散她的注意力。只聽她又說：你喜歡的話，其實可以盡情放聲呼叫，我是不介意的。不過，你叫出甚麼都可以，千萬別亂叫強姦和殺人，要不弄到鄰居報警，差人上門就大件事了！頓了一下，又說：不如我陪你一起叫吧！接著，以兩三秒的間隔，就傳出了こころ的低吟和L醫師鬼哭似的尖厲聲音的合奏。矮胖女助理在外面評論說：嘩！簡直是二重唱啊！最後，我聽見L醫師像多重性格患者一樣，又轉回溫柔的聲線，說：對吧！不是太可怕吧！可以了！現在加一盞發熱燈照著你背上的穴位，加速氣血的運行。夠不夠熱？太熱嗎？好的，弄高一點。可以了嗎？好的，放鬆全身，慢慢休息二十分鐘！如果只聽後面這一段，L醫師真可說是世界上最溫柔體貼的人。

然後，就輪到我了。我因為一直俯臥著，把臉塞在床上的那洞洞裡，所以只看見擱在床底地板上的自己的一雙咖啡色行山鞋，和L醫師在床沿動來動去的一雙有著金黃色紋飾的黑色球鞋。L醫師以比較簡略的版本重複了剛才的入門介紹，對我的語氣好像也沒有那麼柔和。我因為有了心理準備，反而並不覺得太難受，只是近腰部的位置令我也忍不住哼了幾聲。不過，當我想像到那些尖銳的小針，一根一根無情地扎進こころ幼嫩的肌膚的時候，我反而自體內深處生出了一陣顫抖。那與其說是皮肉的痛楚，不如說是心痛了。不過，我也慶幸自己選擇陪伴こころ承受了這一切，對她的苦楚感同身受。我不知道這可否令她覺得好過一點。我這邊完成後，聽見こころ在簾子另一邊跟我說：你怎麼了？我說：還可以。她又說：我覺得自己變成蝴蝶標本了。她這麼的一說，我的腦海中便彷彿看到こころ纖薄的裸背上插滿了針子的情形，心中生出了無限的哀憐之意。

可是，治療室的狀態容不下任何卿卿我我。不一會，排在我們後面的幾位熟客便進駐不同的床位，嘰嘰喳喳地作全方位的聊天和喊話。而和她們非常相熟的L醫師和女助理，甚至是在外面櫃檯坐鎮的高瘦女子，都加入了戰團，時而交換吃喝、投資和旅行情報，時而互相嘲笑和挖苦。有時也會認真地訴說工作和家事之苦，互相出謀獻策和交換意見，有時卻又是徹底地廢話連篇，渾話不絕。不知怎的剛巧聊到L醫師的學醫出身和行醫經歷，有人便問她當醫師的志向，她的回答是：我沒有志向！我的唯一志向，就是食飽飯躺在沙發上等死！若不是能夠看透背後的某種務實和不喜高調的人生態度，以及維繫病人和醫師間毫無隔閡互相信任的用心，真會被這種胡鬧的氣氛嚇壞，甚至會以為自己不慎進了一家黑店了。

因為彼此十分熟悉，無論醫護和病人都互相以英文名或綽號稱呼。我聽了半天，才知道「大姐」就是外面掌櫃那位高瘦女子，至於另外此起彼落的Coco和Yoyo兩個名字，由於十分相似，我始終搞不懂哪是L醫師而哪是矮胖女助理。無論是Coco還是Yoyo，作為一位醫師的稱號，似乎也不太讓人有信心吧。但客人們似乎都甘之如飴，可見這個診所的價值觀相當另類。病人方面，也有叫李太、林太的，也有叫英文名的，也有叫做靚姐姐或者大眼姐姐的。我和こころ是新人，又比較內向和拘束，大抵也不會有放開懷抱加入街市行列的一天，而只會做個永遠的旁觀者吧。

另外，大姐、Coco和Yoyo的關係也相當耐人尋味。三人論年紀應是叫做Yoyo的助理最大，大姐次之，稱為Coco的L醫師最小。見諸三人互相對待的隨便程度，已經超越了老闆和員工的階級關係。事實上誰才是老闆也很難說。起先我以為醫館老闆順理成章是醫師自己，但細看之下話事的又像是掌櫃的大姐。而三人的外形又同屬一格，連髮型都非常相似，令我懷疑她們是一家人，或至少有某種親戚關係。在大夥兒的交叉聊天中得知，她們三人甚至會一起去旅行，親密程度可想而知。不過，這些暫時都不便提問，只能繼續觀察下去。

要撐二十分鐘原來並不太難。L醫師來給こころ做正面的時候，こころ的叫聲比剛才更慘烈。我後來才知道，她的兩條小腿上共施了二十針，加上腹部的六針和手臂的四針，可不只是蝴蝶標本，簡直就成了一個箭靶了。這次，こころ隔著簾子的感想是：我現在終於知道，耶穌釘十字架是多麼的偉大了。原來，有兩針是釘在她的腳面中間的。我正想說點甚麼回應，外面又突然一陣起鬨。大姐嚷著：開跑了！開跑了！L醫師立即從治療室奪門而出，大叫：三號！三號！而其中一些簾幕後面，身上被插滿針子的病友，就以復仇者的怨毒合力高呼：三號輸！三號輸！三號輸！我們幾乎是置身馬場之中了。Yoyo姐又作出即時評論說：Coco你看你真是不得民心啊！

本來第一次針灸的事情就在這裡結束，但是，當接近尾聲Yoyo姐在給我拔針的時候，我聽見在我的左鄰來了一位新病人。（以仰臥來說，こころ是在我的右邊的。）這也沒有甚麼稀奇，病人總是一波又一波地輪替的。問題是，我覺得那位女子的聲音有點像安賽。可是，當我想確認的時候，女子又停止了說話。往後就只聽見她在受針時發出的低低的哼唧。我無論如何也沒法以這種聲音去辨別她是否安賽。而不知怎的，一直唱大喉似的Coco醫師在診治這位病人的時候，卻格外地壓低了聲線，好像在說甚麼不可告人的祕密似的。於是就只聽到簾幕後面的喃喃細語。我就算故意延緩速度，也終於穿好衣服了。而經過鄰床的時候，我真的有一剎那生起伸手偷偷掀開簾子看個究竟的衝動。當然我不可能這樣做。我搖了搖腦袋，覺得自己實在太多胡思亂想了。

こころ已經在外面等著。我們跟大姐預約了之後兩個星期的診期。こころ須每星期連續來三次，而我為了陪她，也同樣約了時間。賽馬直播還在進行中，剛才那場L醫師似乎是輸掉了，但診所一切回復正常，好像甚麼都沒有發生一樣。

在搭電梯下樓的時候，こころ突然又變得憂心忡忡，說：

我不會死吧？

不會的。

在完全沒有理據支持下，我唯有這樣說了。但這對こころ的安慰作用有限。

但醫師說，這是不治之症。

但她也說針灸可以對抗它。

那不是前後矛盾嗎？

先試試針灸再說吧。

我也不知道可以說些甚麼了。對於這項宣告，我也沒有心理準備。大家於是就沉默下來。

針灸之後，こころ就算不依靠行山杖，也可以慢慢走路了。只是走的時候，受過針的部位還是痛，但卻是一種刺激性的痛，好像越痛就走得越有勁。這真是一件奇怪的事。

回程的時候，我們照樣坐了頭等。我沒有把好像聽見安賽在隔壁的事告訴こころ，因為實在是太荒謬的想法。在こころ獨個兒繼續聽下半部的《郭德堡變奏曲》的時候，我拿著手機，生起打個電話給安賽，或者給她傳個訊息的念頭。但我當時沒有這樣做。我又開始上網搜尋肌肉無力症的資訊了。

36.

經過兩週共六次的針灸療程，こころ的狀況得到了明顯的改善，基本上不必倚賴行山杖，也能自行慢慢走路了。我們恢復了每天早上到公園散步，而且有了更明確的目標。連續行走的時間，由最初的十多分鐘，慢慢增加至半小時。看來再過不久就可以達到L醫師開出的四十五分鐘的指標。大家都對此感到興奮和樂觀。但是，那個肌肉無力症的判斷，還是像大石似的壓在心頭。如果真的患上了這個病，就算短期內有復甦的跡象，長遠來說還是沒有希望吧。這個時候，こころ就會拿出那番必須同時放下恐懼和希望的道理，去說服自己不存希望並不是壞事。我不知道こころ是否能真心信服這個道理。對我而言，這就像不求好成績而去努力溫習一樣，與人之常情頗有互相違背的地方。我心中還是暗暗地希望，L醫師的斷症錯誤，但療法正確。這當中的矛盾，我卻顧不得這麼多了。

晚近的天氣，好像也配合著こころ的復元而帶來了佳音。自一月中以後，天氣沒有更進一步寒冷，日間溫度一般都上升至十七、八度，加上時常充沛的陽光，以冬天來說可算是相當和暖了。這給人一種最大的難關已過，最惡劣的境況已經克服的舒懷感。好像唯一要做的事，就是等待春天的來臨了。可是，在這樣美好的時刻，卻傳來了E教授的死訊。

我和E教授不熟，見面次數不多。E教授在H大學的比較文學系任教，兼且是系主任，而我是那裡的畢業生。不過，她是在我畢業後好些年才到任的，我們在系裡的日子沒有重疊。我之所以跟E還算拉上一點關係，是因為幾年前在倡議成立香港文學館的過程中，E教授是其中一位熱心支持者，所以大家有過一些商談的機會。去年民辦的文學生活館成立，在開幕慶祝會上，E也有到賀，當時還出錢買了我拿出來籌款義賣的一本絕版舊作。那本書我當時出價五百元。我還記得E因為發現錢包不夠現金而像一個擔心買不到心愛之物的小女孩那樣焦急起來。那是我最後一次見到E。其實E只比我年長不到十歲，對我來說還未到老師級，但卻肯定是師姐級的人物。我不太清楚她在學術上的成就，但聽過她的演講，覺得她是一位自信甚強、說話鏗鏘的學者。但私底下談話，感覺又好像不那麼強勢，而是有商有量的那種對象。像E這樣的躊躇滿志的人，在這個如日方中的年紀，在學院中這個舉足輕重的位置，肯定還會指望著有一番作為吧。可是，自從確診患上肺癌之後，不到一年就去了。

我想起我在比較文學系的一位老師M教授，去年同樣因為肺癌去世。我跟M教授念的是英國小說，她當時剛從英國回來不久，年紀最多三十幾，上導修課時永遠菸不離手，一派留洋年輕女學者的風範，讓我們這些本地傳統中學培養出來的書呆子看傻了眼。我記得有一次她的菸剛好抽光了，像是大病發作似的迷迷糊糊，語無倫次，課也上不下去。後來她忍不住開口問學生身上有沒有菸。清純的我們面面相覷，比答不出誰是《印度之路》的作者還要羞愧。她於是手忙腳亂地掏錢包，指派我立即去校外的士多給她買。我像緊急救援似的，飛奔著把菸買回來了。對於從來不抽菸的我，那是我人生中唯一的一次買菸呢！幸好不負老師所託，沒買錯牌子！只見她抽上一口之後，就像久旱逢甘露一樣，頓即回復神采，又再侃侃談起吳爾夫或者喬哀思等等了。M教授後來轉攻漢英翻譯，也闖出了一番成績，成為了另一間大學的翻譯中心的創辦人兼主管。大約是二〇〇〇年前後，她曾經患上乳癌，治療後康復，也戒了菸，但腦袋好像比從前更好，人也更有幹勁。沒料到十多年後，又得了個肺癌，也許跟年輕時猛抽菸有關。M是個滿腦子大計和奇想的人，也是個同時拚了命做幾十件事的人，可想而知，在她臨去之時，肯定有許多未竟的大願。

提到肺癌，當然不會忘了前年去世的文學前輩Y，而Y除了是詩人、小說家，也是一位學者。不用說，他也是帶著一身未完成的個人寫作和文學研究計畫離開的。Y和M年紀相若，也是我學生時代學系裡的老師。雖然很多人以為我是Y的學生，但我其實沒有正式修過Y的課。不過，當初Y把我的小說推薦給報紙副刊，對我多加提攜，而我亦深受Y的作品的影響，所以私下把Y視為我的啟蒙老師亦無不可。不過，基於後來雙方的種種誤會，大家的關係漸漸疏遠，而到Y離去之後，我也沒有機會再做些甚麼修補了。

想到當年的比較文學系，已經作古的還有一位低我一屆的師妹W。她應該也是前年去的吧。是甚麼癌症我就不太清楚了。W有那種典型名女校出身的好教養、好品味和好英語能力，但也有她個人的獨立和反叛性格。她畢業後當上時裝雜誌編輯，後來成為時尚潮流女皇那號的人物，徜徉於種種美物潮物的世界裡，結過婚，獨力撫養一子。我和她本來就不熟，後來也沒有聯絡。唯一的一次見面，是在一九九九年的時候。我當時靠每週翻雜誌，加上憑空構想，以潮流物品為題材寫了九十九個故事，合成一書。剛巧這本書的設計又十分奇特，紅色的長長的開度，狀似拿在手中的裝飾品多於可以認真讀的書。（這就是上面說的E教授差點買不到的那本義賣絕版書。）內頁設計的眼花撩亂就更不用說了。W看了這本書卻很合口味，知道作者是我這個舊同學，還以為我原來是個祕密的拜物教同道中人，邀我到她的電台節目接受訪問。在真正的潮流女皇面前，我當然不敢造次，把自己的偽裝統統供認不諱。我和她雖然都是念比較文學出身的，但畢業後走的方向卻完全不同。我們的殊途，因為這個偶然的誤會而輕觸，之後便再沒有相接過了。聽到她的逝去，最為震驚，不但因為她的年輕、聰慧和漂亮，還因為我們是同代人。我忽然感悟到，死亡是終極的同歸之處。

想不到，E教授的事令我勾起了這許多心緒。我收到消息的時候，剛剛陪こころ做完一次針灸，正在醫館樓下的一間新式茶餐廳吃下午茶。茶餐廳向街的一面全是落地玻璃窗，採光甚佳，但也有點兒刺眼。桌椅和裝潢是那種裝作舒適優雅，但結果卻只成堆砌和雜亂的粗俗品味。除了舊式茶餐廳的食品和飲料，還提供了中、西、東南亞和東洋等幾乎是世界性的各式美食，光看餐牌就已經頭暈目眩了。我們只要了簡單的火腿雞蛋三文治和熱奶茶。

在吃東西的期間，我跟こころ講了E教授的事，還有近年的這些死訊。文學館的朋友在互傳訊息，有人貼了E住院期間畫的畫，在畫中抄了出自《心經》的兩句話：「心無掛礙，無掛礙故，無有恐怖，遠離顛倒夢想。」我不知道E是不是信佛的，還是把這當作一般的生死之道去理解和接受。我把手機展示給こころ看。她看後，打開自己的手機，撥了幾下，遞給我。原來她下載了電子版的佛典，裡面當然有《心經》。こころ以充滿同情的語氣說：

《心經》是所有面對困境的人的良藥啊！

我卻不知為甚麼，擺出了一副旁觀者的態度，說：

是嗎？我只是覺得，裡面有些句子被引用得有點濫。好像甚麼「色即是空，空即是色」那些。那只是用的問題，不是經句本身的問題。而且，除了那耳熟能詳的幾句，其他的又有多少人記得？你懂得念《心經》嗎？

我坦白地搖了搖頭，こころ便繼續說：

就是了！既然連記得也說不上，更說不上懂得，也不要說濫不濫的問題了。

我的故意挑剔就這樣給她駁倒了，她於是又回到話題的起點，說：

不過，就算並未完全懂得，只要從當中的一兩句得到啟示，在遇到困阨的時候默念它，我相信那意義其實也是圓滿的。所以，我相信那些句子一定曾經給病中的E教授莫大的安慰和支持。

其實我也是這樣想啊！

那你又為甚麼作出濫用的批評？

見我沒有作聲，她又說：

你這個人，就是有這種好發議論的習慣。

對於她的批評，我默默地接受了。大概是覺得自己過於嚴厲吧，こころ放輕聲線，分享了自己的感受：

你知道嗎？在針灸的時候，感到痛楚難當，我便默默地一遍又一遍地念著《心經》。

真不簡單！在那麼吵的環境還能專注念經！我是靠聽著周圍的人扯著廢話度過的呢！

我的原意本來是解嘲，但說出來又好像變成了對她的諷刺。對於こころ的精誠求道，我經常表示輕率態度，我知道她對此是不以為然，甚至是感到一點點兒失望的。為了顯示我的悔過，我在她的手機屏幕上點撥了一下子佛典的內容，盡量顯示出興趣地瀏覽著。這時候，こころ突然說：

其實你的心是沉重的吧。

是嗎？我剛才表現得很輕率嗎？

表面上是，但在心裡，其實是沉重的。

你說的沉重是甚麼意思？

你以為呢？

如果說是一般的惋惜和悲痛，那當然啦。但如果是深深的受到打擊的沉重，我和E並未相熟到那個程度啊。

我說的不只是E。

還有我剛才提到的其他人？

是的，但也不只是籠統的「其他人」。

那你說的是誰？

你還沒法放下Y的死吧。

こころ抛出這樣的一句話，令我心頭一震。

怎麼這樣說？你憑甚麼得出這樣的觀察？

也許連你自己也不知道，或者假裝不知道。

連我也不知道的事，你怎麼會知道？

想不到こころ隨即毫不客氣地對我作了如下的一段剖析：

這兩年來，你無時無刻不被Y的死困擾著。在你和Y之間，有著你願意承認的更深的淵源和聯繫。對你來說，他代表著某些不能被替代的東西。你說到他是你的啟蒙老師，那他所開啟的是甚麼呢？不就是所謂的「香港文學」為何物本身嗎？而這不就是你投身進去，嘗試跟隨Y的步伐，以畢生的實踐去尋求的東西嗎？但是Y的例子卻告訴你，無論你怎樣去追問，答案都會從你的嘴邊溜走。那就像意圖用雙手去抓住沙粒甚至是海水一樣，是一件注定徒勞無功的事情。Y似乎到死還是對這徒勞的作業念念不忘。而你縱使沒有說出來，也基於種種原因感到不能說出來，但心裡卻以Y的繼承者自居。這在我的面前，你沒有必要否認吧。縱使你在Y的生前與他有著多大的分歧，甚至是誤會，在他的死後，你便不自由主地站在他的守護者的角色，而對所有關於Y的談論感到不滿。就算你沒有真的公開表達出來，據我平日私下對你的觀察，確實存在這樣的現象。特別是Y在身後所獲得的比生前更多的讚美之辭，你都認為是扭曲了Y的原意。有的可能是出於無知或者水準不夠，有的卻是有意的利用或騎劫。表面上看大家都對逝去的Y表示出尊敬和懷念，但實際上你卻強烈地感到，像Y這樣的一個著緊自己的立場、介意別人的誤解的作家，因為自身的死亡而失去了話語權。生前常被認為器度不夠的Y，死後卻不會再得到這樣的批評了，因為他已經失去了自我定義和反駁他人的權利了。而你縱使著急，也沒法代替Y去行使這個他應得的權利。更有甚者，這不但是Y一個人的事，而是以「香港文學」跟他連在一起的一整群人的命運。你和Y在性格上可以說是南轅北轍的兩類人，但你卻以為自己是最了解他的人。這層了解跟個人交往和情感沒有關係，也因此而顯得更為純粹。你就是把這純粹的了解帶在身上，才漸漸受不了那重量而被壓垮。你問問自己，是甚麼把自己壓垮的呢？那不就是這個稱為「香港文學」的東西本身嗎？

我完全沒料到こころ對我跟Y的關係原來有這樣的一番獨特的見解。我並不完全認同こころ的說法，但卻被她的氣勢壓得無法反駁，只能順勢求教，說：

那麼，要防止被壓垮，可以怎麼辦？

忘記「香港文學」這個東西。把它一筆勾銷！

這個東西明明存在，怎麼可以輕易忘記和勾銷？

有甚麼是明明存在的？有誰是永遠不死的？

我沉默下來，無以回答。こころ於是又說：

Y把自己和「香港文學」畫上等號，你們這些人無不都是如此看待自己。所以，死亡才能以一石二鳥的姿態來臨。而你一直被這個死亡的雙重陰影唬嚇著。難道你不承認，你是個怕死的人嗎？

是的，我怕死。但怕死的原因很多。

當然，你可以有其他原因，但是，自身的死和文學的滅亡成為對等的事情，這是最不可能承受的重量。

那麼，怎樣才能不怕死？

忘記自己。

我就像借助こころ的口，作了一場難堪的自白一樣，落入了虛脫的感覺。我也不知道，經過這一番似是而非的剖析，我是變得更了解自己，還是更感困惑。

我發現自己的手裡仍然拿著こころ的手機。屏幕正處於關閉狀態。我無意識地按了一下開啟鍵，立即顯示出來的是一尊菩薩的黑白影像。那是こころ剛換上不久的桌面圖像。菩薩採取左腳踏地，右腳盤在左大腿上的坐姿，下身裹著長裙，裸著的上半身纖巧如女子，頭部和上身微微前傾。臉相則相對地圓潤，瞇著細長的眼睛，彎著細長的眉毛，眉毛在額心與筆直的鼻梁相連，鼻尖下面是微微翹起兩端的細薄而立體的嘴唇。整個造像最為觸目的，是那舉起的右手。手的拇指與無名指相拈，食指、中指和尾指豎起，似觸非觸地輕輕置於右頰下方。感覺就有如，在一截蒼勁的樹幹上，綻開的一朵唯一的花。看光影的紋理，雕像似是木製。此像甚為眼熟，但我不知來由。不待我發出詢問，こころ便意會說：

是彌勒菩薩半跏思惟像。

彌勒菩薩？我還以為彌勒是大肚笑佛！

彌勒是未來佛，是釋迦牟尼佛的繼任者。

未來佛？那他現在在哪裡？

在兜率天內院。

我是說，這尊像在哪裡？

京都廣隆寺。

我觀賞著屏幕上彌勒菩薩豎起的三隻纖瘦的手指，說：

彌勒在成佛前後的體型差別很大啊！

大概是在天界吃得太好吧！

こころ說罷，把最後的一口腿蛋三文治塞進嘴巴裡。

37.

在我和こころ共處的期間，我唯一能維持的寫作常規，就是和台灣小說家L的每月對寫。對寫以書信形式進行，由我和L輪流出題，以每月兩題的方式，在台灣的文學雜誌上刊登。自從去年夏天開始，已經進行了大半年時間。我和L是十幾年的好友了，大家同齡，當年都以拿文學獎出身，寫作風格雖然像我們的體形一樣完全相反，但卻一直以戰友和對手的雙重角色相知相交。因為照顧こころ的經驗，二月裡我便出了「病」這個題目。我就這個題目所寫的兩篇，抄錄如下：

L：

誰說到病與文學，都引用桑塔的《疾病作為隱喻》。桑塔批判以疾病為隱喻的文化偏見，試圖還疾病一個真相——疾病就是疾病，並無更多或更少。依我看，疾病永遠不可能只是疾病。有人認為，只要把疾病作為疾病本身看待，才能正確及公正地加以醫治。但甚麼才是疾病本身呢？病原為生理性的疾病，例如細菌或病毒感染，或者癌症，我們覺得是客觀存在的，是和患者的性格或身分沒有關係的，所以也不應該對患者附帶價值判斷。可是，患者還是會因為特定的行為或生活習慣，而增加成為患者的風險。於是，就很容易溢出了純粹的客觀性。

至於被定性為情緒病的諸種精神病，雖然也極力被科學化地解釋為生理現象，例如腦部的神經傳輸機制出現問題，但是，總無法完全脫除主觀的因素。只要看看諸如「憂鬱症」、「躁鬱症」、「焦慮症」、「恐慌症」、「自閉症」（孤獨症）、「過動症」（過度活躍症）等等名堂，便知其表意方式已經遠超「隱喻」的含蓄而簡直是「白描」或「直述」了。當然，晚近似乎也流行以「自律神經失調」之類的科學語言來淡化價值判斷的色彩。告訴人家自己患上「自律神經失調」真的比「憂鬱症」或「焦慮症」好聽多了，好像因此而得到多一點的寬容和諒解，少一點的懷疑和責備。不過，對文學人來說，我們還是喜歡「憂鬱症」和「焦慮症」那種充滿情緒聯想和詩意能量的字眼。「自律神經失調」？太沒勁了吧！

說到底，「把疾病當成疾病對待」的目的，是去除患病的負面形象和道德包袱，堂堂正正地面對疾病，並與之對抗，但是，衍生出來的卻是「抗X鬥士」的新形象，結果還是無法脫離隱喻。事實上，無論是「病」還是世間上任何一種現象，也不存在「自身」的未被感知的純粹狀態（康德所說的「物自身」），而一旦被感知，就必然是感知者自心的產物。所以，病始終還是不止是病，還是對於病的感知和觀念。把感知和觀念所形成的看法稱為「隱喻」，並無不妥，問題只是當「隱喻」成為了文化的定見和偏見，我們才要提防。但一般來說，本來就無法拋開的「隱喻」，正正就是我們理解甚至是塑造自我和世界的方式。更極端一點地說，一切認知都是隱喻，根本就不存在「白描」，甚至是，「白描」本身都是一種隱喻，也即是觀念或感知對不可得（或不存在）的「物自身」的投映和替代。

我們未必都愛生病，但我們都愛上那疾病的隱喻！無論桑塔怎麼反對，怎麼呼籲，我們這群人都是沒救的了。佛教說苦有兩類，一類是自然的苦，一類是自身造作的苦。前者諸如生老病死，或遭逢意外，雖然自遠因來說也有其業報的效力，但自近因來說並不是人自己招來的。後者則是直接由自己的行為和思想導致的。就疾病來說，情緒病或精神病比較接近後一類，縱使也有其生理基礎，或者偶發因素，但亦有一定程度屬於自己造作的結果。但因為處於心理和生理因素的交界處，情緒病有某種「假作真時真亦假」的曖昧性。長時間因為生活上的壓力或焦慮，或某些思維習慣，而慢慢造成了生理的變化，呈現為實質的身體上的不適和失調，這當中有「弄假成真」的意味。但這些非常真實的身體不適或行為失常，背後卻又找不出一個實在的病原體，也即是一個客觀存在的元兇。當然我不是說情緒病因此都是「假病」，都是裝出來的，或者只是幻想出來的。但說它是自心無中生有地創造出來的東西，則不遠矣。情緒病就是不折不扣的對自身生命的隱喻性創作，所以順理成章成為文學人的恩物。

承認患病和否認患病，永遠都是兩難。承認，是面對現實、對症下藥的態度，但久而久之，亦會變成沉迷。否認，等同於諱疾忌醫，可能令病情惡化，但也許亦是走出自困的契機。自己創作的隱喻，為甚麼自己不能拆解？不過，這需要殊不簡單的修為。就算暫時走不出去，只是看著自心強大的創造力，也真是有點驚訝。真是一種「天工開物」、「栩栩如真」的感受呀！

D

L：

病這個話題，很難是愉快的。但對於有自虐狂的文學人來說，卻又總是說得樂此不疲。上次和你談完一輪，意猶未盡，又再來一輪，真是久病成癡了。

你把小說家的病描述成一齣公路電影一樣，驚心動魄，差點教我看得立即焦慮症爆發。廢車和病軀，真是絕佳的隱喻。看來在現世當小說家的前景真是黯淡。有時也會想，自己很可能跑不完預定的旅程了。偏偏又是自己把目的地定得特遠的，有點像橫越整個地球的拉力賽，挑戰各種嚴苛的地形和氣候，結果單單地想像一下前路，就已經是近乎無法跨過的心理障礙。當然，這也是自作自受。誰叫你把賽程定得這麼艱難呢？路怎麼走並沒有客觀標準，你可以跨越五大洋七大洲，但也可以在自家附近的小公園悠轉幾圈。可是啊，自己選擇的是無盡的馬拉松一樣的長篇小說。可以用原地跑的方式完成馬拉松的距離嗎？

對待病的態度，我跟你是相反的。你是粗豪型，心急型，我是謹慎型，也即是多慮型。我會做很多檢查，看很多醫生，試很多療法，看很多資訊。這些往往都是同時進行的，於是就會造成治療的交通大混亂。檢查永遠無法讓人安心。查出你哪方面沒事的，你會轉而懷疑其他方面，甚至懷疑檢查的準確性，或者不信任醫生對結果的判斷。醫生的斷症也有主觀的成分。只靠望、聞、問、切的中醫不用說，就算是西醫，也會因為專業分科，而只從自己的專門領域去判斷。於是你看甚麼科，你就在甚麼科的方面出事。就像胸痛和氣短這一徵狀來說，看心臟科說你心臟有事，看呼吸系統科說你哮喘，看腸胃科說你胃酸倒流，看精神科說你焦慮症。如果是中醫的話，也有腎虛、胃寒、脾虛、肝火、痰多等等各種的說法。一副病體，簡直就是一部現代主義小說，可以從中作出分歧多義的解讀，而且好像都各有道理。

資訊的發達，好像讓我們更輕易地對各種疾病及其治療獲取認識，從而更加安心，但卻往往反而令病者的思緒更加紛亂，甚至令無病的人很容易覺得自己有病。自生病以來，做得最多的事情就是利用手機上網查資訊。表面上好像對問題增加了掌握，事實上卻令自己更加焦慮。有時覺得自己是這個問題，又有時又覺得是另一個問題，來來去去，永無止境地猜想。另一個問題是更容易得到藥物的資訊，於是一收到醫生開的藥單就上網查藥效，結果就對甚麼藥都失去信心，因為副作用方面總是說得很恐怖。就算是中藥，也查出許多用藥的顧忌，或者某些藥材的毒性和過去出過的狀況，於是又疑神疑鬼地，偷偷的減吃甚至是停吃。

更多的「知識」反而製造更多的疑惑，也近乎癱瘓了治療的可能性。不斷的參考資訊令人陷入過度的思前想後、三心兩意的困局。一個療法三兩天得不到效果，便轉換另一個，再不成，又換另一個，再不成，又轉回先前那個，兜兜轉轉，循環往復。期間禁不住不停檢視和估算各種出問題的可能性——會不會是錯判？會不會是過量？會不會是不夠？會不會是甚麼外來因素的影響？諸如此類，層出不窮。最後，就成了心猿意馬，藥石亂投。

也許，這一切都是心病作怪。我說的是心，而不是精神，或腦部，也不是心臟。奇怪的是，我們明明是有心的，心也明明在主宰著我們的，但我們卻不知道心在哪裡。我最近看的一位中醫說：心病還需心藥醫。看似是老生常談的一句話，但在我而言，卻變得非常玄妙。因為一直在思考心的問題，於是便興起寫一篇關於心的小說。想著想著，突然就覺醒，不是我要寫一篇心的小說，而是心在寫一篇我的小說。心其實才是小說家，而我只是當中的人物。心要寫一個短篇還可，但心偏偏就像我一樣，喜歡寫長篇，所以，我現在的這個病，似乎還要好些日子才能了結了。

我把這兩篇文章給こころ看了。我還為挪用了她的私事作題材，說了聲不好意思。こころ表現大方，完全沒有不快。相反，她說文章寫得很好，只是有一個遺憾。我問她是甚麼遺憾，她說：

你說了你自己不明白的事。

我不明白的事？我不明白甚麼事？既然不明白又怎麼說？

那就是無明啊！

我現在真是無明呢？可以具體地解釋一下嗎？

那是無需解釋的，只能覺知。

如何覺知？覺知甚麼？

我怎麼告訴你呢？

你可以用我熟悉的語言說嗎？

好吧！那就用文學語言說吧。

請說！

你這叫做，戲劇性諷刺！

38.

二月中左右，我給在英國的妻子寫了一封長信：

Y：

你上次提到的那個階段性研究報告，已經完成了嗎？你到那邊也已經接近半年，應該累積到一定的成果吧。這兩天英國的天氣如何？依舊是那麼冷嗎？如果路上的積雪太厚，就不要踩單車出入了。香港的天氣比較緩和下來，最近都是徘徊在十三、四度至十七、八度之間，不算太難受。這對こころ的身體來說，也算是可以承受的程度。針灸治療對她的雙腿的活動能力似乎頗有成效，會繼續去做。不過，也考慮過還是到醫院再做些檢查，以確定無力走路的真正原因。也許，農曆新年前會陪她去看腦神經科醫生。過了農曆新年，春天很快便會到了。我期待著一切的困惱，都會隨著冬天的過去而消失。

隨信附上こころ故事的最新版本。自從一月初萌生把こころ的事情寫下來的念頭，至今接續寫出了十幾章。現在只是剛剛寫到和こころ去新加坡的那一段，也不太肯定往後要寫到哪裡。這完全視乎こころ的病情變化，因為這本身就是個關於こころ的病的故事啊。如果她一直下去還是沒有好起來的跡象，故事是否永無止境地寫下去，我也不敢說定。到了某一點，也許耐心和動力也會無以為繼。不過，現在既然沒法預測，那就留待到時再算吧。反正在這個期間，我甚麼都沒法寫，長篇小說的計畫也一直擱置，既然こころ的故事就在面前，日復一日地發生著，那就不如如實地把它記錄下來，如果能從中得到甚麼領悟的話，這段日子也就不算枉過了。

說到耐性，也許是長期病患的其中一項最大的考驗。無論是對病者還是對照顧者，以及家人和朋友，甚至是對不直接相關的人而言，也同樣是個不容易做到的要求。如果對所患的疾病有明確的診斷，也許還會得到較持久的關注，但如果是像こころ這樣，至少暫時來說還找不出身體不適的所以然，而病情又起起伏伏地時好時壞，就更加容易令人感到煩擾。甚至是開始令人懷疑，她根本就沒病，而一切只是心理作用或者自尋煩惱。大概被歸類為情緒性的疾病，都會令人產生這樣的觀感，久而久之，也就不再那麼關心和同情了。大家慢慢地就會習以為常，覺得這個人就是這樣的了，老是抱怨這抱怨那，根本就沒事嘛，是神經過敏喇，太軟弱喇，想引起別人的注意喇，用這個做藉口來逃避喇。總之就是，不加以理會也沒問題。

老實說，連我自己也難免掉進這樣的想法，對照顧こころ的工作，就算未至於感到厭惡，也至少是感到有點疲乏了。我也不是想糾纏於跟她的關係和對她的責任這樣的問題。就當這些都是不必考慮的因素吧。就當這是出於對人的根本的關心吧。但這似乎不足以支撐我已經承擔和將會繼續承擔的對こころ的照顧。難道真的要去到愛的層次，無論是私己的愛，還是無私的大愛，才能促使人作出無限的付出？而在塵世的現實裡，就算是多偉大的人也不是無限的。

所以，如果你正專注於自己的研究工作，而無暇閱讀和回應我持續地寄給你的こころ故事，或者在電郵裡對こころ的病情表示意見，我是十分理解的。畢竟你對こころ的包容已經十分難得。我

也別指望世人會對こころ產生那怕是丁點兒的興趣。或者，他們的興趣都是些歪曲和想當然的東西，跟真實完全沾不上邊兒。因此，我雖然會繼續向你報告こころ的最新情況，以及把こころ故事的續寫傳送給你，但你不必覺得有義務要盡快回覆。對於像我這樣的一個寫作的人，早已習慣那猶如獨自居住於遙遠的外太空星球上的生活，對於向著無邊的漆黑夜空發射渺茫的訊號也未覺絕望，只是偶爾陷入沮喪之情，而渴望收到那怕是最簡單的回應，例如是一個表示「收到」的訊息。知道存在著那條細絲一樣的聯繫，怎麼孤寂的日子都有能耐過下去。

有時候易地而處，設想患病的是我，我會對こころ多一點理解，對於她的反覆多變，也會多一點同情。有時她會像個沒事的人一樣，談笑自若，甚至使出她的狡黠心思，咄咄逼人，處處對我作出諷刺，但一轉臉她又會一副憔悴的樣子，或者流露出哀憐的神情，或者陷於擔憂之中。所幸的是，當初的那些歇斯底里的恐慌症爆發，最近已經沒有出現。但這可能只是表示，她已經進入了深層和廣泛性的焦慮時期。另一個問題是，最近又出現了新的症狀，特別是那四肢無力的問題，帶來了新的困擾。這些新症狀可能指向某些比單純的焦慮更實體性的疾病，只是暫時沒有足夠的證據加以確診。於是，每天便陷於種種猜測中，惶惶不可終日。那就像一個永遠被關押而且必須面對無止境的審訊的囚犯，只要一天未被定罪，一天便不能確知自己的罪名和應得的懲罰。究竟是無罪釋放，短期入獄，還是終身監禁，甚或是被判死刑，全都是未知之數。連死刑的方法都有好幾種可能。而在病這個問題上，除了吸菸喝酒這些自身的造作，我們大都認為自己是無辜的。我們很少承認自己的病是罪有應得。

然而，世界上沒有無緣無故的事情。基督教說的神的意旨，不論是考驗還是懲罰，或者佛教說的因果和業報，都是有跡可循的。但要尋找這樣的蹤跡，只會令人發瘋，因為你永遠無法確定哪一個才是真正的因。事實上，因很可能不只一個，尋根問柢只會徒勞無功。我們能做的，就只是如實地接受和面對。

佛家有一個詞叫做「如是」，我認為是萬事萬物的最高境界，等同於涅槃。佛經喜用「如」字，例如「如來」、「真如」、「如如不動」，都是第一義的狀態。我不懂梵文或者巴利文，也沒有深究這個「如」字在佛經原文裡是甚麼意思。就漢譯佛典來說，「如」這個中文字大有深意。孔子早就說過「祭如在，祭神如神在」，意思是我們不能確知鬼神的存在並不要緊，只要我們在祭祠的時候，以一種當神存在般的心境去做就可以。在這裡「如」字是「當作」的意思，但並不是說要假扮或者裝模作樣，或者合理化虛偽的行為。我猜孔子是說，只要我們抱著「如」的態度去做，一件事就是真誠的。不是神的存在本身，而是祭神的人的真誠，使整個儀式獲得了意義。不過，我以為佛經用的「如」字不是同一回事。「如」本來就有比喻的意思，「如」者，並不真的「是」，只是「好像」而已。但是，如果「如」和「是」是相反詞，那「如是」一詞豈不是變成了矛盾修飾？我懷疑佛教用這個「如」字，其實也包含了「是」或者「真」的意思。翻作英文來說，「如」字即是"as"。其實，同樣地，在英語中"as"字既可指「好像」，但也指「作為」或「身為」，也即是「是」。「如」或者"as"的微妙之處，在於它們同時包含了「是」和「不是（但似是）」的雙重含義。而當中的「似是」的基礎並不是外部的形似，而是把它「視之為是」的真心。那又和孔子有點接近了。所以，「如是」就是真心安住於當前的處境，不逃避，不扭曲，不隱藏。這於在多蹇的命途上跌碰而行的我們來說，幾乎是完全不可能實現。

我假設如果我是こころ，我能夠如是地面對自己的狀況嗎？究竟怎樣才算是如是地面對自己的病？是把自己當作病人看待，還是當作沒病的人看待？還是，拋開「病」這個概念本身，而不受到它的束縛？也許，很多時候我們除了受到病所導致的身體覺受所影響，也會受到「自己生了病」或「自己生了甚麼病」的想法所困擾。因為根據每一種病的界定，你也會因此而落入了某些條件和狀態，也因此而被局限於某些可能性。你會被困在特定的病的固定的牆內，失去了自由活動的能力。你會被簡化和非人化為一堆病徵、病情發展和治療方法的總和，失去了定義自己的主動性。在最正面的情況下，也只是換來「抗X勇士」的讚譽，而這個疾病「X」卻是個怎樣也無法撕掉的標籤。病的那個「如是」本身，究竟是怎樣的東西？我暫時還是無法想通。可不可以說，病除了是說明了人生的無常，病作為一個現象，本身也是無常的示現，也即是不存在病這個恆常不變的實體。既然如此，病與無病只有相對的差別，而沒有絕對的區分。我們把病當成一個實體，才會如此的痛苦和焦慮。如果我們看到了病自身的空無，我們會不會能夠更安然地面對它？這是不是疾病的「如是」？

真是令人困惱的問題啊！我們不如轉換一個話題吧。

最近我和こころ在讀夏目漱石的小說。內地的編輯朋友L，給我寄來了一套新近出版的漱石小說翻譯，加上我原先已經有的，總共有十種不同的漱石作品了。我之所以讀起漱石來，完全是因為こころ。她自稱是個漱石迷，我看多少有點言過其實。有些漱石的書，她還是剛剛才讀到。怎樣也好，漱石的作品，帶給我出乎意料的感覺。那是一種久遺了的，閱讀文學的純粹享受。這樣的事如果公開說出來，肯定又要給人批判了。要給認定為思維的退化，保守的立場，以及跟時代脫節。漱石和當今我們身處的時勢，真可謂是完全格格不入。漱石對今天的日本有何意義，這個我無能置喙，但對目下的香港而言，則肯定有點風馬牛不相及了。這不但出於百年前的日本和今天的香港的巨大差異，更加見諸今日對文學的不同要求。然而，就是漱石一直所寫的「時代的落伍者」這一點，在當前的情景下最為深得我心。

こころ卻有另一番見解。她說我很像漱石筆下的人物。請注意，她不是說我像漱石本人。我問：我像漱石筆下的哪個人物呢？她說：不是像哪一個，而是他筆下的男性人物的共通點。我又問：那麼，我像漱石筆下的人物的哪個共通點呢？她說：無所事事，遊手好閒。我不知道這算不算一項恭維。回想起來，我對於所謂的投身社會真的是缺乏熱情，而對所謂力爭上游就更加是避之則吉。漱石筆下的遊手好閒之輩，也不盡是衣食無憂的少爺，也即是所謂的「高等遊民」，也有的是收入不高的中學教師或者小職員。總之，這些人之所以在社會上毫無爭勝之心，也因此而毫無成就可言，一方面固然基於不同的性格上的缺憾，但也同時是主動尋求的結果。他們都是基於對時代的不認同，而自甘落後於時代，或者被摒棄於時代的外緣。

當然，這樣說就有點自我恭維的意味了。我嘗試反駁說：我雖然沒有像一般中年男性一樣有一份穩定的工作，在經濟上承擔起家庭支柱的責任，但是，我也絕不是無所事事啊！我是一個從事寫作的人，而這樣的工作跟一般上班族不同。這一點你應該很清楚。こころ說：但我平日很少見你寫些甚麼，你大部分時間都是閒著的。面對著故作天真的她，我忍不住說：那完全是因為你啊！こころ一點羞愧之意也沒有，坦直地說：是這樣嗎？別把自己無所事事的原因推在我身上啊！相反，我覺得你應該感謝我才是。我驚訝地說：感謝你？為甚麼？她嘴角含笑地說：我給了你寫作的題材。

你不是正在寫我嗎？我答說：不要把自己說成是天降的禮物吧！我之所以寫你，是想從廢墟中挖出一點點有用的殘留物吧。她說：那我就是天降的原子彈了。實在很對不起，把你的生活炸成一片廢墟！不過，如果還能從瓦礫下面挖出甚麼有用的事物的話，那說不定是相當堅固而珍貴的東西呢！こころ這個人雖然臉皮厚，但說的話有時也不是沒有道理的。

不過，我一邊寫一邊又懷疑，把こころ寫成我筆下的人物是否恰當。我不敢肯定，自己能否準確地把握和呈現こころ的真正形象。如果我一心要寫出真的こころ，結果卻反而扭曲了こころ，那豈不是比不寫更壞？無論如何，我還是會寫下去的，至少，是為了不要做こころ口中的無所事事的人吧。當然，在社會的角度而言，我寫這些東西其實也不過是一種無所事事的行為，於世間沒有多少用處和益處。這我就不去管它了。

C

39.

在給妻子寫信的前後，收到了兩位朋友的電郵，先是比我稍長的B，然後是較年輕的H，不約而同地都是慰問我的病況的。她們都是小說家，所以她們的話除了都有朋友的情誼，也同時顯露出小說家對人性的獨特觀點。我不知她們從哪裡收到我生病的消息，也許是我自己說過類似的話也說不定。關於我生病的傳聞，本來就是我杜撰出來的。因為要照顧こころ，我不得不推掉許多事情，把自己封閉起來，於是便隨意以生病為由，而且挪用了こころ的病況向別人作出解釋。要重複地作出解釋，起先也覺得煩惱，但後來卻變成了很好的藉口，謝絕了那些我原本就不想應酬的活動。於是我不但不糾正別人以為我生病的看法，反而自己一有機會就宣傳起來。於是，到了一個地步，就變得無法否認了。對於一些純粹是事務交往的對象，這原沒有甚麼大不了，但是，對真心關心我的朋友來說，這樣的蒙騙實在是有點說不過去。然而，既然對方是一番誠意地來問候，總不成突然告知自己的病其實並無其事。因此也就無法不把人家的好意接受下來，也按照那樣的心情代入其中，以一個病人的身分來作出適當的回覆了。我當時還未知道，事情結果會弄假成真。

B人在西班牙，而H在香港，但兩位我都好一段日子沒見了。和B晚近漸漸相知，通信的時候可以談很多事，但見面極少，就算她回港也未必相聚，所以似乎又不算是深入的相交。至於和H，關係也非常澹泊。聖誕假期和兒子去黃金海岸，曾經遠遠眺望H居住的那個孤立的小島，她下學期又跟我一樣在中文大學兼職授課，連時間都是同一個早上，地點大概也在我的課室附近，但卻一直未有跟她碰面。雖然如此，兩人心中，對我也肯定是十分關心的。這一點難免令我感到慚愧。我先把B的信，然後是H的信附錄在下面。

D：

知道你又發病，深感不安。

記得一次和一個朋友說侯孝賢和楊德昌的電影。我說，我知道侯孝賢拍得好，但我不特別喜歡，楊德昌有很明顯的缺點，但令我念念不忘。朋友說，因為侯孝賢的電影，你看不見他的人，而楊德昌的電影，你可以感覺到他。

我沒有將我對你上一本書的感覺，好好的講清楚，或許我根本講不清楚，也是因為，對我來說，你是侯孝賢，而不是楊德昌。

我沒有很理解你，所以不免疑惑，這是本性，還是你過於保護自己？

作品需要誠實嗎？作品有我們多少的肉身？而不是智能？

作品會影響我們生活嗎？作品不過呈現生活？

你和你自己，我在想，你和你之間，正是我不理解的地方——有這個「你和你」嗎？

如果我們相信試煉，或許這個病，讓你可以聽到，有個你嗎？

你應該很清楚，你的病不在身體。身體不過非常粗暴的給你提示。

只有你才會明白的提示。

B

D：

不知道這樣的話會否太冒昧，而且你必定最熟悉自己的情況，只是聽你說起自己的病，就會覺得，其實，那個醫治的開關在你那裡，而不在任何醫生的手裡。因為，你是我所見過的人之中，非常強勢的一個，你並不會（或很少想要）壓倒他人，但幾乎全力壓倒自己。你有一個自足的體系，你通過那個體系創造了許多美好的事情，或某種實質的成就，但也造成了某方面的傾側，所以身體才藉著病而扳回這一塊。你首先要容許治療，醫生才能為你恢復健康。我想到，那種治療或許不是以藥物或手術恢復生活的原狀，讓你回到以前健康時的狀態，那可能是，一種改變，即是，你打算痊癒之後要過一種怎樣的生活，怎樣和身心共處。很可能，以往某種（我不知道是哪些，可能你會最清楚）習慣做成了目前的狀況。

你身邊的人都非常需要你，僅僅是因為你是你。並不是因為你是D，一個作家，或一個老師，或一個家人或朋友。

所以，請好好照顧自己。其實健康（不管稱呼他為身體或精神）在某方面是比較簡單，所需要的只是臣服、和解與善待。

請不必擔心其他事，這個時刻，沒有什麼比健康更重要。

H

這兩封信，我自然也給こころ看了。她看後的評價是：

原來你給人不誠實的感覺。

我覺得有點奇怪啊！我還一直以為誠實是我性格裡的主要美德呢！
就是你詐病一事，就已經不誠實了。
這，我沒話可說。
不過，你的這個不誠實，終究還是誠實的，只是以你自己不知道的方式達至誠實而已。
你在說甚麼？我完全不懂！
這一層嘛，暫時還是別說下去了。到了適當的時機你就會明白。
こころ，你說話越來越玄了！
話說回來，B不是說這個層次的不誠實。不是向人說謊的那種表面的不誠實，而是承認有一個自己，並且在寫作中直接面對這個自己的誠實。
佛家不是說「無我」的嗎？哪有這個「自己」的存在？
別詭辯吧！現在不是在那個意義上說。
不在那個意義上，是在哪個意義上？
我看B的意思，是有沒有面對自己的心。還是裝作無心的，以理智或者思考代替。
我倒以為你作了新的詮釋。
甚麼用詞也好，你明明是知道的。知道而不去做，就是不誠實了。那和完全不知不同。
但未被說穿之前，我真的不知道啊！我還以為自己很誠實呢？
那就是愚癡了。不過，B沒有這樣看你。她沒有覺得你愚癡。相反，她認為你是知道的，是有這個能力的。這證明她沒有看輕你。但你明明有能力知道，卻又表現不出來，那是因為你連自己也欺騙了。你被你自己的理智欺騙了，自己對自己不誠實了。我看她是這個意思。

是這樣嗎？

H說的其實是異曲同工。也同樣是告誡你面對自己。她說的這個「你」，是拋開作家、老師、家人和朋友這些身分的「你」，也即是去除了附帶於所有這些角色的習性的「你」。她把這個剝除所有外在裝扮的「你」稱為身體，但簡單地說，也即是本然存在的自心吧。

你和她們同一鼻孔出氣。

怎會呢？我只和你同一鼻孔出氣。難道你還沒有感到嗎？

我把臉湊近こころ的臉，著跡地用鼻子大力呼吸著，同時靜靜注視著她小巧的鼻子。こころ有點被我嚇著了，脖子往後縮了縮，問道：

你做甚麼啦？

你看！我們的呼吸並不一致，甚至是不協調的！

無聊！

こころ忍不住笑了出來，一手推開了我，一邊責備說：

這個呀！就是你不誠實的證明了！

責備突然又被憂愁取代，她苦口婆心地說：

你這樣下去，便要辜負你的朋友！也要辜負我了！你終就會變成一個沒救的人了呀！

給她這麼的一說，我的心頓即沉下去了。

40.

こころ的情況雖然有了明顯的改善，但對於是否患上肌肉病的問題，依然是個令人心緒不寧的不穩定因素。為了作出確認，我認為還是有必要去找西醫作科學檢查。我搜尋過許多這方面的資訊，得知這類病症屬於腦神經內科的範疇。先前去的那家醫院似乎沒有這方面的專業部門，於是我便選了另一家醫院，帶こころ去應診。和先前一樣，こころ並不反對這樣做。事實上，作為病者本人，這於她是最為切身的事情，所以她絕不會置之不顧。

負責診治こころ的是一位體形略胖的男醫生，約四十歲不到，看來算是年輕。他照例問了こころ一些基本問題，為她作了一些肌肉力量、平衡和反應的簡單測試，但都只是些一般性的觀察。根據我預先做過的功課，我知道雙腿無力的原因有兩方面的可能性，一是肌肉萎縮類的病症，一是脊椎出現問題。我把這兩方面的可能性向醫生提了出來，並且強調こころ有脊椎側彎的情況。可是，醫生卻表示，單憑我們提供的資料和他的臨床觀察，こころ的症狀並不明顯，很難即時作出判斷。他又表示，所謂的無力可以是一種主觀感受。眼看著醫生消極的態度，我便提出了檢查脊椎的建議。醫生皺了皺眉，一副為難的樣子，最後還是說：如果是做磁力共振掃描的話，就要徹底地做，也即是說由腦部、頸椎、胸椎，到下脊椎四個部分。但是這樣的話，費用也會比較貴，除非你買了保險，可以索取賠償。這正是我帶こころ來醫院的目的，所以我們立即就同意了。醫生隨即指示護士幫こころ辦理入院手續，先在病房住宿一晚，明天早上進行磁力共振掃描造影。

這次住的是一間三人的女病房，空間比上次住的那間狹窄和擠迫。幸運的是こころ被安排到最裡面的也即是靠窗的床位，所以也相對地安靜和光亮。醫院位於九龍塘，從窗口望出去，下面是交通繁忙的窩打老道，兩邊卻是區內低矮的房屋，視野稍遠處才是九龍市區林立的高樓，所以景觀可以說是開闊的。こころ換上帶來的睡衣，坐在床沿上，望著外面漸近黃昏的天色，滿意地笑著說：不錯啊！可以面向著天空禪修呢！看見她一副病弱的臉容卻說出這樣樂觀的話，我心裡感到的卻是一陣酸楚。

這次こころ帶著夏目漱石的《三四郎》，而我則正在看他的《後來的事》。那是編輯朋友L給我寄來的漱石全集的其中兩本。收到包裹的時候，こころ簡直是如獲至寶似的跳了起來。我也不知為甚麼，被こころ的沉迷感染了，跟她一起如飢似渴地搶著閱讀那套書。我們就是那樣子，在黃昏的窗前靜靜地肩並肩坐著，讀著各自的夏目漱石。

說起L，她是最早把我的小說引介到內地的一位編輯。當年她來跟我談版權的事，還非常年輕。當時正值內地出版港台文學的風潮之初，完全仰賴像她這樣的熟悉和喜愛港台文學的青年編輯的努力，內地讀者得以接觸到其他地區的華文文學。書出來後，算是頗有點反應，但是，隨後兩三年突然又因為政治氣候的轉變，出版界變得審慎起來，後續的其他出版計畫都長期卡住，結果甚至是取消了。L離開了原來的那間出版社，輾轉在別的單位工作，但一直沒忘記帶著我答應讓她做的一個小說系列。只可惜，到今天依然還是沒法成事。不過L還是沒放棄，繼續等待時機。L最近在信上說，可能因為工作壓力太大，出現了憂鬱症症狀，剛開始接受藥物治療。我於是便向她介紹了明就仁波切的書。

到了晚飯時間，我向餐廳點了兩份餐，陪こころ在病床前一起吃。同房的另外兩位女病人都是長者，晚飯時間頗多親人探望，氣氛甚為熱鬧。不過，這次我決定不留下來陪こころ過夜了。想到晚上探訪者都離開之後，病房裡那寂然的氣息，和こころ獨自一人的孤單身影，心裡又禁不住戚戚然了。不過，こころ並沒有表示不滿。事實上，一看到病房的情形，她便確定我不留下來的決定是對的。她反過來讓我安心地說：反正只是一個晚上吧！一眨眼醒來，又會見到你了！不知怎的，こころ越是善解人意，我便越感到不忍。轉念一想，又為自己的傷感而驚訝。

我在病房待到九點，終於告別こころ之後，在步出醫院大門的時候，回覆了一條早前收到但未有回覆的短訊。當我坐上的士的當兒，我的電話便響起來了。我跟司機說了一個並不是我家的地址。的士在大路上向南奔馳，離開こころ所在的房間越來越遠了。如果回頭望去，也許還可以看到她所在的那個窗子呢。這個時候，她是否還坐在窗前，望著滿街車子燈光川流不息的夜景？而如果她正在這樣做，又會否猜到其中一輛亮著紅色尾燈的車子，正在帶著我前往一個她所不知道的方向呢？想到這裡，我的心便抽痛起來了。但是，我卻被一個呼喚牽引著，已經不能回頭了。

第二天早上，我沒有忘記準時回到病房。我來到窗前的時候，こころ已經挨坐在床上，雙手像折下的枯枝似的掉落在蓋著被子的大腿上，側著臉望著外面美好的天色。我問她昨晚睡得怎樣，她只是疲倦地微笑了一下。我當然知道，要在病房睡得香甜，是近乎不可能的事情。但是，細看之下，こころ臉上的疲倦不是一般的睡眠不足的昏沉，而彷彿帶有被甚麼折騰了整個晚上的痕跡。我於是便再問了一句：昨晚真的沒有甚麼？不是焦慮症發作吧？こころ的雙手提起來，做了個抱住自己的姿勢，搖了搖頭，明明是渴求安慰，臉上卻擺出了極力令我感到安慰的微笑。磁力共振在九點開始，我看已經是八點了，便立即給こころ叫了煎雙蛋和火腿通粉作早餐。

護士提早了十五分鐘來帶こころ到樓下的醫療造影部門。她的早餐只吃了一半，但卻好像沒胃口似的，就算時間未到，似乎也未必會吃完。我陪著她來到醫院二樓，在那個部門的櫃檯先進行身分確認和登記。櫃檯後面的那位化妝亮麗的年輕護士，不知為何在填寫資料的時候笑了起來。我認為看病的時候醫護人員過於嚴肅，的確會令病人產生過度緊張的感覺，可是，如果是過於輕率，又會令病人感到被輕視。不過我沒有表示不滿，盡量忍耐著那位護士的玩笑態度。我望了一眼身邊的こころ，她卻一如以往的，以容納一切的淡淡微笑，靜靜地眨著眼睛。

可能是機器保養所需的關係，那種地方的空調總是寒冬一樣的冷。我見こころ身上只穿著單薄的睡衣，便把自己身上的外套脫下來給她披著。可是，衣服還未及穿上，裡面的人員便出來叫了こころ的名字。她被指示到更衣室換上檢查穿的衣服，並再三被提示要脫掉身上所有東西，包括戒指、耳環之類的飾物。こころ早已在病房除下了耳環，左手上卻還有一枚戒指。我說我可以給她保管，她便利落地把戒指退下來。在她那纖瘦的手指上，這動作毫無困難。我忽然才發覺，對於こころ配戴的飾物，我一向並沒有怎麼留意。對於自己對こころ的認識存在這樣的一塊盲區，我甚感驚訝。隔了沒兩三分鐘，こころ便從那小小的更衣室出來，手裡拿著存放衣物的儲物櫃的鎖匙。於是我又給她把那鎖匙保管下來。走廊盡頭就是磁力共振檢查室，我看著身上披著那完全稱不上是衣服而只是一塊粉紅色布料的こころ，感覺就好像一張在空中飄蕩的薄紙。她進去之前，回頭向我揮了一下手。我也揮了一下手示意。

之前聽護士說，這個檢查因為覆蓋腦部和整條脊椎，所以頗費一點時間，約共兩個小時。期間こころ必須持續躺在機器內，而且盡量保持身體靜止不動。另外，機器運作的時候會發出各種噪音，病人要保持情緒穩定，切莫急躁和驚恐。我記起在明就仁波切的書裡，也提起過他接受功能性核磁共振測試的經過。他把那台機器形容為一具白色的棺材，又說自己像被怪獸伸出的舌頭吞下。雖然他做的是動態的腦電波測試，而こころ接受的是靜態的脊椎切面造影，不過，我相信置身其中的感受應該大同小異吧。我於是又想到，正在被機器吞吃的こころ，肯定也會想起仁波切的經驗，而且說不定會以此為自己的支持和鼓勵吧。又說不定她會像在針灸的時候一樣，反覆默念《心經》以安定心神。總之，在漫長的等待過程中，我無法停止自己設想こころ面對的境況，推測她內心的感受，以及想像她應對的方法。可是，在不久之前的昨晚，為甚麼我又沒有這樣做？為甚麼我能夠那麼狠心，把完全信賴和依靠我的こころ拋諸腦後，對她敏感而脆弱的心靈置諸不顧？我幾乎可以看見，困在那台密封的機器裡的こころ，被那些時而尖銳時而震耳的聲音折磨著，身體不期然被顫抖所搖盪，並且迸發出窒息的恐懼。我彷彿聽見遠遠的房間內，傳出了こころ求救的叫聲。我差點兒就從長椅上彈跳起來了。

我拍了拍自己的額頭，又把雙手互相揉搓著，讓自己冷靜下來。搓得手指關節也有點痛了，便又頹然地擱下手來。不覺間觸到了放在褲袋裡的こころ交給我保管的戒指。我把戒指掏出來，放在眼前細細察看著。令我驚訝的是，這枚戒指竟和我的結婚戒指那麼的相似。不，不只是相似，簡直是一模一樣！我立即把它和我一直戴著的婚戒作比較。但更令我詫異的是，我的左手無名指上竟是空空的，只在指根的位置殘留著長期配戴戒指造成的凹痕！天啊！我的戒指到哪裡去了呢？難道是昨晚除了下來，而遺落在那個地方？但我卻記不起自己曾經把它除下過。不過，也無法肯定自己絕對沒有這樣做。又或者，並不是我自己除的，而是被偷偷的除下了也說不定。但那又是甚麼意思呢？難道是一場惡作劇，甚至是陰謀嗎？可是我自己竟又愚蠢到並不察覺，對此一無所知啊！我正驚惶失措地胡思亂想間，手指一抖動，那枚戒指便掉到地上去，並且一直沿著走廊滾動，而我便本能地立即起身追在它後面，像是逐著一個隨時遽然消失的幻夢似的，差不多要奮不顧身地撲倒下去。

滾動的戒指碰到一輛醫療手推車的輪子而停了下來，像一下子失去了生命似的，平躺在走廊的淺咖啡色地板上。我連忙把它撿起來，但是一站直身子，心臟卻在怦怦地跳動，眼前掠過了一陣暈眩。在那雲霧似的暈眩間，我看見前面檢查室的門打開了，こころ的粉紅色身影像劫後餘生似的蹣跚而出，那蒼白著的臉卻好像陰霾散後見青天似的，綻露出純淨的笑容來。

回到病房吃了午飯，こころ的氣息漸漸好轉，坐在床上和我聊著她正在看的書，好像把身體檢查的事完全忘卻了。就這樣聊一陣又看一陣書，一個下午又過去了。這天其實是除夕，明天就是農曆年初一了，所以醫生昨天答應我們，無論如何今晚之前會讓こころ出院。胖醫生果然守信在五點左右出現了，手裡拿著早上的磁力共振報告，照樣以那困惑的臉容（雖然被口罩遮去了一半），在我們面前把文件和造影圖片翻來翻去，好像連開卷考試也找不到答案在書本哪一頁的學生一樣，有點雜亂無章地解釋著。簡而言之，就是檢查結果一切正常，除了一些微不足道的小問題。但他又沒有詳細說明那些小問題是甚麼。暫時的結論是，雙腿無力的狀況跟腦部和脊椎無關。可是，是不是由於神經系統變異而造成的肌肉無力症呢？這個他又語焉不詳，既沒有斷然說不是，但又沒有提出可以做些甚麼進一步的檢查。於是，こころ就帶著那局部解答但依然存在很多疑問的結果出院了。

辦理出院又是一番繁瑣手續，住院費用由保險公司支付，倒還是其次，每次住院檢查都是那樣白折騰，到頭來卻又是滿腹疑團地離開，那才最教人沮喪。不過，對こころ來說卻是：怎樣也好，能快點回到家裡就好了。

離開醫院的時候，已是晚上七點。我們還未能立即回家。妻子那邊的家人約了在紅磡的酒家吃團年飯，我也需要出席。我和こころ坐的士到黃埔花園，我找了一家連鎖咖啡店把她安頓下來，給她買了義大利烤包和鮮奶咖啡，便獨自往附近的酒家赴會了。在家家團聚的大除夕晚上，看著こころ獨個兒在空盪盪的咖啡店裡啃麵包，心裡實在過意不去，但她卻說：沒關係啊！我又沒有不舒服，能在這兒靜靜地看書，真是求之不得呢！你早點過去吧！別遲到啊！こころ的好意，卻刺痛著我的心。

團年飯十分熱鬧，妻子的父母、兩個妹妹、她們的丈夫和孩子們，還有妻子的弟弟和弟婦，連我在內總共十四人。我兒子因為鬧彆扭，沒有出席，妻子又不在港，我這家就由我來做代表了。不知怎的，大家都聽說我生病的事，紛紛向我問候。我感到有點奇怪，不過也都含糊應對了，頻頻說：現在好多了！好多了！多謝關心！

吃完了團年飯，我便匆匆回到咖啡店去，心中卻有點虛怯，生怕被親戚碰見我和妻子以外的女子約會。こころ依然坐在那個窗前的位置，維持著那個一手拿著書，一手托著腮的姿勢，好像已經化為一張定格照片一樣。待我走近，照片才變成影片，一下子活動起來。曾經靜止的時間，又流動起來了。本來想立即動身離開，但こころ卻好像並不心急，反而叫我坐下來也喝杯甚麼的。我不好意思把心中的顧慮說出來，便唯有隨便買了杯分量極小的濃縮咖啡。當然，也不好意思立即一口喝光，於是便放在唇邊小口小口地呷，感覺就像把時間不斷地分割，結果卻變得無限地漫長。

こころ把書攤開放在桌子上，用光滑的左手按著。我想起給她保管的那枚戒指仍然在我的褲袋裡，便把它掏出來，遞回給她。怎料こころ卻像是收到神祕禮物似的，一臉不相信似的按著胸口，以想壓抑但又壓抑不住的興奮聲音說：

送給我的嗎？

我一時間不懂得如何反應，拿著戒指的手還舉在半空，既不能收回，又不知如何交過去。

為甚麼無緣無故送戒指給人呢？

こころ繼續表現她的驚喜，卻沒有伸手去接。我有一刻懷疑她在逗弄我，但又不敢據此貿然行動。萬一她真的誤會我送禮物給她，結果將會極為尷尬。但是，她怎麼可能忘記自己早上把戒指給我託管的事呢？我完全給搞糊塗了。我這麼的一遲疑，こころ的態度又發生了變化。

我怎麼可以接受這樣的厚禮呢？你還是先收著吧。

她這麼一說，我便更糊塗了，也不懂得是否應該照她的話把戒指收回來了。這時，她突然又滿懷心事地低下頭來，狀似羞澀地說：

其實，我們的關係還未去到那個階段呢！

哪個……階段？我結結巴巴地說。

然後，她低著頭的視線，慢慢地聚焦於某一點之上。

而且，你原本的那枚卻不知去向，那也是說不過去的。

她的思路又再一變，令我的心再一次跌宕，幾經辛苦才能穩住隨風亂擺的旗幟。我那正擱在桌沿的左手，已經來不及躲閃了。於是就成了右手像銜著獵物的鳥兒高飛在半空，左手則像垂死的墨魚攤開在砧板上的局面。這個被封印了的定格畫面，最後還得由こころ變魔法似的雙手解救。她從我的右手上拿過戒指，再從桌上輕輕地拿起我的左手，以新婚妻子般溫柔的手勢，把戒指慢慢套進我的左手無名指上。我就像那雙手不是屬於自己的樣子，睜著眼睛目睹著整個過程。

就這樣吧！你還是先用這個去充當，以後就別再那麼大意了！

こころ把我的左手像是易碎的瓷器一樣，小心翼翼地放回桌面，自己的手卻覆蓋在上面，好像想確認那枚戒指還在那裡的感覺。但當我的左手一動，想反過來把她的手抓住的時候，她卻機敏地把手縮回去。她合上桌上的書本，望著落地玻璃窗外的燈火煌煌的街景，幽幽地說：

除夕夜很快就要過去了！

41.

農曆新年期間，針灸醫館休息一星期，原以為こころ的復元會因此受到耽誤，但是，出乎意料地，こころ的狀況並沒有出甚麼岔子，至少是能夠保持放假前的水平。大年初一，こころ跟我的家人一起度過，上午去了我父母家拜年，然後轉到我弟弟家。期間妻子和家人在手機視訊通話程式上拜了年，聊了好一陣子，感覺就像跟我們聚首一堂一樣。年初二輪到去我妻子娘家那邊，こころ便留在家裡，由我自己一人去應付了。

因為長假期而整天閒著的兒子，對我不能陪他頗有怨言。本來大可以像聖誕假那次去黃金海岸一樣，帶こころ一起同行，但兒子偏偏嚷著要去行山。雖說こころ的狀況有好轉，但對於郊外遠足這樣的活動，暫時還是過於勞累。弄不好又再令病情惡化，就真是得不償失了。こころ也曾經表示，我儘管去陪兒子好了，她自己度過一天半天絕無問題。可是，我卻總覺得如非必要，不想丟下她不理。我也不知道這是出於愧疚，還是某種非理性的習慣。表面看來好像是由於こころ對我的依賴，而我也完全認同這依賴的必要，但是，會不會是反過來說，其實我也產生了對她的依賴呢？就好像缺少了她這個給我關心的對象，我便不期然感到失落和空虛。難道真的是這麼的一回事嗎？

況且，奇怪的是，自從こころ的健康好轉，我卻開始感到了有點兒不適。具體來說是怎麼樣的不適，我又說不出來。總之就是肢體好像變得有點軟弱，而氣血好像也有點虛怯了。過了年後我曾經為此而去看了先前的那位中醫，但吃了幾天藥卻沒有甚麼改善，感覺反而是變差了。不用說這為我增添了困惱。

兒子要不就是去了找叔叔嬸嬸或者他的阿姨們，要不就自己一人四處遊蕩，甚至是獨自去行山。幾經我的勸阻，他還是不聽，有時索性連去了哪裡也不說一聲，發短訊給他也不覆，打電話給他又不接，半天沒他的消息，教我在家乾著急。不過，之所以出現這樣的情形，有一半是我的責任。要是我這個父親能騰出一點時間來陪陪他就沒事了。想來自兒子升上中學以來，我和他的關係發生了很大的轉變。過去小學六年，我基本上是全時間地照顧他。早上六點叫他起床，給他弄早餐，帶他坐火車到九龍上學，回到家裡不到半天，下午兩點多又出發去接他放學，之後便教他做功課，一直到晚飯，有時連晚飯後也會陪他溫習。到了週末，也例必帶他去參加活動，或者陪他四處去坐車。有時候也會由妻子代勞，那我就有了丁點兒的閒暇。可是，他升上中學之後，開始自己上學和放學，我也開始不那麼理會他的功課，美其名為讓他學會獨立。剛巧這個學年又是妻子在大學的休假年，而她早就計畫好利用這一年時間到英國C大學交流，並在那邊進行研究。兒子便一下子被迫進入了自立的狀態，但他似乎未曾做好準備，無論是心理上還是能力上，都好像有所不足。於是，不只成績跟不上，生活秩序也變得混亂起來了，例如晚上遲遲不睡，日間上課精神委靡，假期又整天待在外面，既不充分休息，又沒有做甚麼有建設性的事情。而目睹著兒子的變化，我卻因為こころ的出現而加倍無暇顧及，一副有心無力的樣子，在旁人看來，卻肯定是毫無道理，不負責任的態度了。我母親就是這個觀點的最強力持有者。

假期後再回到針灸診所，L醫師對こころ的恢復進度感到滿意，囑咐她要繼續每天的步行運動，並且建議她嘗試慢慢加快步伐和延長時間。輪到我的時候，我告訴醫師自己最近的身體不適，她卻沒有甚麼反應，只是隨便地說了句：是不是因為低氣壓？我對她的說法感到驚奇，但因為臉塞在床上的洞洞裡，沒法把反應呈現出來，便唯有盡量用聲音來傳達疑問：低氣壓？L醫師一邊在我的背上塗消毒藥水，一邊說：是啊！有些人神經系統敏感，每逢低氣壓的時候就會感到不適，有的會頭痛欲裂，有的會氣喘如牛。我以為她只是胡謅，便再問：你是說真正的低氣壓？醫師臉上的表情，也可以從她提高的聲線作出聯想：真正的低氣壓？低氣壓還有假的嗎？我想了想也覺自己的問題很蠢，只有含糊地說：我以為是比喻。醫師只是回應了一句：我又不是文學家。說罷，我的右後頸便被扎了第一針。

這天病友們的話題，都環繞著新年假期各自的旅行。不過，其實都只是些吃喝玩樂的內容，沒有甚麼深刻的體驗。L醫師、大姐、Yoyo和某些親友一行多人去了韓國，行程似是一般地滿意，唯是因為L對新近當紅的韓星缺乏認識，而遭到了導遊的白眼。有某女士又談到某酒店鬧鬼的傳聞，說甚麼晚上睡在床上，第二天早上卻睡到地上去，或者半夜有甚麼聲響，天亮之後物品都移了位置之類。說到鬼魂，又觸動了L醫師大發議論的本色。她堅決地否定鬼魂存在的可能，理由是在所謂「撞鬼」經驗的證言裡，人們總是只會遇到本國的鬼魂，也即是和自己同一種族的鬼魂。她振振有詞地說：如果天下間曾經死掉的人這麼多，不可能不會也遇上別國的鬼魂吧。也即是我們中國人除了碰到中國鬼，也定必會遇到架仔鬼（日本鬼）和鬼佬鬼（西洋鬼）。再者，人死後不是立即就去投胎的嗎？哪有這麼多的靈魂不去投胎，留在世間遊離浪蕩？L雖然是無神（也無鬼）論者，但她顯然是相信輪迴的，而非純然的唯物論和科學論者。她的結論是：所以呢！所謂的撞鬼，其實都只是疑心生暗鬼！隨著這個鬼話題得不到簾幕後的受苦眾生的回應，L醫師的偉論也很快便無疾而終了。

針灸療程完成，我們拖著疼痛的雙腿離開診所。搭電梯到樓下的時候，こころ說：

安賽剛才在我的旁邊。

這個句子雖然非常簡單，但我卻好像沒有聽明白似的，不懂應答。我無法把裡面的幾個簡單概念聯繫在一起，也即是「安賽」、「剛才」、「我」和「旁邊」四個單位中的時、地、人的關係，沒法順理成章地結合成一個有意義的整體。當中以「安賽」這個名字產生最大的效應，但內容卻依然是含糊的。我只能以疑問回應，說：

甚麼？你見到安賽？

不，我沒有見到她。但我聽到她。在我們臨離開治療室之前，有一個病人進入我旁邊的床位。我聽見她在簾幕後面和L醫師的談話，便知道她是安賽。

我推敲了一下こころ所說的話。今天我和她被安排到隔著通道相對著的兩張床，而在こころ的床位的裡側，還有另一個床位。記憶中我們完成針灸之前，那個床位好像換了個病人。但是，我沒有聽到那病人的聲音，也沒有察覺L醫師跟她的對話。也許，她們因為某些特別的病情，而壓低了說話的聲線。L表面上是個粗枝大葉的人，但實際上卻是觀察入微和考慮周全的。不過，我並不這麼容易接受こころ的說法。

但是，你怎麼肯定是她？你聽到她說話的內容嗎？或者聽到L醫師叫她的名字？

こころ搖了搖頭，說：

都沒有。但單憑聲線，我肯定那是安賽。

與其說我懷疑こころ的說話，不如說我不願意承認當中的可能性。事實上，我自己早於第一次來針灸便產生過遇到安賽的疑惑，只是我從沒有向こころ說出，也沒有向安賽求證。這令我加倍覺得こころ所言非虛，而又令我加倍不願意去確認箇中的虛實了。我嘗試打發這個話題，說：

只憑聲線？不太可靠吧！年輕女性的聲音不都是差不多的嗎？特別是發出那種痛苦的呻吟的時候！

說到後面這一句，已經超越了普通的輕率，而包含著不良的含意了。但こころ卻渾然不覺，或者是不予理會，只是順應我的心意，說了句：可能是這樣吧。然後便終止了話題。

走出那殘舊而狹窄的大廈入口，看見緊靠著左邊的鋪子剛剛開張了。鋪子以純白色拱門作入口和櫥窗，第一眼還以為是一家婚紗店，再看清楚才知道是歐式甜品店。隔著櫥窗望進去，裡面有小巧精緻的桌椅和餐具，還有一個銀色的巨大鳥籠作裝飾。在鳥籠內陳列著各式顏色鮮豔但味道卻沒有保證的西式甜點。我們看了看掛在門外的餐牌，上面寫著「心情甜品」共十多款，包括開心、寂寞、憤怒、刺激、幸福、困惑、樂觀、驕傲、空虛等等。こころ似乎是有點被吸引了，興奮地問道：

你今天的心情屬於哪一種？

我直覺地想說是「困惑」，但卻迂迴地回答說：

肯定不會是「開心」、「幸福」、「樂觀」或者「驕傲」吧。

那難道會是「憤怒」或者「刺激」嗎？

那當然也不是。為甚麼憤怒呢？也沒有甚麼刺激可言。

那麼，你想說的是「寂寞」和「空虛」？

聽著こころ的連番追問，我覺得有點不妥，但又說不出所以然，便唯有說：

似乎是沒有一項適合我今天的心情呢！

那你今天的心情如何？用怎樣的詞語去形容最恰當？

我一時答不出來，便反過來質疑說：

你認為人的心情單單地用一個詞語就可以概括的嗎？那不是太簡化了嗎？這種心情甜品都只是騙人的伎倆吧！你看，為甚麼「寂寞」就是義大利甜酒芝士餅配北海道牛奶雪糕？為甚麼「憤怒」是朱古力紅桑子啫喱慕絲配朱古力餅乾？「空虛」卻是焗蛋白配焦糖榛子粒？當中有任何道理嗎？都只是胡來的吧！況且，每一道甜品都上百元啊！這不是物非所值嗎？

我以一番數落來推翻了整個話題，也完全掃了こころ的興頭。我隨即抬步往另一邊的茶餐廳走去，而こころ也只能跟隨其後。我們在茶餐廳坐下來，按之前的習慣點了那完全不具備任何心情因素的火腿雞蛋三文治和熱奶茶。又或者，如欲強加標籤的話，也可以名之為「沉悶」吧。

等待食物的時候，我們又很自然地各自拿出書來看。她在看的是漱石的《春分之後》，而我在看的是《門》。我不知怎的有點心亂，看了幾行便看不下去，躊躇了半晌，忍不住說：

你真的肯定剛才在你旁邊的是安賽？

こころ對於我主動挑起剛才輕率地拋開的話題，面露少許驚訝，但依然保持自然地說：

我憑直覺。

她換了一個不那麼容易受到質疑的詞語。直覺是一種非理性可以解釋的東西。一說到直覺，一切理性辯論便遭到終止。但我並不是想跟她辯論，我只是想求證。

你最近跟安賽有聯絡嗎？

為甚麼這樣問？

沒甚麼，只是想知道，她會不會跟你提過身體有何不適，或者正在針灸之類的事。

沒有。

她簡短地回答，也不知是沒有和安賽聯絡，還是安賽沒有跟她提到那些事。我也不便像盤問犯人一樣地追究下去。我把問題重新整理，再次發問：

所以你剛才就是在毫無心理準備或者提示之下，單純地通過直覺發現安賽就在一簾之隔後面？

可以這樣說。

聽她這樣說，我又安心下來了。無論こころ的直覺是對是錯，無論那簾幕後面的是或不是安賽，那也不重要了。因為那純粹只是一件巧合的事情。至少，就こころ的方面來說，是沒有懸念的了。但是就安賽和我來說，則可能還有內情和下文。這時候，こころ又補充說：

不過，也不盡然。

也不盡然，是甚麼意思？

我的意思是，也不能說在我的意識或者心情當中，先沒有安賽所投下的影子，而令我特別留意到，又或者只是猜想到，在我們的生活軌跡的某一點裡出現的，可能是安賽。

こころ的說法既複雜又毫不含糊，像銳利的刀子般直刺過來。為了閃避刀鋒，我只能佯裝不懂，說：

說的也是。認識安賽的都知道，真的很難完全擺脫她的影子。對於我敷衍的說法，こころ並沒有爭議，只是微微一笑。對此，我只能深感佩服，以至於心存感激。こころ真可謂聰慧過人，常常令人難以招架，但又對人留有餘地，從不把人迫進牆角去。問題是，反過來檢察我對こころ的態度，雖然一直極為關顧和憐惜，甚至產生了生活習慣上的依賴，但是，卻很明顯在最根本的方面未盡誠實，也因而是未盡情義了。

這時候，こころ的直覺又發揮作用，像是感應到甚麼似的，說：

老實說，剛才我感到很驚訝。

幾時？為了甚麼？

當你說你的心情既不「開心」也不「幸福」的時候。

傻瓜！那只是戲語而已！當不得真的！

當然。但是，裡面多少也有真實心情的反映吧。

那如果當真來說，我的意思也不是我「不開心」和「不幸福」，而只是我今天或者此刻並不具有特別標舉「開心」和「幸福」的個別原因吧。這不是一般而言人的常態嗎？

說的沒錯！你的辯才很好。但是，作為一個遊戲，也不是不可以借此而窺見一點對方的內心吧。也許你並不相信遊戲，但是，你卻不能沒有嘗試了解我的內心的意圖啊！

我有這樣表現出來嗎？

你連問也沒問過我會選哪一種心情甜品呢！

我剛才還覺得こころ聰慧，此刻又覺得她過於天真，甚至是有點幼稚了。原來她就是為了這個「心情甜品」的問答遊戲，而耿耿於懷。可是，對於如此這般的一個こころ，我同樣也只能舉手投降了。

好吧！就算是我的疏忽吧！那我現在來問你，如果是你，你會選哪一種心情甜品？

こころ雖然終於露出了微笑，但神情卻竟是哀傷的，她嘆了一口氣，說：

原本所選的，就不必再說了。現在，最接近的大概是「寂寞」吧。

不知怎的，聽到「寂寞」這個詞從こころ的口中說出，我心頭產生了莫大的震盪。我從來沒想過適用於こころ身上的這個詞語，突然像巨大的烏雲般籠罩在她的頭上，對她的生存的各個方面投下了陰影。而我這個每天生活在こころ的身邊，跟她彷如形影不離的陪伴者，不但沒能為她驅除寂寞，甚至反而令她增添了寂寞，而我卻竟然懵然不知，也對此漠不關心，我這又算是怎樣的一種情義呢？不僅只是未盡情義，而簡直就是寡情薄義了吧。

大概是見我沉默不語，一臉愧疚的樣子，こころ又反過來解救我說：

不過，也不關你的事。我原本就是一個不容易了解的人。要了解我，大概就像吃焗蛋白配焦糖榛子粒一樣，終究還是不得要領吧。

こころ說罷，笑出了一個焗蛋白似的笑，帶著絲絲甜意的，但卻迅即化開，無形無狀的。我的心就像被撕去了一角似的，隱隱作痛起來了。

42.

那天清晨，我醒來之後，看見躺在我旁邊的こころ也睜開了眼睛，於是便跟她說了那個多年來重複做著的夢：

告訴你一件事。我經常做一個重複的夢。在夢中我想打電話給妻子，但卻怎樣也打不通。每一次打電話的情景和原因也有點不同，但相同的是，她不在我身邊，而我急需立刻和她聯絡上。打不通電話的障礙多種多樣，但大部分都和手機有關。有時是明明看準手機上的數字，但每次總是神推鬼弄的按錯。有一開始就按錯的，有按到中間按錯的，也有按到最後一個字才功虧一簣的，都令人又心急又生氣。有的時候，是打電話的途中手機突然壞掉，或者被甚麼事故打斷，無論怎樣也沒法完成撥號。也試過幾次，電話上的數字的次序和位置不知怎的全掉亂了，或者變了別的符號，看著就頭痛，完全無法下手。

那麼這次呢？屬於哪一種情況？

這次是全新的，前所未見。

是嗎？很新鮮啊！說來聽聽。

是這樣的。我當時拿著手機，就是我們現在慣用的那種智能手機，品牌和型號並不重要，重要的是那些模擬電話版上的按鍵，像是一塊塊正方形的，四角帶點圓的小磚塊，感覺是有點立體的，顏色我就不記得了，大概是接近青色和藍色之間吧。當我正想按下去的時候，屏幕上的數字竟然逐一像鬆脫的牙齒般掉下來。開始時是每按一個掉一個，然後便是全盤的紛紛掉下。我連忙蹲下來，把地上那些小方塊字屑逐一撿起來，並嘗試把它們貼回去，但無論怎樣它們還是鬆脫。好不容易貼好了幾個，又嘩啦啦的散落。結果電話當然打不成，甚至連手機都報銷了。

對象都是你妻子嗎？

都是。

從未試過其他人？

沒有。百分之一百是妻子。

你們夫妻倆不像有溝通困難。

我也奇怪。

可能是更根本性的溝通障礙。

根本就接不通。

是對無法接通他人的恐懼。

我只想跟妻子接通。

你有孤獨症。

如果是的話就不必打電話了。

你是孤獨，但又同時依賴。

依賴甚麼？

依賴你妻子，以她作為你的出口，令你能安於自己的孤獨，讓你的孤獨變得比較安全，比較溫暖。讓你可以全心和自己說，我也不是那麼自我的人啊！我也可以愛，也可以關心，也可以付出。如果沒有妻子的話，你就會變成完全封閉在自我裡面的一個人。

但說到底，誰不是封閉在自我裡的人？誰能真正的向他人，向世界開放自己？

對的，嚴格來說，每個人都是自己的邊界。這條邊界是沒法跨越的。所有的溝通都只是權宜的，相對的，都只是某種程度的自說自話。就像我和你之間一樣。

我和你之間，不是一直在對話嗎？

所有小說都是獨白。

在文學上我是巴赫金的追隨者。

沒關係的。你崇尚對話，但對話其實只是一種獨白。相反，崇尚獨白的人，寫出來的卻其實是一種對話。

你是說，獨白和對話其實是分不開的？

是一體兩面。你以為自己面向世界，但其實只是面對自己。你以為只是面對自己，但其實你無可避免已經面向世界。

こころ，你的說話令我感覺陌生！

但也很熟悉，是不是？

對，很奇怪。

那你就開始認識我了。其實，你本來就認識我。

其實，我一直弄不懂一件事。我和你，究竟是甚麼時候認識的呢？

你說呢？

是在去年嗎？我甚至想，你是我的舊同學嗎？我們一起念過書嗎？是大學時代？為甚麼你這麼了解我的思路？但我怎麼也記不起……

你這樣想太狹隘了。

你的意思不是說更早吧？

這不是遲或早的問題。

我覺得我們沒有溝通障礙。

你錯了！我和你之間的障礙最大，最深。

我和你之間沒有打不通電話的問題。

你以為問題真的在電話嗎？你以為真的存在電話這東西嗎？電話是個隱喻。

你以為真的存在隱喻這回事嗎？真的有一個隱喻卡在中間，等待著我們去解碼嗎？

但文學不就是世界的隱喻嗎？

對，所以文學的功用是把實相隱藏起來。

也即是反溝通？

不，那就是溝通。溝通就是隱藏，就像語言，所有的名字，所有的符號，都不是赤裸裸的實相，而是假象。人們只能通過假象、假面、假名去進行溝通。

但我和你之間呢？不就同樣是這樣的嘗試著去溝通嗎？

我和你的確是按照著世人的方式去做。這原本也是無可避免的。但是，到了最終，如果你想真正地明白我的話，我們就要放棄隱喻。

你是說放棄溝通？

怎麼說都好。

難道我這樣努力去了解你也是徒勞的？

努力是好的，但有時太努力會成為障礙。

那怎樣才能解除障礙？

我們必須赤赤裸裸的、原原本本的看見對方。

你說的不是字面的意思吧？

難道還有別的意思嗎？

我認為不太合適。

你已經這樣做了，縱使只是單方面的。

你是指你出現在我家的那個晚上？

其中之一。

我不是有意的。

問題就在這裡。

你不是主張我應該採取主動吧。

你也不讓我看見你。
恕我難以滿足你的要求。
你很嚴密地守住自己。
我必須對妻子保持忠誠。
這跟對妻子忠誠無關！你真是個笨蛋！
こころ說罷，轉過身去，背向著我，似是又睡去了。我那沉重的眼皮，也慢慢地合上了。
也許，上面的對話其實也是夢的一部分。

43.

自從二月初こころ走路不便，我們出入便採用了另一條路。原本出門之後，靠左邊走上那條安靜的上坡路，直至來到寺院門外，才向右轉回大馬路。回程則採取相反的方向，也即是下坡了。對於腿力欠佳的人來說，這樣一上一下也頗為費勁。後來我們一出門就改為向右，沿著短小的「掘頭路」，也即是死胡同，直出大馬路。所謂死胡同，只是就汽車行駛而言，行人則無障礙。沿著大馬路向前，路面較平緩，比較易走，沒多久就經過寺院，也即是昔時路徑的切入處。

我家所在的這條短短的小路上只有兩個門牌。我們屋苑是二號，門閘位於路口，另一家平房是一號，入口位於路的末端，靠近大馬路旁邊。那是一個獨立式的雙層平房，有點像私人別墅的感覺，名字頗具雅趣，叫做「藝蘆」。房子和外牆都髹上白色，屋頂和樓上那些小巧的窗框則髹上天藍色，情調甚似愛琴海上希臘小島的風味。經過的時候抬頭仰望，總不免想到會不會看見甚麼神話裡的仙女，從窗框後探頭張望。圍牆上可以看到形態特別的樹木，品種我卻說不出來。隔著同樣是藍色的鐵閘欄框望進去，可以看見經過細心修剪的園藝盆景，格調又顯然是中國式而非西洋式的了。房子主人或是住客從未遇見，常常只見一男一女的菲籍傭人出入。

在白房子對面的草坡上，也即是我們屋苑的圍欄外，長了幾棵大樹，其中伶仃的有一棵楊桃樹。每年初春和初秋時節，樹上都會掛滿青黃色的楊桃果子。一看到楊桃果子，就令我想起妻子。

妻子每年見到草坡上和馬路上掉滿了楊桃，都會讚嘆不已，甚至有衝動去撿回家吃。不消說每次都給我及時阻止，而她便會以不捨的眼光望著那些看來非常鮮美的果子，為著它們自行爛掉的命運而深感可惜。至於還掛在樹上的楊桃，因為都在高處的關係，要勞師動眾去摘取是不切實際的，我也自然沒有生起過這樣的念頭。想不到的是，當こころ第一次在家門外面看見那些新長的楊桃，她便嚷著要摘一個嘗嘗，掉在地上的也忍不住伸手去撿。我有點詫異，女人原來都是這樣饞嘴的。但是，我又因此而想念起妻子來了。

こころ總是不時令我想起妻子，但她又明明和妻子那麼的不一樣。她不但跟妻子不一樣，她的存在理應和妻子互不相容，但在我心裡卻沒有出現任何齟齬之處，細心想來著實是有違常情。雖然就涉事人而言有三位，所以名之為一段三角關係也沒有甚麼不妥，但是，這又不是尋常所說的那種三角關係。我也不知道怎樣去解釋這段奇特的三角關係，我只知道這絕不是一般世間上的道德可以判決的。我甚至懷疑當中根本就沒有道德的位置。當然，聽我這樣說的諸君，肯定要對我這種無賴的態度表示鄙夷和作出批判了。

我對こころ的存在並不感到罪惡，並不完全因為得到妻子的首肯。妻子的默許甚至是鼓勵，亦不會令事情變得正當，而只會更加乖離倫常。反過來說，こころ亦絕對不是妻子的臨時替代品。在妻子和こころ之間，存在著一種既非對等，也非對立的關係。在實際的、世間的意義上，她們的確是難以同時以伴侶的姿態生活在我身邊的，但是，這又不是說她們在本質上不能並存。可是，假若妻子和こころ是可以並存的話，卻又難以保證她們能夠做到互通有無。又或者，根本就沒有這個必要吧。事實上，連我和こころ的關係也不是不辯自明的，更遑論妻子跟こころ的關係了。這簡直就是一件越描越黑的事情。如果有人將上面的一番思索，理解為一個欲享齊人之福者的詭辯，我雖然肯定不會同意，但也不會怪罪於解者的膚淺的。

我和こころ的關係，在針灸的時候也被問到過。這完全是出於L醫師的好奇，但也顯然只是人之常情。我不知道一開始的時候，醫館的人是怎樣看我和こころ的。我們沒有宣稱是夫妻，感覺上卻又比普通朋友親密，所以大概是被當成情侶的關係。但是，在言談間我又向L醫師流露出我已有妻兒的事實，於是，こころ的身分肯定在她們的心中成為懸念。處事謹慎但好奇心也不小的L醫師，那天終於忍不住小聲地問こころ，究竟她和D先生是朋友還是親戚。她總不會以為單憑那薄薄的簾子，我便聽不到她的問話吧。我的臉雖然塞在洞洞裡，但耳朵還是可以豎起來的。我靜待著こころ的回答，但卻只是聽到她猶如受虐的貓兒般的低吟。大概是捱了兩三針之後，才聽到她說：我和D認識很久了。就只是這樣的一個依然曖昧的答案。這樣的答案顯然未能滿足L的好奇心，她於是又放輕聲線地追問：何謂認識很久呢？你們是舊同學？是青梅竹馬？這次こころ卻答得很快，簡短地說：我們是一起來到這個世上的。聰明過人的L醫師，竟給こころ的不尋常答法打亂了陣腳，一時蒙蔽了理智，依憑她的職業直覺，驚訝地說：莫非你們是龍鳳胎？但是，腦筋一回復清醒，又不免疑惑道：但你們的名字……。此時こころ毫不猶豫地說：我們自小就分開了，我跟了一個表親，連姓都改了。L醫師雖然閱人無數，但對こころ如此坦率的表白，頓時也沒法分出真假，只能壓抑著心中巨大的驚嘆，說：有這樣的事？想不到的是，こころ竟然還補了句：分開了這麼多年，我們是最近才相認的呢！不要說L醫師，連我也在毫無心理準備之下，被こころ編的故事弄得嘖嘖稱奇了。半信半疑的L醫師只能說：那真是恭喜你們了！

有趣的是，當L醫師從隔鄰來到我這邊的時候，卻隻字不提剛才的話題，既沒有直接向我求證，也沒有嘗試旁敲側擊，好像完全不知道隔牆有耳一樣。我沒法看到她的表情，所以不知道她對我和こころ這對男女，是否加倍帶著懷疑的、甚至是鄙夷的眼光，還是完全信服こころ剛才的說法，而真心地流露著同情和隨喜。相反，我卻極欲回敬她的好奇，在她下針之前，搶先問說：你們這裡的氣氛真好，簡直像一家人一樣！你和大姐是住在一起的嗎？我早就懷疑L和大姐之間的關係，並不是員工和老闆這麼簡單。L醫師的聲音明顯地提升了警覺性，說：為何有這樣的想法呢？我便故作隨便地說：有時聽你提到大姐做了甚麼晚飯，早上又做了甚麼早餐，放假又一起去玩，不像一家人還像甚麼？L醫師以簡潔的事實回應說：我們當然住在一起，大姐是我姐姐嘛！想不到她這麼直截了當，幾乎把所有往後的疑問都封堵住了。見諸大姐與L的樣貌的差別，除了髮型相似之外，跟我和こころ的差別其實是不遑多讓，我本應可以作出更強力的質疑，但是，可能是因為心中有鬼，我卻只能無力地重複說：大姐真的是你的姐姐？我也沒想到，這樣直接的說法會招來報復，到時她反過來問「K小姐又真的是你的妹妹嗎」的話，我是否招架得住。但是，L醫師竟然沒有利用這一點作出反擊，只是重申說：姐姐也有假的嗎？再細想之下，我才感到了L醫師一語相關的暗示：如果姐妹也有假的話，那兄妹也就同樣是個謊話吧！想到這一層，我便不禁閉了嘴，終止了話題。事實上，在L醫師彷彿加強了的施針勁度下，我就算想說，也說不出話來了。

這天診療室的話題，是生孩子。首先是因為一個熟客今天剛入院生產，大家便在賭嬰兒的重量究竟是超過還是低於八磅。不知怎的，L醫師又不斷叫另一個女病人多生一個孩子，令對方好不尷尬。那位太太聽聲音年紀已經不小，她說她的大兒子也已經十八歲，再生的話就是老蚌生珠了。後來，女病人反過來問L自己為何不生。L立即以堅決的口吻說自己沒那麼偉大，生孩子當父母就等於放棄自己的人生，她實在不願意失去自由自在的生活云云。她又說看到她弟弟的兒子們的互相鬥爭和苛待祖母的境況，便決心不要走上這條悲慘的道路。至於L是否已結婚或者有沒有這方面的意向，卻是個沒有觸及的問題。由這裡大家又說到教養孩子的話題，慨嘆現今的怪獸港孩，消耗了父母甚至是祖父母輩的大量精力，不免又緬懷起自己的童年時代，是怎樣的老早就懂得照顧自己，父母根本就無暇理會，任其自生自滅。隔空的聊天這樣繞了一圈，L醫師又重複向先前那位女病人說：生多個啦！那位女士大概給她說得臉紅耳熱起來，只能罵道：你變態！

針灸之後，我曾經向こころ提議去光顧那家看來華而不實的西式甜品店，但她卻說：上次說笑而已，不用當真的，還是去茶餐廳吧。結果我們又到茶餐廳吃了那相同的下午茶。大家聊起剛才在診療室的話題，不知怎的就扯到我妻子。こころ說：

剛才那樣的話題，你很難加入吧。

為甚麼這樣說？因為我是男人？

不，因為你妻子似乎跟其他女人不一樣。

不也是女人嗎？既是妻子，又是媽媽，有甚麼不同？

她不是那種覺得應該為兒女放棄自己的人生的女人。

那當然，我也不認為女人必須為家庭放棄自己的人生。不過，我也不是說，妻子是那種事業型的女性。那又是另一種樣板吧。

那麼，那所謂的自己的人生，是甚麼意思？

事業上的追求，當然是包含在內的，但是，還有的是個人的興趣。不過，更核心的，其實就是一顆隨意而行的心吧。

隨意而行？

或者可以說是率性。在旁人看來，有時甚至會顯得有點任性吧。作為妻子和母親，她對家事是十分粗心大意的。家務完全不懂，自己的東西總是亂作一團，但卻很多即興奇想，好像突然買回來甚麼新型家電，或者自己親手焗起麵包來，但多半只是三分鐘熱度，很快又忘得一乾二淨。不過，同樣性格的她，當面對困難的時候，卻有一股不顧一切的蠻幹的勁兒。她有一年一直在咳，看了很多醫生也不好，也查不出是甚麼原因，總之咳得非常厲害，一發作就連續幾分鐘停不下來，但是她卻不顧一切，天天去跑步，結果竟然給她跑好了。像她這樣子的人，有一種本能的生命力。雖然作為學者，她的思考力和分析力也很好，但是，她最強的其實是這股不假思索的勁頭。絕不思前想後，想做就做，有時難免顯得衝動。她想做的事，就算我不同意，基本上沒有一次她是聽我的。她無論如何也會做她想做的事，無人能阻止，這種固執和我們的兒子有點相似。當然，兒子的固執也有繼承我這方面的，所以也不能把責任統統推給妻子。這也不是說，妻子不會對不順利的事情感到不開心或者生氣，也不是說她完全無視別人的看法。至少，對於我這個在人生取向上絕不尋常的人，她可以說是百般遷就的。不過，在遷就之中，她又往往能令人順從她的意思。總之，任何情緒也不會去到令她停步或者否定自己的地步。所以她不會陷入焦慮或者憂鬱當中。這完全是因為她擁有一顆粗心所致。我所說的粗心，並不是說她不懂得關心別人，或者只顧自己。絕不是這樣的意思。她因為有一顆粗心，所以懂得適時把問題拋開，或者暫時忘掉，全情投入各種生活情趣裡，無論是跑步、吃東西、聽音樂、看電影，或者去旅行。她能夠為很小的事情開懷大笑，又或者總能看到事情好笑的一面。這樣她就可以保存她的能量，回頭來處理她的問題。相反，我缺乏這種本能式的衝勁。我一生人只有兩件事是毫不思索地隨意而行的，第一件是投入寫作，第二件是跟妻子結婚。其他的事情我都在不停思慮，顧及環境條件和別人的看法。就算是作為母親，妻子也是那樣隨意而行，完全是非典型的。別的母親在教養兒子上會做的事情，她幾乎都沒做。她完全不能用慈母來形容，但卻的確對兒子很好，很懂得欣賞兒子的好處。有人可能會覺得她很放縱兒子、甚至自己也陪著兒子胡來，但是，她的靈活補足了我這個在育兒方面非常死板的父親，以她的獨特的方式，讓兒子能釋放他性格中自發和開朗的因子。那是只懂板起臉孔講道理的我無法做到的事情。作為妻子，她也同樣地令生性呆板的我，釋放了個性裡僅有的一點趣味性吧。我原本是個悶蛋，繼承了我阿爺與父親刻苦而又內向的性格，是一個不需要特別的娛樂或享受的人，也不懂得生活的情趣。是妻子令我還算嘗到了人生的情趣，或者用漱石的說法，就是稍懂了一點點的人間的「風流」吧！

我一口氣說了這一大段關於妻子的評論，こころ只是靜靜聽著，完全沒有干擾或打斷。待我說完，こころ才點了點頭，回應說：

你看來很了解你的妻子，也很了解你自己。的確，你真是個不懂情趣的人。

こころ的話裡好像帶有抱怨的意思。我的思路跟不上這個突然的轉向，只能以疑問回應：

你指的是哪方面？

我說的是你對我，完全沒有情趣可言。

對於剛才還在對妻子的優點津津樂道的我，突然要切換到跟另一位女性的關係去，並且回答關於情趣的質詢，感覺實在是有點荒唐的。這樣的對話如果要暢順地進行下去，非得進行某程度的道德的拔除，或者索性是耍無賴了。

你所要求的情趣是甚麼呢？

例如，你從沒有和我去過甚麼地方啊。

我們不是一起去過新加坡嗎？

那不算數，你只是為了演講，而且，也著實哪裡也沒有去。

但那是因為你有病在身嘛！

是你根本就沒有這樣想過吧。

你不是妒忌吧？

妒忌？妒忌誰？

沒有誰。我是指我妻子。

在回答她的問題之前，我心裡有半秒鐘的空白，好像這個答案存在懸念似的。こころ卻立即說：

沒有這樣的事，不要做沒見識的人。

沒見識的人？

以為我會跟一般女性一樣。

甚麼一樣？會生妒忌心？

こころ嘆了口氣，好像不屑回答似的，眨著眼，低下頭來。我卻並不明瞭她的心思，還追問

說：

好的，是我不對。那你有甚麼地方想去？

這似乎並不是こころ希求的答案，她以一副恨鐵不成鋼的樣子，望著我說：

我從你身上所渴求的情趣，跟你的妻子或者是別的女性無關，也因此絲毫不涉所謂的妒忌。那完全是兩個層次的事情，但你卻把它弄成很不堪的樣子。

不好意思！我還是不太明白你想說的是甚麼。

こころ沉默下來，隔了半天，卻突然又嫣然一笑，說：

算了罷！我只是說笑而已。

說笑？說甚麼笑？

我更加糊塗了。也許是為了安撫我，こころ回答了我先前提出的問題。

其實，我也真的有想去的地方。

是哪裡？

京都廣隆寺。

為甚麼？

看彌勒菩薩像。

我點著頭，竟又沒法決斷地說出：那我陪你去吧。我於是便陷入更深的自慚裡了。こころ好像也察覺到了，又說：

其實，你去過的地方，我都去過了。你不去的地方，我也不會去。而你打算去的，只要你願意，我都會跟著你一起去。所以，你不用做甚麼，無論如何，安心就好了。

こころ以輕柔的眼神望著我，說完了這段話。我雖然聽不明白，但卻感到好像被一陣清風拂過，有一種莫名的舒暢和釋放。我忽然想起こころ回答L醫師的說話：我們是一起來到這個世上的。那裡面聽起來有一種超乎人世的親密感。但是，我沒有向こころ尋求說明。也許，說明根本就沒有意義。

44.

那個星期五早上，こころ突然說不和我一起到大學上課。我感到有點意外，之前她一直也跟我一起去的，從沒有缺席過。我問她為甚麼，她說好像有點感冒。的確，現在正值流感高峰期，這個冬天已經有三百多人因此而死去。我聽她說話的時候，鼻子好像有點塞，便囑她留在家裡多點休息，不舒服的話就吃點成藥。她拿著夏目漱石的《行人》，復又挨坐在床上看起來。見她還可以讀書，應不至於太嚴重，我便放心自己上學去了。

我照習慣比上課時間早十分鐘到達課室。學生只有寥落的兩三人，之後陸陸續續有人推門進來。到了九點半，座上還不到一半滿。我照例延遲五分鐘才開始授課。想不到的是，當我正想開口的時候，課室的後門被推開，進來的竟然是安賽！我在句子的中途頓了一下，隨即故作鎮定地繼續說下去。安賽身上穿的是一條海藍色的連衣裙，手臂上勾著一件黑色絨長大衣。她在課室的後面橫向走過，雖然看不見她的腿部，但從她的步姿可以判斷，她穿上了高跟鞋。她的裝束很明顯和上次見面的時候一模一樣。我一邊講著課堂的開場白，一邊禁不住在心裡想：從她自信的態度可知，那肯定是她自認為最吸引的打扮，而且，也肯定包含著喚起我的回憶的意圖吧。安賽走到角落裡，坐在最後一排靠窗子的位置。臨坐下前，她朝講台這邊望過來，我不得不微微點頭示意，然後便立即把目光投向課室內的其他學生。今天談論的作品是羅貴祥的〈愛吃消夜的二哥和夜光錶〉。

有驚無險地，兩節的課堂又完成了。學生們紛紛離開，直至整個課室只剩下角落裡的那一抹藍色。我裝作專注地收拾著個人物品。當我聽到高跟鞋步步走近的聲音，抬起頭來，安賽已經站在我面前。此情此景，非常熟悉。從前安賽念一年級的時候，每次來旁聽我的課，都是那樣子留到最後，然後跟我彷彿早有默契地一同離開。唯一的分別是，從前的安賽還是一臉稚氣，一副學生打扮，今天的安賽卻完全是一個成熟女性的形象。我們都沒有說話，就那樣並肩走出了課室。

離開了教學大樓，置身於山上的清冷空氣中，我才說：找個地方坐下來吧？安賽嘴含笑意，點了點頭，走了幾步，才補充說：先離開大學再說。我完全領會她的意思，毫無異議。又再默默地走了一段，我低頭望了望她穿著白色高跟鞋的腿部，說：不方便走路吧。坐校巴下山？她又一臉滿意地點了點頭。其實，我也考慮到自己最近出現的下肢乏力的問題。前面本來有一輛校巴在接載學生，但我們沒有追上去，看著它開走了。車站上靜了下來，只剩下我們兩人在等車，下一輛校巴很快又到了。

我們坐火車去了沙田。時間還未到中午，商場內的食肆的位子多的是，但走著走著，卻去了一間酒店的咖啡室。大家似乎都不太注重吃的，只關心找一個可以安靜地談話的地方，甚至預想到，在談話之後會不會發生甚麼後續的事情。當時雙方的靜默，就是帶有這樣的一種氣氛的。一坐下來，安賽本來穿了在身上的厚大衣又被除下，搭在椅背上。那條海藍色連衣裙只露出上半身的部分，雖然是長袖的，但料子頗為輕薄，換了是別人一定會覺得冷。可是安賽卻完全一副適然的樣子。衣服的前襟有一排鈕扣，安賽照樣敞開了兩顆，露出了脖子上的金色十字架鏈墜子。那若隱若現的閃光，撥動著我心中角落處的回憶。那印象是那麼的新鮮，就好像是發生在連續的兩個瞬間的事情。

在吃飯間，我們聊了些無關痛癢的話題，像泡沫一樣，一說完就立即忘得一乾二淨。也可以說，完全是心不在焉了。整個午餐就好像只是一道前菜，而主菜卻還在後頭。到了侍者送來咖啡的時候，我隨便地問了句：

找工作的事怎樣了？有消息了嗎？

安賽優雅地攪拌著加了糖的咖啡，輕描淡寫地說：

我不打算上班了。

我也並不破壞那輕描淡寫的氣氛，信口說：

是嗎？那你打算做甚麼？

我報了文化研究系的碩士課程，打算以你的作品的批判為研究題目。

安賽說完這長長的句子，呷了一口咖啡，我卻是同時間把我手中的咖啡放下，嘴巴卻依然是張著的。

我的作品的批判？

我不期然地把強調落在最後二字之上。

對啊！不是批判，難道是欣賞嗎？你知道，「欣賞」這個詞在學術上是沒有效力的。

但你可以說作品「研究」啊！

「研究」太空泛了吧！說了等於沒說。況且，「批判」的確是我的意圖。

我像個自作多情的人一樣，自討了沒趣，唯有解嘲說：

當然啦，不進行「批判」，在今天還有甚麼研究可做呢？

我極想把話題就此打住，也不願意她繼續發揮如何和從哪些方面對我的作品進行批判，但安賽卻意猶未盡似的說：

我打算集中批判你作品裡呈現出來的矛盾，也可以說是表裡不一的地方，特別是關乎到對公共生活的關注和對極端個人主義的舉揚，探討兩者之間的對立和衝突。簡單地說，就是你看待政治和文學的關係的自相矛盾和搖擺不定的態度吧。

她大概是察覺到我臉有難色的樣子，連忙又補充說：

你不用擔心啊！只是對你的作品的批判，而不是對你的人格的批判。

這句看似安慰性質的話，聽在我耳裡卻異常尖銳，反而勾起了我更深的疑慮。我就像輕鬆漫步的時候突然一腳踏空似的，整個人墮進暗黑的洞裡，而且內心在最初一瞬的驚嚇之後，立即浮現兩方面的可能性——究竟事情純屬巧合，還是其實是一個陷阱？一陣寒意驟然從脊柱向上湧起，衝向我的腦袋。眼前的本來是那麼美麗可人的安賽，突然卻好像變了顏色似的。我完全觸摸不到她的真正用意。明知事情已經朝向危險的境地發展，但我不得不弄清楚它的意義。可能是因為太心急，我的談話似乎失了方寸：

但是，你認為，在那樣的事發生之後，關於我的研究或者批判，還能夠客觀地進行嗎？

那樣的事，是指甚麼事？

安賽竟然還能保持一臉天真，令我驚訝。如果這天真是裝出來的話，事情就更加令人心寒了。

我嘗試引導她說：

即是我和你之間的事。或者可以說，是一種不能以客觀的態度去看待的關係。

你在繞圈子呢！可以說得更明確一點嗎？

你明明是知道的，為甚麼還要我說明？

我知道甚麼？你不說明我怎麼會知道？

她臉上的天真不但加倍地增長，更加入了困惑和委屈了。我用手不斷地搓著下巴，苦惱著如何解救面前的困局。我決定換一個角度說：

好的，我來問你，你今天為甚麼穿這條裙子？

安賽低頭望了望自己身上的藍色裙子，依然不解地說：

沒有為甚麼。覺得這樣穿比較好看，便穿了。如果你願意我說出來，也可以說是為你而穿的，因為希望你也覺得好看。但是，這也原是很平常的想法吧。

但是，你上次也是穿同一條裙子。所以，你今天刻意再穿著它來見我，不是帶著延續上次的回憶的意思嗎？

是嗎？我上次穿的是這條裙子嗎？我以為是另一條呢？在那樣的環境中，是你看不清楚吧。

聽她這樣矢口否認，我又開始懷疑自己的記憶了。我當時的心情的確是七上八下的，並不能說處於非常清醒的狀況。她見我沒答話，又說：

所以呢？為甚麼說到裙子的事呢？你先前想說的，跟裙子有甚麼關係？

裙子的這條線索，似乎是斷掉了。我的視線落在自己的左手上，突然又想到一事，便說：

好的，裙子別說了。我來問你另一件事，但你要誠實地、坦白地回答我。

她有點被我的語氣嚇怕了，原本已經白皙的臉一下子更退減了血色。

我當然會誠實地、坦白地回答你。一直以來，是你對我欠缺誠實和坦白啊！

我不理會她無辜的反詰，以手背向上，朝她提起我的左手，說：

你為甚麼偷偷拿掉了我的結婚戒指？

安賽不明所以地睜著那雙迷人的大眼睛，說：

你的結婚戒指不正好好地戴在你的無名指上嗎？

這一枚不是原來的那一枚。

我辯解說，但一說出口就完全失去說服力。

不是你原來的那一枚？那麼這一枚是哪裡來的？

我一時間答不上來。她那雙眼睛依然是那樣地張大著，但卻迅速變成通紅，而且湧出了淚水。她的聲音也明顯地變得哽咽了：

你為甚麼會有這樣的一個想法？你為甚麼會懷疑我，竟然會做出偷戒指這樣的事情來？我為了甚麼動機要這樣做？是妒忌嗎？是報復嗎？但我是憑甚麼去妒忌？去報復呢？除了最初的日子，你一直是那麼地提防我、討厭我、逃避我，如果我有那樣的幸運去接近你，去和你有那麼一丁點兒的時間共處，已經是求之不得的事情了！我又怎麼會這樣無聊甚至是愚蠢到去偷你的結婚戒指，去破壞這得來不易的親近機會？如果真的如你所說，你丟失了原本的那枚戒指，那就肯定是你自己不小心或者有所用心的結果。但這無論如何也不是我所做的和我所願意的。

安賽一邊說，淚水便一邊沿著雪白的雙頰向下流，像是冰塊溶化一樣，源源不絕。而她的聲線，也越說越激動了。我心中警覺，安賽的歇斯底里隨時要爆發了，但我卻沒有以說話制止她的能力。她於是又湧出了另一波的哭訴：

你挑出這些古裡古怪的問題，又說裙子，又說戒指，無非是想找我的錯處，令我感到難堪吧！本來大家還聊得好好的，就是為了我提及我的研究題目，是你的作品的批判，你就感到被冒犯了，就開始不友善起來了，就找些雞毛蒜皮的事情來為難我了。你不能更光明磊落一點的嗎？如果不滿人家對你的批判，拿出辯才來反駁，甚至是反批判對方，不就是最直截了當的辦法嗎？為甚麼避開理性的正面交鋒，卻來迂迴地攻擊人家的情感要害？況且我還未說完的是，那所謂的你的作品的內在矛盾和表裡不一，其實就是我自己一直在經歷著的事情啊！我就是被你的影子所籠罩著一直走不出來，甚至是被你的矛盾所撕裂，變成了在他人和自我之間完全失去了方寸，有時覺得自己為世界而犧牲也在所不惜，但有時卻又為自己的前途而害怕得要命啊！我早就說明這不是對你人格的批判，而你應該心知肚明，你的人格或者說任何人的人格，包括我自己的在內，也不是自免於被批判的。但是我完全不打算針對你的人格，也根本上是打算完全服從於你的人格，但你不但不諒解我的心意，竟然還反過來攻擊我的人格，把我說成是別有用心的誘惑者，甚至等而下之的懷有惡意的偷窺者和他人婚姻的破壞者！如果真的是這樣的話，世界上還有比我更可鄙的女人嗎？而你真的相信，我是這樣可鄙的女人嗎？

說到這裡，安賽已經涕淚縱橫，整張原本非常漂亮的臉也由寫實派的精緻，變成印象派的模糊，再而變成立體派的扭曲了。經驗告訴我，這時候事情已經無法挽回，但我也不得不作出明知是徒勞的嘗試。

安賽！冷靜一點！你知道我不會這樣想的。我心裡的確是有點疑惑，而我只不過是想求得你的幫助，去解開這些疑惑而已！當中絕對沒有對你的人格的不尊重！

安賽的滿腔委屈之情，就像火上加油一樣，突然就爆發成熊熊的烈焰。我發現自己已經身陷火海，無處可逃了。她以高溫的語言向我迎面噴來，說：

你根本就是個高傲、自大、冷漠無情，但又沒有膽量的人！你以為自己本來是個好人，過著安然無恙的人生，你的所有問題都是我弄出來的。我是一個壞女人！我妄圖用我的智力挑戰你，用我的美色誘惑你，用我的瘋狂威脅你。而我越是渴求你，我便越是感到痛苦。見不到你的日子，被你拒絕的日子，我瘋狂地想念你！我沒有一時一刻，不是想著要來到你的身邊，並且等待著、尋求著這樣的機會。我知道我強烈的愛令你害怕，令你不安。但是我也知道，你越是不安，其實你便越是沒法忘記我。因為你必須通過接近我、得到我，來解除你內心的不安。可是，不安這回事又是沒底的。更深入的交往、更親密的接觸，又只會帶來更大的更多的不安。這樣的事情，難道只有你感到痛苦，而我沒有受到折磨嗎？但是，如果我和你是這樣地被造成一對，那也是沒法子的事情，也就唯有屈從於命運，繼續地互相折磨下去啊！我們唯一能得到的只是，在折磨當中獲得哪怕是一點點的、一剎那間的慰藉吧！你今天願意和我來到這裡，不就是為了這樣的目的嗎？難道你連這個也沒有膽量承認，並且付諸行動嗎？

就算此刻我和她已經變成整個餐廳的焦點，我也已經沒有餘裕感到尷尬了。我除了跟隨安賽的意欲行動，已經不存在其他的意志了。

我獨自坐火車離開沙田的時候，已經是下午四點。我雖然向安賽屈服，但我也不能置こころ於不顧。那種感覺就像服食了鎮靜劑，暫時安撫了不安的情緒，但是我心裡卻知道，藥力過後它會再來，而且會以越來越猛烈的姿態，到時也就只能以更強力的藥物來加以抑止了。直至末了，藥物完全失效，襲擊就將會是毀滅性的了。我等待著和安賽同歸於盡的日子的來臨。

到達粉嶺之後，我照樣從火車站徒步回家。踏上那橫跨高速公路的天橋，我便開始感到眩暈，接下來就是呼吸急促，好像溺水似的不由自主地猛吸大氣。與此同時，胃部變得空盪盪的，感覺就像身體中央出現了一個黑洞，把能量都吸進去了。雙腿也因此而變得無力，甚至失去了觸地的實在感，整個人好像在空中飄移似的，而且隨時可能傾倒。我極力保持冷靜，慢慢地拖著腳步。強忍著走到寺廟門前的時候，渾身上下已經大汗淋漓，好像幾經辛苦攀爬高山一樣。望著眼前的下坡路，我差不多就要立即滾下去了。

打開家門進去，こころ正在飯廳的餐桌前看書。她抬起頭來，看見了我，臉上立即露出驚恐的神情。我有氣無力地告訴她自己的身體狀況。她讓我立即坐下來，給我喝了大量的開水，並且促我吃了兩包甜餅乾，以解決肚子飢餓和身體虛脫的問題。待我喘定後，她扶我到睡房去，幫我換掉了汗濕透了的衫褲，教我躺到床上去。我雖然感到非常疲倦，而且頭暈，神志甚至有點不太清醒，但是我並不想睡，也有點不敢睡下。我想極力保持清醒。於是我便選擇挨坐在床上，睜著眼睛，望著床尾的書架。

塞在間隔裡的書脊橫七豎八的，層板都被壓得歪曲，整個書架像是隨時會抵受不住那重量而塌下。書的種類也毫無秩序可言，有些是高中時代買的古典詩詞和小說，紙質都變得霉黃，色澤已不可辨；另外是我和妻子不同時期買下的種類繁雜的書本，在文學、哲學、歷史、科學等以外，還有養生的、旅遊的、育兒的、攝影的、飲食的……；還有的就是不知從何而來，不但從未看過也從不知曉其存在的許多其他。雖然說是書，但大部分的感覺卻只是在狹長方形的書脊上印有文字的顏色物體，而僅可辨識那些文字是書名和作者名而已。而這些名字也只是模糊地進入我的意識，還未及勾起背後的含義和內容，便又化開了。除了在右方旁側的一本淺黃色的舊版《聊齋志異》，不知怎的卻清晰地浮現出來，彷彿有一股無形的引力似的，一直牽扯著我的眼球。然後我便連面前是書架的意識也失去了。縱使是睜著眼睛，感覺卻無異於睡著了，因為腦袋裡一片昏亂，就像張開眼睛做夢似的，閃現著無數紛亂的畫面，當中有安賽，也有こころ，更肯定有妻子。這個期間，こころ好像一直在旁邊陪著我，但她做了甚麼，說了甚麼，我完全知覺不到，更不要說記得了。

失去了時間觀念不知多久，人漸漸清醒起來，我發覺外面已經天黑了。然後我又發現こころ就坐在我旁邊，在看著書。我問她時間，她說六點半了。我這才想起，本來今天晚上約好了去看一齣關於康有為的歌劇。那是E導演擔任故事創作和寫詞的作品。E導演去年為本地電視台拍了一部關於我的紀錄片，大家相交一場，這次輪到他自己發表原創作品，我自然也答應捧場。事實上，我對E導演處理康有為的題材甚感興趣。可是，目下我自己的狀況，肯定是不可能出席演出了的。我用手機向E導演發了條訊息，說明了原委，請他把票子轉送給別人。而本來打算和我一起去看歌劇的こころ，對此當然是十分諒解的。我倒因為沒能陪她去看戲，而感到了愧疚。而且，我心裡還有對她更感愧疚的事情。

晚飯的時候，我的狀況稍微恢復，母親也不察覺有異。表面上，我只是吃得較少和比較沉默而已。不過，我平時在家也不多話，所以並沒有引起特別的注意。父母親離開後，我坐在飯桌前發呆，精神還是虛虛的，雙腿連站起來也感到困難。我這時候才意識到，我是遇上了身心的大崩潰了。

こころ坐到我旁邊，甚麼也沒有問，只是遞給我紙和筆，說：

陪我抄《心經》好嗎？

抄《心經》？為甚麼？

不為甚麼，就是抄《心經》。

我不懂念，怎抄？

我邊寫邊念，你跟著我抄。

我雖然不知道抄《心經》有何意義，但卻順從了こころ的話，在面前鋪好了紙，拿起了筆。聲音從こころ的口中念出，字從她的筆尖顯現。我聽著聲音，看著字，《心經》也就進入了我的意識，而從我的筆端流溢出來了。

45.

進入三月，處於冬春之交，天空開始多雲，空氣潮濕，但間中亦有微微的陽光。嚴寒大概已成過去，氣溫只可稱為清涼，日間甚至可以感到絲絲暖意。自從大崩潰之後，有兩天我幾乎無法走動，撐著行山杖去了針灸醫館尋求緊急救援，慢慢地才恢復了腿力，但靈活度和持久度卻大不如前。之後和こころ去公園步行，我還是帶著行山杖，在地上一戳一戳的，雖非實質上有所依靠，但卻彷彿成了一種心理上的後援了。換句話說，就是對自己的身體失去信心了。相反，こころ雖然還未算完全康復，但卻已經許久沒用行山杖，而能夠走動自如了。

這天こころ穿上紫紅色運動外套，黑色女裝貼身運動長褲，螢光紅色花紋跑步鞋，一副充滿活力的樣子，而且彷彿已不再怕冷。我驚訝地發現，不知從甚麼時候開始，こころ的外貌悄然地發生了改變。骨架縱然依樣纖巧，形態卻變得圓潤，肉感更加柔軟，膚色也顯出了溫和的光澤，而不像當初那樣瘦骨嶙峋、蒼白暗啞了。當初的こころ給人楚楚可憐之感，雖然發作起來有點嚇人，但那嬌弱無助也是她最強橫的地方，足以緊緊地抓住人不放；目下的こころ卻氣定神閒，溫婉大方，完全洗淨了刁蠻的氣息，頂多是在眼角殘留一點點兒的俏皮，反而給人包容大度的安慰。相反，好像彼長此消似的，我這些日子卻變得形容枯槁，步履蹣跚，猶如病弱老人一樣。

這原本只是一個普通的公園，就算我之前說出過它的一些好處，也不足以讓它成為一個可以放進旅遊指南的景點。但是，如果有人細心欣賞當中頗為豐富的樹木，特別是注意它的四時變化，其實也有不少可觀的地方。若然加上觀者一時一刻的獨特心情和感興，能夠看出如畫般的美景也不是誇張的事情。我和こころ從冬天開始每天早上逛這個公園，一起經歷了它的陰晴變化，以及自身的情緒起落，也許就是令我獲得了不一樣的視覺的一個因素吧。我也不知道，許多拓印在記憶中的景象，究竟是因為こころ之入畫，還是以こころ之眼來觀畫，才顯出如斯的美感。也許，是兩者亦內亦外，兼而有之吧。可是，當中我的角色又是甚麼呢？只是一個單純的旁觀者？還是自己其實也是畫中人？這又是我無法肯定的了。

春天是個色彩盎然的季節，不但百花競豔著不同的顏色，連樹葉的綠也有許多種。新葉的嫩綠和舊葉的鬱綠，同時並置在樹上，或駁雜相交，或深淺覆疊，都增添了層次感和立體感。當然，和花朵相比，還是不及那姹紫嫣紅搶眼了。開花這回事，明明是漸進式的，不像眨眼般一下子就張開，但是，某一品種的花朵開遍的盛況，卻總是某個清晨突然發現的，感覺就像受到了某種美妙的伏擊或者快意的突襲一樣。記憶中明明昨天不見的，今天卻掛滿了頭頂，擠滿了道旁，好像是有人趁夜深人靜的時候，偷偷地把樹木裝飾了一番。所以，就有了出乎所料的驚喜，和偶然邂逅的讚嘆。而如果好幾種花在不同時間接連綻開，看者的心情簡直就有如目睹連珠爆發的花火，色色不同，形形有別，自己也因而心花怒放了。

當こころ來到足球場後面的拐彎處，望見沿著小徑右側的杜鵑花，紫色、白色、粉紅色的一直燒開去，直至那看不見的盡頭，她便不期然感嘆說：

這不就是空性造化之神奇嗎？

我著眼的卻是：在杜鵑花路上的こころ，此時此刻，也是一道奇妙的風景。

在杜鵑花之前，其實茶花、山指甲和宮粉羊蹄甲早已開過。公園種的茶花是灌木類，或紅或白的球狀花朵，生長的高度由膝至腰，這時候卻都已經開到荼蘼，或殘存於枝上，或凋落於泥土，盛況不再了。山指甲全公園只那兩棵，在靠近水道的大路那邊，植株不大，約比人稍高，姿態卻甚為可觀。細小的白花擁簇在一起，像一柱又一柱噴湧而出的白滾滾的泉水，加上香氣四溢，瀰漫達周圍十尺之遠。至於宮粉羊蹄甲，雖已掛在半空的枝頭好一段日子，卻依然粉嫩驕人，有幾分肖似櫻花的風韻，只差不夠綿密和細軟罷了。目下在開花的，除了杜鵑，還有沿著馬路邊的樟樹和木棉，都是高聳的大樹，但樟樹花朵狀若小米，抬頭望去只是綠葉上的一束束青翠苗頭，相反木棉都在橫向的禿枝上綴滿橙紅色的肥厚花盞，遠看猶如巨型燭台，在萬綠叢中至為吸引目光。觀花其實不只顏色，也不只形態，而在於質感。有的如點染潑灑，細碎輕逸；有的如濃妝重彩，豐潤厚實；有的如工筆細描，熙攘堆疊；有的如信手拈來，空靈一抹。可以說，有多少筆觸，就有多少性格。同樣是紫色，狀若小裙的洋紫薇清麗脫俗，花枝招展的洋紫荊卻難免過於妖豔；同樣是紅色，木棉花沉實而內斂，於陰天更為突出，而在陽光下熱情奔放的鳳凰木花朵，卻稍嫌外露而膚淺了。

沿著球場後面的小徑走下去，來到林區前的分叉路口，入冬時落金子似的朴樹，都已經換上了青嫩的新葉，花朵卻如樟樹一樣，不甚顯著。在種種樹木之中，只有大葉榕逆時而行，獨自在生機勃勃的初春，脫掉身上厚重的葉子，大煞風景地撒滿一地枯黃。向左望去，在球場入口前面的空地，有獨立的一棵風鈴木，也已長出了漂亮的鮮黃色花朵，只可惜較為瘦弱，感覺有點孤苦伶仃。不知怎的，風鈴木令我想起初次來公園散步的こころ的身影。今天的こころ，卻好像跟那嬌軀弱肢不那麼合襯了，唯獨是那亮麗的黃色，依然跟她相映成趣。我想像著，穿一身黃色的こころ，如春花般羨煞旁人……

我們細步漫行，繞過門球場，拐入貫通南北的林蔭主道。步道兩旁以大葉榕和細葉榕為主，為了採光和避免障礙路上的視野，或者是為了所謂的行人安全，樹身長年被修剪成高瘦的Y字形，造成樹幹又直又長，樹冠卻被推上高空的不自然姿態。不過，這樣的不足並沒有破壞春日的景致。樹梢上有單隻的鵲鴝在唱歌，聲調變化多姿，看色澤較為深黑而亮澤，應是雄性，正在求偶之中無疑。一點淺淺的青綠在低枝上停留，唱出了細碎的吱吱，看來是鶯類，但一眨眼又一閃而逝。珠頸斑鳩則隨處在樹底悠閒漫步，有時和松鼠靠近，但彼此其實並無往來。在地上一般不叫，只有飛到樹顛的時候，才會發出那幽遠淒清的哀鳴。紅耳鵯亦常見影蹤，當下就有兩隻抓住了榕樹的氣根，懸盪半空，叫出那哨子似的顫音。麻雀倒是有時成群出現，有時又銷聲匿跡。

這時候，兩位年輕女老師，帶著三十多名穿鮮紅色制服的幼稚園學生，排成毛毛蟲一樣的行列，來到公園作戶外學習。老師向學生指出松鼠的位置，一些小孩子便起鬨了，隊形頓即潰散成胡亂攢動的蟻群狀。紅衣小孩子群聚在一起，抬頭在榕樹林間尋找松鼠。在榕樹林後的引水道的隔岸，一隊制服色彩鮮豔的單車隊在公路旁的單車徑上，猶如畫家的彩筆一揮，自左至右地一抹而過。こころ站在那棵山指甲旁，呼吸著那清幽的香氣，瞇著眼睛，像是收覽不盡那過於豐盛的風景。

心如工畫師啊！

我隨著こころ的感嘆環望四周。在另一方球場外面的空地上，一個中風男人在顛巍巍地練習走路，旁邊停著一輛輪椅，像是妻子的女人在輪椅後面守候。

我們本想繼續沿著中央步道往前走，但前面的路卻被鐵欄封堵了。遙遙看去，可見一輛工程車停在路上，幾個工人拿著電鋸之類的工具在作業。平素在路口的一棵高大的檸檬桉，已在樹基的部分被砍掉，粗壯的樹幹被鋸成多段，像巨型的白骨似的躺在路旁。那棵桉樹早已向行人路傾斜，但是樹本身，其實是健康完好的。大概又是為了安全理由，而遭到了這樣的厄運。我們避開了那暴力性的場面，回頭向圓形廣場旁邊的草坪走去。

只是逛了一圈，我的腿已經有點累。我們穿過小樹林，踏過草地，來到那張搭建了木頂蓋的長椅上。一棵楓香樹的樹幹，斜斜地挨在蓋簷上，似有壓下之勢，我立即又想起那棵被砍掉的桉樹。坐在長椅上，眼前右方是影影綽綽的細葉榕群落。輕風從林蔭下穿行而至，掠過我們的時候甚是清爽。榕樹沒有花，或者應該說，榕樹的花就是無花果，加上現在未是時候，樹上除了墨綠的一團，似乎無甚可觀。榕樹最為可觀之處，大概是根的各種形態——垂簾或鬚子般的氣根，糾纏於樹幹、甚至是枝條連理的根脈，以及在地上錯節盤扭的根系。樹姿因而奇詭多變，富有張力和動感。小樹林的左沿有一棵未開花的洋紫薇，在洋紫薇的樹下，是一塊約椅子般高矮的大石。我們有一個習慣，那就是在步行運動之後，坐在這個位置以大石來禪修色相。最初是こころ提議這樣做的，慢慢地變成了一個指定動作。這時候適巧淡淡的陽光從右前上方灑下，令石頭表面的浮凸和陰影更形誇張。こころ忽然說：

你看那塊石頭像甚麼？

像甚麼？看不出來啊。

我發現自己不但肢體易累，連精神也還未恢復過來，腦筋也不那麼靈活了。

你不覺得像女陰嗎？

甚麼？

我對こころ的用詞感到陌生，一時間沒有聽明白。她闡明說：

女性的陰部。

何以見得？

這次是聽明白了，但眼睛卻跟不上來。こころ以取笑的語氣說：

運用你的想像力吧！枉你是寫作的。

有點難。給點提示可以嗎？從甚麼角度看呢？

從後面，想像那是一個抬起的臀部，兩邊隆起的。

こころ邊說，邊用雙手在空中比畫著。我打斷她說：

慢慢來可以嗎？

好的。你看，中間那垂直的凹坑，較為淺色的部分，有點圓滑地陷下去的，看到嗎？

看到。

那不就是女陰嗎？

你這樣說又有點像。

再看細緻點。

居然越看越像了。

再看下去。

簡直是栩栩如真！

こころ似有所悟地在大腿上拍了一下，說：

所以呢，心如工畫師啊！

但是，這幅是春宮畫吧。

那又如何？我們以後就叫它做「女陰石」吧！好了，你可以觀修它了。

我給她弄糊塗了，也不知她是否認真的，囁嚅道：

本來也可以的，但經你這麼一說，怎樣也很難入定啊！

こころ忍不住掩著嘴笑了起來，說：

是你的修為太差。有甚麼不能入定呢？

こころ，別再擾亂我的心神了。

我央求她道，但她卻意猶未盡，又說：

很可惜，缺了一塊「男陰石」作配對！

結果我還是沒法禪修「女陰石」，只能閉上眼睛，靜聽著珠頸斑鳩的嗚嗚悲鳴。之後我們起來，又環繞公園慢慢地走了兩個圈才回去。

接近家的時候，從大馬路拐進屋苑所在的小徑，在綠樹環抱的甬道中，在景深聚焦的盡頭處，也即是別家院子的圍牆上，一大團也稱作九重葛的紫紅色簕杜鵑，像是忍不住春潮蕩漾的少女一樣，揚起了翩翩的裙子，作勢要翻牆而出。撐著行山杖的我，腳步卻是越加拖沓了。

46.

こころ一直也想去看敦煌石窟的展覽，之前因為她的身體欠佳，一再拖延，後來又輪到我出了狀況，到了三月初，已經接近展期結束了。我經過兩個星期的針灸治療，情況算是穩定下來。我以為很快就可以完全復元，於是便答應和こころ到沙田文化博物館走一趟。

這兩個星期，讓我想通了許多事情，特別是關於安賽的。我決定不能再和安賽見面了。我無意把問題怪罪於她。事實上，我自己也要負上責任。所以，跟以前不同，我不是基於想避開安賽的纏繞，而作這樣的決定。也即是說，我不能再扮演受害者。相反，這樣的決定，對雙方也是有好處的，甚至是必須的。我嘗試從安賽的角度考慮，無論她想繼續以我的作品為研究題目，或者放棄學業投身社會，無論她決定貫徹自己先前的理念，還是因為幻滅而改變自己的人生路向，跟我個人的接觸只會為她的情緒帶來破壞性的後果。這與其說是她精神上的問題，或者是性格上的缺憾，不如說是我這個人一直對她發揮著不良的影響。對於這一點，縱使我從來也不是有意的，也不能推卸我方的責任。我也不是說自己有多壞，而只是，在人與人之間，像化學物質一樣，有些東西是不適宜碰在一起的，要不就會發生危險甚或是災難。我對她來說就是這樣的一種物質。我的這種質素是否普遍性的，則不得而知了。為了顯示自己的決心，我把手機上安賽的聯絡資訊和對話紀錄，全部都刪除得一乾二淨。不過，這件事我並沒有向こころ提過。

那天趁著我到中文大學授課，下課後便和こころ坐火車到沙田，先在新城市廣場吃個簡單的午飯，然後走路去文化博物館。我原以為這樣的安排十分便當，但可能因為早上講課過於耗費氣力，到達博物館的時候已經有點疲累。不知是否這個緣故，我看展覽的時候就有點心不在焉，也覺得好像沒有想像中精采了。初看一些仿真的洞窟還算有趣，後來看到那巨型臥佛的複製品，卻覺得有點無味。那些伎樂飛天的臨摹畫，除了粗糙之外也不知有何話說了。至於大型的經變畫的確甚有氣勢，但以我當時的狀態，實在無力細心欣賞當中複雜的細節。こころ則對那些佛本生故事畫最感興趣，站在展品前看過沒完沒了，連那些感覺滑稽的動畫短片也不放過。她一邊看，還一邊評價說：

跟南傳《本生經》的故事很不同呢！《本生經》裡面的佛陀前身都是智者，不是老師就是國王，或者動物的首領，總之都是聰明人，對其他愚笨、無知或者惡意之徒曉以大義。這裡的本生故事，著重的卻是布施和犧牲，主題完全不同。好像那個捨身飼虎的太子、割肉救鴿的國王、自盲雙眼的快目王，還有布施自己的人頭的月光王，都把自己的身體當作毫無價值的東西一樣，輕輕鬆鬆就拋掉，真是不可思議。就算是九色鹿的故事，講的也是不要忘恩負義的道理，都是和幫人或者布施有關的。從常人的角度看，這些大菩薩的慈悲心，不是有點不近人情嗎？而如果從《本生經》的明哲保身的觀點看，甚至會顯得過於魯莽和愚蠢吧！為甚麼兩類本生故事，會有這麼大的分別呢？

こころ的疑問，我完全不懂得回答。我只知道，自己快走不下去了。被那些隨便切割自己的身體的國王所鼓舞，我覺得把自己漸漸不聽使喚的雙腿拿出來布施，可能也是一個恰當的選擇。可是，當我在一個展廳外面的椅子坐著休息了好一會，卻又得到相反的領悟——如果還能動的話，腿還是留給自己用比較好。

我們還沒有看完最後一個關於敦煌石窟所反映的歷代生活風俗的展廳，便離開了博物館。こころ的樣子也不見得很可惜，大概是已經看夠了。這讓我沒那麼內疚。我們決定穿過沙田中央公園，回到新城市廣場。中央公園的面積頗大，跟我們平時早上逛的公園相比，不只有數倍之差。裡面有山，有水，有亭台樓閣，也有大型兒童遊樂區。我們沿著靠近城門河的那邊走，來到一條種滿高大的棕櫚樹的小徑。我想起從兒子三四歲開始直至高小，我便不時帶他來這裡玩。有一段時間他喜歡扮作巴士司機，而我則扮演乘客，坐著那想像的巴士由遊樂場那邊開上山頂，然後從靠河的這邊下山。有時我又會扮交通警察和他追逐，向他發超速駕駛的告票。那時候我們把這條小徑叫做「棕櫚樹路」。我向こころ談起這些，緬懷了一番兒子還小的日子。那時候帶孩子雖然疲累，但心裡其實是享受的。陪著兒子跑來跑去，胡亂地大笑，如果人生可以就這樣簡單，那不是十分美妙嗎？可是，隨著兒子日漸長大，我卻對他的將來越來越擔心了，但又常常覺得愛莫能助。有些事情，我不能一直幫他做，另一些，則是他不願意我去插手。他是一個性格自我，但又未能自立，討厭父母的干預，但又需要人照顧的少爺。聽到我對兒子的評價，こころ回應說：

其實，你也是一個少爺啊！

這是我第一次聽到有人用這個名詞來形容我，不禁感到驚訝，隨即就數出了自己成長期的中低下層家境，以及生活和學習上早就培養出的獨立性格，來加以反駁。但是，こころ卻說：

少爺的定義，跟家裡有沒有錢沒有必然關係，也跟那個人實際上所做的事情沒有關係，而關乎到做這些事情的心態。所謂的少爺心態，就像你剛才所說，首先是自我。因為自我，所以對生活的實際事務就採取不負責任的態度，也即是設想自己理所當然會受到別人的照顧。不過，少爺也不是無所事事之徒。因為無須負責任所得出來的空閒和自由，少爺往往也會培養出自己的嗜好，甚至會沉迷其中。跟營營役役的庸人相比，這肯定是一種奢侈，一種揮霍，但是如果不以金錢來衡量，少爺們揮霍的也可以是時間和才華。少爺以這樣的方式享受人生，也因此對世界產生獨特的興趣，但那並不是出於關心，更不要說是出於責任。少爺的行事準則，是不要受世界所束縛，完全自由自在地，不為私利也不為公理而做事。這個不就是漱石筆下的代助所代表的那種「高等遊民」心態嗎？

こころ說到夏目漱石，我便有點明白她的意思了。但是，我還是不願意那麼容易就信服她，於是說：

不要說我和漱石，就算是我和代助，也相差很遠吧？

こころ只是狡黠地一笑，繼續說：

這就要說到「文學少爺」這種獨特的類型了。你應該知道，舊時代的歐洲，不只你至愛的普魯斯特，很多文學家、哲學家，甚至是科學家，在這些範疇還未專業化之前，都是由貴族或高級中產階級的子弟所擔任的。為甚麼？因為他們不用憂慮維生的問題，而能夠全時間投身其中。正如代助所說，為生計而做事，是卑下的，因為那是出於需要的逼迫，而不是出於自由意志。少爺們正因為條件上的「不需要」，才能純粹地為著一件事本身的意義和價值而做，甚至不問意義和價值，而純粹為了對那件事的愛好而做。不過，進入二十世紀後，當社會漸漸向專業化轉型，這類人或者還保有這種心態的人就變得落伍，紛紛地陷入困境。要不就是像本雅明一樣，被生活迫到窮途末路，連賣文維生也幹不來，但卻依然花費巨額在古書的競投上；要不就像卡夫卡或者佩索亞，硬生生地把自己撕成兩半，把人生的大部分時間浪費在必要但又毫無意義的謀生之上，而把剩下來的可憐地少的時間，完全投入文學的火爐裡燃燒。當然，結果那火還是會波及整個現實生活的房子，把所有東西付之一炬。在本質上，這些文學家都是少爺，但可惜在實際上，卻缺乏少爺應有的物質條件。所以普魯斯特怎麼說都是幸運兒。也許，他可能是文學史上最後的真正的少爺。其他的都是當不成少爺卻硬充少爺的冒牌貨。至於後來，基本上就不存在這個階層的人，無論是稱為「文學少爺」、「思想貴族」或者「高等遊民」，而全面進入專業化的時代了。社會的價值也於是產生逆轉——以寫作謀生並不可鄙，相反，無能力這樣做的才備受鄙視呢！

但是漱石自己受聘於報社寫小說，不就是第一代的專業作家嗎？

沒錯！但是他為甚麼老是要寫這樣的人物？總是以生活無憂但是苦苦思索人生，甚至因此而陷入瘋狂的人為主角？難道只是因為他對這樣的人物感到興趣嗎？或者純粹為了文學上反映時代的考慮嗎？當中不肯定有些甚麼一直存在於漱石自己的心中，而令他不但能同情這類人物，甚至產生了高度的認同感嗎？這樣的因子，必定存在於漱石的性格裡，而你也為此而被漱石所吸引吧！

但我喜歡漱石，只是最近的事。在這之前，對我影響最大的日本作家，是大江健三郎啊！大江不正正是你說的「文學少爺」的相反，也即是那種為時代、為世界而寫作的小說家嗎？

大江有沒有「少爺」的因子，那留待將來有機會才來探討。你這個人最有趣的地方，但也同時是你的麻煩所在，就是你感性上是少爺，也即是普魯斯特，但理性上卻為大江一類的公共型作家所說服，令你也不得不迫使自己走那樣的道路。結果當然就是不能調和的衝突了。而你最近對漱石的轉向，本身就是一件耐人尋味的事情。

好的，就算在文學的取向上，我的確有你所說的少爺的特質，但是，在現實生活裡，我並不認為自己具備一個少爺的條件和實質啊！

こころ一邊走路，一邊睜著眼睛檢視著我，好像我的表情已經出賣自己一樣，說：

所謂少爺，就是在思想上甚至是行動上自由，但卻在造就這自由的條件上依賴別人的人。

那又怎樣？

我說過，你十分依賴你的妻子。

我明知她要搬出這個觀點，但我仍然負隅頑抗，說：

在結婚最初幾年，我不是非常努力地扮演一個丈夫，一個家庭經濟支柱的角色嗎？那時候除了寫稿，我還教過大量的寫作班以維持生計啊！

那時候你妻子還年輕，還在念書，所以，你被迫肩負起所有責任，讓她可以完成學業。但是，後來妻子獲得博士學位，在學系裡得到教席，再經過幾年的努力，在研究和教學上取得成績，工作慢慢穩定下來，你就回復了你本質上的少爺性格，完全依賴你的妻子了。

如果說是經濟上的依賴，我同意。

不，還有情感上，和精神上的。

可是，夫妻間在情感上或者精神上互相依靠，不是很自然，甚至是很美滿的事情嗎？難道兩人要互不相干，各自獨立？

當然啦，人不是孤絕的個體，必然需要跟他人建立感情關係，而夫妻關係肯定是其中很重要的一種。我說的依賴，也不是說你們結婚這麼多年，還像初戀的少男少女一樣在表面上常常依戀在一起，少一點互相注視也不可以。實際上，在生活上你們都相當獨立，可以說是有各自的空間和追求，沒有對對方造成不必要的束縛。不過，我想說的是，在你的心底裡，你依然沒法排除，缺少了妻子的存在，自己就會慌張得不知如何是好的感覺。也即是說，你心理的安定和圓好，很大程度建基於你和妻子共同生活的安穩感上。

是嗎？也許是這樣吧。

不過，你依賴的還不止妻子。

除了妻子，還有誰？

父母。

我依賴老年的父母？

我的驚訝甚至令我不懂反駁，こころ於是便好整以暇地說：

作為少爺，首先依賴的對象自然是父母吧。當然，我說的也不是經濟上的接濟，而你父母也不具備這方面的條件。這一點很明顯，對吧？

我點點頭。

在實際的事情上，例如幫你帶孩子，甚至照顧你的起居，這些都可以說是依賴。這些事情，在別的家裡，就算不是由妻子負責，也多半由傭人代勞。但是，基於種種特殊的原因，曾經請過傭人但卻覺得不適合，這方面的事情又由母親接手了。而父母在這方面都有這樣的性格，就是視照顧兒女為自己的天職和生存意義，因而毫無怨言、甚至是滿有自信地在身體健康還許可的情況下，繼續扮演這個角色。所以，這方面你也並不是應該受到怪責的。我想說的，同樣是情感方面。跟妻子相似的是，你也非常依賴你的父母。你的父母因為他們的慈祥和對兒女的愛護，從你小時候就扮演著保護者的角色。就算表面上並未表現出不恰當的呵護，就母親來說甚至有點兒嚴厲，但是，他們也毫無保留地向你傳遞了一個信息，那就是：父母隨時準備為兒子犧牲一切。這一點，就是你從小到大從父母身上獲得的最堅實的支持，也是你對生存本身感到安心的泉源。這樣的泉源，沒有因為你的成長和父母的衰老而枯竭，相反，卻繼續以看似微小但卻非常實在的方式，繼續噴湧出來。你在人生最為低落的時候，也會想到回到父母的身邊。就算因為大家都是非常內斂、不擅溝通的人，而從來不會把心底話直接披露出來，但是，那默默無言的共處，就像只是吃一頓母親做的飯，或者聊一兩句生活的瑣事，也令你感到了無比的安穩。我也不是說，你沒有對母親感到煩躁的時候。不過，這種對照顧者的不耐，也是少爺性格必不可少的一面吧。

こころ稍停下來，觀察我的反應。見我默不作聲，她又繼續發揮說：

當然，這樣的依賴並無不好。這怎樣說也是一種親情牽繫的明證。但是，所謂依賴的問題，就是情感變成了單方面的索求，而缺乏向對方的回饋。這就是所謂的少爺特徵了。少爺就是一味讓父母對自己好，而且也可能感恩於這個好，但卻沒有想過或者是忽略了自己一方應有的付出，和對方應得的回報。這聽來好像有點功利計算。你明白我並不是這個意思。我的意思很簡單：親子的情感應該是雙向的，但少爺卻往往只樂於擔任受益人。坦白點說，就是你對父母的關懷遠遠的不及他們所給予你的。這於是又連帶牽涉到你對你的弟弟和妹妹的依賴。

我連弟弟和妹妹也依賴？

我的答話，與其說是反問，不如說是機械式的重複，彷彿只是こころ長篇議論的和音。

沒錯。在經濟方面，你之所以能對自己沒能給父母更多和更堅實的貢獻而安心，是因為你仰賴你那位擁有一份優厚待遇的高職的弟弟。所以，就算沒有直接說出來，或者互相商量過，你已經把弟弟視為父母經濟的後盾，而不必為此而憂心，更不必為此改變自己悠閒的生活模式了。至於妹妹呢，雖然並不見得收入充裕，但身為健身教練的她，卻有著三兄妹之中最強的體魄和最實在的處理健康問題的能力。於是，陪父母看病之類的體力勞動，在必要之時也有妹妹承擔，令你多少又可以推卸自己的責任了。

是嗎？真的是這樣嗎？你不會接下去說，我連兒子也依賴吧！

我開始懷疑，こころ煞有介事的一番分析，其實只是一場惡作劇的操演。但細看她的語氣和神情，卻又無疑是認真的。

這倒不。因為你兒子在這方面完全遺傳了你的性格，也是一個正宗的少爺。問題是，一個少爺父親和一個少爺兒子之間，是很難不發生矛盾的。

但我在兒子出生後，不是一直主動承擔起大部分的照顧工作，竭盡全力地盡父親的責任嗎？無論是日常生活的照料，學業上的教導，還是純粹遊玩，我在兒子身上也花了大量的時間和精力，延擱了許多寫作計畫，甚至捱出了神經衰弱的病來，這個是不能否定的事實啊！

是的，你的確為兒子付出了很多，你也的確盡了父親的責任。我從來沒有說過你是一個不負責任的人。相反，我也說過，責任這回事，一直主宰著你的人生，為你造成極大的束縛和困擾。所以，不但對兒子，就算是對妻子和父母，你也沒有不負責任。相反，對他們的責任經常掛在你心頭。在危急的時候，就像你的父母一樣，你是會毫不思索地為他們撲進火海的那種人。不過，一個重視責任，甚至為責任所苦的人，卻同時具有少爺性格，這才是你這個人最奇特之處，也同時是你的悲劇所在。簡單地說，就是內在矛盾。

我認為是你自己的分析存在前後矛盾呢！

不！我的說法沒有前後矛盾。你耐心聽下去就會明白。這一點其實早前已經觸及。請聽清楚，這是你的性格的內在矛盾！在最近這一年裡，當兒子升上中學，算是比從前長大了一點，你便開始以自己的身體不適為由，漸漸減少對他的照顧。當然，作為讓兒子培養獨立的自理能力的方法，這樣的變化是無可厚非的。但是，對你來說，這卻是一個回復自己的少爺狀態的必然手段了。再加上剛才說的對妻子和家人的依賴，造成了你安然地寄居於少爺狀態的條件。這本來是一件十分美滿的事情，說不定還會帶來豐碩的創作成果。因為不必多說，你的這種少爺狀態，不是一般的世俗的形式，而是漱石式的文化藝術上的高等遊民的狀態，也即是普魯斯特式的狀態。這樣的形式的少爺，幸運的話會在藝術上有所成就。像你這樣的稟賦和取向，當然不會走上揮霍金錢享受世俗生活的少爺的道路，而你的物質條件也不許可你這樣做。換了漱石的語言，你既然欠缺享受世間的「風流」的經濟和身體狀況，便唯有專注於精神性的「風流」上。你除了實現漱石所說的「非人情」的藝術創作，就沒有更有前景和貢獻的事情可做了。不過，很可惜的是，你心裡卻存在那個矛盾。如果你是個單純的不折不扣的少爺，也即是能純粹地實踐「風流」和「非人情」，那事情就沒有障礙了。但你偏偏卻有講究責任那一面。於是，在你逃脫或推卸家庭責任、當一個情感上的少爺的同時，你卻自尋煩惱地執著於「一個作家的社會責任」的問題，並且死命地往這個漩渦裡鑽。你在懸置實在的私人責任的同時，卻緊緊地擁抱著更為虛無的所謂公共責任。可是，你在這幾年內侃侃而談過的許多公共責任，到頭來有多少是你自己願意而且有能力實踐的呢？還是你只不過在誇大其辭，自我感覺良好，但到了緊要的關頭，才發現原來自己一直只是空談理論，而對現實的複雜性缺乏了解和心理準備呢？你發現一直主張負責任的自己，在那個發生價值混戰的沙場上，竟然找不到一個可以站立的位置。這樣的發現無疑是一個打擊，而你立即就從那個公共世界的戰場退卻下來。這就是一個典型的「少爺兵」的下場吧。

之前承受的種種驚濤，原來只是輕輕搖盪的小浪，而真正捲倒一切的駭浪，此刻才拍岸而來。我就像一個給浪濤打得七歪八倒的人一樣，腳步站不穩，眼目也看不清，甚至連呼吸都有點困難，只能狼狽地爬起來，向著自己完全招架不住的大海發出最後的反擊，說：

但是，那些跑出來挑戰現實的年輕人，那些所謂的「時代揀選的細路」或者「覺醒的細路」，不都是某種意義下的「少爺兵」嗎？當中不是不乏家境小康甚至富裕，生活無憂，卻置家人於不顧，跑出來「盡社會責任」的人嗎？為甚麼他們卻不見得存在那樣的心理矛盾，行動起來是那麼的毫無顧忌、理直氣壯，但我這個「少爺兵」卻那麼輕易就自我潰敗下來呢？當中的分別在哪裡呢？

分別還不夠明顯嗎？

我做出疑問的表情。

那不就是年紀嗎？人家是正宗的少爺，所以行事可以完全展現少爺只顧自己、不理他人的風範，並且可以輕蔑所有和自己立場不同的人等。因為真正無憂的少爺的思想和行為，是徹底地自由的。可是你呢？按你的年紀，理應已經進身「老爺」的行列，備受「少爺們」的鄙視和攻擊。但你還依戀於當少爺的自由，卻又不能把「責任」這個跟少爺本性相違的異物巧妙地吸納進去，成為少爺無拘無束地行事的目標和理據。所以，在真正的「少爺兵」隊伍意氣高昂地挺進的時候，你這個名不副實的「老少爺」卻被遺落和拋離，成為時代的落伍者了。

不知怎的，我就像一個真正的溺水者一樣，突然感到窒息，按住了胸口，艱難地說：

こころ，你放過我吧！

我發現我們早已經離開了棕櫚樹路，也離開了園林的區域，而在公園開闊的中央廣場上漫走。こころ問我要不要找張椅子坐下來。我點了點頭，在她的攙扶下，向一棵串錢柳下面的椅子走去。坐下來後，こころ一邊給我按著手腕上的穴位，一邊說：

放鬆點！剛才的話，不是為了要為難你。我只是說出，你心裡本應已經知道的事情吧。不過，也許你不能夠一次承受太多。

我望著低頭給我按著手腕的こころ，睫毛一眨一眨的，髮絲垂在纖細的臉龐兩側，臉色卻是緋紅的。剛才還咄咄逼人的那個她，突然又一變而為溫柔婉約的另一個她了。究竟哪一個，才是真正的こころ呢？我困惑著。

時間只是下午三點半，以我現在的狀態，怎麼也難以在外面捱到晚飯，於是我們便決定先回家。

坐火車的時候，頭等車廂乘客頗多，沒有兩人並排相連的位子，我和こころ只能相對而坐。我一直沉默著，既因為不方便談話，也因為氣力未曾恢復。但更重要的原因，是意志消沉。以為身體已經慢慢恢復，怎料卻再次反覆，情況令人沮喪。而剛才在公園裡，こころ又作了那番不留情面的剖析。こころ見我怏怏不樂的樣子，也許是感到自己也有責任，便逗起我說話來。

你猜這是誰？

こころ瞇著眼睛，嘴巴微彎，把右手放在臉側，指尖輕觸下頰。

小嶋陽菜？

她立即反了白眼。

夏目漱石？

他是托著額側的。

是普魯斯特？

他是托著下巴的。

……。

這都分不出來？

她把右手伸出來，強調著那個手勢。

那是誰呢？想不起來。

真的認不到？

我搖搖頭，こころ便解除了那個姿勢，也搖搖頭，卻沒有說出答案，只是望向窗外，含著笑。

斜斜的陽光透過車窗，投在她的側臉上。那彷彿是我前生，不，是有始以來的許多世，都已經非常熟悉的一張臉孔。

47.

那天在家裡和こころ討論夏目漱石。當時我正在讀漱石在東京帝國大學教書時的講稿《文學論》，而こころ則在讀他未完成的小說《明暗》。我手上的書是一九三一年舊譯版的複印本，字體和排版甚為古拙，連文句和用詞也有過時之感，但卻反而有陌生而新鮮的效果。我捧著厚厚的書，挨在沙發上讀著，こころ卻在餐桌那邊，正襟危坐拜讀漱石的遺作，並且不時在本子上做筆記。我因為看書太久，感到有點昏沉，便隨意拋出話題來作調劑，說：

真想不到，原來漱石也曾認為戀愛不能入文學！他說戀愛是人類的本能，但過於注重這種本能，對社會可能會產生危害。所以他對西方文學把戀愛奉為神聖之事而大寫特寫，是不以為然的，對於西洋文學家對男女情事的露骨描寫和表白，也很受不了。他認為這跟日本人的文化完全相左。他甚至說，「文學亡國論」並非沒有道理呢！

我說了出口才感到，自己的這番話聽在こころ的耳裡，大有詆毀她的偶像，挑戰她的品味的意思。但こころ一點也沒有急躁，氣定神閒地說：

是嗎？一點也不奇怪吧！漱石始終是明治時代的日本男人，就算對西方文化和文學有廣博的認識，但傳統的根也一定發生作用吧！這就是明治人的共同心結。面對西方強大的政治、經濟和軍事實力，以及背後淵源深厚的文化資本，既有敬畏、崇拜或仰慕的心態，但又忘不了被對方欺壓的屈辱，放不下對自身歷史文化的自尊。於是，就出現了矛盾和苦惱的心境。漱石是非常厭惡他留英兩年的生活吧，甚至說出了「寧願一生未曾踏足英國」的怨憤之語。但是，沒有這番在英國求學和生活的經驗，沒有英國文學帶給他的種種啟迪和視野，單純靠日本傳統文化的薰陶，或者加上漢文化的冶煉，是沒可能成就後來的現代小說家漱石的啊！所以，漱石的反西方情緒，或者疑歐心態，是完全可以理解的，也完全無礙於他成為一個傑出的文學家。或者可以說，沒有任何內在矛盾的人，也即是一個一味順著這邊或者那邊走的人，是不可能在文學上有所成就的。

こころ總是能用寬容的眼光看待古人，我本來還想舉出漱石看不起女性的言論，不過又覺甚是無聊，便即作罷，轉而說：

我只是奇怪，寫出《文學論》的這個早期漱石，是如何變成小說家的漱石？《文學論》的作者，無論對文學有何深刻獨到之見，怎麼說都是一個思考型的人，也即是一個理論家。可是，成為小說家之後，漱石卻沒有半點理論家的氣息，就算小說裡頗有思考性的成分，但總的來說還是人情世界的描繪。他似乎沒有按照他的文學理論去創作小說。這樣子前後判若兩人似的，真是有點教人驚訝。

這次こころ卻搖了搖頭，說：

也不盡然吧。表面上看，理論家漱石和小說家漱石（甚至是詩人漱石）好像是判若兩人，但如果細心看的話，他在《文學論》裡面的一些偏好，是直接過渡到他的小說實踐的。譬如說關於幽默和諷刺的運用，他的首作《我是貓》便完全得力於英國十八世紀小說的啟發。有一個寫於一九〇六年初的短篇，叫做〈趣味的遺傳〉，裡面甚至花了一些篇幅解釋「諷詞」的用法和意義，還舉了莎劇《麥克伯》作例子，簡直就是《文學論》裡面的口氣。也許他是擔心讀者看不懂他寫一個美少女在墓地出現的用心吧。這很顯然就是過渡了。再說連《草枕》裡也不乏講文學觀的地方吧，好像甚麼「非人情」之類的。一九〇七年之後，當漱石全面進入一個專業小說家的狀態，在後來的作品中的確越來越少見理論的痕跡了。不過，表面上沒有理論性的言詞，並不代表他不是一個思考型的作家，而且對文學形式有高度的自覺。好了，就算是在不自覺的時候，好像你剛才提到他對戀愛題材的保留，也只是表現出漱石在理智的一面反對西方，但在情感上卻受到了潛移默化，而作出了以自然情感跟傳統社會倫理對立這一大膽嘗試，就像在小說《後來的事》中，代助和三千代的一段為世所不容的戀情。當然，也可以簡單點地說，由大學教授到專業作家，漱石的價值觀念也漸漸產生了轉變。這是一點也不稀奇的事情。

我始終覺得漱石的角色轉換並不是一件簡單的事情，於是便深究下去，說：

但是，漱石為甚麼會開始寫小說，這依然是一件有待解釋的事情吧。他寫第一本書《我是貓》的時候，已經三十八歲，跟其他的同代作家相比，是相當遲的一個年紀。有一種說法是，他當初之所以寫作，純粹是為了找一種輕鬆的方式，去舒緩自己的神經衰弱症。就《我是貓》而言，大概真的有這樣的效果，因為裡面雖然包含嚴肅的社會諷刺，但也著實有許多搞笑甚至是胡鬧的場面。到了第二本書《少爺》的時候，依然沿用了誇張幽默的方法，不過也暗藏了對教育和社會的批評。而接下來的《草枕》，文風雖然一改而為抒情和唯美，提出了「非人情」的審美觀，但接近尾聲的時候，對小說中的一位少年即將出征滿洲戰場，表現的其實是一種懷疑和黯淡的情緒，而對火車所象徵的現代文明的危險，也發出了警示。實情似乎是，一本又一本地寫下去之後，漱石不自覺地被文學引向了更深沉的方向，無可避免地跟現實近距離接觸，甚至開始發生交鋒了！當初的暫時逃避現實、舒緩神經緊張的意圖，慢慢地走向了相反的局面。

這一番的見解換來了こころ的認同，也令她更加興致勃勃地接上了話題：

說的沒錯啊！所以當漱石決定放棄大學的教職，在《朝日新聞》當上全職作家的時候，所寫的種種束縛、壓抑和扭曲。寫到後來，他甚至變得不耐煩，而想盡快把小說裡的可惡女人（相信是大反派藤尾和她的母親吧）殺掉。所以他在結局裡對藤尾毫不留情的處理，是有個人的情緒在內的。《虞美人草》便成為了一種折磨。他已經不能迴避面向人情的世界，書寫金錢和私欲所給人造成的一旦寫作成為了職業，成為了謀生的手段，新的壓力就隨之而來了。已經沒法再貫徹「非人情」的超然審美觀，而必須在小說的內部和外部，也跟社會這頭怪物搏鬥了！漱石後來患上的胃潰瘍，肯定和職業寫作生涯有關，而就算修善寺大吐血之後能僥倖保住性命，五年後還是因為不敵相同的病而撒手了。

當中也有時代的不安的因素吧？

這個是當然的了。身為一個作家，絕不可能脫離自己的時代而存在。事實上，任何個人也不可能。但是漱石所說的不安，跟他同時代的西歐文學進入現代主義時期的不安，並不完全相同。像漱石這樣的日本文人，面對的一方面是普遍性的對現代化的焦慮，那和西方文人所面對的，可謂有共通之處。但是，對於迅速由舊式社會進入現代社會的日本人來說，情況更形尖銳，而又加入了東方和西方的差異和對立。另一方面，還有的是日本這個國家的特殊發展方式，也即是明治中後期的國權的猛烈擴張，包括對外用兵和對內的壓制，而個人在這之下卻慢慢地失去了位置。除了成為隨波逐流的「民眾」之外，個人別無出路。這也許就是漱石後來提出了自己的「個人主義」的背景吧。這種「個人主義」當然不是現代資本主義社會的以私利為尚的個人主義。事實上，漱石對私利是最為痛惡的，這一點由始至終也沒有改變過。但是，面對著現代文明所鼓吹的私利，可以怎樣去抗衡呢？這是個大問題。

談話於是便來到我最感興趣的形而上的層面了，我接下去說：

漱石不相信任何形式和宗教的神，但他相信天道，而這天道可以通過參禪來領悟。用漱石的說法，他的理想就是「則天去私」。用現代的語言說，這個「天」就是自然吧。可是，自然和人為相對，人為就是社會制度，就是倫理關係。《後來的事》所說的，就是社會和倫理（或者稱為「人間」）對個人自然情感的壓抑。問題是，漱石也不是不信任道德倫理的。我之前提到的戀愛是否適合入文學，表現的就是他的倫理的一面。倫理本來是用來約束私利的，但當倫理無效，或變成了另一種達至私利的工具，那我們還有甚麼可以依靠呢？那虛無的「天道」是如何獲得的呢？而「自然」的感情和人生，換一個角度看，不也是「私」之一種嗎？代助不是棄家族於不顧，棄朋友道義於不顧，而追求和三千代的私情嗎？這些都是沒能解決的問題吧。

こころ一邊點著頭，一邊又承著我的思路加以發揮，說：

在我看來，漱石的「則天去私」終究還是失敗的。不只在他個人的層面，連在小說的層面，也是未曾得到實現的。他的中後期小說多次寫到人物的求道失敗，好像《門》裡面的男主角宗助，在小說的尾聲到寺院裡學習參禪，但卻沒法悟道，無功而還。又如《春分之後》、《行人》和《心》，都有一個跟時代格格不入，苦苦思索人生之道的青年角色。當中的須永是典型的少爺，二郎的哥哥是教書的，則有漱石自己的影子，而「老師」學生時代的好友K君，是個窮苦的學生。這些人都為著無法悟出人生的真道，但又無法信神或者任何超自然力量，而陷入瘋狂的邊緣。他們的求道失敗，多少反映了漱石自己的焦急之情，以及沮喪之感吧。而去到了最後的兩本書《道草》和《明暗》，就更加只見到人間的陰暗和醜惡，而完全沒有出路了。之前的求道者理想型人物，也不再出現了。剩下來的，只有自私自利，各懷鬼胎的世間人。漱石寫到《明暗》的後半時，又再表現出對自己的作品和當中的人物的厭惡和不耐，抱怨自己也被他們的庸俗所污染，而必須以寫漢詩來排解情緒，擺脫俗氣的束縛。小說的男主角津田是個只顧自己私利的少爺，自命機敏的妻子阿延則是個功利社交鬥爭的初級生，而上流社會的甚麼夫人就不用說了，連低下層的小林也只能說是一個在生存鬥爭中見縫插針的無賴。至於舊情人清子的出現，似乎暗示著某種更純粹的情感的可能性，但是，小說卻隨著漱石的猝死，而突然終止了。整部小說也看不到任何光明，而似乎只有一片昏暗。漱石的「則天去私」很明顯是失敗了。在這樣的精神狀態下，他的胃潰瘍再度發作，也是無可避免的事情了。

我因為還未讀《明暗》，所以覺得こころ的講解特別有啟發性，於是又試著推論下去，說：

這似乎是說明了，漱石始終在乎倫理，想在倫理的範疇內對付「私」的問題，但是，「私」的問題不但沒有得到解決，卻反而成為了自己的困局，而連帶妨礙了「天」的尋求。而這個「天」，從一開始，似乎就不可能成為解決明治時期的日本所面臨的問題的良方。現代化和國權擴張這些怪物，都不是「天」所可以制衡和對付的。

こころ嘆了口氣，像是非常感慨的樣子，說：

很可惜，漱石所理解的「明」，還只是倫理層面的「明」，而得出的結論，卻只有倫理層面的「暗」。如果他有緣接觸到超越倫理的明性和空性，也許無論是小說的結局，以至於人生的結局，都有可能改寫。

這裡觸及了文學本質和功能的問題，我立即反問說：

但是，就算是有所領悟，也不一定必須在作品裡完全表現出來吧！小說始終不是解決信仰或者人生問題的工具。如果作者都把自己的信仰或者信念，以小說的方式加以說明和教化，這樣的小說便是沒有生命的東西了。

但是，如果小說是一個可以容納各種異質的文體和內容的形式的話，那為甚麼生命的領悟不能出現於小說當中？

我沒有說不能出現，我只是想，在啟迪、抒發、呈現、說教和宣揚之間，有著非常微妙的界線，而永遠無法一概而論。

小說的確是一個複雜的東西。論文就簡單直接得多了！

こころ適時中止了糾纏不清的話題，把焦點引回去我手中的書本。我接過這個提示，說：

我認為漱石的《文學論》是一部不能忽視的書。雖然裡面依據的是一百年前的理論思潮，今天看難免有點過時，而且形式化得有點過火，但是，卻有很多顯現漱石的個性的地方，議論不但令人感覺清新，有時候甚至是相當幽默。觀察之入微，令人激賞，至於論點是對是錯，倒是其次。

例如呢？

譬如他在最後一章，說到時代意識的推移，舉出了三種形式，或者三類人物。第一種是模擬，第二種是能才，第三種是天才。模擬是人的本性，缺少了模擬的能力，人類社會根本就不可能成立。所謂模擬，其實就是互相學習和跟隨群體吧。所以，在任何時代，模擬者也占大多數。可是，模擬缺乏的是創造和改變的能力，所以，社會需要更具有行動力和預見力的帶領者，而這類人就是能才。不過，能才只是比群眾更敏銳地預知到未來的意識焦點的人而已。在本質上，他們同樣是順應潮流變化的人，並不是真正的創造者。能才的數目肯定占少數，而且在社會上被認定為成功者，即所謂「敏於見機之士」，或者「達觀時勢之才」。不過，最有趣的是第三種，也即是天才。天才是甚麼樣的人呢？據漱石所說，天才就是與一代的好尚完全相左，甚至於為世所不容的人。他們為世俗所憎惡或嘲笑，被視為神經病之流。他們既不屑於模擬，又不追隨潮流而轉變，不理解世間的習慣，甚至是連普通的道德心也沒有，所以漱石稱之為「畸形兒」。但是，正正就是這些「畸形兒」，才是真正的意識的創造者和轉化者。他們並不比凡人先行，甚至會被視為滯後，但是，他們的所為其實帶來了時代的核心的質變。當然，這類人的人數最少，最罕有，而且往往在未發生作用之前，已經被時代的主流壓滅。而且，就社會的主流而言，「畸形兒」是最為危險的，因為他們會動搖社會的根基。而對待天才們，漱石有這樣的說法，相當精采，我讀出來給你聽。

我翻到某個用鉛筆在頁緣上做了記號的段落，念道：

「故你若惡天才實現他自己，你不可忠告他，不可反對他，不可嘲罵他，不可徒費無用之勞。你可以出其不意，起而撲殺之。」

我強忍著笑意，抬起頭來，說：

你說，他這裡不是非常有《我是貓》的文風和本色嗎？

こころ卻一針見血地回應道：

你說得這樣津津有味，不就是想以「天才」自居嗎？

我嚇了一跳，連忙顧左右而言他，說：

不敢！我只是想到，在現在的時勢下，各種形式的藝術創作，都流行跟當前的進步意識連結，表面上看好像是勇於發聲的樣子，但充其量也不過是漱石所說的模擬而已，連能才也夠不上，更不要說天才了。而像我這樣的人，脫節於時代，無能應對現實，既不願意模擬他人，也無力像能才一樣預視和帶領潮流，更不敢自稱無人能懂的天才，於是就只能像自己筆下的「獨裁者」一樣，作為時代的病例而在史上留下一筆吧。我唯一能預視的，大概就只有自己的下場。當然，人們也可以說漱石所說的只是謬論。世界既不需要能才，更不需要所謂的天才。那都是些過時的觀念。甚至是模擬，也即是集體的、共同的意識，也是要不得的毒物。我們要的，是自主性。但在集體的自主性和個體的自主性之間，也不是沒有衝突的吧。集體的自主性，不就是一種模擬嗎？也即是平凡的沒有個性的隨波逐流嗎？這絕不是現在的反抗者和年輕人所願意接受的吧。但是，不是為了這個集體，也即是這個城市的一種集合性的意識和身分認同，行動又有何理據呢？又如何能實現為公義？可是，去到真實的行動當中，集體的理據往往變成了純粹的幌子，而真正的驅動力，卻是每一個個體的自主，也即是「不需要任何領導」、「只有我能代表我」的這種思維。厭惡任何非我的權威，追求極端的自我的表現和實現——這也許就是新世代對於權利的理解吧。

坐在餐桌那邊，一直半扭著身子面向著我的こころ，露出一個通透的笑容，說：

你扯到很遠了！我倒以為，你這個「時代脫節者」的自我形象，本身就是一個自命天才的姿態，其實是相當難看的。不過，這是文人的通病，而你只是其中一個模擬者而已，沒有甚麼新意。我覺得漱石的《文學論》最精采的地方，並不是論意識推移這樣的高大空的推想，而是關於文學本身的、最根本的性質的論述。

那即是甚麼？

把書拿給我！

我從沙發站起來，向餐桌走去，把厚厚的書交到こころ手上，並且拉開椅子，坐在她的對面。她翻開書，搜尋了一會，停在約四分之三的某一頁上，念著：

「文學的大目的在哪裡，姑置勿論。為產生其大目的所必要的第二目的，就歸到幻惑二字。浪漫派之取材於天外，驅筆於妖嬌，這是宿怪異於鏡裡，而因其怪異使吾人不能轉眼看其他。寫實派之藉事於卑俗，馳文於坦途，這是顯露親交於鏡裡，而因其親交，使吾人不欲轉眼看其他。使不能與使不欲，於興致雖不一，但此效果之存於幻惑是無可疑的。生起幻惑之法雖不一而足，但前段分章講究的，都不過是發揮『文藝上之真』，誘致幻惑之境於讀者腦裡的方法。」

こころ念完，合上書，望向我，說：

怎麼樣？

甚麼怎麼樣？

這不就是漱石文學論的精髓嗎？

你是說幻惑？

就是。不真而似真，是為幻惑。你身為寫小說的，應該很清楚吧？

這個當然。

但是，人生本身，不就是一場幻惑嗎？

我無法不點了點頭，她便繼續說：

所以，就文學藝術的「不真而似真」而言，柏拉圖是對的。所謂模擬，是一種幻惑，但被模擬之物本身，也即是所謂的現實世界，也是幻惑。現實世界只是真理的模擬，而藝術又是這模擬的模擬，所以等而下之，更為遠離實相。如果人生是幻惑，描寫人生的文學就只能是幻惑中之幻惑了。

照你這樣說，文學還有甚麼意義？還有甚麼價值？看似是一件徒勞的工作呢！

來到了這樣的情景，こころ又進入了超然的狀態，不像一個普通的人間女子，而好像某種抽象的智慧的化身了。語言猶如清泉一樣，從こころ的口中吐出，但對於濁物如我來說，清泉卻未必是容易領受的聖品。こころ宣說道：

不能達到真如，極其量就只是做到如真吧。但真本身，不是只能通過一個「如」字去接近，而謀求同一的嗎？所謂的「如來」、「如是」、「如在」，不就是這樣的意思嗎？我們終究還得靠著這個「如」，去達到「來」、「是」和「在」啊！如此說來，文學或者藝術，就是那個「如」的「如」，也即是「如如」了。這個「如如」，縱使好像是隔了一層，退了一步，但是，如果能引領我們走向終極實相的話，那也是有它的特殊意義的。就算它只是手指，不是月亮，只是木筏，不是彼岸，作為手指和木筏，它的舉動，它的作為，畢竟也不是虛無的。

就算只是指向手指的手指，或者接駁木筏的木筏？

無論有多少手指，有多少木筏，只要最終是指向月亮的，是開往彼岸的，那也是不能或缺的一環。而所謂天才和凡夫的分別，也許只是能否看通這一點而已。

こころ隔著餐桌向我伸出手指來，似乎邀請我用指尖相碰，但我垂著手，遲遲沒有動作。老實說，我真的不覺得自己是甚麼天才。

48.

不經不覺間，學期又接近尾聲。最近因為呼吸不順的問題，無法長時間說話，連講課也受到影響。為免妨礙課程進度，我盡量避免請假，找人代課也十分不便，於是便唯有在家裡逐小段小段地把授課內容製成錄音，在課堂上播放。雖說內容和我直接講授沒有分別，但始終是個不自然的做法，跟學生也沒有即時的交流。不過，除此之外，我也想不到別的辦法了。

下課後，我又和こころ來到未圓湖。從崇基運動場旁邊的石板小徑進去，簕杜鵑已經開到尾聲，零零落落地掛在鐵絲網上，顏色也變得暗啞，地上掉滿了如薄紙般稍稍透明的紫色花瓣。因為下過微雨，石塊的間隙和周邊都是泥濘，走的時候要特別留神。氣溫倒並不算冷，只是稍微清涼。因為我的力氣實在太差，也沒有環湖一周，來到橋頭的位置，即往左邊的長椅走去。木椅子的表面有點濕，我便拿當天的報紙墊著，穿著深藍色及膝牛仔裙的こころ，卻毫不考慮地立即坐了下去。

也許，我鬆一口氣的，還為了另一件事。昨天深夜，大概是十一點多，安賽來了電話。我之前雖然已經刪除了手機上所有關於安賽的紀錄，但是那個來電顯示的號碼，我一看就認出是她。我把電話調整為震動模式，感到它在手裡顫抖了一陣子，便平靜了下來。我感到奇怪的是，安賽沒有留言，也沒有傳文字訊息。那麼，她找我是緊急的呢？還是隨便的，沒所謂的呢？又或者，她打算像上次一樣，第二天早上突然在我的課堂上出現？這些猜想在我的腦袋裡翻來覆去，害我整晚睡不好。早上起來，こころ像慣常一樣，跟我一起到大學上課。安賽的事我也沒有和こころ說，只是心存僥倖，希望不會出甚麼狀況。上課的時候，大部分時間在播放錄音，對我的表現好像沒有任何影響，但事實上，我一直偷偷盯著課室的後門。偏偏こころ今天又在白襯衫外面穿了件淺藍色的毛衣，於是我的眼球又不期然被引向她坐的角落，而多次出現安賽在場的錯覺。結果，安賽真的沒有現身。下山的時候，我還神經兮兮地四處張望，生怕她在路上哪裡埋伏著，或者悄悄跟蹤我們。直至來到湖畔坐下，我才認定一切也只是疑心生暗鬼。老實說，如果安賽和こころ真的狹路相逢，我也不知場面可以如何收拾了。

自從第一次和こころ來到湖畔，已經是兩個多月時間了。對岸的落羽松，已由深冬的紅色換成了初春的翠綠。不知為何，噴水系統今天卻沒有開動，湖水平靜如鏡，只有零星的小雨點在這裡那裡輕輕觸碰，幾乎不起波紋，復又光滑如初。可是，那難得的清靜，卻給一個旅行團破壞了。人群從對岸的右側進入，在前頭舉著一面紅旗的中年女子大概是導遊，而跟在後面的都是上了年紀的長者。看情況可能是甚麼社區老人中心的本地一日遊，而中文大學也算是遊覽名勝之一了。女導遊用擴音器大聲提示團友的走向，又對周圍的景色作了一些胡亂的講解。我清楚地聽到她煞有介事地介紹了湖畔的落羽松，而把它們說成是「落雨松」，還繪影繪聲地說：「你們看它的樹葉向下垂的樣子，是不是很像下雨呢！」我不禁搖頭失笑。

很多老人家呢！

こころ在我旁邊說。

讓老人家到這邊走走，也是個不錯的選擇啊！

我驚訝於こころ的心情跟我的不同，便說：

我倒認為對面發生的景況跟大學校園毫不調和，旅行團式的走馬看花也沒有意思。

こころ只是輕輕一笑，說：

別發揮那樣無謂的批判性吧！把老人們也當作風景的一部分，不就可以了嗎？

我無話可說，便閉了口，望著對岸，嘗試欣賞那亂紛紛的一道風景。老人們有的打傘，有的不，有的拍照，或被拍，有的三三兩兩地大聲說話，把對岸全部占領了，並且兵分兩路，向右邊的曲橋和左邊的獅子亭進發。我有理由相信，不出五分鐘，我們就會被老人團團包圍了。這時候，こころ突然談起今天課堂的話題來，說：

從第一篇舒巷城的〈鯉魚門的霧〉開始，經過劉以鬯的〈對倒〉、也斯的〈剪紙〉、西西的〈浮城誌異〉、黃碧雲的〈失城〉，到了今天講的〈甚麼都沒有發生〉，真是見證了香港這個城市半世紀以來的變遷啊！梁大貴回歸故地尋根的鄉土情懷，和張得志甚麼都無所謂的無根意識，差別是那麼的巨大，真是教人驚訝！但是，陳冠中先生雖然這麼寫，他還是心繫香港的吧？前年他不是曾經公開地說，自己是個本土派嗎？

很可惜，像他那樣的作家，都要被當成是外人了。

是因為他已經長期不住在這裡嗎？

這只是其中之一，更重要的，恐怕是他不主張排外吧。

但甚麼才是內，甚麼才是外？世界公民算不算外？也是本土的敵人嗎？

也許還有年紀之罪吧。

年紀之罪？

他屬於現在位處政商權力中心那一代。

但陳先生不是早就對自己那一代進行了深入的反思了嗎？

在今天，反思是不夠的。身為「大人」，如果不懺悔，就別想繼續在這個「本土」上立足。

那你呢？你也認為自己是本土派嗎？

我是天空派。

我很嚴肅地說，但こころ卻忍不住笑了出來。

你寫的是「天空小說」嗎？

我不理會她一語雙關的機智，滿不在乎地說：

也許有人會認為是不著邊際的「太空小說」呢！

こころ竟然天真地拍著手，說：

好啊！我喜歡太空派！

這時候，我的手機突然響起來，嚇了我一大跳。四周彷彿在一瞬間靜了下來，連老人團都鴉雀無聲，好像全世界都注視著我，等待著我接那個電話似的。我卻不知是出於慌張，還是故意拖延，笨拙地花了些時間才把手機從褲袋裡抽出來。拿起來一看，鈴聲卻停止了。

是誰？

こころ隨便一問，似是出於好奇，並無其他意思。我把手機向她展示，說：

不知道。看字頭應該是甚麼公司的促銷電話。

她點了點頭，表示同意，但隨即又說：

昨晚打給你的又是誰呢？那麼晚，不會也是公司促銷吧。

她以輕描淡寫的語氣，拋出了炸彈一樣的問題。

昨晚？

大概十一點多吧。

我來不及接，也不知是誰。

沒有來電顯示嗎？

如果我是理直氣壯的話，我大可以立即把手機遞給こころ，讓她查看昨晚的通話紀錄。就算是看到了安賽的號碼，我也可以立即胡謅一個解釋。問題是，我竟然多此一舉地把那項紀錄刪除了。也即是說，我嘗試抹除昨晚十一點有人打電話給我的痕跡，但正正是這個抹除的舉動本身，就令我可疑的動機自行暴露出來了。我除了坦白，別無選擇，但在我開口之前，こころ卻搶先說：

打給你的，是安賽吧？今天她原本打算來找你？

是——不！我的意思是，打電話的是安賽，但我不知道她有甚麼事找我。

如果是想來找你，那又如何？為甚麼要瞞著我？你認為我會阻止你，或者會感到不高興嗎？

我知道你不會，但是——

是出於悔疚吧。

こころ的直截了當，令我啞口無言。

是因為你之前已經見過安賽，而且已經對我隱瞞，所以，才無法不隱瞞下去吧。你清楚知道，隱瞞這回事，只要有了第一次，之後就會不由自主，永遠重複下去。而隱瞞的原因，已經由當初的完全的私利和私欲，變成了對被隱瞞的一方的不忍和疚歉。但是，如果你感到了不忍和疚歉，為自己的不誠實所苦，這說明了你還未至於是個無情無義的人。你只是無力而已。而這個無力，卻又是自己一手造成的，於是便又加倍地自責了。

こころ，怎麼可以這樣呢？這樣的事，怎麼可以由你來替我解釋的呢？我不但沒法向你說出安慰和道歉的話來，我連為自己辯護的勇氣也沒有！

到了這時候，又何必分你和我呢？

怎能不分呢？怎麼說，都是我有負於你啊！

你有負於我，不就是你有負於自己嗎？

こころ，我必須向你坦白！其實，我跟安賽見過面，而且不只一次。上一次，就是我大崩潰的那一天。那天你沒有跟我一起來上課，安賽卻突然出現了。之後我和她一起吃了飯，談了些各自的事。然後，她就突然情緒失控了——

所以你就不得不安慰她了，對嗎？

就是這樣。而再上一次，是你留院等待檢查脊椎的那個晚上。

那個，我都已經知道了。

こころ回答的時候，非常冷靜。相反，我卻感到愕然。

而且那次不是安賽突然出現的。你們早就約好了。而且你還去了安賽的家，對吧？

你是怎麼知道的？難道，是安賽告訴你的？

我方寸大亂了，完全無法按常理對話下去。こころ的臉上卻一點也沒有激動，但也絕對不是冷酷。既沒有受害者的委屈，也沒有報復者的怨恨。她嘴角的一抹淺淺的笑容，甚至可以說是溫柔的、諒解的、同情的，但聽在我的耳裡，卻又是那麼地尖銳的和教人痛楚的。她就像催眠師一樣，以彷彿可以撫摩靈魂的聲音說：

就算安賽沒告訴我，我也知道了。我獨自留院的那個晚上，我躺在床上，閉上眼睛，就把你和她的整個場面看到了，甚至是用我自己的身體感受到了。整個過程，每一個細節，我都全部了知。你不信，我形容給你聽聽吧。

聽到這裡，我的感覺已經不只是慚愧和驚奇，而接近恐慌了。我幾乎要阻止こころ說下去，但卻又忍不住想從她口中確認那不可思議的事情，也即是她真的了知當晚全部的情景。こころ的語調，又變得像個說故事者了：

你坐的士去到安賽家的樓下，她已經在那裡等你。她穿了一條漂亮的天藍色連衣裙，質料以冬天的衣著來說有點薄，卻令她美麗的曲線展露無遺。你們一見面，表面上好像有點拘謹，只是點頭示意。你問安賽吃飯了沒有，要不要找個地方坐下來，但她卻直接請你到她家裡去。來到那小小的蝸居，你像個安分的客人一樣坐在沙發上，還問了些關於住了多久、租金多少、交通是否方便之類的日常瑣碎事。這也符合你那缺乏情趣的性格。跟你相比，安賽卻直接多了。她在你旁邊坐下來，身體向你挨近，只是問了你一句：我們，還有任何阻隔嗎？你的反應，應該是默然認許吧。於是，安賽就站了起來，在你面前脫掉了那條漂亮的藍色裙子。而你，就把你的手——

夠了！こころ！請不要說下去了！

こころ靜了下來，雙手交握，放在大腿上，側著臉看著我。我卻不敢回望她，把目光漫無方向地投向別處。不知甚麼時候，老人旅行團已經撤退了。湖畔陷入了一片寂靜，在陰鬱的天色下，感覺甚至是荒涼的了。縱使如此，我紛亂的思緒卻沒法平靜下來。

不可能的！一定是安賽告訴你的！她為甚麼要這樣做？

沒有！安賽沒有告訴我。事實上，也沒有必要這樣做。

那你怎麼會——

糾纏於這個問題並無意義。

我心裡突然冒起一個可怕的念頭，而我想也沒想清楚就說：

你不是一直都和安賽勾結起來，互通消息的吧？難為我還為了跟她的事，而對你感到內疚！還為了不讓你傷心，而向你隱瞞事實！

你以為我是這樣的嗎？

こころ的聲音突然變得少有地嚴厲，我立即便知道自己過火了。

你到現在還沒能完全信任我嗎？

我無言以對。

你以為我說出了當晚的情景，是為了玩弄你，或者是羞辱你嗎？

我只能低下頭來。

我對你只是出於一片關心，才希望你能看清自己，面對自己，但你卻竟然這樣去懷疑我的意圖。跟你所謂的和安賽的關係，這不才是最教人傷心的事情嗎？

我聽到こころ的聲音有點顫抖。我深深嘆了口氣，說：

對的，我這樣說你的確是不應該的。如果你感到討厭的話，不妨說出來。你有權這樣做的。

有權？

我不知道自己又說錯了甚麼，抬頭望向こころ。她的神情，可以用凜然來形容：

不必了！為甚麼還要跟我說到權呢？有權做的事不代表應該做的事。就正如有責任做的事，不一定就是正確的事一樣。既然責任不是終極，權利也不是終極。如果甚麼事情最後只能歸結於權與責，並以此為公正的唯一判準，人類還算是情感的動物嗎？人還能對別人包容、體諒和寬恕嗎？人還能夠慈悲嗎？還能希求達到無礙的連結，得到終極的領悟嗎？

こころ的一番話令我頭昏腦脹。我完全搞不通她的邏輯，於是便只能以普通女人的心思，去理解她的不滿。

好的！那我就不談甚麼權和責的問題。在我和你之間，就只有情義。而為了這情義，我答應你，我以後也不會再見安賽。事實上，自從上次之後，我已經把安賽的電話和通訊紀錄全部都刪除了。不信你看看。

我把手機舉在こころ的面前，但她只是望了它一眼，卻沒有伸手去拿。我以為這代表她對我的信任和對我的宣稱的首肯，怎料她卻說：

你的手機裡面之所以沒有安賽，是因為從來都未曾有過。

甚麼？

眼前的未圓湖彷彿一下子氾濫起來，把我的意識完全淹沒。我彷彿在水底聽到こころ帶著波動的聲音，說：

你根本就沒有見過安賽。

甚麼？你是說那一晚我沒有去找安賽？

こころ搖了搖頭，這次卻是以非常清晰的咬字，一錘定音地說：

由始至終，安賽根本就並不存在。一切都是你想像出來的。

你說沒有安賽這個人？不可能！

對的。實情就是這樣。

如果是我想像出來的，你又怎麼知道我的想像的內容？

那是因為，我是你的こころ。

我突然像恐慌症發作一樣，渾身上下顫抖起來。我幾乎是喊出來地說：

別告訴我，你也不存在，你也只是幻象！

我使盡全力緊緊地凝視著こころ，好像害怕她會在我眼前消失一樣。只見她微笑著說：

不，我不是幻象。你放心！你看著我，感覺一下我！

こころ把手伸過來，握著我的手。她的手的纖柔和溫暖，非常實在，令我安心。

平靜的湖面有細碎的黑影掠過。空中響起了輕短的啁啾。小小的黑鳥神經質地拍翼，疾促地飛行，沒多遠又突然轉向，一副橫衝直撞的樣子，但看真了才知道那是牠飛行的特性。而且還不只一隻。我看見了第二隻，第三隻，漸而是十數隻，以至於數十隻。同樣以那無法預計的軌跡，忽上忽下，忽左忽右，似是驚惶失措，拿不定主意，或者是互相閃避，但又似是在隨意揮灑，自在遊戲。

那大概是來自山上的燕子。大學圖書館的外牆經年築滿燕子巢。隨著啁啾之聲漸漸濃密和響亮，燕子圍繞著未圓湖的上空，形成一個鬆散但卻又合一的群。在這個群的範圍內，個體看似率意亂飛，毫無規律可言，但彼此卻又沒有障礙，甚至是維持著均衡的間隔。整個群就猶如一顆放大了的結構複雜的原子，內裡多量的電子以高速環繞無形的核心運行，在電子之間卻是巨大的虛空。燕子輪流貼近水面，以低角度輕觸湖水，然後又陡然拔起，回到空中的繞行裡。湖面因而像花火似的綻開了生生滅滅的圓形波紋。而如同霎眼風雲般地來，也如同煙消雲散般地去，燕子群以那沒有隊形但又確實是一體的方式，像一枚並不渾圓的球體，從湖面慢慢升起，漸次向著山上旋轉著翻滾而去，吱吱的雜音也因而越來越細弱幽遠了。湖面於是又回復了平靜，像是未曾擾動一樣。

こころ和我並肩坐在長椅上，彼此的手依然交握。我卻發現，自己不知甚麼時候流下了眼淚。

49.

那個晚上，我夢見妻子回來了，又或者是我去了找她。那個地方既不像家裡，也不肯定是否英國。但那情景境很像在旅行的途中，而那個房間給人旅館的感覺。印象中房間布置頗為舒適，那張大床看見便令人很想躺下去，而兩個人一躺下來，又很自然想在上面親熱一番。眼看著正要行那夫妻之事，卻聽見有人說話的聲音。聲音來自房間的窗子外面。在那拉得並不嚴實的窗簾後面，可以看見有好幾個人經過的影子。為了防止再有人經過的時候，從窗子窺見內部的情形，我過去把窗簾拉好，但卻發現那幅簾子太小，怎樣也無法完全把窗子遮蔽。我無奈地又回到床上去，打算繼續那未做完的事，帶著僥倖的心理，希望不會再有人經過。正要進入正題的時候，又突然聽見幾個人的談話，這次很明確地辨出，那是我家人的聲音，其中最清晰的包括我媽媽和兒子。場景忽然轉回家裡，或我認為是家裡的一個地方。我置身房間，而家人則在外面的客廳大聲談話。我身邊的妻子不知哪裡去了，床上的人換成了こころ。事實上我看不清楚那是不是こころ，但感覺告訴我那就是こころ。我和こころ都全身赤裸著，肢體扭作一團，難分難解，但那感覺好像是身不由己。我其實不想和こころ做那樣的事，甚至覺得我們不可能做那樣的事。外面的談話又越來越大聲，甚至開始向房間移近，好像隨時要打開門進來似的。於是我又想，既然無法逃避，不如盡快完成那樣的事算了，趁外面的人還未發現之前，就了結了它。就好像，一旦了結，こころ就會自動離開，永遠消失，而我亦沒有任何可以被撞破、被揭發的祕密了。我在情急之下，居然卑鄙地認定，こころ之所以一直纏著我不放，就是為了得到這個。於是我粗暴地張開こころ的雙腿，以自己的正在勃硬著的下體的觸覺，去尋找那個入口。可是，無論我怎樣前仆後繼，左衝右突，遇到的都是柔韌的壁膜一般的阻力。我從こころ身上抽離，往下看的時候，見到的並不是接觸在一起的男人與女人的下體，而是一條咬著自己的尾巴的蛇！在這一刻，我渾身猛烈地抽搐起來。

也許是我在夢中發出了叫聲，我聽見こころ在我耳畔問我：

怎麼了？沒事吧？

我的身體猶未從震動中平息，我一時間說不出話來。

感到哪裡不舒服嗎？

こころ在床上坐起來，俯身向我說。

我做了個夢。我只能簡短地說。

怎樣的夢？噩夢嗎？

我夢見我妻子。

那就是美夢了啊！こころ像安慰孩子似的，輕聲笑著說。

我在黑暗中勉強笑了一下，感到難以向她交代夢的內容，特別是後半部分。

不會又是打不通電話那樣的情景吧？她有點隨意地說。

正當我想搖頭否認的時候，我發現自己的下身有點不對勁。我不動聲色地伸手到褲子裡面一摸，當場面紅耳熱起來，但以漆黑作為掩護，こころ並沒有看出甚麼異樣。她以為我沒事，已經重新躺下來，拉好被子。我在心裡盤算著，等こころ睡下，我再悄悄起床，佯裝去廁所，把自己整理乾淨。怎料當我想挪動身體的時候，卻發現雙腿完全動彈不得。我有一刻以為自己還在夢中，受著夢中夢的愚弄。我使勁地眨了眨眼睛，卻發現感覺十分實在，唯獨是雙腿的部位虛虛的，好像那兩條肢體不存在似的。我開始懂得慌張了，但還是忍住了沒有說出來。我決定合上眼，再嘗試入睡。說不定這真的是夢，又說不定就算兩腿動不了是事實，情況在睡一覺之後會好轉。但是一合上眼，我就知道一切都是癡想。我根本不可能再睡著，也根本不可能靠睡一覺來解決當前的問題。我唯有側著臉，向こころ說：

我有點麻煩。雙腿動不了！

こころ立即爬起身來，說：

怎會這樣？

我也不知道。

讓我看看！

我陷入矛盾之中，既需要こころ的幫助，但又不願意她發現我的窩囊狀況。こころ揭開被子，伸手揉搓著我的大腿，說：

感覺怎樣？

沒有感覺。

能抬起來嗎？

做不到。

這麼嚴重？比我最差的時候還嚴重啊！

大概是這樣。

然後，こころ的手指觸到接近褲襠的地方，停了下來。我不知道在黑暗中她有沒有面紅，或者露出厭惡的神情。

看情形，你暫時沒法下床了。

恐怕不能。

我給你弄乾淨吧。

她果斷地說，隨即從我的身上跨過去，像貓般輕盈地落到地上，赤著腳跳了兩步，拉開格子門，亮了浴室的電燈。裡面傳出開水喉和翻櫃子的聲音。我的腦袋一片混亂，甚至有點天旋地轉。こころ很快便出來，說：

不好意思，要開燈嘍。

我含糊地嗯了一聲，沒有反對的餘地。

燈亮了。こころ雙手捧著塑料盆子，單肩搭著毛巾，站在床前。她把盆子擱著床邊的矮凳上，著我盡力把腰抬高，小心翼翼地把我的睡褲連內褲一起褪下去，然後把它們捲作一團，丟在床尾。我直直地躺著，感到赤裸的下身襲來一陣涼意。

夢見妻子就弄成這樣啊！

こころ竟然這個時候還來取笑我。但我沒有回擊之力，只是疲乏地躺著，只能稍稍抬起頭來，把眼珠子轉到下面，檢視自己可憐的狀況。我下意識地伸手往那一團糟的地方摸了摸，こころ立即

說：

別動手，讓我來。

我乖乖地把手縮回，毫無作為地把它和另一隻手交疊在小腹上。

こころ先用廁紙把黏糊的髒物擦乾淨，然後再用浸了暖水的濕毛巾，仔細地抹拭著兩腿之間各處。對於這些動作，我倒是有感覺的，那溫暖的摩擦令人感到舒服，但卻沒有多餘的刺激。不知為何，慢慢地連尷尬的感覺也減退，剩下來的就只是放鬆。我本來像個癱瘓的男病患一樣，對於必須接受這樣暴露隱私的照顧而感到奇恥大辱，但在こころ二話不說又理所當然的反應中，感覺竟然好像只是給我收拾好凌亂的書桌似的，既見出她的細心但又沒有觸及我的自尊。整件事情因此竟然完全滌除了任何齷齪的成分。こころ的照料甚至不能比擬為一個溫柔的護士，而簡直有如我自己動手一樣的毫無掛礙、直截了當。我領受到的安心甚至令我覺得沒有必要隱瞞夢境的餘下部分。當こころ還在勞動著的時候，我說：

我也夢見你。

是嗎？

こころ好像早就知曉似的回答。

然後我夢見一條蛇。

是蛇嗎？

這次她的聲音稍見驚訝。

一條口中咬著自己的尾巴的蛇。

こころ把毛巾浸在盆子裡蕩了蕩，再抽出來擰掉水分。盆子裡響起一片嘩啦嘩啦的水聲。那暖呼呼的毛巾又再敷下來，蓋住了下體到兩條大腿之間的位置。隔著那條毛巾，こころ的手指揉搓著已經完全鬆軟下來的下體旁側的隙縫位置。

蛇已經累啦！休息一下吧！

倏地毛巾被抽回。こころ收拾東西，走進浴室裡去，把廁紙掉進馬桶沖走，倒掉盆子裡的水，在水喉下沖洗毛巾，忙了一陣子。我的腿上的暖水慢慢蒸發，變成涼快，然後是空空盪盪的感覺。我忽然想起，不久前跟こころ的一番對話。她大概的意思是，我單方面看過她赤裸的身體，但我卻從沒有讓她看過我。現在，我們便算打個平手了吧。我這樣子已經非常徹底了。她看到的不但是赤裸，而更加是不堪的我了。我試著抬腿，依然不成功，便扯了一角被子遮住下身。

こころ走出來，把披滿一臉的長髮撥到頸後，在睡衣下襬抹乾手上的水，打開衣櫃拿出乾淨的內褲和睡褲，掀開被子，抬起我的腿，替我逐一穿上。她這樣做的時候，我一直偷偷盯著她的臉容，而她好像並不為意。她的眼中似乎完全沒有終於打平的得意之色，也沒有流露出半點嫌棄或批判的意味。我很容易便把這種反應解讀為，她根本就對我的那方面沒有興趣。之前的猜想只是出於一廂情願和自以為是的卑劣心態。可是，奇怪的是，こころ的神情竟又沒有半點令我覺得自己不值一顧的自卑。那是既非此、也非彼的一種無法形容和解釋的細心。

弄好之後，こころ關上燈，又跨過我，爬回她原本的位置，以一臂撐著身體，側著身望著我，說：

舒服點了嗎？

我在枕頭上點了點頭。她把手放在我的左腿上，說：

擔心嗎？

我又點了點頭。

沒有其他不舒服？

這次我搖了搖頭。

腿的事，天亮再算。或者，一覺醒來就沒事呢！

但願如此吧。我說，但一點信心也沒有。

你呢？你還好嗎？我問。

こころ躺下來，在黑暗中向上輪流伸了伸兩腿。

不知為甚麼，好像比較自如了。

傳給我了。

怎會有這樣的事？

也好。你沒事就好了。

你真的願意替我承受嗎？

這個問題我答不上來，也不知是覺得不合邏輯，還是不敢承認，好像一旦承認了就會變成事實。見我沒有作聲，こころ便把厚厚的被子拉好，蓋在兩人的身上。對於這樣子和こころ大被同眠，但又甚麼都沒有做，我已經由當初的覺得不知所謂，變成了後來的習以為常。但此時此刻，經歷了剛才的一番不近情理的折騰，我又重新感受到當中的不可思議。這時候，こころ小聲在我枕邊

說：

你說你夢見我？

嗯。

你夢見我做甚麼？

我難以啟齒，沒有回話，こころ卻好像已經知道似的，輕輕嘆了口氣，說：

你還是不明白我的心意。

說罷，こころ合上眼，一動也不動，好像一直也是沉睡著、不曾起來過的樣子。

こころ畢竟是個女人，她不可能對這個晚上發生的一切若無其事。但我完全無法弄清楚她介意的是甚麼，也不知道她有沒有怪責我的意思。於是，也就無從對她作出安慰。事實上，我也並不處於能夠施予安慰的狀態中。被這樣的情緒困擾著，我餘下的晚上也沒法睡上一覺，呆呆地等著天亮的來臨。

50.

我的腿還未至於完全動不了。那個深夜的事故之後，第二天早上，腿又恢復了一點點感覺，而且能夠在家裡慢慢移動了。過了兩天，我又撐著行山杖，和こころ到公園去作步行練習。

天氣甚為無常，早前氣溫回暖，還以為已經完全進入春天了，怎料這天卻又突然來了冷峰，加上陰雨霏霏，感覺如去年入冬時一樣。こころ的體質明顯好轉了，只穿了件薄毛衣，再在外面加一件黃色風衣，我卻不得不穿上羽絨褸才能出門。幸好雨勢不大，只是疏落的輕輕的水點，就算不撐傘也沒問題。

走進公園，一夜風雨殘留的景象令人沮喪。早前開滿了的花不消說都落了大半，璀燦的杜鵑都伏屍污泥裡，木棉樹上只剩下零星的花杯，而樟樹的小花粒也撒滿路上，和雨水混在一起，成為污濁的泥漿了。還未開花的銀珠卻在這個時間落葉，小小的枯黃的羽片，像雨點一樣一陣一陣的灑下，遠看卻是頗為淒美的景致。不過，如果細心觀察，也不是沒有悅人的訊息。光禿了整個冬天的雞蛋花，終於在指尖般的枝端長出了綠葉，就像但丁筆下的亡魂呼出了氣息。而早前落葉的大葉榕，已經換上了大塊大塊的青綠了。

老實說，遍地落英的情景，倒是符合我鬱悶的心情的，我於是跟こころ說：

之前有的，後來卻沒有了，這大概就是空的意思吧。

こころ低著頭，俯視著一地的生命殘跡，說：

但是，之前沒有的，後來卻有了，不同樣是空所致的嗎？

我不明白，問道：

由有變無，是空。由無變有，是有，跟空又有何關係？

若不是因為空，又怎麼可能由無變有呢？

見我還是一臉疑惑，她又說：

所謂空，也不過是可能性的意思吧。因為空，一切就有可能。你看無常，只是看消逝的一面，難免悲觀。如果也看生起的一面，風景便完全改觀了。就像今天這般，我看同樣是那麼的美。比起百花盛開的日子，現在的景況並不是凋萎，而是空靈啊！

說到空，今早的公園的確是十分疏落。可能因為下雨的關係，那些跳舞團不見了，一般的晨運客也不多。往火車站的途人，也不穿過公園，而選擇走沿著馬路的有蓋行人路了。至於這樣子是不是靈，卻是要更沉靜和敏銳的心才能體會吧。

步行小徑的凹陷處，積了大大小小的水窪。在水窪上反照出天空和樹影，因為光暗的反差，減掉了顏色，像是黑白照片。當中婆娑的樹影，清澈的天空，竟比直接看上去更明亮，更深邃。我一邊撐著行山杖慢慢走著，一邊低頭看著路上的鏡影，大小不一，形狀各異，而且並不連接的，斷斷續續的。來到了交叉路口上較大的一潭積水，真像一面平滑的鏡子，景觀也開闊起來。在減色的樹影和天空中，看見鮮明的一抹黃色，像是嵌在那鏡框裡似的，一動也不動。忽然一陣輕風拂起，水面被吹皺，那抹黃色便散開成碎片。黃色的碎片像空中落下的花瓣，晃動著，分解著，又融合著。

過了片刻，風靜下來，碎散的畫面重新會合成一塊明鏡，但那抹黃色卻不知所終了。我抬起頭來，四處張望，尋找こころ的身影，卻無處可尋。那一刻，我的心慌亂了。我撐著行山杖，有點艱難地向林蔭深處走去。

小心走路！不要那麼心急啊！

我聽見こころ在後面叫我，我的心才安下來，回過頭去。她向我走過來，望著榕樹下的草地，說：

你看！那棵樹下不是長著一片雛菊嗎？

的確，那裡有很明顯的一叢綠草，和點點的小黃花。こころ繼續說：

早幾天公園的園丁除草，把樹下好些野生的雜草和小花都毀掉了。我看著好不忍心呢！好好的花草，只是想在草地上和樹蔭下謀得那卑微的生存，卻一下子就統統給除草機打斷了。可是，不知是出於疏忽還是有意，在這裡卻留了活口。

我本來想說句甚麼「生死有命」之類的老生常談，但還是住了嘴。我的目光，由地上的小雛菊移向那棵榕樹。嚴格地說，那不是一棵榕樹，而是兩棵，但兩條樹幹卻在及腰的高度連在一起，然後又分別向上斜生出別的枝幹。我研究了好一會，也沒法斷定，究竟是由原本的一棵樹一分為二，還是由原本的兩棵樹二合為一。總之，現在這成了兩棵所謂的連理樹無疑了。

這是自然現象，還是人為造成的呢？

都是因緣和合吧。こころ答道。

不知怎的，我突然聯想到我和こころ的關係。也不知是因為外力，還是甚麼內在的原因，我和她漸漸糾纏在一起，終致連成一體，已經難以分開。有時候，甚至也分不出哪是她，哪是我了。感覺就像こころ的事，就是我的事，而我的事，也即是こころ的事了。我不知道這樣的情況是值得高興還是擔憂。我已經完全拋棄了當初期待こころ離去的念頭，相反，我最近卻產生了對こころ可能會離我而去的恐懼。失去了こころ，就像把眼前的連理樹硬生生砍去一半一樣，是一件無法接受地殘酷的事情。我似乎已經變成，沒有了こころ就生存不下去的人了。

此刻こころ就像知道我心中所想的一樣，說：

有和合，就有分離。而沒有分離，又哪來和合呢？

我沒有答話，只是暗自傷感。我們慢慢地走向榕樹林，來到洋紫薇樹下的那塊大石前面，因為站在步道上，也即是平時所坐的長椅的相反角度，那塊石頭顯現出完全不同的面貌。那不規則的形態，怎樣看也完全不像女陰，也不像任何事物。因為下雨後草地一片泥濘，我們便沒有踏上去，也沒有穿過樹林朝長椅子走去，而是沿著小徑向前，經過圓形廣場入口，回到那兩棵雞蛋花前面。

你累了吧？不如回去？こころ扶著我的手臂說。

這時候，在入口附近的一個花圃前面，園丁略薩和清道夫馬奎斯不知為了甚麼吵了起來，雙方面紅耳赤的，甚至動起手來互相推撞，看樣子隨時會揮拳相向。管理員波赫士卻只是站在遠遠的地方旁觀，一點也沒有上前調停的意思。我和こころ相望了一眼，忍不住露出了會心的笑。這大概是我整個早上唯一的寬懷的時刻了。

我們離開公園，沿著行人路往回走。我的大腿肌肉有點痛，走得一拐一拐的，還得倚靠著身旁的纖瘦女子。來到寺院前的馬路，那輛西餅店的貨車照樣停在那裡。こころ抬頭望著車身上穿著黃色露腰吊帶小背心的小嶋陽菜，說：

這樣的天氣穿這麼少，她會感到冷吧。

我不知如何答話，こころ自己又說：

不過，春天很快就到了，然後就是夏天。這一身裝束就合時了！再忍耐一下吧！

我旁聽著她跟小嶋陽菜的對話，突然悲從中來，但又不知悲在何處。

隔著馬路，望向對面的寺院門口，路上散落著黃色的果子，有些已經給踩爛，或者給汽車輾碎。路旁那幾棵老榕樹，不是常見的細葉榕，但又不知稱為甚麼品種。こころ照樣合十鞠躬，然後抬起頭來，說：

每天經過這裡，已經這麼久了，也不知裡面是怎樣的。

找天進去參觀一下吧！

我是認真說的，但卻被自己的認真勾起了某種時日無多的意味。果然，沒走出多少步，こころ便說：

春天到了。你妻子也快回來了吧！我也不宜久留了！

我也不是沒曾意會到這樣的結局，但我還是說：

在我的感覺裡，你和我妻子之間，是互相無礙的。

這樣的話，在旁人聽來，會是厚顏無恥，大逆不道的吧。但是，我卻是真心地這樣覺得，而且深信我妻子也會這樣覺得。不過，於世間來說，這肯定是完全說不通的屁話。

こころ沒有置以可否，只是低著頭，嘴角似有微笑。而我無從解讀這微笑的意思。

這時候，雨勢漸漸變大了。こころ打開傘來，舉在我的頭上，她的眼睛也朝上望上來。在她的眼珠子裡，有樹影，有天空，如一面明鏡一樣。我感到搖搖欲墜，好像隨時要掉進那鏡中的世界去。

51.

最後的冷天已經過去了，乍暖還寒的日子也已經結束。毫無疑問，已經正式進入春天了。這原本應該是個喜訊。自從こころ在去年初冬出現，所帶來的一連串煩惱，理應就此結束。こころ也漸漸從當初的病態恢復過來，變得容光煥發，活潑豐盈。可是，我卻反其道而行，不但身體狀態變差，精神狀態也一沉不起，陷入憂鬱的情緒當中。我總覺得，身體不停地給我暗示，告訴我時日無多。是因為我深知和こころ的故事即將結局，而產生的焦慮和失落嗎？還是有更深層的終結意識，而教我整天惶恐不安呢？

總之，我覺得必須趕緊寫作了。對於寫作，我從來未曾感到那麼焦急。我從未曾擔心過，自己會寫不完一本書就撒手。過往所寫的所有小說，都能按照計畫完成。雖然過程也會感到艱苦，但也只是猶如挑戰地圖上已有的路徑，付上的只是肉體的疲累，而於方向和進程卻早就了然於胸，把握就算不是十足，也有八九成之高。至於那寫了幾年還卡在開頭部分的長篇，的確是我首次嘗到了的如此大規模的敗仗，但是，它的本質和先前的其實沒有分別，都是經過精心的安排和計畫，而分別只是自己的野心太大，不自量力地妄想可以一次過攀上珠穆朗馬峰、潛入馬里亞納海溝、穿過亞馬遜森林，然後再橫越撒哈拉沙漠。這樣的壯舉，就算手上擁有最精準的地圖和最先進的裝備，也不是人類所能實現的吧！

這次的情況卻完全不同。我著手寫作我和こころ的故事，就如她的出現之突然，事前完全沒有半點心理準備。在開筆之後，也只能順著事態隨機發展，而沒有半點預先計畫的餘地。甚至是「為甚麼要寫」這麼根本的一個問題，到現在我還說不清楚。在動機不明的情況下，我彷彿被一股不知名的力量所驅使，開頭好像只是不妨一記的消遣性的心態，到最後卻演變成非寫不可的執迷了。這次我不但沒有地圖在手，也沒有預先計畫的路線，甚至連自己要深入到甚麼險境，也全無概念。人們說「摸著石頭過河」，也至少有渡河的目標，我能夠觸摸到的，卻彷彿只是字詞和句子。究竟它們會把我帶到哪裡，我並不知道。

到了最近，簡直就有如靈魂附身一樣，句子隨時在腦袋裡冒現，就像有聲音在我耳邊說話，迫使我不得不立即寫下來，唯恐錯失了甚麼重要的信息。有時候，甚至是在公園裡步行的期間，也無法不多次中途突然停下來，急忙掏出筆記本子，站在那裡潦草地記下文句。こころ見到我這樣心急如焚的樣子，都會勸我暫時把寫作的想法放下，放鬆精神，專注行禪。但是，我就是沒法做到。我終於體驗到何謂文思泉湧，而這原來並不是一件美妙的事。

更為令人困惑的是，現實裡發生的事情和把它寫下來的時間，由當初有一個多月的距離，慢慢收近，到後來只有數天之差，而到了現在，則更加是近乎當天的日記了。再這樣下去，難保不會發生現實與寫作的同步化，也即是寫的行為和所寫的事情在時間上的完全同一。但是，這樣的事情可能嗎？合符邏輯嗎？我開始有點混亂了。我開始搞不清楚，究竟是經歷了真實的事情，而我把它寫下來，還是因為我寫下來，事情才變成真實，或者真實被創造出來？當寫作與真實朝向會合點加速，我便越加失去自控，就像開著一輛自己無法駕馭的跑車，隨時要在到達終點線前撞毀。當我寫的時候，進入忘我的狀態，感覺好像充滿能量，但寫完一段，回復自我意識時，卻又完全虛脫。肌肉緊繃、行動不良、呼吸不順等症狀都越加嚴重。這樣地消耗下去，我的身體將不但沒法復元，反而只會變得越來越差，到一天可能會為此而衰竭。但是，我已經停止不了。

こころ以充滿擔憂和憐惜的眼光，目睹著我的自殘。她大概覺得此事由她而起，所以自己也有責任吧。有一次，當我坐在電腦前面寫了一個下午，透著大氣走進睡房躺到床上的時候，正在窗前禪修的こころ回過頭來，語氣關切地說：

你這樣的寫法，有點不對吧？

我閉上眼睛，有氣無力地說：

沒辦法！時日無多。

你又來這一套了！

我是說我自己。

怎麼會呢？而且，時間這回事，沒有誰擁有更多，也沒有誰擁有更少。夭折的嬰兒，跟百歲老人，誰多誰少，很明顯吧。但不保證，長命的會更快樂，短命的會更痛苦。

當然……但是……

你已經忘記你的原意了嗎？

我張開眼睛，望向こころ，說：

我的原意……是甚麼？

こころ把整個上半身扭轉過來，更加靠近我說：

你當初之所以下筆，不就是為了搞清楚和我的關係，更明白地面對我嗎？但是，當你寫下去，慢慢地又陷入了自我的執迷當中。這樣子，你是沒法了解我的，更別說把真正的我用語言表現出來。

我只感到頭昏腦脹，不懂如何反應，こころ便繼續說：

而且，語言始終是有限度的。

但你不也在寫點甚麼嗎？如果你不相信文字的話——

我不是不相信文字。的確，從某個角度看，除卻文字，我可能甚麼都不是。但是，真正的我，肯定是在語言終止的地方。

こころ的話，就如雲間下降的梵音，但我當時閉塞的腦袋，卻無法通曉她的意思。

至於我寫的東西，都不過是在筆記本子上，留下星塵般的生命痕跡吧。與你豐碩的作品相比，原本就不值一哂。在你這位擁有二十多年寫作資歷的作家面前，我本來就只是個甚麼都不懂的新手吧。

我不知道こころ是為了安慰我而故作謙虛，還是有別的含意。我只能慨嘆說：

こころ，我知道你聰慧過人，悟性也很高。在短短的日子裡，你明瞭的事物，已經遠遠超過了我。但是，我面對的困境，我心裡的苦況，真是不足為外人道啊！

我向她投以一個疲倦的笑，然後閉上眼睛，躺在床上微微喘息著。我聽見こころ以顫動的聲音說：

你到現在，還把我視為外人嗎？那在你所寫的東西裡面，就只有你自己一個了！那不是太可憐了嗎？

當天晚上，兩個舊學生J和H不約而同地寄來了求救訊息。兩位都是我約十七、八年前在屯門的L大學兼職教書時的學生，J比H高一屆，互不認識。J畢業後也曾有志寫作，在我的鼓勵下，先後出過兩本小說，但始終因為條件欠佳而放棄。後來她嫁到加拿大去，大前年生了個女兒，去年又生了個兒子，已經成為兩子之母了。H畢業後從事出版工作，間有見面，後來漸漸失了音信。去年突然又收到她的電郵，聊到了她的近況，說是辭了工作，正在休息中。也知道她結了婚，但未生孩子。且把兩者的通話紀錄抄錄如下：

J：老師，我終於倒下來了！大女兒一開始上幼兒班，就惹了病回來，發高燒，又傳了給弟弟。兩個孩子一起生病，我顧得這個又顧不了那個。後來，連我也感染了，咳得很厲害，但又沒有時間休息。每晚能睡著的時間，也沒有兩三小時。女兒上學不太願意，在班上不投入，自己躲在一旁。我在外面偷看，乾著急。偏偏小的那個又不合作，總是在鬧彆扭。家裡又沒有其他人可以幫忙。送姊姊上學，就要同時把弟弟帶著，但我一個人實在無法應付兩個小孩，特別是我自己也病了。今天我在外面等女兒放學的時候，抱著兒子去洗手間，突然感到右邊的腰腹劇痛，教我差不多暈倒，整個人痛得無法動彈，就那樣躺在地上等人來救。兒子還以為我在玩，在旁邊一直笑呢！我現在躺在急症室，做過了初步檢查，但找不到原因，只是給我嗎啡止痛。我先生請了假，暫時看著兩個孩子，但他比我更沒辦法，而且也不能經常不上班。藥力一過，又痛起來了。那樣的痛法，比生孩子還痛！會是甚麼嚴重的問題嗎？我恐怕我支持不住了！過不了這一關了！

H：小D，你的病情如何？可有好轉？我這幾天又復發了。連續兩晚，我也只能躲在桌子下面，不敢出來，一直在哭。但我哭甚麼呢？我也不知道。開始的時候，我老公還耐心地在外面逗我，嘗試開解我，但是看見都沒有用，感到束手無策，便任由我躲起來，哭到累了，睡在地板上。有時候，早上我會好一點，自行爬出來，吃早餐，做點家務，到街上去逛逛，但也不敢去太遠和太多人的地方。但是，到了晚上，又不能自控地再次發作。藥已經重新在吃，並且加了分量，但沒有用，精神還是恍恍惚惚的，甚麼都做不來。你上次介紹我看的那位仁波切的書，早已經買到了，試過幾次想看，但卻完全進不了腦袋，一點都看不懂。其他書也是這樣，就算是很簡單的書也讀不進。難道我已經失去了閱讀能力？我甚麼時候才能回復一個正常人的模樣？我也不是要做甚麼大事。我只是想做一個普通人，過普通人的生活啊！天又漸漸暗下來了。我不能寫了。好像有聲音在呼喚我，叫我回到桌子下面了。

看著兩個學生的訊息，我呆呆地坐著，遲遲未有回覆。她們都把我視為老師加以信任，在遇到困難的時候向我發信，就算明知我沒法提供實質的幫助，也希望我會說出甚麼鼓舞和安慰的話來吧。可是，我這個老師這時候卻只感到無能為力，愛莫能助。我把手機交給こころ，讓她看了那兩段文字。她看完了，便說：

作為老師，在這樣的情況下，總得說點甚麼吧！

我知道。

你的學生想得到的，並不是甚麼有用的意見，而只是你的關心。

這個，也很容易做到。但是，我在心裡卻覺得徒勞。我自己也自身難保啊！

一個自身陷於困境的人，對別的有需要的人，未必不能給予幫助。也許，與一個安然無恙或者成功有為的人相比，一個經受了困頓和挫敗的人給出來的幫助，可能會更為強大和有力。

我怎樣才能給出這樣的幫助呢？

就像漱石筆下的「老師」一樣，剖開自己的心，讓溫熱的血液噴湧出來。

你是說，像「老師」一樣寫信？

寫出你的自白。事實上，你已經在寫了。所以，你能為她們做的，就是好好地完成它。作為給她們的一封長信，讓她們看清楚你的心。

但是，寫完之後呢？「老師」所寫的，是一封遺書啊！

當然囉！「老師」最後的殉死，就不必了。

こころ半認真半玩笑地說著，把手機還給我。她正想走開，又回過身來，加了一句：

在現今之世，也沒有殉死的理由吧。

52.

三月二十三日，電視上傳來李光耀的死訊。我的兒子未至於傷心，但卻很留意這宗新聞。在他心目中，新加坡在所有方面都比香港優勝，包括市容、交通、建設、景點和氣候。他已預定了一週之後，趁復活節假期再去新加坡。他母親將結束在英國C大學的外訪研究，回程的時候在新加坡停留，兒子過去和母親會合，一起在那邊玩幾天，也順道探望叔叔。我的弟婦答應陪兒子一起坐飛機過去，我對整個行程的安排便放心了。這次我不能同行，也不完全是因為こころ的緣故。我自己的健康情況變差，不良於行，也是一個因素。我對此感到歉意，但沒有辦法，有些事情不能勉強。事實上，我沒有選擇的餘地。我和こころ的命運已經緊緊地綑綁在一起。

我們還堅持繼續去針灸，但已換成以我為主，而こころ只是陪我。我也不知道針灸究竟是真的有用，還是已經成為了一種習慣，令自己有接受治療的安心和慢慢康復的假象。那天醫館的大姐插了一瓶漂亮的花。三朵純白色的大百合，伴以粉紫色的繡球花，以清秀的長綠葉作襯托，但這樣的恬淡氣息無助平靜我的心境。見我一副垂頭喪氣的樣子，L醫師於是又以她獨特的方式說了一番「鼓勵」的話：

你這個病，我早已經說過，不存在根治這回事。它的發病可能是因為精神緊張或者情緒刺激，也可能由於不明的原因，導致你的神經系統出現異常反應，胡亂地釋放荷爾蒙，變相干擾自己的肌肉，令肌肉漸漸失去運作能力。而這一切，都在你自己的腦裡面發生。不過，就算是這樣，你也不必沮喪。首先，如果你的情緒持續低落，就會為發病造就更有利的條件。所以，你不要心急，也不要自亂陣腳。我們正在用針灸的方法，為你保持身體的機能，消除那些破壞性的因子。在這樣的前提下，你以持續的運動練習，來讓自己的肌肉力量恢復，直至回復可以正常生活的水平。當然，你要有心理準備，當你將來再遇到甚麼刺激，這個病又會復發，有些情況甚至會惡化得很快。不過，不能根治不代表就是絕症。我反對西醫的方式，是因為西醫的治療方法往往連病人的身體機能都徹底破壞，也即是對付壞人的時候同時殺錯良民。一個人失去了基本的健康，試問又怎麼能支撐下去，更不要說康復呢！相反，像是癌症等很多所謂絕症或重症，就算不能完全清除，其實病人是絕對可以帶著病的因子生活下去的。我便見過一些病人帶著癌腫瘤三十幾年，但生活卻像常人一樣，而且最後往往是死於別的原因。帶病生活，並不是一件稀奇可怕的事。就像你有高血壓，你也可以帶著高血壓的問題生存下去。所以，你也不必對自己的情況過度擔心。

我覺得L醫師的說法好像跟先前有點不同，但不同在哪裡我又說不出來。她一邊下針，一邊娓娓地說著，語調特別溫柔，每一針卻絕不留手。我像慘受極刑地痛苦呻吟著，一點也感受不到安慰的意味。這天L醫師、助理Yoyo和大姐，已經熱烈地討論著復活節假期去台灣宜蘭旅行的事情了。其他病友也七嘴八舌地比較著各地旅行在飲食方面的優劣。我想起兒子和妻子去新加坡的事情，又想起上次和こころ在新加坡度過的幾天，心裡便不勝唏噓。我很想叫喚只是跟我一簾之隔的こころ，但又沒有具體的話想說，便又作罷。背上的針像釘子一樣教我動彈不得。我想起こころ說過耶穌釘十字架的痛苦，又想起她說過，自己在針灸的時候修慈悲心，發願以自己所承受的痛苦代替眾生的痛苦。自己多一分苦，眾生就少一分苦。我不知道這樣想是否只是一廂情願，但無論是否對人有實際的益處，自己至少可以增加一點忍耐，覺得那苦楚也不至於徒勞。

離開醫館後，我們照例又到樓下的茶餐廳吃下午茶。我跟こころ談到了修慈悲心的困難，因為很難教自己相信，自己受的苦真的可以減輕別人的苦。

自己受多少苦就是多少苦。痛苦本身就是跟他人、跟外界隔絕的經歷。痛苦之為痛苦，除了是肉體上的感覺，也同時是一種你不是我，你不可能知道我的感受的證明。那種徹底的孤絕感，才是痛苦至為可怕的地方吧。所以承受巨大痛苦的末期病人，才會那樣拒絕別人的關心和同情，而陷入了自我封閉之中。

我一邊攪拌著那杯濃濃的港式奶茶，一邊議論著。こころ靜心地聽著，待我說完，她才開腔道：

相信是這樣吧！痛苦的確不單純是肉體的事情。不過，正正是因為痛苦造成了人與人的阻隔，一些具有超乎常人的勇氣、智慧和慈愛的聖者，才會選擇以痛苦來打破阻隔，來建立人與人的連結和共通。通過感受痛苦來培養對受苦者的同情或慈悲，是無須多加解釋的事情吧。至於能否更進一步，以自己的痛苦來減輕甚至是替代別人的痛苦，這個卻是信仰的層次的事情了。為甚麼耶穌要以自己被釘在十字架上的方式，也即是自我犧牲的方式，來拯救世人呢？祂為何不選用君臨天下的方式呢？那不是更簡單更直接嗎？可是，基督徒卻相信，耶穌以祂自己的受難和犧牲，來換取世人的救贖。那麼普通信徒呢？也可以用相同的方式，去為他人的得救而自我犧牲嗎？至於佛教徒的慈悲心，也包含這樣的一層修行，即是以自身所受的苦難，無論是肉身上的疾病、受傷，或者是精神上的折磨，來換取眾生的利益，而終極的目的，就是眾生都離苦得樂。這樣做是不是實質上有效呢？這是個無法用世間的邏輯來解答的問題吧。但是，無論如何，能這樣做的人，肯定會變得強大而自信，也因而坦然無所畏懼。

對於こころ推向了這樣的結論，我只能自嘲說：

也許，歸根究柢，也因為我自己是個膽小的人吧。

こころ顯然並不滿意我妄自菲薄的回答，加強了語氣，試圖說服我說：

所謂膽小，只是對自己的能力缺乏自信吧。我留意到明就仁波切的教法裡，有非常特別的一項，就是他常常提到「能力」，用英文說就是capability。我注意到他教導誦念「嗡、啊、吽」三個咒語字的時候，把它們解釋為慈悲、智慧和能力。一般聽佛法，都會以慈悲和智慧為核心，但卻好像很少聽到「能力」的說法。但仁波切卻經常在兩者之外，加上「能力」這一項。比如說他解釋何謂「佛性」或者「如來藏」的時候，也是同時標舉無限的慈悲、超越一切的智慧和達到至善的能力。當他說到明性和空性的一體，用了藏文「瑪噶巴」這個詞，意思也是「能力」或者「無障礙」。我不知道，這是不是仁波切的承傳的特色。在另一處，他談到英語裡的virtue一詞，說除了一般的譯作「善」或者「美德」，在古老的用法裡，其實也是「能力」或者「效能」的意思。他這麼的重視「能力」，不是很特別的事情嗎？這個特殊的「能力」，應該很值得我們深思啊！我甚至相信，這個「能力」是一把特別的鎖匙，是開啟終極的了悟所不可缺少的東西。

こころ稍停了一下，見我沒有想回應的地方，便又繼續說下去：

而更特別的是，擁有這種「能力」的，往往並不是一般認為的強者，而是面對著種種困難、煩惱、失敗、疾病和痛苦的人。所以他才那麼重視困難，以及以困難為對境的禪修方法。他以自己童年時的恐慌症經驗為例子，想說明的就是這一點吧。這樣說來，無論是恐慌症，或者是其他疾病，以至於生活中遇到的種種問題和感到的種種痛苦，都不是需要逃避和抗拒的事情；相反，卻是我們應該放開懷抱去迎受和感恩的事情呢！因為這些經驗正正就是幫助我們達至了悟的最佳方法。擁有這些經驗，簡直就是祝福和幸運，是如獲至寶！但是，如何把這些負面經驗轉化為祝福、幸運和至寶呢？那看來好像違反人之常情，而當中要求的，肯定是超越凡人的「能力」吧！那就是能斷金剛，無堅不摧的能力啊！

這樣的一番鏗鏘有聲的話，在看來柔弱、溫婉的こころ的口中道出，感覺非常奇怪。我不發一言地沉思著。こころ再補充一句，說：

那就是心之力量啊！

在回家的火車上，我們沒有繼續聊先前那嚴肅的話題。頭等車廂內乘客不多，我和こころ並排而坐，看著外面開闊的長空和銀光閃閃的吐露港。不知怎的，風景的掠過和車廂的搖晃，竟有一種異地旅行的錯覺。我忽然和こころ說：

想去京都旅行嗎？去看看廣隆寺吧。

可以嗎？

こころ大概以為我只是隨口說說，並不十分認真地回答。

還是先去你家附近的寺院吧。

幾時？

今年的清明節原來和復活節是同一天。你們家要去掃墓嗎？

去拜我阿爺和阿公。

阿爺董富？

嗯。不過，以我這般的狀態，看來今年是沒法上山的了。父母年紀大，也去不了。弟弟又不在港，看來要由妹妹來做代表吧。

那麼我們當天早上，去寺院看看吧。

我點頭同意，こころ也以微笑確認。我們這樣就算是約定了。不知為甚麼，這明明只是個小小的約定，但卻彷彿有一種沉重的、終結的意味，一直壓在我的心頭，令我難以透氣。

53.

在妻子離開英國飛赴新加坡和兒子會合之前，我寫了一封電子郵件給她，交代了一些事情：

Y：

到達新加坡後的安排，你和我弟弟已經商量好了吧。你的航機比G的先到大概兩個小時，如果你不介意的話，可以在機場等一下，會合起來大夥兒一起去酒店。G對這次的行程充滿期待，通宵達旦地做了詳細的計畫，你應該已經收到了。我看行程緊密得太誇張了，你們到時就隨機應變吧。我這次不能同行，真是可惜，但我實在沒法放下心於不顧。心的病看來好像已經穩定下來，但卻輪到肢體不聽使喚，呼吸也持續不順，到頭來，也不能說與心無關。

你這次離開了大半年，我獨自一人看家，想不到得到一個特別的機會，去認識心，面對心，了解心的祕密。由無心，到交心，到多心，到達心，結果卻變成了癡心，而不能放心，當中有許多始料未及的地方。到了此刻，坦白說，我依然搞不清楚自己的心意。究竟如何做到隨心，而又不為心所困，做到順心，而又不為心所迷，我並沒有把握。幻象是心，實相也是心；萬法唯心，無法也唯心。那究竟心是誰呢？是甚麼的一樣東西呢？是人呢？還是非人呢？是物呢？還是非物呢？是我呢？還是他呢？還是非我又非他呢？我竭盡所能，試圖去了解心，但心卻始終不為我所解，這也許就是我無法捨離的原因。這樣難捨難離的局面，最終能怎樣收拾呢？我確實並不知道。這一切，希望你能明白和諒解。

雖然你很快便要回來了，我們也很快就見面了，但是，有些重要的事情，我還是想先向你交代。當然，這樣做只是以防萬一而已。只是一時想到，這些事情，世上除了自己之外，應該還有另一個人知道。那個人當然就是你。在這封信末，我會附上我的手提電腦開機密碼、電子郵件帳戶密碼和雲端硬碟資料分享等等。電腦內的所有文檔，包括已發表和未發表的作品，在有需要的時候，你都可以代我保管。

如果你打開我的手提電腦的話，你會看見用作桌面背景的照片，是那年我們在里斯本旅行時拍的。有的是我拍的，有的是你拍的，共選了八張——佩索亞紀念館入口的石地板、地鐵站的航海主題壁畫、小餐館櫥窗裡的葡式蛋撻、艾花瑪老城區的遠景、老房子外牆上的塗鴉、貝琳塔的外觀、地上我們兩人的影子和你最愛吃的燒沙丁魚。對我來說，那是我和你最快樂最難忘的旅程。

另外，在電腦上有三條日本AV片子，收藏在一個名為“Extra”的文件夾裡面，是早幾年在美國交流的期間從網上下載的，換電腦的時候連同其他資料轉移過去。你有興趣可以看看，但也可以幫我刪掉。不過，其實刪不刪也沒所謂吧。其餘的，並沒有甚麼不能看的東西。總之，都先讓你知悉，以備不時之需。

C

這兩天又收到內地出版社編輯S的來信，談到我的小說版權續期的事。我見小說後來的銷情甚為慘淡，也不願意負責的S受累，便說續約的事還是作罷。不料S卻沒有放棄，還堅持此書可以持續拓展讀者群。既然他滿腔熱誠的，我也就答應了續約。不過，我心裡其實並未懷有任何期望。S原本是先前提過的L的下屬，協助L引入港台作家。自從L轉職後，S便接手L的工作，並專責外語作品譯介。我原本計畫出版的另外兩本書，也交到了S的手上。他非常用心地做，但計畫一拖再拖，最後還被終止了，S也因此而受到了打擊。要知道，失敗的作者的案子，對編輯來說是個負資產。可是，他到現在還是堅持保住我已經出版的這本書，對此我實在十分感激。S不僅是個愛書人，簡直是個書癡，不但博覽群書，而且甚有見地。雖然比我年輕，但涉獵肯定比我廣闊，甚麼類型的書都看。他看上去像個有才氣的書生，但也有書生的頭巾氣，為人不屑交際應酬，只顧往書堆裡鑽。這樣子的青年，在當今非常難得。

談續約之餘，我跟S提起在看漱石，他便立即向我推介了一套關於漱石的日本漫畫。那是由關川夏央創作故事，由谷口治郎執筆繪畫的《少爺的時代》。據S說此漫畫以漱石引入，又以漱石結束，中間出場的還有森鷗外、石川啄木、幸德秋水等等著名明治時期的人物。五卷本的漫畫歷時十二年才完成，是一部非常嚴謹和有深度的「圖像小說」。S也附上了一篇他寫的評論，認為要了解日本在大正及昭和時代的走向，必須回到明治時代。那是日本思想界異常活躍多姿的時期，知識分子面對西方現代社會的強勢，既急於學習，但又不滿於模仿，而出現了尋找自己的路的思索。這一點，漫畫就以文學家夏目漱石為綱領，以他的代表作《少爺》為象徵，去描繪一個「少爺的時代」，是如何於勃發中冒起，又如何於鬱悶中告終。S的書評寫得很好，發人深省。至於漫畫，我雖然很感興趣，但是，也不知還有沒有時間細看了。我只是在想：目下我所生存的社會，跟一百年前的日本好像並無可比之處，但是，從某種鏡影倒置的幽妙處觀之，不也是進入了與明治時期截然不同的，嶄新的「少爺的時代」嗎？當然，連「少爺」的意義本身，也已經完全兩樣了。處於現代前期的少爺，面對公權的擴張、制度的壓抑和利益的膨脹，無從奮發而陷入困惑和挫敗之中。處於現代後期的少爺呢？又會把我們的社會帶到怎樣的方向？老實說，我完全無法預知。

恰巧又接續收到Ｊ大姐的電郵，告訴我早前跟胖子Ｌ的對寫專欄在結束後，將會結集出書。Ｊ大姐是我相當年輕的時候，在台灣僥倖地拿了新人獎之後，最先負責照顧我的一位編輯。我在台灣出的第一本書，就是在她的主理下誕生的。幾年後我離開了她所屬的出版社，再後來她又跟著原來的上司出來另起爐灶。去年Ｊ大姐主動邀約我和胖子Ｌ在她的出版社的雜誌上，開一個每月對寫專欄。雖然寫的時候盡是哈拉打屁，但也是我和Ｌ的一番極有紀念意義的對話。這也是我隔了許多年後，再次在Ｊ大姐的出版社出書了。

連帶又想到要給台灣的Ｗ寫信。我在開始寫作長篇小說但又對出版沒有把握的時候，遇到了Ｗ這位知音人。他當時還是出版社裡的小編輯，但卻毫不猶豫地把他的全部精力都押在我的書上面。這應該算是我寫作生涯裡的一個重要轉捩點，而Ｗ也可以說是我的大恩人了。而一直合作下來，我們對彼此的信任越加深厚，大家也成為老朋友了。Ｗ也曾在工作上不順心，後來轉了出版社，幹得有聲有色，才能得到肯定，更獲升任為總編輯。當上重任之後，Ｗ變成一個日理萬機的大忙人了，有時也不敢太打擾他。不過，我總可以安心，假若我有甚麼書想出，只要跟他說一聲，他一定拍心口說可以的。我早前跟Ｗ說過自己在寫こころ的故事，他便立即答應會出版。所以，我寫到這裡，就不忘把到此為止的稿件，都通過電郵傳送給Ｗ。一切就只差結局而已。

想不到我這個少爺，連在文學路上都仰賴許多編者朋友們的愛護和庇蔭，才能無風無浪地一路過來，從沒有經歷過甚麼重大的挫折和苦楚。到了終於遇上了難關，那完全是我自己的問題。多部曲長篇小說的後續，卡住了好幾年一直寫不出來。隨著現實的不能逆料的轉向，原本的構思已經完全站不住腳，而自己也沒有意志和能耐把它推倒重來，而不得不宣布失敗了。就在這時候，自己的身體也響起了警號。我有一種預感，關於こころ的小說，很可能是我的最後一本書了。為此我必須奮力把它完成，然後安然面對任何結果。但所謂奮力，顯然不是我的身體所能承受的狀態。

這天晚飯後，我又繼續掙扎著，把敘述推向更接近真實的地方。寫到身心俱疲的時候，頹然伏案，以手按著緊束的上腹部，艱難地呼吸著。胸中好像填塞著種種障礙，一時間便感到大限將至。想不到在接近五十之年的人生關口，作為一個丈夫、父親和兒子，既缺乏經濟和情感上的獨立，也承擔不了照顧父母和兒子的責任，甚至連自己的健康也自顧不暇，獨只剩下寫幾個字的能力。至於甚麼社會義務或者世間的奮鬥，就更加說不上了。就算是寫作這種雕蟲小技，也可能很快便沒能維持下去，而必須告終了。試問生而為人，還有何所用？想到這裡，又陷入深深的憂鬱當中。こころ這些日子以來，對我所作的多番安慰和勸勉，看來結果還是徒勞無功了。

我也不知道自己伏在桌子上喘息了多久，感到有人輕輕地推了推我的肩。抬起頭來，看見こころ就站在我的旁邊，一隻手拿著一杯熱茶，另一隻手拿著筆記本。本子裡夾著一枝筆，好像剛剛還在寫甚麼，突然卻要去做別的事情，匆匆合上本子的時候，便順手把筆夾在停下的地方。她把茶遞給我，說：

是薄荷茶，對舒緩氣管緊張有幫助，慢慢喝了它。

我接過茶杯，呷了一口，茶的溫度適中，不太燙也不太涼。暖意和薄荷的清新滲入我的心脾，教我稍稍放鬆下來。こころ一直站在那裡，耐心地等我把茶喝光，然後便把杯子拿走。她臨轉身前，我叫住了她，問道：

你也在寫東西嗎？

こころ望了望自己手裡的筆記本，領會我的意思，笑了笑，說：

也像平時一樣，隨意記下一點甚麼吧。

可以讓我看看嗎？

她遲疑了一下，說：

沒甚麼好看的，都只是些零零碎碎的東西。

那是祕密嗎？是不能讓人知道的嗎？

こころ又笑了出來，說：

就算不是甚麼天大的祕密，也不是人人都像你一樣，把自己寫下的東西毫無保留地交給別人保管吧。

你是說我妻子？

你在給妻子的信裡是這樣說的。

你怎麼知道……

是你給我看的。

我給你看的？

所以，既然你對我沒有隱瞞，我對你也不應該有任何祕密。

こころ把夾著的筆抽出來，把本子遞給我，說：

如果你有興趣的話，就隨便看吧。

說罷，她便轉身走出書房，消失在走廊外面了。

我把本子拿在手裡，撫了撫它的淺咖啡色皮質封面，感覺有如觸著柔軟的肌膚。但肌膚還不是最赤裸的，在肌膚下面，才是更赤裸的真相。我猶豫了一下，深呼吸了一口，才把本子打開到第一頁。在小小的頁面上堆滿了密密麻麻的小字，驟眼看去全無意義。因為有老花，我摘下眼鏡，把本子放近鼻子前，瞇著眼看了起來。那些句子看來比筆記完整，簡直就是一篇完成的作品，而作品的開頭，有一種異樣的熟識感，就好像是自己發出的說話的回音。

那是我的小說的第一句！完全相同的，一字不差的第一句。而且不只第一句。第二句，第三句，一直下去，都和我所寫的一模一樣。我無須打開手提電腦，查看檔案的第一頁，去加以證實。一切都明白無誤。我開始加速閱讀，甚至跳著來掃描，一頁又一頁地翻著，每一次觸到的文字，都如我記憶中自己所曾寫下的完全相同。問題是，本子這麼小，不可能把全部都寫在上面。我立即翻到本子的後半，尋找文字停止的地方，也很可能就是剛才那枝筆夾著的地方。對了！就是那一頁了！最後寫著的，竟然就是剛才こころ未拿著茶進來之處！我再翻回前面去，這次是隨機的，前前後後地看著。不可思議的事情出現了！那本筆記雖然薄薄的不到一百頁，開度也很小，儘管字體寫得很細，也不可能塞進接近二十萬的字數，但是，無論我翻到哪裡去，我總能讀到我所寫下的任何一個章節的任何一句和一段。也即是說，裡面包含了全本的小說。除了，還未發生的事情，也即是還未寫下的部分。我翻到最後，發現只剩下三頁是空白的。意思再明顯不過了。故事只差一點就要結束了。想到這裡，我已經不再震驚和疑惑，而是悲不自勝了。

我合上筆記本子，久久不能平伏。我甚至沒法去思考，究竟為甚麼會發生這樣不合常理的事。然後，我便發現こころ已經站在房間的門口，雙手捧著茶杯。

要不要再喝一點？こころ輕聲問。

不用了，謝謝！

こころ並沒有離去，繼續站在那裡，很明顯在等著我說話。我抬頭望向こころ，她的臉容卻曖昧模糊一片，只能隱約辨出她身上穿著我妻子的一件淺灰色的睡裙，連體態也有點和妻子一般。那拿著茶杯挨在門框上的姿勢，也有著妻子正在和我聊天的幻覺。我這才記起自己摘下了眼鏡。我戴上眼鏡，こころ立即回復了原來的面貌，一副靈慧而狡黠的樣子。我對真正的事實，突然就了然於胸。我把旋轉椅子轉向門口的方向，說：

こころ，你不用向我解釋。我已經知道了。最先冒出來的猜想，是你一字一句地抄襲我所寫的小說，但這立即就被直覺推翻了。剩下來的可能性，只有一個。我一直以為你是一個文學新人，一直想指導你，扶助你，但是，我原來完全搞錯了。我以為我是小說家，我是作者，而我在寫關於こころ的小說。實情卻是，こころ才是真正的作者，而我只是她創造出來的人物。而且，不單是這一部小說，甚至是我過去的小說，我的全部作品，其實都是你寫的。甚至我的存在本身，都是你創造出來的。問題是，如果是這樣的話，我還要寫下去嗎？在這樣的發現之後，我還能夠寫下去嗎？

你要寫。

こころ堅定地說。

為甚麼？

為了我，也為了你自己。

54.

四月二日清晨，兒子出發去新加坡。他的嫲嫲在機場等他，陪他一起過去，在那邊跟他母親會合。我在半夜三點起來，叫醒兒子，給他弄了點吃的，確保他帶齊證件和行李。送他出門的時候，我和兒子擁抱了一下，叫他自己事事小心。航班在早上七點起飛，他打算坐四點的通宵巴士去機場。我站在窗前，看著兒子背著行囊，在黑夜中獨自走出屋苑大閘的身影。然後，再到另一邊的窗前，站著等了十分鐘，看見在下面的迴旋處經過一輛簇新的機場巴士。兒子應該就在上面。我安心地回到房間睡覺。

星期五早上，天陰，有點潮熱，但有微風。我照樣和こころ到公園去。雞蛋花除了葉子，也已經開花了。茶花已經全沒有了，杜鵑也沒剩多少，山指甲的白花也全凋謝了。宮粉羊蹄甲還殘留著幾抹粉彩，鮮綠的筴果卻已經掛滿了一樹。木棉樹的紅花天上一半地上一半，銀珠卻在這時候掉光了細碎的羽葉，隨時準備開花。細葉榕在落著小小的淡紅色果子。樹間有鵲鴝在求偶和追逐。松鼠照樣在樹幹上上落落。

我撐著行山杖，在林間慢慢地走著，沒再去想寫作的事。心很靜，一路上也沒有再湧現字詞或句子。こころ也沒說話，只是在我旁邊走著。語言變成一種多餘的事物，甚至是一種障礙。我感到こころ的呼吸，跟我同出入；我聽到こころ的足音，跟我同步伐。我們繞了一圈又一圈，總是回到起點，也即是終點的所在。

回到家後，我整理了一下窗台的盆栽。蝴蝶蘭已經開花，白色的，共五朵。白邊草也不甘後人，長出了小白花。我給文竹修剪了枯枝，待夏天來臨再長出新葉。其他的植物則澆了水。然後我便在飯廳的餐桌前坐下來，在手提電腦上寫了半天。在期間，手機上陸續收到妻子和兒子抵達新加坡的訊息。

下午和こころ在家聽《聖馬太受難曲》，是John Eliot Gardiner指揮的共約三小時的全版本，由兩點聽到五點。窗外烏雲密布，隱隱有春雷，下了一陣微雨。

黃昏時分，我們坐在睡房床沿，望著遠山禪修。雲層在上，下面的山頂卻沾上陽光，山巒黃濛濛一片，像仙境般不真實。慢慢地，雲層像被無形的手撕開，變薄，消散。夕陽在景觀右方的邊際透出，像一張金色的絨毛氈子，披蓋在大地上。近處的樹葉都染成金黃，在微風中顫動，閃閃發亮。連對面的警察機動部隊建築也變得柔和起來，白色的外牆反射著橙色的光。上空的雲散落成很多塊，迅速地轉換著形狀，但卻甚麼都不像。有鳥站在樹頂，鳴叫著，聲音響亮，羽毛似是紅色的，可能是太陽鳥。我轉臉望向こころ。她的臉也呈金色，但除卻光亮，好像並沒有實質。在我們的身後，影子融為一體。

星期六早上，我們又再來到快餐店。因為我的雙腿疲軟無力，便換了由こころ去買餐，我找個位子坐下來等著。這天照例人不太多也不太少，不難在靠牆的位置找到了兩個相對著的空位。同桌還有一個在吃餐肉煎蛋通粉的四眼大叔。我打開報紙，隨意瀏覽今天的新聞。港聞版照例是鬧哄哄的關於真假普選的爭論。我彷彿聽見有人說：挑！真作假時假亦真！吵甚麼呢？弄假成真咪得囉！我放下報紙，偷偷瞥了同桌的大叔一眼，只見他一邊大口吃著通粉，一邊看著自己手上的免費報紙，眼鏡幾乎滑到鼻尖上。我復又舉起報紙來，見新聞無甚可觀，便翻到副刊。副刊上剛巧刊登了詩人朋友L的一篇文章，是關於文學前輩X的紀錄片的觀後感。這齣紀錄片由本地導演F執導，聽說手法相當鬼馬，但也因為F宣稱自己一本X的小說也沒看過而備受批評。L在文章裡提到一個傷心時刻，就是X慨嘆「香港冇架喇」的時候。我倒以為前輩說出了真話。也許她指的是香港文學，但聽在敏感如L的耳裡，肯定也包含整個城市的前景。L大概是和我一樣，滿腦子充斥著末日景觀的人吧。這時候，我又聽見有人說：冇又點？冇咪冇囉！死又如何？毀滅又如何？世上哪有不死的人，哪有不毀滅的城市？何必大驚小怪呢？我嚇了一跳，連忙又放下報紙來，但同桌大叔卻繼續看著免費報的娛樂版，上面有某女星的豔照。大叔托了托他鼻尖上的眼鏡。

我把報紙摺起來，再沒心情讀下去。抬頭望向取餐櫃檯那邊，只見排了長長的人龍，卻沒有こころ穿著紫紅色運動外套的身影。難道還在排隊買票嗎？我環顧四周的時候，在正對面的桌子前，看見了那位潔癖少年，照樣乖乖地坐直身子，併合著腿，拿著刀叉，小心翼翼地處理著軟扒扒的煎蛋。順著少年所在的位置向右望去，在隔鄰的桌子前，坐著盲眼女和白髮老婆婆。再過去一張桌子，則是中風胖婦人和照顧她的老丈夫。相依為命的人仍然相依，令人安慰。教人意外的是，那位矮個子瘟神大叔，今天竟然破例沒有買外賣，而是即場堂食，此時正赫然在座，並且一邊吃一邊搖頭，好像對食物的水準非常不滿。他拉著一個負責收拾餐盤的大嬸，把她當作總經理似的，大聲投訴起來。我不堪這樣的畫面，正想把目光收回近處，便聽見在我的右側，發出了沉實的鈍響。我轉臉一看，發現那是「兜踎男」在一邊自捶胸口，一邊忿忿不平地咒罵世間看不起他的人。而令人更感愕然的是，他對面坐著的正是「嬌俏女」，看樣子就像約在一起吃早餐的一對男女一樣。「兜踎男」穿的是跟平時一樣的淺灰色襯衫和深灰色西褲，外加一件深藍色舊毛衣，完全是一種在人群中隱沒的顏色。「嬌俏女」卻一如其名，今天穿了件紅色毛線外套，再配一條橙色褲子，而頭髮則剪短了，薄薄地貼住了臉龐，並且染成了淺咖啡色。跟「兜踎男」的情緒相反，「嬌俏女」和平常一樣，一邊吃東西一邊嘻哈大笑，口沒遮攔，隨時噴飯，十分豪放。兩人相對而坐，一個怒罵，一個嘲笑，初看以為是一場世紀交鋒，再看才知道是一個錯誤剪接的畫面。最奇異的是，雙方好像都不理會對方的存在，看似被罵的不是被罵，看似被笑的不是被笑，就像兩人互揮刀劍，卻原來只是各自獨舞。正當這邊相當熱烈地雙人獨唱起來，我好像想起甚麼似的，猛然回頭，在我的左側隔鄰，看見了灰髮斑斑、狀若巫婆的「厭惡聖典」，正在她獨占的桌子上布置著她的地雷陣。

跟我同桌的大叔已經不知所終，只剩下餐盤上的空碗子和空杯子，以及一堆吐出來的食物殘渣。我半站了起來，東張西望，尋找こころ的所在。不知為何，食客人數雖然並不特別多，我卻覺得周圍非常擾攘。排隊和來往行走的人彷彿是發出巨大引力的星體，移動的時候把空間也扭曲。坐著的人說話的音量特別吵耳，連吃東西和動刀叉的聲響都好像放大了好幾倍。眾人的群像化成了一堆令人暈眩的顏色，各種的雜音混和成一股令人耳聾的巨響。唯獨是包圍著我的這幾個人物，形象鮮明地活動著，並且都好像在注視著我，或者以我為唯一的觀眾、不二的知音，重複地表演著代表著他們的生命精髓的獨幕劇。我感到天旋地轉似的，復又坐了下來，靠在椅背上，以手按著胸口。我突然產生一種疏離感，好像眼前的世界漸漸地離我而去。又或者，其實是我不由自主地跟隨著那個滑稽表演團，背向著世界漸漸遠去。幸好，在我完全脫離之前，有聲音把我喚回來。我就像從夢中醒來一樣，看見身穿紫紅色衣服的こころ站在我跟前，彎著腰，把手裡的餐盤放下。

怎麼啦？

你看！

我示意こころ望向周邊的人物。こころ環視了一周，說：

有甚麼呢？不是跟平常一樣嗎？

對於こころ並未察覺那些人的存在，又或者察覺到卻視若無睹，我感到既奇怪又失望。

是惡作劇啊！一定是惡作劇！

誰的惡作劇呢？

我不知道！

是你自己的心吧！

我伸出手去，隔著桌子，抓住了こころ的手，說：

別再走開！看不到你，我心不安。

こころ拍了拍我的手背，說：

我沒有走開啊！我一直都在，只是你沒認出來吧。

沒認出來？沒認出誰？

こころ舉起手，毫無顧忌地輪流指向潔癖少年、盲眼女和白髮婆婆、中風婦和老伴、瘟神大叔、「兜踎男」、「嬌俏女」和「厭惡聖典」，就像逐一介紹舞台上的表演者似的，說：

沒認出他們囉！

こころ望著我，臉上掛著令人疑惑的笑，繼續說：

沒認出他們，其實都是我。

都是你？怎麼——

也即是你自己。

我完全說不出話來了。こころ身後的劇場，彷彿以她為中心，形成一個半圓形的場景。演員們的動作都停止下來，成為一個定格畫面。こころ彷彿解畫人似的，說：

看不懂的，這是人間地獄；看得懂的，這卻是人間淨土。

她稍停了一下，見我滿臉疑團的，又說：

看得半懂半不懂的，那也至少是一場——人間喜劇吧！

說罷，こころ忍不住格格地笑了起來，好像看到了很好笑的劇情似的，連臉都緋紅起來，和她身上的紫紅色外套相映著。

當天我們在家裡靜靜地度過。從中午到下午，我一直在寫作。黃昏時分，和こころ一起在窗前禪修。到了晚上，又繼續寫下去。我的文字，已經越來越接近尾聲了。寫到必須收筆的地方，我關上手提電腦，離開書房，回到睡房去。

こころ已經在床上熟睡。在床頭擱著她的筆記本子。我拿起本子，隨便翻開來。雖然一片昏暗，但也足夠我辨出，筆記本是空的。是的，從頭到尾，一個字也沒有。我心裡想：是同一本嗎？

還是另一本？

我望向床上的こころ。她裹著被子，只露出小巧的臉，神情如天真的孩童。我忽然覺得，答案是甚麼，一點也不重要了。我好像聽見こころ的聲音，說：無論如何，就這樣吧。

55.

清晨時分，微光初現，陰翳未退，事物浸沉在夢境一樣的氣氛中。こころ的聲音如夢語般在我的耳邊響起：

那我們要合一囉。

好的。

不二囉。

嗯。

來，先淨身吧。

我點了點頭，站了起來。

你自己來，可以嗎？

應該可以的。

我扶著牆壁，慢慢向浴室移動腳步。

那我在外面看著吧！有事叫我。

沒問題。

我脫了衣服，在鏡子裡照見一個在微光中曖昧不明的軀體。走進淋浴間，拉上簾子，扭開水龍頭。花灑噴射出清涼的水柱，然後漸漸變暖，最後整個空間蒸騰著熱氣。

我出來的時候，下身包裹著毛巾。輪到こころ淋浴了。她和我擦身而過，進入浴室裡，拉上格子門。格子玻璃上晃動著光影。不一會兒，傳出了花灑的聲音。我坐在床沿，拿吹風機把頭髮吹乾。頭髮乾透後，こころ便出來了，自胸口以下包著毛巾。她來到床沿，坐在我旁邊，低下頭，擺動著濕髮，說：

可以幫我吹乾頭髮嗎？就像當初那一次一樣。

我拿起吹風機，站起來，幫こころ吹乾頭髮。睡房依然昏暗一片，只有自格子拉門透進的極微弱的光線。不過，靠手的觸感已經足夠。我右手拿吹風機，左手的手指往こころ的長髮裡梳理。髮絲在我的指間流過，由打結、糾纏，到解開，漸漸變得順滑。我關上吹風機，揉搓著有點累的雙臂。こころ抬起頭來，腦袋往左右擺動了幾下。秀髮微微揚起，又落在赤著的肩膊上。她仰著脖子望向站立著的我，說：

準備好了嗎？

我點點頭。こころ站起來，讓我躺下去，而她自己則爬到我身上。

要不要拉開一點窗簾？

為甚麼？

風景之發現啊！

我笑著說：

會給人看到。

外面都是山，誰在看？

下面有車經過。

這角度和光線，不會看到的。

你喜歡吧。

我喜歡有光。

こころ跨過我，爬到床的另一邊，把窗簾拉開約兩尺許。外面的風景展現出來。一片翠綠的山巒，沐浴在來自東方的朝陽之中。晨光同時透過浴室那邊的格子門散射到室內。天地是那麼的安靜。附近的樹上傳來清脆的鳥鳴，間中有車聲經過。こころ回到我身旁，說：

來吧。

她幫我解開毛巾。我的身體赤條條地躺著，完全鬆弛，毫無防備的。こころ俯視著我，說：

看起來，是非常完好的身體啊！

只是看起來！我苦笑著。

現在感覺怎樣？能動嗎？能抬起手來嗎？

我試了試，但手臂有點重。稍稍地輪流提起雙腿，又讓它們掉回床上。

感覺軟軟的。

不用怕！

こころ跪坐起來，伸手從胸口處解開身上的毛巾，頓了一下，望著我，俏皮地說：

輪到內面的發現了啊！

她隨即解下了毛巾。縱使依然纖巧細緻，比起初來的時候，那身體卻很明顯變得豐潤了。她把兩條毛巾拋到地上去。

是重新發現呢！我說。

別自作聰明。

こころ小心翼翼地跨坐到我的大腿上去，輕輕的，一點重量也沒有似的，屈著腿，以身體的正面向著躺著的我。側面的光線，令她的裸體明暗有致，起伏分明，如同一尊古希臘的大理石雕像。

好了，來到自白制度了。

自白制度？

先有自白制度，才有自白。就像先有風景的發現，才有風景；或者先有內面的發現，才有內面。不過，完全沒有妨礙。自白吧！

事情好像完全不合符情形條件，但是在こころ的命令下，我卻毫無障礙地開始了漫長的自白：我一直以為，自己很清楚，自己是個怎樣的人。也因此，自己對自己，一直抱著極大的信心。我當然也有做不好或者做不來的事情，例如運動。雖然從小就很喜歡不同的球類，跑步和游泳等也經常做，但始終沒能做到興趣以上的水平。我曾經畫過一陣子素描，自覺似模似樣的，但卻去不到真正繪畫的層次。至於音樂，除了喜歡唱歌，在樂器方面，到今天依然是個遺憾。若是談到讀書和學業，卻一直是我的強項，從小到大，可以說是無往而不利。在這方面，我充分顯示出捨易取難的個性。考試題目專挑難的來做，選科專挑冷門的來念。我就是這樣選了文科，也就是這樣選了文學。背後的就是別人不做，我偏偏要去做的心態吧。後來看書，也就專挑難的、深的、長的、悶的來看。到了自己寫書，大概也是基於相同的心理吧。這樣說來，自己的成長和發展的軌跡，不是一目了然嗎？

在人際關係方面，我雖然是個天生內向的人，但是就能力而言，如果我願意的話，也不是不能融入群體當中，甚至擔當起領袖的角色。念中學的時候，在一些團體裡，也就做過這樣的職務，而且也幹得頭頭是道。我始終是個不喜也不擅社交的人，但也絕不是那種孤僻得無法跟人好好相處的怪胎，在人事上算是懂得人情世故，而不會隨便跟人衝突和交惡。在旁人看來，大概會覺得我是那種無味也無害的好好先生吧。而在更親密的情感上，我年輕時的戀愛經歷，跟別的年輕人無異，後來結婚生子，也過著表面上標準的人生，就算沒有甚麼過人之處，至少也不算是坎坷滿途、挫敗重重吧。所以，過著這樣的人生的我，還能有甚麼怨言？還能有甚麼對世界的不滿和對自己的苛求？我不已經是一個可以昂首闊步走在人間路上的成功者嗎？

那樣的自我認識，本來是那麼的感覺良好，而且行之有效。可是，自從你出現之後，一切卻好像變了樣子。那就好像換了另一副眼鏡，而看到的東西都變了形。而實情卻是，原來的眼鏡所看到的，並不是事情的真相，而只是幻覺。問題是，就算換了別的眼鏡，看到的都是幻覺。美景是幻覺，但可怕的景象，不也同樣是幻覺嗎？我怎樣才能脫下眼鏡，以原原本本的肉眼，看到事物的實相？對我這樣患近視的人來說，沒有眼鏡的幫助，看到的就只是一團比幻覺更加不能依恃的模糊的光影啊！我想起我小學的時候，被鄰座的同學欺負，給摘掉了眼鏡，那種突然甚麼都看不清，對周遭完全失去了把握的情景，感覺除了是屈辱，更加是恐懼。失去了眼鏡，我就失去了對事物的控制力，陷入了無助狀態。那種感覺，大概就是我從小到大，最為討厭和害怕的吧。而那時候，面對著強大的欺凌者，我在心裡想：走著瞧吧！我終於會把你們擊敗！讓你們知道誰才是強者！我當時的意思，大概就是在學業上，也即是將來的人生路上，我會成為最終的勝利者，而對方也終必會低頭敗走。我的所謂自信，除了是正面的求勝之心，也許亦包含了這樣的一種報復心也說不定。另外，也很可能包含了對於變成弱者的恐懼吧！

總之，我就是曾經這樣依附於制度，並且靠制度來自我確立的一個人。但後來呢？以優異的成績完成了直至大學的學業之後，投身於寫作這個沒有金錢保障也沒有社會地位的所謂職業，我是否從此便脫離了當初的求勝心和報復心，而終於忘我地優遊於文學的想像天地，或者是無私地通過文學去關注世界？與世間的學業和事業相比，文學真的能超越世俗，實現純粹而崇高的精神價值嗎？還是，跟所有世俗的事情一樣，文學追逐的最終也不過是虛榮？世俗的虛榮已屬虛幻，而文學的虛榮更是虛幻中之虛幻。但我們卻相信文學高於世俗，也因而是更有價值的事物。我便是懷著這樣的自信，加入了文學寫作的行列，就算明知這行列已經走到末流，也為著能成為文學史上的最後一人而自豪。這樣地抱著自殺式的信念加入文學這支殘軍，不正正是極致的驕傲之心嗎？而當驕傲被浪擲於虛無的事物上，結果就是虛榮了。我當初沒有料到的是，有一天我終於發現，而且不得不承認，原來文學並不能超越世俗，在現實面前更加是不堪一擊。面前只有有限的選擇——要不就向現實臣服，隨波逐流，而究竟是隨著順流還是逆流，其實是沒有分別的；要不就是遁入沉默，從此絕筆，或者是瘋掉。但無論是哪一種，也同樣是虛榮心的大大受挫。

就在這時候，你出現了。你之所以來，並不是為了拯救陷於虛榮心的我，相反，你的存在加倍地打擊了我的自信。我由一個不情願的照顧者，變成對你的眷戀者，再變成對你的負疚者，最後卻竟然變成了你的依賴者。我由當初看到了自心的小小的裂痕，再看著這裂痕漸漸變大，變成巨大的斷裂和鴻溝，最終成為了猶如黑洞一樣的深淵。我掉進了自己的心的黑洞裡，感覺到自己半生以來一直努力地經營和建立的房子，一磚一瓦地鬆脫掉落，終致完全坍塌。而我的身體，也跟著一毫一髮地損壞，終致全面崩解。也許，這就是我患上的所謂的病的本相吧。事實上，就是一場心之裂變吧！而我連對自己的身體都已經失去了信心，不敢相信病情可以逆轉，健康可以還原，自己最終可以好起來。如果可以伴隨著病生存下去，過著低限度的生活，已經算是萬幸了！而如果在不久的將來要走向終結，那也是沒有辦法的事情。而結果究竟是屬此屬彼，本身也是沒法把握的事情，一切都具有同樣的可能性。但此間所共通的是人生的無常，對像我這樣的一個由求勝心、報復心和虛榮心所支撐的人來說，便無法不頓然感到萬念俱灰了。生存變得只剩下恐懼。而這恐懼，是屈辱性的。

但我知道，你的出現，並不是為了帶來毀滅。你只是以嚴厲的方式，向我揭示了自己本來的面目。但是，你也以溫柔的方式，為我打開了不為自己所知的面向。你讓我知道，我可以有承受痛苦的能力。我可以視身心上的痛苦，為解除更大的痛苦的良藥。這更大的痛苦，就是生存本身、人世本身的痛苦。就算我有幸經歷了人生的高昂，工作的成功和情感的滿足，這些都不是永恆擁有的事物。最終低落、挫敗和失去總會降臨。我作為一個幸運兒，在父母的愛護和妻子的支持下，過了一帆風順的大半生，享盡了美好的風光和豐碩的成果。在人生的這個轉折點上，如果我陡然滑進下坡，就來不及對親人的恩情作出回報了。也許我就只能以自己身受的痛苦，代替父母將來在面對生命終結時所承受的痛苦，期求我的痛苦多一分，父母的痛苦便少一分。只能如此而已。在旁人看來，這似乎只是一種空想出來的無效的犧牲，但如果我們還對信仰這回事有一點點感應的話，無論是出自神的意願，還是業力的作用，心之連結，靈之相通，是我們最後的皈依。而父母一生以行動教示的愛與犧牲，我便唯有以心意的方式，來加以回報了。這，應該就是你想告訴我的事情的其中之一吧。

至於妻子，我和你說過，她和你的存在，是無礙的。你一定早已明白我的意思。事實上，這也是你以你獨特的方式，所告訴我的事情。由始至終，我和你的關係，我對你的情感，都沒有違背和減損我對妻子的愛。這一點世間人一定不能明白，也絕不願意諒解，而要嗤之以鼻，鞭撻之而後快吧！對於你的出現，和我們這段日子以來的相知相交，情節無論是多麼的不合常理，荒誕不經，甚至經歷了種種誤會和欺瞞，到了最後，也只能歸結於真誠二字。真心和誠心，並無二致，但真是體，誠是用，體用合一，就是真意和誠意了。憑著這真誠之意，我請求你留下來，不要離開。這是我一廂情願的想法。但是，我也清楚知道，從一開始，當你以實質的形體來到我面前，並且是一個女人的肉身，結局的可能性就早被限定了。這就像神的擬人化，當初可能是為了讓人更能理解和感受到道的存在，但人格化後的神卻因其形象而永遠和人分隔，成為上下位的不同階級的關係，而無法再理事無礙，相融為一了。你的現身，不就是在個別的規模上，重演了這樣的人神異離的悲劇嗎？當然，我和你之間，並不是人和神的分別，而是人和心的兩立。可悲的事情是，當這個具象的你越加鮮明，和我也越加親密，我便無法再拋開你的形體，而陷入了執著和癡戀了。一生出了執著和癡戀，你和妻子就不能再是無礙，而變得互不相容了。這不是世俗的婚外情或者三角關係的互不相容，而是非言語所能形容的特殊狀態。我絕不願意割捨妻子和家人，但是，我也不能失去你。未能跟你相認的日子，實在太長了。我在這樣的日子中度過了蒙昧的大半生。自從認識了你之後，我就不能再過沒有你的日子。失去了你的話，我就等於過著沒有魂魄的生活，形同一具行屍走肉了。所以，如果你不留下來的話，我就別無選擇，只能跟你一起消逝於世上了！

こころ搖著頭，以手指按著我的嘴唇，阻止我說下去。

別說那樣的話！你既然知道我必須離去，就不要讓自己陷於愚癡。你以為現在是殉情嗎？這樣想未免太天真。就算從寫作的角度看，為了要解決我和你妻子不能並存的問題，也即是現實世界和想像世界的衝突，我也必然是應該消失的一方吧！小說家，對嗎？

こころ又使出了她那不知是認真還是說笑的手法，令我無法招架。望著無言的我，她的臉上露出了不忍，語調於是變成安慰，說：

好了！說得差不多了吧！難為你在這種時候，還能長篇大論呢！我只不過是跟你開玩笑，想不到你這麼認真！其實，根本就沒有甚麼好自白的。懺悔這回事，完全沒有必要。而且，你也應該知道，自白縱使再長，再深，再真誠，再動人，最終都只是語言，只是說法，而不是實相本身。實相的體驗，是不能訴諸言語的。它只能在沉默，在無言中發生。你知道嗎？你的小說寫得最好的地方，就是你擱筆的剎那。不是那些滔滔不絕的對話，或者繁花似錦的描寫啊！所以，現在是閉上嘴巴的時候了。

こころ湊近，彎下身來，以雙手捧著我的臉。我感到她的指尖，輪流觸摸著我臉上不同的部位。她以無比地溫柔的聲音說：

你試試感覺一下，你的眼睛，就是我的眼睛，你的耳朵，就是我的耳朵，你的鼻子，就是我的鼻子，你的舌頭，就是我的舌頭。你看到我看到的，你聽到我聽到的，你聞到我聞到的，你嘗到我嘗到的。都感覺到嗎？

こころ的雙手，離開了我的嘴唇，滑落我的下巴。然後，沿著脖子、肩膊、胸口，一直輕拂下去。一股氣息，從我的頭部一直向下流動，直達肢體的末端。她的說話，除了以聲音的形態進入我的耳裡，也從她的指尖直接傳進我的體內：

還有，你的身體，就是我的身體，以至於你的意識，就是我的意識。你的每一個覺受，都是我的覺受。無論那一種覺受，都沒有對或錯，都是如是的。把自己完全開放，去迎接它，感受它吧！

身體上鬆軟虛脫的感覺慢慢消失，代之以充盈、堅實和活躍。

合一囉！可以嗎？

我點了點頭。こころ慢慢地把我包裹在她裡面，但是，她又同時在我裡面，搏動著。

準備好了嗎？要看到真正的こころ了啊！

我再點了點頭。

不知怎的，原本被晨光照亮得甚為清晰的情景，突然像舞台轉場時的燈暗過渡一樣，一下子漆黑了下來。然後，漸漸地，又像攝影負片在黑房裡曝光似的，有剎那的光影短促地閃現，又消失。最後，在浸沒於顯影劑的相紙上，影像如細胞增生似的逐漸浮現。胚胎在轉瞬間成長為赤條條的嬰兒，再而成長為驕人的女兒身，而這女兒身不是別的，正是小嶋陽菜！不，不是小嶋陽菜本身，而是有著小嶋陽菜的形態的幻影。但就算明知這只是幻影，那感覺卻無可否認是異常興奮和美妙的。可惜的是，這興奮和美妙卻極其短暫，幾乎像是變臉表演似的，一眨眼便過去了。我頓然明白了所謂浮光掠影的意思。而再度幻變之後，展現在我面前的，是安賽的裸身。那被指出並不存在的安賽，此刻卻是那麼逼真地騎在我身上，重演著在我虛構的記憶中曾經上演的場面。追憶的惋惜和幻滅的失落，令當下的感受更為苦澀，但是，卻又更為平靜，好像不過是觀看著某種內在的電影，聚焦於光影的變化和時間的流逝，而全無性欲的刺激。正當我沉湎於這種永恆的律動的時候，畫面卻像被錯誤剪輯似的，跳接到另一齣截然不同的電影。在那猶如驚慄片的場面裡，占據著整個畫面的，竟然是「厭惡聖典」的尊容！眼前的老婦人的殘軀，明明跟安賽的青春胴體差若雲泥，但不知為何，在我的腦袋裡，卻同時疊映著一個少艾女體逐漸衰敗的加速鏡頭。最後，終於停留在那由鐵絲般的粗髮、深坑般的皺紋、死魚般的雙眼和山泥坍塌般的肉身所構成的「厭惡聖典」。但在最初的驚恐之後，我立即明瞭到自己必須保持鎮定，盡力安住於「厭惡聖典」的色相之上，承受著這個不尋常的對境的衝擊，並且了悟在「厭惡聖典」、安賽和小嶋陽菜之間，其實是不二無差的。一旦我明悟這一點，老婦人的形象便頓然消失。取而代之的，是予我以巨大安慰的我妻的容顏！我當即忍不住和她說：你終於回來了啊！然後又向她道出了我的困惑：這就是你曾經在信中說的「放手大幹一場」嗎？但妻子卻只是笑而不語，默默地彎下身來，充滿愛意地親吻我的臉。在那熟悉的親吻之中，我感到了淚水的濕潤，在我的眼眶和臉龐上流淌。在那如潮的浸潤中，我的視野變得一片模糊，而終致失去了妻子的形貌了。待那失焦的客體慢慢地再度對準，こころ又再清晰地回復在我的眼前。她的聲音彷彿在我的耳窩內響起，說：

看清楚了嗎？那就是心之幻變。

我以種種色相來到你面前，讓你能認識我。

你現在終於認識我了，也是時候把我忘掉。

這是最為重要的。

你一日記住我的色相，你就一日沒法真的和我在一起。

沒法思我所思，感我所感。

所以，記住了！

我和你，原是一體。

早晨的陽光投在こころ身上，照亮了每一個細部，每一吋肌膚，每一個毛孔。慢慢地，こころ的身體在光亮中融化，成為一股暖流，滲進了我的血脈，然後再噴湧而出。

56.

溫暖的初春陽光，照耀在こころ身上的金黃色和服上，倍添燦爛。在明亮的戶外，黃色底子上的花朵躍然如真。那是稱為二人靜的淡雅品種，在四塊成十字狀的綠葉之間，長出兩串如念珠般的小白花。和服的袖子較窄，配著白色的襯領。腰帶為銀白色，上面不規則地分布著淺黃色的小花束。腰帶上的細帶則是深紅色。腰帶在背後綁成太鼓結，整個感覺是成熟和清麗。穿著和服的こころ，把長髮梳成簡單而漂亮的髮髻，露出柔若無骨的後頸。如杏仁的臉形和靈巧的五官，也明亮地互相輝映著。我穿著薄料子的卡其色行山褲，淺藍色麻質短袖恤衫，頭上戴了頂闊緣巴拿馬草帽。那是B前年從西班牙買回來送給我的。我故意放慢腳步，走在こころ稍後一點的位置，為了更清楚地觀賞她的身影。我的視線在她背上的太鼓結上流連，看著那纖細的腰肢在約束下擺動，不期然生起了一陣心痛。

在那個黃白色的雞蛋花盛開的路口，こころ察覺到我不在旁邊，停下那穿著草履的腳步，在那堅硬的衣領下扭著脖子，側著被緊束的身子，回過頭來，嫣然一笑，說：

你的腿沒事吧？走得那麼慢！

我見今早的狀態還可以，便沒有帶行山杖。如果有古典的西式手杖，我覺得不妨帶一根，再穿一身大禮服，假扮明治時期的男人，匹配明治時期的和服女子。可惜我沒有這樣的手杖。

我向こころ走過去，她便又回過頭去，慢慢起步。她烏黑的髮髻像一隻優雅的鳥一樣伏在她的頭上。我記起今天早上，こころ站在鏡子前梳髮髻的時候，我發現她的頭髮裡，藏著不少銀絲，若隱若現地閃亮著。我奇怪自己為何之前沒有察覺到。她好像知道我的心思似的，說：

很多白髮嗎？

的確有好幾條。

染髮的話會不會好看一點？

她轉過臉來，像介意儀容的尋常女子一般地說。我只有說：

也無妨的。

我畢竟和你一樣年紀了。

她慨嘆著，面向著鏡子，繼續梳頭。突然又滿不在乎地說：

不過，與此同時，我比你老，但也比你年輕。

其實，也沒有分別吧。我說。

我們比平日早了出門，大概八點左右就離開屋苑，直接到公園去。火車站天橋湧出不少行人，都拿著大包的祭品和花束。我想起今天除了是復活節，也同時是清明節。記憶中好像未曾試過這兩個節日重疊在一起的。在住宅區後山就是和合石墳場，每逢清明和重陽，掃墓人士都會蜂擁而至，擠得車站水洩不通。過了巴士站這一段，路上卻變得清靜起來。沒有平日上班上學的人潮，除了掃墓的，人們假日也不會早起吧。聽說亦有好些人趁長假期離港到外地旅行。真是異常寧靜的一個早上。

在公園裡，不見平日的晨運客。高舉雙手競步的蛋形阿伯、練習走路的中風男人等等都不在。連球場外跳廣場舞的大媽們也不見。其他的人也很少，只有零星路過的途人。極目望去，樹下花間，有一種空靈的感覺。在草坪的長椅上，坐著一個大塊頭的中年男子，不知在看風景還是做白日夢，遠看有點像台灣作家朋友L。倒是足球場上有一群二十歲上下的年輕人在踢球，穿著兩種不同顏色的球衣，分成兩隊對賽，動作都很矯健和迅捷，但卻很安靜，遠看像默劇似的，只有皮球被撞擊的聲音。我不以為然地說：

這個時節這個時分在踢球，都是些既無信仰也無祖先的人們吧！

你妒忌啊！

こころ望著踢球少年，取笑我說，我卻自討沒趣地閉了嘴。

こころ的和服似乎有點太厚重，但她卻神色自若的，而且一點沒有流汗。看來今天的濕度不高，感覺十分舒服。在陽光照射的地方，皮膚感到微微灼熱，但在樹蔭下的路段，輕風陣陣，又非常的清爽。草地上有一雙火紅翅蜻在追逐。有零星的小白蝴蝶在花圃上悠轉。高大的銀珠上傳來三兩下此起彼落的蟬鳴，急不及待地搶在初夏之前試唱新聲。一隻松鼠沿著球場鐵絲網圍欄的頂部，一直遠征至公園靠近馬路的邊緣，大概是往路旁的大樹上覓食。我們並排慢慢走著，途人並沒有投以怪異的目光，只是如平常的眼神接觸。有穿著輕紗質的桃紅鬆身上衣和白色短褲的女孩，披著漂亮的棕色長髮，跟我們迎面走過。已經是少女們展示春青肉體的時節了。

走了一圈，文學花園三劍俠之中，只見到園丁略薩拿著水喉在給那些已經開過了花的杜鵑叢澆水。清道夫馬奎斯和管理員波赫士也不在，也許是放假了吧。こころ問我累不累。我點點頭，我們便穿過中央那片榕樹蔭，跨過那些粗壯的樹根，往有蓋頂的木長椅走去。剛才那個很像L的胖子已經不知所終。坐在長椅上，兩人默默無言地看著前面的小樹林。過了一會兒，我指著洋紫薇下的那塊大石，說：

你看！那塊女陰石，今天特別鮮明。

這樣說，有點不雅吧。

本來是你說的啊！

是嗎？我有這樣說嗎？

你不覺得很像嗎？那隆起的兩邊，和中間的凹陷——

哪裡？只是一塊石頭吧。

不，你試想像一下——

你想得太多了。看著它，別想，就只是看著它。

我看著它了。

怎麼了？

奇怪！越看越不像了。

不像甚麼？

女陰。

那像甚麼？

石頭。

こころ噗哧一笑，說：

其實看作女陰也無妨。

我給她弄糊塗了。在石後面的遠處，在一片小丘後面，是貫穿公園的中央步行徑。可以看見途人的上半身在後面經過，自左至右，或右至左。風無聲地穿過樹蔭吹過來，感覺像是浸沐在清涼的溪流裡。又再靜靜地坐了一會，我掏出手機看時間。屏幕上跳出來的是今晨七點，妻兒上機前傳來的訊息：「Boarding soon」，還有我的回答：「See you soon!」我抬頭望向天空，和こころ說：

妻子和兒子正在飛機上，中午左右到港。到時你就可以見到她了。

是嗎？那我終於可以見到Y老師了！老實說，真的不知怎樣面對她呢！

我悄悄地看了こころ一眼，只見她微微紅著臉，也不知是因為靦腆，還是日曬所致。

沒有的，她一直很關心你的事。

我已經沒事了。也許，我們應該想想怎樣幫你才是。

こころ把臉轉向我，正視著我說。這回輪到我不好意思了。

不知怎的，我和こころ之間的對話，有一種遊戲的性質。好像大家明知那不是真的，卻為了演好一場戲似的，按照原定的劇本說出台詞。こころ低下頭來，說：

不過，我不能繼續留下來了。

怎會呢？我妻子不是那樣的人。

你知道，不是你妻子的問題。

那麼，你要去哪裡的話，我陪你一起去吧。

你真是個固執的人！

你就當是我對你的義務吧！

義務？新鮮啊！換了一個詞呢！

但人與人之間，都難以脫離一個應然的關係吧。

應然是存在的，但不是第一義。

不是第一義？

應然是世俗諦，但不是勝義諦。

甚麼才是勝義諦？

本然。

我望著こころ淡靜的容顏，那上面既沒有傷感，也沒有激動，甚至看不見歡快，但又不能說是甚麼情感也沒有的冷漠。相反，她低垂的眉眼間和淺掛的笑容裡，充滿著所有可能的情感。那種寬容廣大的感覺，滌淨了我的焦急和妄念，令我安心。我把視線離開こころ的身上，投向腳下的土地、前方的草木和上方的天空。我彷彿從旁觀者的角度，看到了我和こころ置身的這個場景，像觀賞一齣舞台劇一樣，等待著它的落幕。

突然有皮球穿過樹林，掉落在草坪上，連跳帶滾的，停在女陰石附近。是足球場內的青年射門太用力，皮球越過鐵絲網飛出來了。我說：

如果我的腿還可以，我會把球踢回去給他們。現在看著球在前面，卻坐著不去幫忙，他們會不會覺得我有點自私？

為何還介意別人的看法？每個人都有自己行動或不行動的理由。

隔不久，一個青年跑到草坪上，純熟地用腳挑起皮球，單手抱著，摟在懷裡，生龍活虎地跑回去。從後面可以看見，他的雙腿肌腱有力。我聽見こころ在我旁邊說：

起程吧！

離開的時候，我們沒有採用平時的出口。為了避開從天橋到巴士站的掃墓人潮，我們取道高速公路旁的單車徑，穿過天橋下面，一直走到跟佛寺前的下坡小路交接之處，從那裡拐彎往上爬。對我來說，那一段非常艱難，腿非常軟，也有點氣喘。こころ雖然穿著行動不便的和服，卻一直在旁扶著我。

來到寺院門外的樹下，時間比平時早，不見小嶋陽菜在等待。こころ好像知道我心裡所想，朝我滿有深意地望了一眼。我微笑以對，心想：有像こころ這樣的美人在我身邊，乎復何求呢？

寺院門外的幾棵老榕樹，結滿了橙黃色的無花果。果子約瞳仁般大小，厚皮，掉在路上的多半已給壓碎，發出微微的腐味，但並不難聞。一個穿著泥黃色僧袍的和尚，拿著竹掃帚，在寺院門外掃果子。和尚肥頭凸肚，笑容可掬，好像在玩甚麼有趣的遊戲似的。我隨口問他：

大師，這幾棵是甚麼榕樹？

細葉榕。

細葉榕的果子不是這樣的啊。比較小，而且是紅色的。

這是黃果垂榕。

那就不是細葉榕了。

也有叫細葉榕的。

但事實是不同的品種啊！

都只是名相而已。

每天都要打掃，很麻煩吧。

沒法子，也不能叫榕樹不生果子。生了就掉，掉了就爛，爛了就掃，掃了又生，生了又掉，掉了又爛……。如此這般，循環不息。那也好，我就有事做。

寺裡有骨灰龕嗎？

當然有。

清明會有人來拜祭吧。

有的，不過現在還早。

其實，我們是住那邊的，每天都經過寺院，覺得很好奇，想進去看看裡面是怎樣的。

有甚麼好好奇？要進去，就進吧。跟我來！

胖和尚把掃帚倚立一旁，拉開鐵閘，引領我們進去。我抬起頭，上面的石門牌以金漆刻著「觀宗寺」三個大字。再往上看，是兩層的中國樓閣式建築，有綠色的斗拱和紅色的飛簷，上層有橫匾寫著「大雄寶殿」。我們跟在和尚的大屁股後面，上了一段石階梯，向右拐，繞到下層大殿外面的平台。平台以白色石欄圍繞，沿途都植有雅緻的植物，格局雖小，感覺卻有如隔世。和尚一邊帶路，一邊向我們介紹了寺院的來歷，說上世紀三〇年代，天台宗寶靜大師於此地建寺閉關修持，後來於一九七八年正式改建為觀宗寺。又談到去年十一月覺光長老圓寂追思大典的盛況，連特首都親身出席致辭云云。講到本寺是香港第一間舉辦佛教婚禮的佛寺的時候，和尚瞇著細縫一樣的笑眼，看著我和こころ，好像我們是來視察場地的準新人。こころ含笑不語，我便代言道：想看看佛像。和尚收斂笑意，立即言歸正傳，說：下層大殿，有白玉釋迦牟尼像，上層大雄寶殿有三寶佛像。於是便領著我們入內，依次看了。大雄寶殿金碧輝煌，尤為可觀。こころ合十參拜，我則點頭敬禮。和尚此時卻不作一聲，雙手抱著大肚子，靜立一旁等待。半天，こころ回頭向和尚問：

師父，有菩薩像嗎？

想看哪位菩薩？

彌勒菩薩。

想看彌勒菩薩像，應該去京都廣隆寺吧。

如果想現在就看呢？

こころ望著和尚，眼裡流露懇求的神色。和尚撫了撫肚子，說：

也不是沒有辦法的。

如何？

菩薩在心中。

心在。

好，我帶路。

離開了大雄寶殿，我們跟著胖和尚，繞到寺院後面。下了一條石樓梯，拐個彎，又是另一條石樓梯。如是左繞右拐，也不知下了多少層樓梯，來到一個隱密的竹林。平時在外面經過寺院，也不覺裡面有這樣的深度，亦不知有這樣的洞天。在竹林之間有一小路，蜿蜒通往後面的一座佛堂。佛堂看來甚為粗陋，像是甚麼隱世僧人的修行處。也許是和外面反差太大，一進門，只覺小小的內堂甚為昏暗，除了有點混濁的煙霧，甚麼都看不清楚。我們站在吱嘎作響的木地板上，讓眼睛慢慢適應室內的光度。漸漸地，彷彿舞台上的燈光被緩緩調亮，昏暗由固體融解為液體，悄悄流走，殿堂內的事物先是冒出了模糊的輪廓，然後便顯現出清晰的細部。柔和的光線穿過兩旁的窗櫺，溢滿了整個殿堂，空氣中有微塵的流轉。在光線的會合點，也即是殿堂的正中央神龕所在處，我看見了木刻的彌勒菩薩半跏思惟像，形貌和京都廣隆寺的竟然一模一樣。而在彌勒菩薩的後面，卻立著耶穌基督的十架受難苦像。我驚訝莫名，回頭想向胖和尚發問，但他卻不知哪裡去了。在我身旁只站著穿著金黃色和服的こころ。こころ早就知道我心中的疑惑，臉上掛著寧定的笑意，說：

不必奇怪！你只是看到了你心中的事物。

我回頭望向彌勒菩薩和耶穌基督，再來回審視，慢慢地竟不再感到違和。這時こころ又說：

跪拜吧！你跪耶穌基督，我跪彌勒菩薩。

我隨著她的指示在地上的墊子上跪了下來。こころ也已經在我的右邊跪下了。

彌賽亞和彌勒，其實沒有分別。

こころ說罷，把一張摺疊成一小塊的紙塞進我手裡。我還未及打開來看，她又說：

一起念經吧。

念甚麼？

先念《天主經》。

好的。

我們就一起念了《天主經》。我從不知道こころ熟悉天主教的經文，但此刻卻又不感到奇怪，好像那是任何人都本然懂得的禱告。接著，こころ說：

好了，一起念《心經》吧。記得經文嗎？

我點了點頭。こころ回以一笑，說：

我知道，你本來就懂的。

於是，我們一起念了《心經》。

我向著彌勒菩薩，合十低頭，閉上眼睛。我和こころ的聲音，在小小的殿堂內迴盪，由兩個，會合成一個。

我張開眼睛。彌勒菩薩在我的前面，彎身向我，拈著手指，微笑著，像是聆聽著我心中的說話。我望向我的右邊。那套黃色和服，連同銀色的腰帶，半解開的，金蟬脫殼似的，中空的在地上堆起，還殘留著穿著它的肉身的人形。こころ卻已經消失了。我早知道會這樣，但此刻卻依然又悲傷又慌張。

打開こころ塞進我手中的那張紙。那是一張便條，上面有我的字跡，抄了一段文字：「你並不是那個你自以為焦慮而有限的人。你就是慈悲的本身，全然覺知，而且具有為自己及一切人、事、物達到至善的能力。」那是我在新加坡的酒店房間裡抄給こころ的。我不由得淚眼朦朧了。

我握著拳頭，想站起來，但雙腿卻沒有力量，只站了一半，又跌坐下去。我坐在地上，發現那金黃色的和服也消失了。地上甚麼也沒有，只剩下我自己一個。我連忙抬起頭來，看見耶穌基督在流血，彌勒菩薩在微笑。苦難、愛、犧牲、慈悲、智慧、能力。我的心隱隱地痛。我用手按著左胸口，心在跳動。然後，漸漸地，彌勒菩薩沒有了。耶穌基督也沒有了。只剩下，明和暗。在那明和暗之中，我大喊了一聲：

こころ？

沒有回答。

こころ！

只有我自己的聲音在迴盪。

然後，在那寂靜中，我彷彿聽見，在我的耳窩內，在我的心中，有聲音輕柔地說：

我在。

於是，我在自己的心中說：

こころ，可以完成了嗎？

完成了。

可以就這樣擱筆了嗎？

就這樣吧。

就這樣？

如是。

我彷彿看見了，金黃色的こころ的，會心的微笑。

附錄

董啟章創作年表（一九九二—）

一九九二
- 五月於《素葉文學》發表第一篇小說〈西西利亞〉。
- 於《星島日報》副刊「文藝氣象」發表短篇小說〈名字的玫瑰〉、〈快餐店拼湊詩詩思思CC與維真尼亞的故事〉、〈皮箱女孩〉等。

一九九四
- 〈安卓珍尼——一個不存在的物種的進化史〉獲聯合文學小說新人獎中篇小說首獎；〈少年神農〉獲聯合文學小說新人獎短篇小說推薦獎。

一九九五
- 〈雙身〉獲聯合報文學獎長篇小說特別獎。

一九九六
- 《紀念冊》（香港：突破）；《小冬校園》（香港：突破）。
- 《安卓珍尼：一個不存在的物種的進化史》（台北：聯合文學）。
- 《家課冊》（香港：突破）。
- 《說書人：閱讀與評論合集》（香港：香江）。
- 董啟章、黃念欣合著，《講話文章：訪問、閱讀十位香港作家》（香港：三人）。

一九九七
- 《地圖集：一個想像的城市的考古學》（台北：聯合文學）。
- 《雙身》（台北：聯經）。

- 《名字的玫瑰》（香港：普普）。
- 董啟章、黃念欣合著，《講話文章Ⅱ：香港青年作家訪談與評介》（香港：三人）。
- 獲香港藝術發展局文學獎新秀獎。

一九九八
- 《V城繁勝錄》（香港：香港藝術中心）。
- 《同代人》（香港：三人）。
- 《名字的玫瑰》（台北：元尊文化）。

一九九九
- 《The Catalog》（香港：三人）。

二〇〇〇
- 《貝貝的文字冒險：植物咒語的奧祕》（香港：董富記）。

二〇〇二
- 《衣魚簡史》（台北：聯合文學）。
- 《練習簿》（香港：突破）。

二〇〇三
- 《體育時期》（香港：蟻窩）。
- 《第一千零二夜》（香港：突破）。

二〇〇四
- 《體育時期》（台灣版）（台北：高談文化）。
- 《東京・豐饒之海・奧多摩》（台北：高談文化）。

二〇〇五
- 《天工開物・栩栩如真》（台北：麥田）。
- 《天工開物・栩栩如真》獲台灣聯合報讀書人最佳書獎及中國時報開卷好書獎、香港亞洲週刊中文十大好書。
- 董啟章、利志達合著，《對角藝術》（台北：高談文化）。

- 劇本《小冬校園與森林之夢》，由演戲家族演出。

二〇〇六
- 《天工開物．栩栩如真》獲第一屆紅樓夢長篇小說獎決審團獎。
- 劇本《宇宙連環圖》，由前進進戲劇工作坊演出。

二〇〇七
- 《時間繁史．啞瓷之光》（台北：麥田）。
- 劇本《天工開物．栩栩如真》，與陳炳釗合編，於香港藝術節演出。
- 《體育時期》由7A班戲劇組改編為音樂劇場《體育時期．青春．歌．劇》。

二〇〇八
- 《時間繁史．啞瓷之光》獲第二屆紅樓夢長篇小說獎決審團獎。

二〇〇九
- 《致同代人》（香港：明報月刊）。
- 獲香港藝術發展局藝術發展獎年度最佳藝術家（文學藝術）。
- 赴美國愛荷華參加「國際寫作計畫」。

二〇一〇
- 《體育時期》（簡體版）（北京：作家）。
- 《天工開物．栩栩如真》（簡體版）（上海：世紀文景）。
- 《安卓珍尼》（經典版）（台北：聯合文學）。
- 《學習年代》（《物種源始．貝貝重生》上篇）（台北：麥田）。
- 《雙身》（二版）（台北：聯經）。
- 劇本《斷食少女K》（原名《飢餓藝術家》），由前進進戲劇工作坊演出。
- 《學習年代》獲香港亞洲週刊中文十大好書。

二〇一一
- 《在世界中寫作，為世界而寫》（台北：聯經）。

- 《學習年代》（《物種源始・貝貝重生》上篇）獲香港電台、香港公共圖書館及香港出版總會合辦「第四屆香港書獎」。
- 《地圖集》（台北：聯經）。
- 《夢華錄》（台北：聯經）。
- 《天工開物・栩栩如真》（簡體版）獲第一屆惠生・施耐庵文學獎。

二〇一二
- 《答同代人》（北京：作家）。
- 《地圖集》（日文譯本）藤井省三、中島京子譯（東京：河出書房）。
- 《繁勝錄》（台北：聯經）。
- 《博物誌》（台北：聯經）。
- *Atlas: Archaeology of an Imaginary City* (New York: Columbia University Press).

二〇一三
- 《體育時期（劇場版）》【上、下學期】（台北：聯經）。
- 《體育時期》由浪人劇場改編為音樂劇場《體育時期2.0》。

二〇一四
- 《美德》（台北：聯經）。
- 《董啟章中短篇小說集I——名字的玫瑰》（台北：聯經）。
- 《董啟章中短篇小說集II——衣魚簡史》（台北：聯經）。
- 獲選為「香港書展年度作家」。

二〇一五
- 《貝貝的文字冒險：植物咒語的奧秘》由POP Theatr 普　劇場改編為合家歡音樂劇《貝貝的文字冒險》。

當代名家·董啓章作品集11

心

2016年2月初版
2018年4月初版第二刷

Printed in Taiwan.

定價：新臺幣360元

著者	董啟章
叢書主編	胡金倫
	陳逸華
封面設計	朱疋
校對	吳淑芳

出版者	聯經出版事業股份有限公司
地址	新北市汐止區大同路一段369號1樓
編輯部地址	新北市汐止區大同路一段369號1樓
叢書主編電話	(02)86925588轉5305
台北聯經書房	台北市新生南路三段94號
電話	(02)23620308
台中分公司	台中市北區崇德路一段198號
暨門市電話	(04)22312023
郵政劃撥帳戶第0100559-3號	
郵撥電話	(02)23620308
印刷者	文聯彩色製版印刷有限公司
總經銷	聯合發行股份有限公司
發行所	新北市新店區寶橋路235巷6弄6號2F
電話	(02)29178022

總編輯	胡金倫
總經理	陳芝宇
社長	羅國俊
發行人	林載爵

行政院新聞局出版事業登記證局版臺業字第0130號

本書如有缺頁，破損，倒裝請寄回台北聯經書房更換。　ISBN 978-957-08-4683-6 (平裝)
聯經網址 http://www.linkingbooks.com.tw
電子信箱 e-mail:linking@udngroup.com

國家圖書館出版品預行編目資料

心／董啟章著．初版．新北市．聯經．2016.02
440面；14.8×21公分．
（當代名家・董啟章作品集11）
ISBN 978-957-08-4683-6（平裝）

[2018年4月初版第二刷]

857.7 105000568